兰州大学与甘肃中医药大学横向协作项目 项目编号 411000-971200066

兰州大学“双一流”建设资金项目之“丝绸之路语言文学文献与活态文化传承创新”项目

明代诗文涉医文化文献辑要

丛书主编 王海燕 庆振轩
丛书副主编 张志明 杨许波
本书主编 高 璐

蘭州大學出版社
LANZHOU UNIVERSITY PRESS

图书在版编目（C I P）数据

明代诗文涉医文化文献辑要 / 高璐主编. -- 兰州 : 兰州大学出版社, 2020.5
（中国古代文学涉医文化文献辑要 / 王海燕，庆振轩主编. 第一辑）
ISBN 978-7-311-05771-8

Ⅰ. ①明… Ⅱ. ①高… Ⅲ. ①古典文学－作品综合集－中国－明代②中国医药学－文化－文献－汇编－中国－明代 Ⅳ. ①I214.81②R2-05

中国版本图书馆CIP数据核字(2020)第064495号

责任编辑　张　仁
封面设计　王　挺

书　　名　明代诗文涉医文化文献辑要
　　　　　中国古代文学涉医文化文献辑要(第一辑)
作　　者　王海燕　庆振轩　丛书主编
　　　　　高　璐　本书主编
出版发行　兰州大学出版社　(地址:兰州市天水南路222号　730000)
电　　话　0931-8912613(总编办公室)　0931-8617156(营销中心)
　　　　　0931-8914298(读者服务部)
网　　址　http://press.lzu.edu.cn
电子信箱　press@lzu.edu.cn
网上销售　http://lzup.taobao.com
印　　刷　西安日报社印务中心
开　　本　700 mm×1000 mm　1/16
印　　张　24.5(插页2)
字　　数　330千
版　　次　2020年5月第1版
印　　次　2020年5月第1次印刷
书　　号　ISBN 978-7-311-05771-8
定　　价　65.00元

总 序

不为良相且良医

中医药文化源远流长，博大精深，毛泽东在1958年给卫生部的一份报告的批示中写道：中国医药学是一个伟大的宝库，应当努力发掘，加以提高。而我们对于这个“宝库”的认知，是从撰写“苏轼与医学文化”的系列论文不断加深的。

面对浩瀚汪洋的“苏海”，我们从“苏轼与医学文化”这一独特角度入手，在搜集苏轼相关诗文后，撰写了《千金不换囊中术，上医元自能医国——苏轼与医学文化探论之一》《胸次岂无医国策，囊中幸有活人方——苏轼与医学文化探论之二》《卫浴·养生·浴德·净心——苏轼与沐浴文化探论》三篇论文，并先后在苏轼研究学人会第十九届、第二十一届年会发表。“苏轼与医学文化”系列论文受到学界同行关注并给予好评，第二十三届苏轼研究年会常州会议即将苏轼“养生、医学文化”列为会议议题之一。

我们对于“苏轼与医学文化”的探研主要从三个层面展开：苏轼的医国之志、医国之能与毕生的努力奋斗。苏轼在其一生的政治生涯中，有意识地将医道医理与治政之道结合，以医喻政，针对现实政治，在仁宗朝、神宗朝、哲宗朝不同时期，因时因事，对症下药，雄论堪医国，形成其论政为文的独特风貌。

忠言似药偏医国，苏轼的医国之言见赤诚之心亦见其对于现实政治的深刻剖析与真知灼见，且医道与治国之道、医理与政见水乳交融。要言不烦，成为议政论证之佳作。如其《盖公堂记》写道：

> 始吾居乡，有病寒而咳者，问诸医，医以为蛊，不治且杀人。取其百金而治之，饮以蛊药，攻伐其肾肠，烧灼其体肤，禁切其饮食之美者。期月而百疾作，内热恶寒，而咳不已，累然真蛊者也。又求于医，医以为热，授之以寒药，旦朝吐之，暮夜下之于是始不能食。惧而反之，则钟乳、乌喙杂然并进，而瘭疽痈疥眩瞀之状，无所不至。三易医而病愈甚。里老父教之曰："是医之罪，药之过也。子何疾之有？人之生也，以气为主，食为辅。今子终日药不释口，臭味乱于外，而百毒战于内，劳其主，隔其辅，是以病也。子退而休之，谢医却药而进所嗜，气完而食美矣，则夫药之良者，可以一饮而效。"从之，期月而病良已。
>
> 昔之为政者亦然。吾观夫秦自孝公以来，至于始皇，立法更制，以镌磨锻炼其民，可谓极矣。萧何、曹参亲见其斫丧之祸，而收其民于百战之余，知其厌苦憔悴无聊，而不可与有为也。是以一切与之休息，而天下安。（《苏轼全集校注》，第1079页）

而为萧、曹建言"治道贵清静而民自定"者即盖公也。洪迈认为："是时熙宁中，公在密州，为此说者，以讽王安石新法也。其议论病之三易，与秦汉之所以兴亡治乱，不过三百言而尽之。"（《容斋五笔》卷四《东坡文章不可学》）而"以医为喻，起尽议论，却将正意一证"（茅坤《苏文忠公文钞》）。

尤为令人感佩的是，苏轼一生抒写胸中医国之志是其诗文创作的自觉追求，所作诗文要"皆有为而作，精悍确苦，言必中当世之过，凿凿乎如五谷必可以疗饥，斮斮乎如药石必可以伐病。"（《凫绎先生诗集序》）在东坡的政治追求中，古今良相即良医，所以在唐代贤相中他最为尊崇陆贽的医国之术。

元祐八年（1093）五月，在《乞校正陆贽奏议上进札子》中针对时政再一次对症下药，略谓：

窃谓人臣之纳忠，譬如医者之用药，药虽进于医手，方多传于古人。若已经效于世间，不必皆从于己出。

伏见唐宰相陆贽，才本王佐，学为帝师。论深切于事情，言不离于道德。智如子房而文则过，辩如贾谊而术不疏，上以格君心之非，下以通天下之志。但其不幸，仕不遇时。德宗以苛刻为能，而贽谏之以忠厚；德宗以猜疑为术，而贽劝之以推诚；德宗好用兵，而贽以消兵为先；德宗好聚财，而贽以散财为急。至于用人听言之法，治边驭将之方，罪己以收人心，改过以应天道，去小人以除民患，惜名器以待有功，如此之流，未易悉数。可谓进苦口之药石，针害身之膏肓。使德宗尽用其言，则贞观可得而复。

苏轼与吕希哲等人认为陆贽奏议"聚古今之精华，实治乱之龟鉴"，期望其"必能发圣性之高明，成治功于岁月"。但对于已成见在胸的哲宗而言，苏轼们的良苦用心，他"听而不受，受而不信，信而不行"，历史已经走到了新的转折点。

于是"知其不可为而为之"的苏轼，于《朝辞赴定州论事状》中再一次告诫哲宗：

臣又闻为政如用药方，今天下虽未大治，实无大病。古人云："有病不治，常得中医。"虽未能尽除小疾，然贤于误服恶药、觊万一之利而得不救之祸者远矣。臣恐急进好利之臣，辄劝陛下轻有改变。故辄进此说，敢望陛下深信古语，且守中医安稳万全之策，勿为恶药所误。实社稷宗庙之利，天下幸甚。

尽管此时肺腑之言，对于哲宗已如秋风之过耳，全然不起作用，然而苏轼以医喻政的拳拳爱国之心铭刻在历史上，其系列雄文为后人珍视。正是从相近角度考虑，韩昌箕精选了苏轼策论百篇，并高度评价说：

> 东坡先生集中所著策论一百余篇，羽翼经史，阐析理道，近裨时务，远备边功，当时仁庙读之，未尝不叹为奇才。至其因时制宜，视病发药，在嘉祐则务变更，在熙宁则务安静，在元祐则主免役，一是之从而不徇人为爱憎。仁人之言，其利溥矣。（韩昌箕：《苏文忠公策论选叙》）

其言苏轼不同时期的政论、策论“因时制宜，视病发药”，匡救时弊，利在天下，是很中肯的评价，也表明了苏轼“上医医国”的目的所在。正因为苏轼的医国之志与医国之能蕴含于胸中而外化为诗文，出自苏门在诗坛与苏轼并称“苏黄”的黄庭坚对于东坡充满了政治上的期待，赋诗曰“诚求活国医，何忍弃和缓”（《见子瞻灿字韵和答三人四返而愈崛奇辄次其韵寄彭门三首》之三《黄庭坚诗集校注》，第912页）。

面对“苏海”，时有钦服敬畏之感，探究东坡医学文化思想，更增加了这种感觉，因为收集检索相关资料，苏轼相关文字的丰富内涵，给予我们多方面的启示，翻检东坡诗文集，其所涉及医学文化方面的篇目多达二百余篇，其关涉面之广泛，令人惊叹，诸如名医传记《蜀名医张玄隐》《单庞二医》等；有“上医治未病”的诸多养生文字，如《论养生》《问养生》《续养生论》《记道人养生语》等；有“中医治欲病”之《书济众方后》《圣散子叙》等；有验方的收集和介绍如《裕陵偏头疼方》《枳枸汤》《治齿痛方》等；有药物药性之观察研讨如《苍术录》《苍耳录》《益智录》等。苏轼所辑验方、秘方部分留存在《苏沈良方》中，泽惠后世。纪昀《四库全书总目题要》高度评价说：

> 轼杂著时言医理，于是事亦颇究心。盖方药之事，术家能习其技而不能知其所以然，儒者能明其理而又往往未经实验。此书以经效之方而集于博通物理者之手，故宜非

他方所能及矣。(《苏沈良方提要》)

尤其要指出的是，探讨东坡医学思想，反复品味东坡相关文章，往往陶醉其中。其治国宏论，笔力雄健，痛陈时政，敢为危言，然以医喻政之作，或将医案娓娓道出，或将病象绘描其中，病象昭然，理义自明，理寓事中，使人警醒。所以后人给予相关文章高度评价：

东坡作文，如天花变现，初无根叶，不可揣测。如作《盖公堂记》，共六百余字，仅三百余字说医。(《室中语》)

阅读东坡此类著述，其充溢的独特个性魅力，令人难忘。《墨宝堂记》中说："蜀之谚曰：'学书者纸费，学医者人费。'此言虽小，可以喻大。世有好功名者，以其未试之学，而骤出之于政，其费人岂特医者之比乎?"可谓入木三分，有意为政为医者当书之座右。

东坡的医学文化思想，融入了他在复杂的社会经历中的人生感悟，由事见人，文如其人，使读者从一个独特的角度加深了对东坡的认识。茅坤《苏文忠公文钞》卷三十八曰："《药颂》多旷达旨，从徙南海得之。"周寿昌《思益堂日札》卷七亦曰：

《土谚》谚云："医病如治民，防病如治军。"语最有味。古人名医，曰和、曰缓，知此术非可躁急行也。若养生，则节嗜欲，慎起居，全在坚忍有制，必如东坡《养生论》所云："如商君法，如孙武令"，而后得也。

东坡的医学文化思想中，无论是以医喻政，还是医人施药，都充溢着医者仁心：为苏颂介绍名医；为友人详细介绍药方；即使那位不知名的乡人，他也拿出了家藏秘方，并详加说明(《书药方赠民某君》)，甚至还有《乞医疗病囚状》的奏议，非特为亲友而已。其心可鉴，其情可感，其人可敬，由是之故，陆游在《跋东坡问疾帖》中由衷赞叹：

东坡先生忧其亲党之疾，委曲详尽如此，则爱君忧国之际可知矣。其曰"勿使常医弄疾"，天下之至言。读之使人感叹弥日。

由东坡相关文字记载，我们可以感知在特定时代特定的家庭中，掌握熟悉一些医疗常识的重要性。其《治暴下法》曰：

> 欧阳文忠公尝得暴下，国医不能愈。夫人云："市人有此药，三文一帖，甚效。"公曰："吾辈脏腑，与市人不同，不可服。"夫人便以国医药杂进之，一服而愈。公召卖者厚遗之，求其方，久之，乃肯传。但用车前子一味为末，米饮下二钱匕。云："此药利水道而不动气，水道利而清浊分，谷藏自止矣。（《苏轼全集校注》，第8415页）

参之以宋人关于苏轼载记的《圣散子》方药疗效的争议，可以明确感知，中医之辨证施治，因人而异，当有南北地域、男女长幼、春夏秋冬、富贵贫贱之考究。普通民众了解一些医药知识，对于医治疾病，可以事半功倍。我们从陆游《山村经行因施药》诗中也看到了在特定的历史条件下，老百姓对于了解一般医药知识的渴望和需要：

> 逆旅人家近野桥，偶因秣蹇暂消摇。
> 村翁不解读本草，争就先生辨药苗。
>
> （陆游著，钱仲联校注：《剑南诗稿校注》，上海古籍出版社1985版，第3673页）

"横看成岭侧成峰，远近高低各不同。"正是在这种持续的学习研讨中，对于"苏学""苏海"的博大精深叹为观止，对于渊深的医学文化叹为观止。高山仰止，景行行止。虽不能至，然心向往之。然而文章草成之后，再反复阅看东坡涉医诗文，面对其蕴含的丰富的中医药文化知识、渊深的思想内涵、独到的人生体味，总有意犹未尽之感。于是由东坡涉医诗文而及两宋相关文学文献，由两宋而上溯秦汉下及明清，理清了探研中国古代文学涉医文化文献的基本思路。

中医药文化由于根植于博大精深的传统文化，因此具有文史哲兼容的特色，医学与军政、医学与文学、医学与哲学、医学与现实生活联系紧密，有许多有待我们思考研究的丰富内涵。其中尤为引人瞩目的是，文人尚医，医者善文，历朝历代，多有其人。早在先秦典籍《国语·晋语》中即有“上医医国，其次疾人，固医官矣”的说法；汉代《淮南子·说山训》亦云：“良医者，常治无病之病，故无病；圣人者，常治无患之患，固无患”，于是至宋以后“不为良相，即为良医”成为文士的人生理想。文人尚医，医者善文，医理与文理相通，一个崭新的路径由此出现。当我们变换思路去研究“文人尚医”的特殊现象，发现一些著名文人的诗文集中有大量涉医之诗文，而当我们再翻阅医者善文的著述，也叹服其议论卓越，文采斐然。文士论医、医者著文，既是研究中医药文化的重要史料，同时又有着多方面的研究价值。

但长期以来，由于研究者视野所限，研究文史者多忽略文人笔下丰富“医论”和大量的医学文献资料，而研究医学者，亦多关注医学科学本身，而忽略医学文献的文学蕴涵，以至于长期以来“古代文学涉医文化”的研究较少有人涉足。

在文献整理方面，中医药研究者所编《中医药文献汇编》《中医古籍珍本集成》《海外回归中医古籍善本集萃》等收集皆为医药专著，文学研究者编有历代诗、词、文、赋总集，但极少有涉医文学文献的整理。直到1988年，陈御风等编纂了《历代笔记医事别录》，方药中先生在序言中高度评价了此书的价值，认为该书“收录唐宋元明清历代笔记杂著中之医学资料，类分医事制度、经典训释、医学文献、医家人物、医学通论、养生导引、医林轶闻及内外妇儿临床各科十七门，都为一秩，撷英采华，洋洋五十万言，蔚为大观”，并期望相关文献整理有系统全面的发展：“盖以中国医药学确乎为一伟大宝库，其系统载述于历代医药专业文献者固多，散见于文人笔记、稗官野史、各类小说等非医药文献者亦复不少，若能于历代非医药文献中就有关医药资料加以整理，博采旁搜，则必能聚沙成塔，集腋成裘，弥补现有专业文献之不足。对此，前贤识此者固有人在，然脚踏实地从事此项工作者则不多。今陶君等能欣然任此以启其端，当是一好事，亦是一大事。”然而自陶御风先生等所编纂大作问世之后，嗣响寥寥。时至今日，历代笔记整理出版成果累累，但无系统整理其中涉医文献之成果。历代诗词文赋涉医文献更多，但也少有人问津。

在学术研究方面，刘晓林《中医文化与古典文学》（1999）出版之前，关注中医与文学的研究成果寥寥无几，且为泛言二者关系。刘著探讨了中医文化与古典文学契合的深层文化原因，并对一些具有代表性的古典文学作品和医学著作进行了分析，具有开拓之功。王水香、陈庆元《古典文学与中医学》2007年5月出版。其关注点有三：诗词、曲赋、笔记、散文、戏曲、小说、神话中医学对古典文学的影响；对中医学名著文学意味进行探究；从著述、实践、思想、交流等层面探讨医家通文、文士知医现象。

台湾学者皮国立著《国族、国医与病人——近代中国的医疗和身体》是一本论文集，涉及中医药文化研究的多个方面，诸如对中医的批判和对中国国民性批判的关系；医人与医国、身病与心病的关系、近代名人与中西医之争等等。

综观目前相关研究成果，我们发现传统中医药文化与文学的研究存在两个问题，其一是传统医学医药文献资料搜集相对完备，但对于医学文献的文学蕴涵研究相对欠缺；其二是学术界已经关注中国古代文学涉医文化的研究，但对于历代文学涉医文化文献的整理搜集相对欠缺，研究力量薄弱，研究方法单一，缺乏系统的、多元的综合研究，很多重要作家作品尚未有人注意。故而缺乏系统全面深入的研究探讨，在这一领域还有比较广阔的研究空间。为了整体把握中医药文化与古典文学研究，课题组成员反复论证，确立了“中医药文化与中国古典文献研究”这一具有交叉学科特色的协作研究课题。

“中医药文化与中国古典文献研究”既为中医药、中国古代文学、中华传统文化研究提供翔实可靠的文献依据，同时又是传承发展中医药事业、弘扬中华优秀传统文化的具体举措。

“不为良相且良医”，文士论医、医者著文，多以医论政、以医论军、以医论世、以医寓理、以医论事等，通过对中医药文化与古代文学进行综合研究，有助于深入了解不同历史时期政治、军事、经济、社会变革、士人思想、文学嬗变等，对于深化拓展传统医学文化、古典文学的研究，具有推动作用。

“中医药文化与中国古典文献研究”最终成果为两个系列，即“中国古代文学涉医文化文献辑要”系列和“中国古代文学涉医文化文献研究”系列。

“中医药文化与中国古典文献研究”合作项目受到甘肃中医药大学和兰州大学有关部门的重视和大力支持，在“中国古代文学涉医文化文献辑要”第一辑（五卷）即将由兰州大学出版社出版发行之际，谨在此向甘肃中医药大学、甘肃中医药文化传承发展中心，向兰州大学社科处、宣传部、文学院以及兰州大学出版社表示衷心的感谢！

“中医药文化与中国古典文献研究”编委会

二〇一九年八月

前　言

在中国传统社会中，文学与医学的联系非常紧密，其联结可以上溯到巫风盛行的上古时期。上古的原始祭祀活动糅合了诗歌、音乐、舞蹈等元素，体现为诗、乐、舞三位一体的形态。《说文·巫部》记载："巫，祝也。女能事无形，以舞降神者也。"意谓巫可以借助艺术表现来沟通人神。而医的源头亦与巫相关涉，《说文·酉部》称："古者巫彭初作医。"巫彭是传说中的神医，兼巫术与医道于一身，段玉裁注解称"巫彭始作治病工"，意谓巫师在从事祝祷禳祓等祭祀活动时逐渐涉及了治疗的工作。随着社会的进步，文学与医学各自与原始祭祀活动脱离，沿着自身路径向前发展，但以儒家思想为立身根本的中国传统知识分子，其民胞物与之情又与医者悬壶济世的责任感殊途同归。《国语·晋语》称："上医医国，其次疾人，固医官矣"，后世遂有"不为良相，则为良医"的说法，认为治理国家与治疗病体道理相通。不仅如此，中国古代文学与中医学在一些基本理念上具有惊人的一致性与互通性。中医重气，认为"气为血之帅"。而中国古代文学理论同样对"气"予以强调，曹丕《典论·论文》称："气之清浊有体"，韩愈在《答李翊书》中提出了"气盛言宜"，均把"气"作为文学的关键命题来看待。

如果我们深入文本内容则会发现，医药早在先秦时期就进入了中国古代文学的书写范畴。古人在日常生活中涉及识草辨名、求医问药、养生保健等活动，具体的经历和感触自然而然促使其发之为声，言之为文。中国第一部诗歌总集《诗经》中的许多篇章都涉及药用植物，如《周南·芣苢》：

“采采芣苢，薄言采之。采采芣苢，薄言有之。
采采芣苢，薄言掇之。采采芣苢，薄言捋之。
采采芣苢，薄言袺之。采采芣苢，薄言襭之。”

芣苢即车前草，是多年生草本植物，分布广泛，其嫩叶可食，全草与种子都可入药，具有清热、止咳的功效。劳作者通过歌谣展现了采集芣苢的场景。在更多的情况下，《诗经》中的药用植物作为比兴的形象参与到了作品的建构当中，如《唐风·椒聊》《王风·中谷有蓷》《周南·卷耳》等，均是如此。

汉代最引人瞩目的涉医文学是枚乘的《七发》。赋中假设楚太子有病，吴客前去探望，通过主客问答来结构全篇。吴客认为楚太子的病因在于贪欲过度，享乐无时，用药和针灸不能治愈，应当改变生活方式。其陈述最后使得太子“涊然汗出，霍然病已”，在指出不良生活习惯的危害的同时，涉及了心理治疗方式。作为汉大赋的发端之作，《七发》以主客问答的形式，连写七件事的结构方式，并形成赋中的“七体”为后世所沿习，形成了深远的文体学影响。

唐宋时期，涉医诗文作品在前代基础上出现了新的推进。在文人笔下，对疾病的叙写呈现出了细致化的特征，医药也不再单单作为比兴意象出现。这一时期的作品体现了文士的日常生活意趣和对生理健康的关注，由此使得文本内容更加丰富。唐宋文人往往乐于参与医学实践，像如白居易、刘禹锡、欧阳修、苏轼、黄庭坚、陆游等人均对医理、药学有所研究。文学家的重视和参与带动了涉医诗文作品的出现，该时期出现了诗歌有的专门描述疾病症状，如白居易《足疾》、陆游《龋齿》等；有的涉及治疗方法，如范成大《灼艾》等。该时期还出现了专门赠给医生、赞誉其医术的作品，如苏轼《赠眼医王彦若》、舒岳祥《赠医博士范心斋》等。唐宋文人对药物的产地、性状、功用着墨颇多，在描述自身的疾病症状、用药体验上则较为细致，亦乐于表现医生高超的医术和高尚的医德。文章方面，最值得关注的是该时期出现了大量涉及的医药内容的笔记，如苏轼《东坡志林》、沈括《梦溪笔谈》、洪迈《夷坚志》等。其中不乏对医案病例、医方药理、杏林名家的记载，在广见闻、充谈资的同时，保留了大量的古代医学信息，具有较高的文献价值。

明代涉医诗文沿着唐宋所开拓的路径，在作家构成、文体类型以及内容细度与广度方面有了进一步的发展。首先，从作家构成来看，以本书的编选为例，涉及相关作家一百五十余位，其中有自元末入明的开国文人，如宋濂、刘基、贝琼、高启等人，有永乐时期的台阁重臣，如杨士奇、金幼孜、解缙等人，有弘治、正德以来的文坛名家，如祝允明、王九思、康海等人，有嘉靖、万历时期的各文学流派代表人物，如唐宋派之王慎中、茅坤、后七子之王世贞、宗臣、梁有誉等人，乃至明末遗民作家，如黄宗羲、姜埰等人，可谓囊括一时之选，产生了许多公认的涉医文学名篇。其中方孝孺的《原医》、《指喻》、《鼻对》等散文，不仅行文朗畅，而且巧设譬喻，生动活泼，代表了明代涉医散文的较高水平。其中《鼻对》一文尤为思巧语奇，作者采用拟人手法设事言理，借“鼻”的一番对答，指出“宜暖而寒，去夹就单”是致病之源，而如果患者“放不加思，恣肆颓惰”，主观上不以为戒，则会使病情进一步发展，进而指出“服食以节，起处有常”，才能“顺阴燮阳，无所败伤”。该文带有寓言性质，设事入情入理，造语奇巧，构思独特，可谓中国古代涉医散文中的佼佼者。

除文学家外，明代医学家也进入到了创作群体当中。医家行文以论说辨析为主，于字里行间可见说理之绵密细致、叙事之条分缕析、摹物之曲尽其态、议论之恢宏磅礴。如李时珍、龚廷贤、吴崑、张介宾、李中梓、孙志宏、萧京等医家，多有述作，不仅自出机杼，而且时见情采，在著述立论、总结经验的同时，有力推进了涉医散文的发展。其中，张介宾的《大宝论》《医非小道记》《病家两要说》等散文均可称佳篇，与文士制作相比亦毫不逊色。《大宝论》以主客问答结构成篇，侃侃而谈，有理有据，使人信服。《医非小道记》借异人之口，说出“既称性命是关，医岂小道云哉?”的呼声，发人深省。而《病家两要说》开篇即气势不凡，颇具雄辩之士的风采："医不贵于能愈病，而贵于能愈难病；病不贵于能延医，而贵于能延真医。夫天下事，我能之，人亦能之，非难事也；天下病，我能愈之，人亦能愈之，非难病也。惟其事之难也，斯非常人之可知；病之难也，斯非常医所能疗。故必有非常之人，而后可为非常之事；必有非常之医，而后可疗非常之病。"行文多用排比句式，铺排罗列，勾连而下，节奏铿锵顿挫，极大地增强了文章的表现力。

其次，明代涉医文章体例更加多样化。再以本书为例，上编为明代涉医文选，按照文体下分十一类，分别为奏疏、传记、赠序、箴铭、行状、祭文、论说、序跋、书信、像赞、笔记。此处略举两类，以观其大概。其一为奏疏，奏疏是臣子向君主陈述意见的公文，具有明确的行文意旨与措辞规范。如汪应轸在《保护圣躬疏》中提到："风、寒、暑、湿多乘虚而入，凡有感冒，元气必有减损。调理平复，必百日之后，然后饮食起居可以如常"，由此提醒君主和调饮食、顺适起居，反映了古人关于防病与养生的重要理念。其二为赠序，赠序是古代常见散文类型，具有赠言性质，其内容多是勉励，推崇，赞许之辞。本书所选的诸多赠序涉及医生的治疗过程及其对患者的调护与关心，如宋濂的《赠贾思诚序》，书写细致、笔触动人：

> 贾君即视余如手足之亲，无所不致其意。虑余怒之过也，则治之以悲；悲之过也，则治之以喜；喜之过也，则治之以恐；恐之过也，则治之以思；思之过也，则治之以怒。左之右之，扶之掖之，又从而调柔之。不特此也，其逆厥也，则药其涌泉以瘄之；其怔忡也，则按其心俞而定之。如是者数年，不可一朝夕离去。宁食不鲜羞，衣不裼裘，何可一日无贾君？宁士不鲁邹，客不公侯，何可一日以无贾君？

贾思诚悉心治疗该病患数年，能够根据病情发展，不断变换治疗方法，成功地处理了几次紧急情况，挽救了患者的生命，最终取得了良好的治疗效果。宋濂收到同乡张君的书信，为其中所记载的医患之情所感动，慨然提笔作序，使得一位精诚致志的医生形象跃然纸上。

最后，明代涉医诗文作品在题材广度和内容深度上有了进一步的发展，大量包含医理、药学、病理、养生乃至社会卫生事业等内容的文学作品在本时期出现。如本书上编所选吴宽《医俗亭记》，值得一读。作者自称从小多病，多方求医问药，均不见效。偶然听到有人吟诵苏轼的诗，其中有“士俗不可医”句，颇有感触，便在自己家东边的半亩空地种上竹子，在其中栖居坐卧，疗养身心：

> 其藉此以医吾之俗，何如耶？吾量之隘俗也，竹之虚心有容足以医之；吾行之曲俗也，竹之直立不挠足以医之；吾宅心流而无制，竹之通而节足以医之；吾待物混而无别，竹之理而析足以医之。竹之干云霄而直上，足以医吾志之卑；竹之历冰雪而愈茂，足以医吾节之变。其潇洒而可爱也，足以医吾之凝滞；其为筒、为简、为箭、为笙箫、为簠簋也，足以医吾陋劣而无用。盖踰年，而吾之病十已去二三矣。久之，安知其体不飘然而轻举，其意不释然而无累，其心不充然而有得哉？

吴宽的描述涉及了心理疏导疗法的具体操作步骤，借助观想外物以开解自身的郁结、磨炼个体的意志，通过强调行动、饮食、起居等方面的节制，从而培养青少年向上奋发的精神力量。作为积极治疗的样本，这种实践和尝试对当下社会中存在的抑郁症、躁郁症等精神类疾病的疗愈亦具有一定的启发性意义。

同样值得关注的还有邹元标《积疫之苦》一文，其中述及南直隶等地疫病流行，导致“强村巨室，悉成莽苍”的社会惨状，主张由政府牵头，建立防疫制度：“宜敕各处抚按，每县于岁编内，编派济疫银一款，一县或二百两，或四百两，每石粮不过毫末耳。如疫疾流行，召医在各处施药，年年如是。活一人，得一人，活一方，得一方。不然，与饥民均死耳。至各处名医，亦宜搜访，起送赴部听用。有便民济疫全书，亦愿广布民间，以溥圣惠，以度群生。”其中包括经费筹措、人员调遣、医方普及等内容，反映了明人对社会卫生事业的认识与努力。

此外，该时期出现了大量赠医诗文作品。就身份来看，送赠的对象既有京师太医院的御医，亦有前线随军的军医，也有地方上的名医，乃至乡间的郎中等；就各自所擅专长来看，送赠的对象既有疡医、颇囟医、眼科医、小儿医等等，不一而足。前述宋濂《赠贾思诚序》为赠序中的名篇，而赠医诗则以高启的《赠儿医吴氏昆季》《题医师王隐君墓表后》《送医士宋君之江上》《吴县庠训导徐君善医常起人疾求诗赠之》《赠医师王立方》《赠医师徐亨甫》《赠刘医师》《杏园图为沈日新先生题》《赠惠山医僧东山》等作品为代表。这些作品于应酬赠答之外，往往具有清雅的意象和动人的诗思，如“洗菊夜潭月，劚苓秋坞云。”（《赠儿医吴氏昆季》）“采药夜归院，萝月照涧西”（《赠惠山医僧东山》）“悲风柏陇小，积雨药园荒。（《题医师王隐君墓表后》）“剔芸翻旧帙，尝草识新方。春水孤舟起，还来问竹房”（《送医士宋君之江上》）“渡涧劚苓朝带雪，隔林蒸术午生烟”（赠医师王立方）“池上采芹风起处，阶前晒药雨收时”（《吴县庠训导徐君善医常起人疾求诗赠之》）等，不一而足。其中，“月”“云”“雪”“雨”“舟”“药”“苓”是高启赠医诗常用字，它们或为自然物象，暗示着医生的生活经历与内在情操品格；或为常用医药，与医生救死扶伤的日常工作直接相关。在高启的笔下，医生的形象既温文尔雅，又超尘出俗；既能够“坐谈周孔杂轩岐”、“博士经横每下帷”（《吴县庠训导徐君善医常起人疾求诗赠之》），又具有“诗瓢与药囊，此去即行装”（《送医士宋君之江上》）的洒脱。他们平时深居简出，不过是“偶因念殇者，来此市人群”（《赠儿医吴氏昆季》），而“病家几度来相觅，林下遥闻煮术香”则是其医隐形象的典型体现。

与前代相承接，明代涉医诗文中“不为良相，则为良医”的思想尤为突出，甚至不乏专论的情况。王偀《赠儒医蒋汝弥序》一文开篇即称："昔人有言：'不为良相，则为良医。'相佐天子，出政教、兴礼乐，论道经邦，亮采惠畴。作舟楫霖雨以济天下，位高而人愈戴，禄厚而人愈怀。……然医，仁术也，操一匕剂以拯人于危，而使窒者通，愦者明，呻吟者息而疾痛者愈，非宅心之仁与烛理之明有未能焉。士有是心而不能达之天下，则愿择术于医以行之。"而王九思在其《明故秦府良医正西林王君墓表》中直呼："夫古之人有言：'不为良相，则为良医。'夫相者，天子所倚为重也。而医与之埒，岂细务哉？岂细务哉？"这些著名文士在强调医生这一社会职业的重要性的同时，有力地摈斥了医为"小道"的偏见，提高了医生的社会地位和职业认同感。

而以医论政的情况也较为常见，倪谦《谢钦院判医效序》中记载了一位良医对病人的嘱托，涉及了治国理政的思想："……吾之药，内以护其真元，外以祛其邪气，调和遏绝，使自遁焉。彼刚峻之剂非不快于一时，而不知元气抑已伤矣。昔之善医国者亦然，养民以德所以护元气也，御寇以兵所以祛邪气也。是以伊傅周召培植六七百载之商周，萧曹房杜能培植三四百载之汉唐，率用此道。若商君之医秦，劲悍猛鸷，不贷毫发。痛刬而力锄之，其国富兵强甚为快也，然四肢枵然而大命以随适，所以殪之也。公为朝廷良相，用因以是告焉。"事实上，明代许多从医者社会责任感与使命感非常强烈，并不因当时的社会偏见而轻视自己所从事的职业。晚明名医龚廷贤在其《〈万病回春〉序》中叙述了自己科举不利转而继承家学，从事医疗事业的心路历程："思弗克为良相赞庙谟以寿国脉，则为良医诊民瘼以寿苍生。虽显晦不同，而此心之春生均之，有补于世道也。"可见这种职业转向对他而言是相当自然的。

文士论医、医者著文的现象在明代普遍存在，这种交融互通使得传统中医学在创作题材、内容等方面对古代文学的发展具有开拓的意义，而大量包涵医理、药学、病理、养生等内容文学作品则涵盖了极为丰富的医学文献价值。通过对古代涉医文学文献的梳理和阅读，借助文本对中国古代文学与医学文化进行综合性研究，能够更为深入地了解不同历史时期的政治环境、经济水平、社会思想、医学发展与文学演进的情况，有助于推动传统中医学与中国古代文学的研究进程。

高　璐

二〇一九年十月二十七日于金城

凡　例

一、《明代涉医诗文选编》收录范围，为明代产生的、内容涉及传统中医学的文章与诗歌，亦包括以宋濂、刘基等人为代表的由元入明作家作品，和以姜埰、黄宗羲为代表的明末遗民作家作品。

二、本书以点校为主要整理方式，所选底本附于每篇之末。底本中原有之注，以小五号楷体字排印，置于原处。底本之墨钉、阙字及漫漶不清者，以□代。

三、底本中出现脱、讹、衍、倒等错误，以脚注说明。如李中梓《医宗必读》卷一《四大家论》："古之名流，非各有见地，而同根理要者，则其著述不传，即有传者，未必日星揭之。如仲景张机、守真刘元素、东垣李杲、丹溪朱震亨，其所立言，医林最重，名曰四人家。"（明崇祯十年刻本）其中，"守真刘元素"之"元"疑为"完"之误，即以脚注说明。按，刘完素，河间人，字守真，金代著名医家。

四、为便于今人阅读，原繁体字形改为简体字形，异体字则改为通行字，如"咲"改为"笑"、"氷"改为"冰"、"徳"改为"德"，"凢"改为"凡"，"㣲"改为"微"等。遇有个别容易引起歧义的情况，则从常例。如刘基《诚意伯文集》卷二《赠陈伯光诗序》（四部丛刊景明本）："是故天下一身也，一身之肌肉、腠理，血脉之所至，举不可遗也。必不得已而去，则爪甲而已矣。"其中"已"字形为"巳"，然其意实为"已"，为避免歧义，改为"已"。

五、所涉作品以文体分类，每类中又作者以年齿先后排序。关于作者生年信息，除依据史料记载之外，同时参考学界新成果。如林弼生年依据见于张婧雅《林弼研究》附录《林弼年表》（2017年闽南师范大学博士学位论文，第246页）。生年失考者，则以其登科时间先后排序，其余统附于后。佚名无考者，则以作品所在文集编者生年先后排序，如本书上编之传记类有《石膏传》一文，乃集药名敷衍成文，作者佚名，该文收入陈邦俊辑《广谐史》卷十（明万历四十三年沈应魁刻本），今即以编者陈邦俊生年为排序依据。

目 录

上编 文选

下编　诗选

上编　文选

一 奏疏

保护圣躬疏

汪应轸

本月初五日，该司礼监太监扶安传奉圣旨：朕偶感风寒，暂免朝参，调理数日。群臣不胜怀恋。次日又该大学士杨廷和等为问安事，奉圣旨：朕服药渐康。又连日百官赴左顺门问安，该司礼监官传宣：圣躬已安。群臣不胜欣跃。虽然，臣愚，尤有所不容已之情，而敢以献焉。盖圣体违和之始，固当致慎，安泰之后，尤宜加谨。臣尝窃观医书，风、寒、暑、湿多乘虚而入，凡有感冒，元气必有减损。调理平复，必百日之后，然后饮食起居可以如常。古人所以病慎于小愈者，正为此也。天相圣躬，福禄康宁，如山如阜。勿药之喜，固不待微臣过虑者。但恐天气渐寒，愈当保摄宫闱。初正未练调护，臣愿请昭圣慈寿皇太后、兴国太后暂诣乾清宫中，得以晨昏抚视、和调饮食、顺适起居，各有制节，以示仪范。既有以纾太后思念之情，又有以慰皇上悬望之意。则圣心怡然，而圣躬自豫矣。狂瞽之愚，极知僭妄，无所逃罪。陛下倘以千虑一得而赐察采纳焉，不胜宗社幸甚！臣民幸甚！

汪应轸《青湖先生文集》卷一，清同治十一年广州刻本

乞休疏

潘季驯

为病根深重，日就危急，乞恩早赐，放归田里，以延残喘事。职由嘉靖二十九年进士筮仕推官，历升今职。自卑及崇，已废复起，荏苒三十三年矣。先帝培养之深恩，我皇上简拔之盛德，殚竭犬马，勉效涓埃，固职之分，亦职之心也，岂期分量？既逾灾缘福过，精神大耗，病逐齿增，医药罔功，危迫日甚，有不得不哀鸣于君父之前者。

伏念职于万历七年正月间，躬督高堰堤工。至二月初五日，因汤恩口难筑，遂与郎中张誉亲往料理。凌晨而出，昏黄始竣，传餐不便，枵腹终日。湖坡旷野，风气倍寒，忽觉左胁下一点如刺透入腹内，脏腑皆冷，回至茇舍中，昏晕倒地。家人辈急，以姜汤调牛黄丸灌之，方省人事。自是，或一月一发，或再月一发，然犹勉强视事，不敢杜门求摄。盖以大工方殷，百责攸萃，势不得不然也。延至万历八年十月内，解任南来，职自度此疾必须弃官调理，具疏乞归。荷蒙温旨慰留，令职毋得再辞。职感激愈深，图报愈切。且时当明盛，正士盈朝，职亦诚有不忍言去者，力疾赴任。忽复二年，前疴虽或间发，犹能尸素。至本年十月内，则旬日一发，至十一月，则五六日一发，至十二月中旬，则三四日一发。发则五内如冰，昏眩移晷，兼以寒气上攻，喘嗽不止。昼夜呻吟，若顷刻不能自存者。医生金文章等，皆谓病根已深，必非旦夕可愈。南兵机务颇繁，淹淹废事，职罪大矣。伏望陛下察职实有不忍求去之心，怜职实抱不得不去之病，特赐矜允，放归里闾。苟延一日，陛下一日再生之恩也。职无任激切，祈恳惶悚，待罪之至。

潘季驯《潘司空奏疏》卷三，清文渊阁四库全书本

积疫之苦

邹元标

今之人皆知救荒，不知救疫。疫者，荒之因也。民饥饿中虚，湿邪相蒸。始一人，终千百人。始一隅，卒穷乡极邑。西江会城，数月八千有余藁葬，余有主者可知已。臣邑月一城门出五百人，他邑又可知已。臣以为此西江则然，及舟经南隶等处，强村巨室，悉成莽苍。甚至父子不相顾，兄弟不相往来。嗟嗟，天何使民至此极哉？臣郡邑赖各官竭力布医施药，稍缓须臾。不然，城廓不几丘墟乎？臣因悟曩之死者皆枉也。故先臣有言，惟疫与大兵，修短不可以言命。虽然，握宇宙元元之命者在陛下。陛下往闻畿内小民，疫疾流行，施药以济。小民焚香吁天，共祝圣寿。今此海内之民，均陛下赤子也。夫捐帑藏济民，祈施有限。臣愚，谓宜敕各处抚按，每县于岁编内，编派济疫银一款，一县或二百两，或四百两，每石粮不过毫末耳。如疫疾流行，召医在各处施药，年年如是。活一人，得一人，活一方，得一方。不然，与饥民均死耳。至各处名医，亦宜搜访，起送赴部听用。有便民济疫全书，亦愿广布民间，以溥圣惠，以度群生。此非臣之迂谈也，宋有惠民局，我祖宗有医学科，今特一振举之耳。

邹元标《邹忠介公奏疏》卷二，明崇祯十四年林铨刻本

虎丘山重建药师阁疏

范允临

人以药生，亦以药死。人之生死，果尽由药耶？乃卢扁回生，庸医殒命，则药又若真能生死人者，他无暇论。即如近世疡医朱岐

山，老勃无耻，如狂如醉。乃戏持刀圭，弄人命于股掌，岂杀人之柄一庸夫操之耶？抑苍苍之表，有制之者第假手于药耶？夫人命修短，上帝所制。果其籍手于药，则莫若药师王佛。夫药师王以琉璃光普照一切世界，岂与酌上池见垣一方者等？乃纵庸医弄销魔，如赤子盗潢池，兵不能制将。药师王不好生耶？抑阻深暗昧，不得耀于光明耶？昔上帝失二药神，令梵僧求之，乃在王市女子鼻孔中，遂摘取而去。今庸医横行，药师失矣！云岩寺僧侣云，欲重建药师宝阁，倘亦求取意乎？凡我有情，咸当喜舍。我不惜金钱布粟，上帝亦当不吝东市女息肉耳。似云来求疏，余方感外姑之变，疾首痛心。书此与之，令后人当共被琉璃光，毋为庸医操命也。

范允临《输寥馆集》卷六，清初刻本

乞休第五十八疏

叶向高

奏为拘系不堪，百病俱作，危困可矜，苦求允放事。臣之乞归，已连上二十五疏，至穷至苦，郁抑之极。肠胃中如焚如灼，前后闭塞，水火不通。因服凉药过多，翻胃呕吐，遂昏迷晕绝，半日方苏。延医韩伯恭、陈天和、陈志明等诊视，皆云愁闷拂逆所致，劝臣宽心调理，而臣不能。若再不得去，必死无疑。臣病中无聊，历数前后各官，自阁臣九卿，以至庶僚，无大无小，无不来去自如，唯意所便。独臣一人拘留困顿，有如累囚。何罪何辜，而罹此患？每一念及，殊怀不平。方神祖留臣，犹云阁中乏人。今阁臣有五六员矣，所居何官，所干何事？而推诿于臣。如皆谦让未皇，则词林此日，济济多贤。毋论他署，即詹事府一衙门，已有二三十人，固从来未有之盛也。朝下爰立之命，而夕已塞满纶扉，将无坐处矣。又何至有乏才之叹哉！倘以臣罪戾深重，不应安然而去如同官太便宜之说，则臣叨滥多年，颇竭心力。即在神光二庙之间，人情危疑之日，亦有一片苦心，可以对天地而质鬼神。此惟列圣神灵与皇祖皇考知，天下人不尽知，即皇上亦不尽知也。闻皇考在宫中，每谈及臣，辄咨嗟太息，故登极而首召焉。今凡百臣工，有片言只字曾及国本者，无不蒙恩。生则超迁，死则恤录，而臣处不生不死之地，并未敢侥一字之褒、半纶之宠，仅仅乞此一具垂亡之骸骨，归死故丘而亦靳之。窃恐先帝在天之神，亦必怆然为臣动念，而何在廷诸臣绝无恻隐之心，一至此也？臣之此言，真是浅衷小人。生平所深耻而不欲出口，今计穷虑极，无可奈何，腼颜破面，叙此一段微劳以乞恩于皇上，其亦可愧可羞之甚，而万非得已也。夫人之乞恩以干进，而臣之乞恩以求退。至于求退而乞恩，则其势愈迫，而其情亦愈可原矣。伏望皇上鉴臣此情，即赐俞允。如必欲用臣，则容臣归卧一二年，万一犬马之躯未填沟壑，或尚能匍匐奔走，再见皇上，亦事之不可知者。夫服牛乘马者，当其壮健，犹必稍休其力，况老病之疲驽哉？又何为鞭策不休，立视其毙而不恤也？

臣此疏语言急促，无所避忌，自知非宜。鹿死不择音，统望圣慈怜察，不胜惶汗激切之至。

奉圣旨：卿事皇祖，独力赞襄，翼戴皇考，忠勤尤著。首召未及相见，正宜勉留辅朕，用副眷知。何可坚意求去？览奏知卿方理医药，暂需静摄，慎无亟陈。该部知道。天启四年五月二十八日。

叶向高《续纶扉奏草》卷十三，明末刻本

施药募疏

祁彪佳

比不肖屏迹草堂时，与家仲季盘白石，啸清风，相伴终日，几不知人间事已。一日，客有过予者，语及方今疫痢流传，民多夭札，而窭人子尤为可悯。盖彼日烧桂煮玉，即无事不能一果腹。一旦踣卧，那复有囊中钱？以故望一匕，如九转丹不可得。头才岑岑痛，生理便尽。或一家数口相枕藉，直相视须死耳。余闻之，不禁蹙额伤哉！

夫人独不具耳目鼻口心，知百体者哉？独非父乾母坤，与吾同胞者哉？胡逢天之疾，威若斯也，其有以自召也欤？顾吾思一室之内，父母忽尔震怒，凡为子者，苟不多方营救，未有获免于戾者矣。然则吾辈今日尚得盘白石、啸清风，坐而视彼，颠连以死耶？遂与家仲季商之。金如先生思以遍告之仁人君子，醵金市药，共图扶援。即数服吹嘴，未必尽如九转丹，便能生死人而获尽。吾人辈不忍死生人一念，庶不致推同胞于膜外，为风痹不知痛痒之人耳，况乎灾沴洊臻？吾辈同此一世界，正恐不能自保，今尚得探囊中钱，展我四体，振救他人，固属幸事，而况此不忍死生人一念，实与上帝之大德相副用，以袪厉气，而迎天和。不难于是享平康之福，而吾辈亦恒得逍遥，容与于山水间，又未必非一身一家之利也。

不肖自揣绵劣，望我同志合力成之。谬有数条谨列于左，抑不肖于此，更隐虑焉。吾乡地狭人稠，即使岁事屡登，亦恐食众而生寡。况今江右已见饥荒，金衢之粟，亦且骤涌。万一吾乡旱涝不常，窃恐转输既艰，匮乏必甚。十室九空之民，未必有亲上死长之义。昔止忧荒，今乃忧乱。凡我同志，正宜预为讲求，勿谓青州之全活，尽是有位者事也。乃即此贫而病者，因病而更益其贫。虽残喘或延，而典鬻已尽。一饱无时，不以病死，亦恐以饥死矣。夫岁或不稔，已可虑也。岁或稔矣，而丰者自丰，俭者仍俭。以人事之不齐，致大行若有憾，更可痛也。愚意助药之费，倘少有赢余，则于就医取药时所列贫病之家，分地计资，略为赈恤。虽施予有限，亦足稍展吾辈无穷之心乎。敢并商之，伏求南指。

祁彪佳《远山堂文稿》不分卷，清初祁氏起元社钞本

二 传记

李杲传

宋 濂

李杲，字明之，真定人也，世以资雄乡里。杲幼岁好医药，时易人张元素以医名燕赵间，杲捐千金从之学，不数年，尽传其业。家既富厚，无事于技，操有余以自重，人不敢以医名之。大夫士或病其资性高謇，少所降屈，非危急之疾，不敢托也。其学于伤寒、痈疽、眼目病为尤长。

北京人王善甫，为京兆酒官，病小便不利，目睛凸出，腹胀如鼓，膝以上坚硬欲裂，饮食且不下，甘淡渗泄之药皆不效。杲谓众医曰："疾深矣。《内经》有之，膀胱者，津液之府，必气化乃出焉。今用渗泄之剂而病益甚者，是气不化也。启玄子云：'无阳者，阴无以生，无阴者，阳无以化。'甘淡渗泄皆阳药，独阳无阴，其欲化得乎？"明日，以群阴之剂投之，不再服而愈。西台掾萧君瑞，二月中，病伤寒发热，医以白虎汤投之，病者面黑如墨，本证不复见，脉沉细，小便不禁。杲初不知用何药，及诊之，曰："此立夏前误用白虎汤之过。白虎汤大寒，非行经之药，止能寒腑藏，不善用之，则伤寒本病隐曲于经络之间。或更以大热之药救之，以苦阴邪，则他证必起，非所以救白虎也。有温药之升阳行经者，吾用之。"有难者曰："白虎大寒，非大热何以救？君之治奈何？"杲曰："病隐于经络间，阳不升则经不行，经行而本证见矣。本证又何难焉？"果如其言而愈。

魏邦彦之妻，目翳暴生，从下而上，其色绿，肿痛不可忍。杲云：“翳从下而上，病从阳明来也。绿非五色之正，殆肺与肾合而为病邪。”乃泻肺肾之邪，而以入阳明之药为之使。既效矣，而他日病复作者三，其所从来之经，与肾色各异。乃曰：“诸脉皆属于目，脉病则目从之。此必经络不调，经不调，则目病未已也。”问之果然，因如所论而治之，疾遂不作。

冯叔献之侄栎，年十五六，病伤寒，目赤而顿渴，脉七八至。医欲以承气汤下之。已煮药，而杲适从外来，冯告之故。杲切脉，大骇曰：“几杀此儿！《内经》有言：‘在脉，诸数为热，诸迟为寒。’今脉八九至，是热极也。而《会要大论》云：‘病有脉从而病反者，何也？脉之至而从，按之不鼓，诸阳皆然。’此传而为阴证矣。令持姜、附来，吾当以热因寒用法处之。”药未就而病者爪甲变，顿服者八两，汗寻出而愈。

陕帅郭巨济病偏枯，二指著足底不能伸。杲以长针刺骫中，深至骨而不知痛，出血一二升，其色如墨，又且缪刺之。如此者六七，服药三月，病良已。

裴择之妻病寒热，月事不至者数年，已喘嗽矣。医者率以蛤蚧、桂、附之药投之。杲曰：“不然，夫病阴为阳所搏，温剂太过，故无益而反害。投以寒血之药，则经行矣。”已而果然。

杲之设施多类此。当时之人，皆以神医目之。所著书，今多传于世云。

宋濂《元史》卷二百三《列传》第九十，清乾隆武英殿刻本

同寿堂记

程本立

人身之气通乎天地之气，人心之理通乎天地之理。痿痹其手足

者，气有不属也。医书犹以为不仁，而况蠡贼其心，而理有不存者乎？是故仁道虽大，其要在乎克去己私，复还天理而已。盖非克去己私、复还天理，不能以天地万物为一体。不能以天地万物为一体，则不能以爱己之心爱人。夫人情莫不欲寿者，爱己之心也。知其所欲而生之者，以爱己之心爱人也。然亦岂穷而在下者之得为哉？在下而得为者，其惟医乎？医亦仁矣，宜乎蔡氏之堂以“同寿”名之，而子孙世世不能改也。

嘉兴之崇德里曰“凤鸣”，蔡氏自宋南渡家焉。有字渊斋者，传其子梅友、竹友。梅友仕至防御使，尝扁其堂曰“同寿”。竹友子君实者，尝著《同寿秘室方》于元之大德间。君实传其子伯仁，伯仁传其子敬之，敬之传子曰济，字公惠；曰润，字公泽。公惠入国朝，为邑之医学，训科以卒。子曰熙，能弗弃基绪，同寿之堂自若也。公泽谪罗氏鬼国，罗氏鬼之被疾而痛苦呻吟者，亦莫不求已于公泽。公泽仍扁其居药之室曰“同寿”。书来滇池，请予记之。予与蔡氏居同里，公泽又尝从予学。予少也及见其祖，长也及交其父。若兄今老矣，能无感于人世邪？记其可得而辞也？

嗟夫！蔡氏之先，予所不及知者不论也，试以予之所知者言之。家以医显，自渊斋至于熙，盖七世矣。堂以“同寿”名，自宋至于今，盖百有余年矣。其东西之鄰，南北之鄙，岂无富贵于蔡氏者？亦有一门七世一堂，百余年者乎？天奚独厚于蔡氏邪？盖仁之积也久矣！彼以天人为茫茫者，恶足与语天人之际哉！公泽居黔中，患难而无怨怼不平之气，方将寿西南之民，以无忝乎？厥祖可不谓仁孝人与？夫动忍者，仁；熟孤孽者，术。知天之所厚于是乎！在公泽，其尚勉之哉！虽然，天监下民，民之不义，降年之不永；皇建有极，极之不训，赐福之不敷，盖有非医者所能致力于其间者也。驱一世之民，跻仁寿之域，是则同寿之大者。噫！今何幸圣人在其上[1]。

程本立《巽隐集》卷三，清文渊阁四库全书本

〔1〕此处疑有阙。

杏林清隐记

梁　潜

岁辛丑春，姻家生杨鼎过予而言曰："予妻兄郭太素氏世业医，疗病多奇中，过门而求者迹相踵。尝语人曰：'古人用药制方，有不可移易者，而亦有不可悉用者。大抵因彼之病制此之方，病之证有不齐，则方之制无一定。'太素之言如此，故其术验，而活人益众。前进士萧子尚即其居，为书四大字，扁之曰'杏林清隐'。画史孙碧霄又绘而为之图，愿有以记之。"予辞，以未获造杏林之下。

姑俟后日，则又告予曰："杏林之外，群山秀出，每烟收雨止，则霞影绚烂如蓬壶、员峤之不在人世。一水萦回，沙鸥渔艇相上下于数里间。自郭氏先世有父子并登科者，名冠于朝，故其地至今号为'冠朝'。虽太素不得为儒而遂于医，挟济人之术信于一乡，利泽及于人人，观其所以为治，则又疏通豁达，不拘于陈言，而亦不出于古人。三尺之外，虽未必能生死人，而实未尝死生人也。"

嗟夫，太素之贤如此，是可记者。夫病有可生之理，而医无起死之方。用药偶然而一中者，辄父子世守之，以为传家之秘。殊不知地有南北，时有寒热，病之证虽同，而人之身又有虚实强弱之不齐者，不可执一而论。苏耽之橘井，何地无橘，何井非水？而苏耽能以之愈疾。强而效苏耽者，必误杀人。此太素之术所以异于人，而取效则多于人人也欤？汉程不识之为将，其守法律也严，而敌不敢犯。李广之为将，纵弛于法律之外，而敌亦不敢犯。人徒知程不识之可法，而不知李广之尤可法者，在于不可法之外也。用药如用兵，太素之为医，其李广为将之道欤？董仙活人之术，要不外于此。遂书以为记。

梁潜《泊庵集》卷四，清文渊阁四库全书本

全冲堂记

金幼孜

夫天地之气，运行于亭毒之表，絪缊坱圠，未尝有一息之或间。寒暑以之而成序，万物以之而生育，盖莫非冲和之所为也？然而雨旸之弗若，燠寒之愆候，则遂失其和者有焉。人禀阴阳之气以生，四肢百骸运动举措者，亦冲和之所为也。然六气之弗调，则阴淫寒疾，阳淫热疾，风淫末疾，雨淫腹疾，晦淫惑疾，明淫心疾。是淫者，伐和之斧斤而戕生之蟊贼也。于是不可以无医，医也者，所以推明五运六气之秘，察夫阴阳升降之候，审其表里虚实之证。斟酌损益，使无过不及之偏，然后疾可差，而人身之和可得而复全也。於乎！医之功亦神矣哉！姑苏刘康民，其先世皆业儒，兼攻于医。祖启源，尝任昆山州学录。父叔昭，有学行，以医济人，尤得时誉。康民温纯谨愿，克绍其家。今天子即位之初，有司以其名上京师，得隶太医院，复以选与扈从，凡三至北京，而其术益显，尝取“全冲”二字为堂名。以予交之久，来请文为记，予故为序天地之和，与夫人身之和相为流通者以告之，俾益修其业，以诊夫人之所以伤，而保其所以全，变其呻吟愁叹之声以为忻愉顺适之情，斯则和之至也，又岂非“全冲”之大本者乎？康民尚勉而行之，以求造夫“全冲”之实。将见超跻显融，而禄位之加有不可得而辞者矣。姑为记以俟。

金幼孜《金文靖集》卷八，清文渊阁四库全书本

锦杏轩记

金幼孜

太医院御医金刚中，世家浙之钱塘，代以其术显。钱塘之人有抱札瘥、疾疢者，不之他氏，必诣金之庐而请焉。自其祖父至于刚中，以其术济人，多所全活。刚中居家时，愈人之疾，未尝有责报之心。欲效昔董奉事，第令种杏。数年之间，杏皆成林，根株盘固，枝叶荟蔚。春阳时至，千葩万萼，一时竞吐，如披彩缬，如烘丹砂，如点绛雪，如蒸赤霞，光彩秾丽，烂绚云锦。刚中顾而乐之，乃筑轩杏林之中，而颜之曰“锦杏”。既而以选召至京师，隶太医院以拜今官。尝从容为予具道其轩之胜，且征文以记之。

余闻董奉居庐山，治人疾愈，不责其报，但令种杏，岁久成林。后奉竟以仙去，其迹诞漫不经。故后人间有一造其境，则荒烟白露漠然，徒见山高而水深。欲求向之红霞万树，灿然可爱而赏者，已皆不可复得。然则奉之杏与其出处，果信然否欤？是固不可得而辨已。今刚中之学世有显著，而钱塘实其故业。杏林之锦，诚非夸诩无实之景。而及今又得以其术遭遇圣明之世，列官于朝，为国上医。则其名誉事迹赫然光显，视向之种杏如奉者，盖霄壤不侔矣。虽然，锦杏之在轩，固为可爱，而四时代谢，有不可以常得。孰若活人之心如春阳之泽物，使疲癃夭阏者皆如杏树敷荣畅达，不复枯槁，则其可爱又当何如哉？姑书此以复刚中，以为信然否也。

金幼孜《金文靖集》卷八，清文渊阁四库全书本

蒋用文传

陈 继

蒋用文，名武生，以字行。其先居魏州，五世祖安中，金国子助教，以直谏不纳，弃官攻医。曾祖应茂，徙杨[1]之仪真。祖梦雷，元扬州路医学教授。父伯雝，举进士，崇明州判，洪武初召为史官，以疾辞，出为兰阳丞。

用文少颖悟，读书过目成诵，六岁事学，从里中师。有赠师万年松者，命赋诗，即就曰："使者来西岳，采松云万年。佳名虽自好，何不长参天。"师惊喜曰："是儿已见不器。"既而随父宦寓，日俟公暇，持所业质之，闻说无疑问。父大奇之曰："吾有嗣矣。"父殁，归仪真，旧业废于兵燹，渡江占籍句容，采山构室居之，大肆力于经籍。久之，得圣人深意，乃习医家言，会同黜异，约其要而综之，取正于术之精善者而受其秘。于是决死生，定缓速，治效无一不中者，由是用文之名驱四方矣。孝事母魏夫人，情依依不去左右，食饮非躬治弗进。夫人病，被衣而不交睫者数月。夫人老，郡县交辟不就，曰："吾不能舍一日养以趋禄利也。"夫人殁，当洪武中始受荐，入太医院。时朱彦修弟子戴原礼为院使，擅其术，人无有当其意者。见用文，喜曰："君儒而为医，昌吾道必矣。"遂言于上，授御医。永乐八年，升院判，典干成劳，僚类所归。仁宗皇帝在青宫，用文日侍左右，承顾问，随事献规，益甚见亲礼。尝问保和之要，对曰："在养正气，正气完，邪气无自而入。"又问："卿医效率缓，何也?"对曰："善治者必固本，急之恐伤其本，圣人所以戒欲速也。"仁宗称善。及课绩，特命光禄置宴于院，宴之旌其忠勤。又尝命工部为营第，用文入扣颡谢曰："臣荷恩德，万不一报。又敢靡公费以益愧悚也。"再谢乃止。其就故人居之一室，萧然晏如

[1] 按，"杨"当为"扬"之误，盖指扬州。下同。

也。用文病且革，手自为启附进，有曰："臣老病死，不足言。惟恨不能有报大恩。伏愿清心寡欲，慎加保养，以辅圣治，以安万姓。"仁宗得启惊叹，亲御宝翰，遣使慰问。及卒，命兵部给驿舟还其丧，督治祠坟于中官。仁宗即位，诏赠奉议大夫、太医院使，特谥恭靖，遣官谕祭，官其长子主善为院判。

用文醇厚恭谨，知当世之要务，其忠谊爱君之心，惓惓于语言，故能受知于上。所以慰问诰祭之辞，皆怀念忠诚，揄扬学术，以明上之不忘也。居两京三十年，王公贵人，下逮贱隶细氓，愈其疾而著神效者，岁不少。贫者报之，曰："吾非为报，为尔医也。"卒皆不受。善交友，始终不渝，宗戚尤洽恩义。奖劝后进汲汲，人过耻出其口。志嗜学，虽老不厌。治一室于公署之傍者，颜曰'缉熙'。于家居幽屏之所者，颜曰'静学'。皆盛贮群籍，暇辄玩阅其中，时忘食寝。或谓曰："子老矣。何勤益至是耶?"用文曰："昔卫武公年数九十五，犹箴儆于国，俾臣下朝夕交相告刑，乃作抑诗以自儆，卒谥睿圣武公。吾虽老，幸未就木，而敢以怠荒弃厥躬哉?"或又曰："'缉熙'、'静学'，意有说乎?"用文曰："'学有缉熙'，于光明成王之言也。'非静无以成学'，诸葛武侯之言也。吾志在是。"其为诗文，有《静学斋集》若干卷，《治效方论》若干卷。卒之日，无贵贱疏戚，咸咨嗟悼。伤曰："善人亡矣。"子四人，主善、主敬、主孝、主忠，皆立行有父风。

程敏政《明文衡》卷六十一，四部丛刊景明本

杏林书室记

陈　循

建安罗仲和氏，即其所居之傍植杏数百株。既蔚然深秀，而晃然鲜媚。于是又即其中构一小轩，致古今诸家医药之书，与夫经史图书之类，罗置其下，日搜而月讲焉。将以求夫圣贤，所以教人存

心济世之术，穷理格物之要，因扁之曰“杏林书室”。盖儒而隐于医者也，诚以五行在人则为五常，运于其身则为五气，气失其平则为疾病。医则察其气之盛衰消长，为之辅养摧抑，以冀其平而已。然非精明博达之士，有未易以灼见其的，而实用其力焉。夫未见其的，而轻用其力，犹不知南而适越，非徒不能造，而反与越远矣。然则格物穷理之学，医岂可以少哉？而医又可舍夫儒哉？士有济世之心，苟不表见于时，则必托于方技以自晦，所以求其志者，诚非学不能也。仲和素以能医见称于乡，凡其乡之人士病，赖之以愈者不可数计。仲和固不可以此自多，而其乡之人士德之，而不以医多仲和者，其固有所在耶？仲和，豫章先生之后，又尝学于三衢张兼善所，以求明夫伤寒六脉之理，则其所以儒而医者，皆有所自来也。岁之戊戌，因其友苏良金来京师，求记其杏林书室，余因书此，俾归以遗仲和。若夫室之高广，览者当自得之。

陈循《芳洲文集》卷六，明万历二十一年刻后印本

济美堂记

金　实

汪生彦直构堂于株林之阳，既成，请名于予。予曰：“居之有名，非直为观美也，盖将思义焉。是故事亲者以孝名，则思有以顺乎亲。奉祭者以敬名，则思有以格乎祖考。务学则以劝勉名，自修则以克治名。至于肥遯者，必以安退之义名之。示子孙者，必以训诫之意名之。名虽不同，随所寓而取，义则一也。世之务名不思义者，以‘孝’名其堂，或未知所以事亲，以‘敬’名其堂，或未知所以奉祭祀。颜其斋曰‘勉’，而学实荒嬉。扁其舍曰‘谨’，而己实放肆。汲汲于声利之场，而自谓之隐。子孙贸贸焉皆下愚，而自谓之训。若是之模拟比然，不一。是之谓名存实亡，不若无名之为愈也。不知子之名堂，于是数者何取焉？”

彦直瞿然敛容曰：“某之所欲异于是。前人以儒而游艺于医，遂得美名于远近。自吾高曾以下至吾之祖父，皆能绍隆先业，不致废坠，以及于吾。前人之训有曰：毋不学以辱先，毋冒号以欺世，毋冥行以戕生，毋乘危以徼利，毋矜能以傲俗，毋自薄而中弃。世服斯训，言犹在耳。某无似，惟恐不能成前人之美，以忝所训，为是窃有请也。”

予闻而喜曰：“吾于是可得而名子之室矣。医固方技也，用心则仁矣。又能以儒术为训，美之大者也。子之前人世守勿失，以至于子，子复以前人之训训子孙，俾继继绳绳，勿替引之传，所谓世济其美者，子独不能当之乎？非若世俗有名无实者之可比也。子之堂以济美名之，孰曰不宜？”

彦直再拜谢曰：“敢不夙夜？思不忘先生之教，请书以为记。”

金实《觉非斋文集》卷十，明成化元年唐瑜刻本

太医院判黄先生传

王 偁

南京太医院判致仕，仪真黄楚祥先生间语其子用曰：“吾闻之，古人凡有一善可传，皆托诸文词以垂世行后。汝父德薄，无可传者，顾独蒙被宠恩，亲承先朝谕旨，犹历历在耳。吾老矣，一旦溘先朝露，恐无以昭示后人。祭酒毗陵王先生，予故人也，尔曷往谒焉？祈为作传，使及吾生存见之，罔俾后人议吾子弟如昌黎之议巡、远两家子弟，斯幸矣。”用奉命，即日渡江，以鸿胪少卿翟瑛所为述事，行来请予。不辞，为之序曰：

先生名瑞，楚祥其字也，别号熙春。年十二而孤，赖母陈氏教育之。稍长，遣从儒先生游，刻苦问学，母恒谓曰：“医，仁术，且尔父世业也，尔能精之，亦足以济人，岂必做官于时始可以行志乎？”于是弃去儒业，乃更业医，遍取轩岐以来诸书读之，沉潜玩

索，久而有得，遂以其术鸣淮扬间。正统戊辰征为太医院士，又以其术鸣京师。京师，天下才艺所萃也，一旦名出，诸先辈上有疾者，多往就医，皆乐应之，疾多良已，多不责报。景泰初，诏选儒医，入侍禁近。院使董肃以先生进，即日召至便殿，询其里居，问其年几何，所读何书，药某物性，寒温何如，先生敷对详明，上嘉纳之。自是凡掖庭有疾者，率召使医，医辄奏功，有白金文绮之赐。英庙复辟，益承眷顾，荐有御医之擢。寻奉密旨："御医黄瑞，正大老成，着兼收药材，不妨答应。"时院中有受贿事觉者，上雅知其廉慎，故有是命。三载授敕，命阶修职郎，先生感激，益自惕厉。每进御服饵，必审方制剂，不敢顺旨，亦不敢随众可否。务在安和圣躬，他无所觊。然而大庖珍馔、内帑金帛、赐赉，不一而足。朝廷自天顺以来，复博采四方名医集阙下，而先生以先辈老成，领袖其间。成化辛卯，南京求掌院事者以属，先生三载考绩，抗疏请老，上悯而从之，时年七十有三矣。先生既谢事于公，比还遂并家事谢绝之，惟日以种树莳花自娱。尝谕诸子曰："种树如种德，培之厚者，发必茂，否则失所养矣。"

先生性孝友。正统初，兄楚奇卒，遂综理家事，尝痛父不逮养，事母极甘旨。待诸弟侄无私蓄，饮食、衣服均及族人，抚育从弟玘，洎二孤侄颙、颢，恩义尤笃。从父节，初娶卒，复继娶，相其婚丧，终无德色。先是家遭回禄，室庐荡尽，楚奇当[1]贷诸姻家白金五百两建复之，未偿而卒。先生既理家，悉偿所负，乡人贤之。先生今年七十有八，弟楚英年七十五，楚秀年七十一，从弟楚玉年六十三，皓首同居，庭无间言，谓非其能敦睦重义几何，而不为流俗所移，以至于各私其有哉？元配徐氏蚤卒，继潘氏勤俭慈惠，克相其夫子。男二，长俯，次即用，以《春秋》领戊子乡荐。女三，皆适名家。孙男四，曾孙男女各一。

黄氏之先汴人，始祖节级仕宋，南渡后居建康。节级子进为高邮客省司省干，又居高邮。进生贵，仕元，娶孝子朱寿昌女，封太

〔1〕"当"疑为"尝"之误。

君。贵生新，读书业儒，敕封儒户。新生仁杰，蒙古学译史教授，至正癸未张士诚兵起，避地苏州。仁杰生天助，又徙居瓜洲镇。天助二子，长惟善，精天文、医学，次惟正，通《春秋》，永乐甲申曾棨榜进士，拜户科给事中，迁晋府左长史。惟善生存礼，文庙入正大统之初，都督谭公镇守仪真，以名医辟置幕下，遂留家焉，先生之父也。由是观之，黄氏固世宦家，而医乃其世业也。今先生既以医显，而用将以宦业复始，可不谓贤子孙也哉？

太史氏曰：予尝读柳子《宋清传》，喜其文赡而事核，至谓清居市而不为市之道，有异于士大夫。然清犹多积券以远取利，其所以异于市人者，特无剪剪尔，孰若先生于利一无所取，于沉废困辱者益厚视之？不懈如先生者，斯可谓之有道，盖非独有异于士大夫，亦高出于古人矣。予翰苑旧僚尝为文颂，其贤者甚众，今具载《黄氏家乘》，然则予之文虽不足以传，顾安知无可传者哉？

王僎《思轩文集》卷十，明弘治刻本

医俗亭记

吴　宽

余少婴俗病，汤熨针石，咸罔奏功，而年日益久，病日益深，殆由腠理肌肤以达于骨髓，而为废人矣。客有过余，诵苏长公《竹》诗，至“士俗不可医”之句，瞿然惊曰：“余病其痼也耶？何长公之诗云尔也？”既自解曰：“士俗坐无竹耳，使有竹，安知其俗之不可医哉？”则求竹以居之。

而家之东偏，隙地仅半亩，墙角萧然有竹数十个。于是日使僮奴壅且沃之，以须其盛。越明年，挺然百余。其密如箦，而竹盛矣。复自喜曰：“余病其起也耶？”因构小亭其中。食饮于是，坐卧于是，啸歌于是，起而行于是，倚而息于是，倾耳注目，举手投足，无不在于是。其藉此以医吾之俗，何如耶？吾量之隘俗也，竹之虚心有容足以医之；吾行之曲俗也，竹之直立不挠足以医之；吾宅心流而无制，竹之通而节足以医之；吾待物混而无别，竹之理而析足以医之。竹之干云霄而直上，足以医吾志之卑；竹之历冰雪而愈茂，足以医吾节之变。其潇洒而可爱也，足以医吾之凝滞；其为筒、为简、为箭、为笙箫、为簠簋也，足以医吾陋劣而无用。盖逾年，而吾之病十已去二三矣。久之，安知其体不飘然而轻举，其意不释然而无累，其心不充然而有得哉？

古之俞跗、秦越人辈，竹奚以让为？然而，是竹也，不苦口，不膶眩，不湔浣肠胃，不漱涤五脏。长公不余秘而授之。余用之既有功绪矣。使人人皆用之，天下庶几无俗病与？

明年余将北去京师，京师地不宜竹。余恐去竹日远而病复作也。既以名其亭，复书此为记。迟他日归亭中，愿俾病根悉去之，不识是竹尚纳我否？

吴宽《家藏集》卷三十一，四部丛刊景明正德本

德征堂记

程敏政

征者，有所取必而不爽之谓也。农取必于稔，商取必于利，士取必于禄与名，然有得。不得而爽焉，其所取必者，外也。德修于己无所慕，而所征于天者，不爽。何哉？其所取必者，内也。以农则稔，以商则利，以士则禄与名，自然之应焉。岂俟外求而后可取足者哉？或曰：“己德修矣，而亦有爽于征者，何也？”曰：“非是之谓也。天之征于人也，君子以福，小人以极，固也。否则不于其身，而于其子孙。顾世之论天者，恒责之近，而弗要其终尔。吾于郑氏有征焉。”

郑之族甚众，所居歙西，曰郑村。世有令德，再徙高举，曰积才君，始为医。其子曰存济君彦隆，方业儒而失怙，故嗣医以养母。

存济之子曰恬庵君文慧，亦从儒而业举子矣，以多疾更嗣为医。盖其三世，皆有活人之功。而恬庵之医益显，德益修，与人交甚忠，有所言必主于理，家未裕而急于济人，葬三世之丧，无违礼教。三子甚笃，其季尊守其医，仲敬嗣主家事，孟贤世其儒，以弘治己酉举于乡。乡之人啧啧嘉叹曰："非德之征乎？"郡邑大夫为题其绰楔之上曰"德征"，又以名堂，而其所善者，间请记于余。余素多疾，恒藉恬庵以自辅，且知贤之将进显于时以取必。其可得者，不爽也。则为之记，曰：

昔丹溪先生因其师白云许文懿公有宿疾，弃儒而为医，论者称其所著书，医之考亭也。范文正公之未第也，祷于神曰："异时不获相天下，当为良医。"古大贤君子无一念不在民物也，卒为宋贤臣第一。彼皆无所取必，而天应之，或予之名，或予之禄，如执左符，合于右契，抑非重内轻外而勤其德者能之乎？恬庵之学出于丹溪，而贤方以经术进，先忧后乐之志，舍文正其谁与归？夫其德益崇，则其征益大，岂若农之足于稔，商之足于利而已？然则与人言而厚望之，非谀也。缘堂事而立说，以致颂祷之义也。

程敏政《篁墩集》卷二十，明正德二年刻本

张养正传

王 鏊

张颐，字养正，医名擅吴下。中年以瞽废，而气岸峭直不衰。周文襄公巡抚吴中，宾礼之，议论侃侃不屈也。其医大概以保护元气为主，处剂多用参术，而每著奇效。能预刻年月日，决人生死，往往奇中。予昔馆其家，尚及见焉，故得传其事。

崔御史某按吴，病痰气，气短不能息。养正曰："此之谓支饮法，当汗。"汗之，愈。知长洲王汝器病伤寒，众医以为热症。养正曰："是极寒，当用附子。"用附子，果愈。高都御史尚达，久患咳，或以为外感，或以痈结于肺。养正曰："胃气伤，正气损，似外感而非也。"卒用补剂而差。王孟南母，节妇，患足疾，不能转动。内外医莫知其证。养正曰："此风也。"用祛风汤，瘥。李百户庆患呕血，吴下医皆在，养正后至，曰："诸公以为何如？"咸曰："未死也。"养正曰："吾去矣，诸君治之。"去数十步，庆死。谢挥使病，谓其家曰："亟来与诀，顷之不能言矣。"其家未信，顷之果然。北客有计姓者，患痰火，自诧善饭。养正曰："是不可为也。"计大怒曰："我何病哉？"半月计卒。无锡华氏数延养正，昆仲三人纵言及年寿。养正曰："弟思济当先逝。"曰："几何时？"曰："一年许。"其家特未信，明年，思济疽发于背，养正曰："是矣，不可治也。"乃谒他医治之。少间，华使人绐曰："君言不可治，今愈矣。"养正曰："有是乎？归语汝主：视便中当有若絮者，至某日死矣。"视之果然。及某日，死。叶文庄有悸疾，养正治之辄愈。问之，曰："吾医无过人者，但病有浅深，治有缓急，扶持元气，取自然之效耳。"文庄大以为然。

太史公曰：近世言医者，率祖东垣、丹溪，谓医中王道，信然。然病者每迟之，及养正用之，数著奇效，可谓善用其术者矣。吴父老为予言，教谕闻恭遘羸疾，吴医治之，率用三白汤，不效。谒养正，亦用三白汤，家人曰："前用之矣。"养正曰："子勿言。"投之果愈。众莫知其故，岂别有巧妙乎？盖吴下言医之良者，必曰养正云。

王鏊《王文恪公集》卷二十三，明三愧堂刻清印本

杏隐记

林　俊

樵木屠钓佣卜皆可托自隐，然莫如医。医之学，肇于岐黄而载于周典，其学有自而其施用有经。在百家，固仁术也。故怀济人惠

物之具者不利于施，则往往托于医自见，盖所以为道一也。龙坡方君子建，少从宋恒远氏学医，恒远传文谟，文谟之学，实宗用晦二先生，以《素问》《灵枢》《难经》为宗，参以仲景、叔和、洁古、明之、仲修之论，而济以吾儒之道术，故收效特完。莆之医推方氏君再世，其业既久而精，凡莆之士夫、细人、郡邑之长贰疾必迎君，藩臬大吏之疾亦迎君。君治多奇效，效多厚酬，不能酬者无较也。或谓有董奉之风，名医屡荐，先事辄引避。长躯丰颊，濒老一布衣，韩伯休流亚也。佥宪黄未轩曰："子建医而隐，宜号杏隐。"曹郡丞良金为绘图，而予记焉。皆德君者，尚论其世。君之隐其殆有终乎？前四十年予业儒，君业医，济人惠物为心皆同也，亦既皆有遇矣。予用辄心违，君按方审证，攻截补泻，投剂而奏功，无不如愿。君顾有大行其间，与埋光铲采、独善其身者又异矣。追忆孝宗敬皇帝龙驭上宾，论者归之荐匪人而药进之误，有如君者数人通院籍、任专寄，容有此耶？呜呼，斯谋国蓄材之疏，臣子殒裂之至痛也！谨备是记，使后之观者警焉。正德戊辰仲夏，凤山林俊记。

林俊《见素集》卷九，清文渊阁四库全书本

韩公传

祝允明

韩公名襄，字克赞，长洲人也。韩自武王庶子昉封，及王室东迁失国，而子孙遂氏之，后更受采地于晋。至景侯虔，复受天王命，列为诸侯。迨秦而灭，汉兴，王信复封。传四世，国绝。孽孙说以功封龙雒侯，子增嗣。增子宝，无子，国除。宝弟骞，迁南阳，自骞十世为河东太守纯，其七世孙播徙昌黎，乃祖纯而为昌黎之族。播生后魏扬州别驾绍，绍生北齐胶州刺史胄，胄生后周商州刺史护，护生隋邠州刺史贤，贤生唐巫州刺史符，符三子，仲大智，生休，相玄宗。休生滉，相德宗。当安史之乱，乃自盐山徙博野。唐末徙赞皇，五季徙安阳。入宋，惟颍川、安阳二族为大。安阳再世为魏忠献王琦。当时称为相韩，以别颍川族。琦生驸马都尉太师秦端筛公嘉彦，嘉彦生绍庆路节度使谘，谘生保信军节度使仰冑，仰冑生浙西路兵马都监廖，始居平江。廖生浙西路兵马步军副总管性卿，性卿生龙，龙生荣甫，始业医。荣甫生信仲，信仲生斗一，斗一生凝，凝生奕、夷。

当皇明永乐中，夷与从兄奭，并事太宗皇帝以医。太宗皇帝官奭为太医院院使，夷为院判。宠赉优渥，多越常典，而奕尤以儒行表于山林间。当时视其族，如宋世之视朱、张、顾、陆矣。公为院判长孙，盖仲子布出也。幼而孤，后布之兄存其行，首诸房，孱苦成立，独精先业，明允确廉，不随不同，侃侃如也，介介如也。老益恬淡，无干于时，而平生以其术泽人者，则弗胜纪。王氏妇，体硕年老，升楼蹶而仆。诸医都不终脉，摇首言："中风，立死耳。"后至公，公曰："病是跌扑，家授药融导气血，气血平，当愈。"已而果然。从兄之子之夫严，恒病胸膈閟滞，溺赤精滑，作寒热，吕骨族间成核，如胡桃比一枚，特热而痛不能言，发在间日，既三年，公视之曰："病自虚火之动。"为滋阴降火药丸，引以龙脑，服一月，热止。更为参耆补，两月病已。病得之心切于生财，而不定也。所以知者，诊其脉，六部虚大，时数数然也。将归，侄女止之，公言："留无为，特留一冬药耳。明年春，应来苏，吾远迎矣。"卒如之。相城沈大隐君贞，岁八十，公去贺寿。贺顷倏忽不宁，便沉剧，公脉之，报无害，饮以汤齐讫。君就枕席，公与客宿隐君犹子今隐君周舍。丁夜闻内大哭声，客李者嗤："先生误邪?"公言："事有非理所必，吾终不见其死耳。"黎明问焉，盖哭以他故。所以知者，脉惟虚无他，八十之人应然也。今隐君室陈硕人，病咽喉结丸小肿，不痛不痒，众医并以为痰症也。公谓隐君非痰症，一溃应死。隐君戚其言，姑从众谋攻痰。无几，丸决破，越日便逝。所以知者，其脉弱，其形衰，其年及耆，而不复荣滋，部分在开阖也。宋德妻病，其友深夜叩公门，请决治。公往，从帷前秉烛望见之，即回步不施药。强之诊脉，亦竟许以死。明日更医，无言同者，三日以死。问之，公云："白如枯骨，死也。"金陵军人妻，独居暴怒，口鼻顿出血五六升。公视之，面壁卧，不能吐一语，气欲属不属，奄奄然。诊之，六脉尽脱，取参膏加地黄、生犀，饮之，三日夜止。龙塘桥陈家娣姒有言，齐成疾，居一年，姒死。娣甚恐，力求医，连易数子弗瘳，皆委去。公治之，刻以两月可已，从之，良已。公曰："形不衰，脉有根蒂而已。"周生内，年二十八，中风不语，诸治者束臂矣。公药之，任以亡虑，既而然。所以然者，外无六经之形，证脉虚迟本情尔也。上元人潘病瘵死未死。无或以死告，告死独公。公后告人："大骨槁，大肉脱，是谓形脉俱坏。"罗佥事中风，公诊之，其脉如弓弦，曰："入鬼录，迟三日程邪?"迟三日遂亡。成化元年，公省妇翁张御医豫于京师，阁老南阳公延张治塾，宾南海贡梁淑一。晨间张入直，李以请公。公告李，梁病犯厥阴，"六脉绝，不可为已。"言讫趋而出，李与数达官共讶之。复并命三五医雷然荐汤液，暮而死矣。周善妇病于娠，公断："尺脉不固，胎虽成，其下也。母命其偕乎?"莫不诮笑。不三辰，如言焉。相城僧病，肿胀喘逆，旦夜返覆，不能寝一息。公为沈公邀视，视既语云："急矣，病得之酒。"遽投辛热味为救，俄而苏，咸以为庆。公曰："胡庆为? 病本犹未断，庆在他日耳。"果三年二发，甫除，乃以好酒不能禁，好厚味不能禁故，所以知更发者，诊其脉，伏逆不应也。又姻家赵郎，年未壮，好酒甚。酒不离朝夕，以酒废食。忽病，肌肿浮漫，腹彭彭而满，时狂愦可愕，家人谓之妖，御以祝由，病益剧。公观之，赵神方清，言无变异也。须臾，病乃发。公曰："病得之酒，酒以乱神，祝何由关焉? 噀之水，麾之剑，符祝嘈杂，重实其实，虚其虚也。"令悉屏去，留身对病者，徐徐譬解之。陈以正说，戒之绝饮重命之要，间以汤饮，遂安。所以知其非狂邪，脉无怪无绝，色无恶也。戚女倪氏，室而抱病。公曰："疾无伤，只忧夭乎?"众惊问故。公曰："质微脉细小，是谓形脉不应。"寻而病果已。已无何，嫁张生。嫁无何，得娠，产亡焉。太伯邹节妇，八十伤寒，不终朝便委顿欲绝。公诊之，语其孙炯："脉洪而无根，然年高气弱，将无虞。"炯谓市医探利恒态，献白金如干挺，公却去，与之匕剂，越日遂瘥。王侍郎仲儿，四十患痰喘，昼夜不得休。伯氏评事请公与盛用美氏议治，许酬银于二公。公曰："药当出盛君疗，而酬亦当盛君，仆则不能。"评事问所以然。曰："脉往来啄焉漏焉，候厥逆也。"评事心窃恶之。已乃符其说，王家遂谓公口不利，绝不复乞医矣。公之不震富贵，又然也。

弘治己酉，允明秋试南都，馆舅氏符台李公贞伯斋宇。晓起翻阅缥帙，入夜饮酒数卮就寝，自谓和神也。积湿热浃旬，渐愦愦不舒。八月三日，肌大燔灼，彻曙。自谓困伏，故出遨游数里，愈不舒。亟返归，中路遇旋风吃吃，忍之还斋，不及解衣，俯几一大呕，即伏枕，头岑岑如击碎。夜误饮表剂，汗如注，不解。明日添重，易以痰剂，亦不解。又明日成痎，又易医，易痎剂，乃稍定。扶归苏，痎尚未已，乞救于公。延久惫甚，公变换救之，历五十日迄痊云。允明生晚，居姻家幼行，钦感既久，因从叩得治状一二笔述如右。所觊传之为报，而犹惜不能以尽公。

赞曰：公之善也！夫心行淑焉、道业良焉、胤胄华焉，公善盖三矣。昔韩伯休假于卖药，以存其隐操。公既先伯休，行业又然，盖三善兼肖之矣，斤斤然君子哉。

祝允明《怀星堂集》卷十六，清文渊阁四库全书本

张仲景补传

李　濂

张机，字仲景，南阳人也。学医术于同郡张伯祖，尽得其传。工于治疗，尤精经方，遂大有时誉。汉灵帝时，举孝廉，官至长沙太守。少时，与同郡何颙客游洛阳。颙探知其学，谓人曰："仲景之术，精于伯祖，起病之验，虽鬼神莫能知之，真一世之神医也。"尝

见侍中王仲宣，仲景曰："君年至四十，当有疾，须眉脱落，脱落后，半年必死。宜豫服五石汤，庶几可免。"仲宣时年二十余，闻其言，恶之，虽受方而不饮。居数日，复见仲景。乃佯曰："五石汤已饮之矣。"仲景曰："观君气色，非饮药之症，何轻命欺人如此邪？"仲宣益深恶之。后二十年，果有疾，须眉皆脱落，越一百八十七日卒。时人以为扁鹊、仓公无以加之也。

仲景宗族二百余口，自建安以来，未及十稔，死者三之一。维时大疫流行，而伤寒死者居其七，乃著《伤寒卒病论》十卷，行于世。盖推本《素问·热论》之旨，兼演伊尹《汤液》而为之。探赜钩玄，功侔造化。华佗读而善之，曰："此真活人书也。"仲景又著《金匮玉函要略方》三卷，上卷论伤寒，中卷论杂病，下卷载其方，并疗妇人，实为千古医方之祖。自汉魏以迄于今，海内学者家肄户习，诵读不暇，如士子之于六经。然论者推为医中亚圣，而范晔《后汉书》乃不为仲景立传，是故君子有遗憾焉。

嵩渚子曰：皇甫士安有言，伊尹以元圣之才，本神农之经，为《汤液论》。仲景本黄帝之书，述伊尹之法，广《汤液论》为书十数卷。后医咸遵用之，弗敢变。宋翰林学士王洙在馆阁日，偶于蠹简中得仲景所著《金匮要略》三卷，乃录而传之。秘阁校理林亿等又校定为二十五篇，删芟重复，合二百六十二方，诚为百世不刊之书。或谓有大人之病，而无婴孺之患；有北方之药，而无南方之疗，此则长沙之所阙者。善学者，触类而长之可也。余又闻仲景有《脉经》《五藏论》《评病要方》诸编，《艺文志》咸载其目，余皆未之见，其真赝不可知云。

李濂《嵩渚文集》卷八十七，明嘉靖刻本

戴原礼补传

李 濂

戴思恭，字原礼，以字行，婺州浦江人也。家世儒业，究心医术，而志在泽物。少随父垚徒步至乌伤，从朱丹溪先生游，先生见其颖悟绝伦，乃尽授其术。原礼以之治疗诸病，往往奇验。

其从叔仲章，六月患大热，面赤，口谵语，肤发红斑，它医投以大承气汤而热愈极，原礼诊之曰："左右手脉皆浮虚而无力，非真热也。张子和云：'当解表而勿攻里。'此证似之，法当汗。"遂用附子、干姜、人参、白术为剂烹液，冷饮之，大汗而愈。

方氏子妇，疟后多汗，呼媵人易衣，不至，怒形于色，遂昏厥若死状，灌以苏合香圆而活。自是闻人足音及鸡犬声辄厥逆如初。原礼曰："脉虚甚，重取则散，是谓汗多亡阳。"乃以黄芪、人参日补之，其惊渐减，至浃旬而安。

松江诸仲文，盛夏畏寒，身常御重纩。食饮必令极热始下咽，微温则呕。它医授以胡椒煮伏雌之法，日啖鸡者三，病愈亟。原礼曰："脉数而大，且不弱。刘守真云'火极似水'，此之谓也。椒发阴经之火，鸡能助痰，只益其病尔。"乃以大承气汤下之，昼夜行二十余度，顿减纩之半。复以黄连导痰汤加竹沥，饮之竟瘳。

姑苏朱子明之妇病，长号数十声，暂止，复如前。人以为厉所凭，莫能疗。原礼曰："此郁病也，痰闭于上，火郁于下，故长号则气少舒。《经》云：'火郁则发之。'是已。"遂用重剂涌之，吐痰如胶者数升，乃复初。

乐原忠妻亦苏人，因免乳后病惊，身翩翩然如升浮云之上。举目则室庐旋运，持身弗定。它医饮以补虚治惊，皆不验。原礼曰："左脉芤且涩，神色不动，是因惊致心包络积污血尔，法宜下之。"下积血如漆者一斗，即愈。

留守卫吏陆仲容之妇病热，时见神鬼，手足瞤动。它医用黄连清心汤，不中。原礼视之曰："形瘦而色不泽，乃虚热耳。法当用东垣甘温除大热之法为治。即《经》所谓：'损者，温之也。'"服人参、黄芪而安。它若此者甚众。

当时，游丹溪之门者弟子颇多，惟原礼父子最得其传。父蚤卒，原礼盛行于浙之东西。晚年遭际圣明，以名医被征为御医，积官至太医院使。宋学士景濂有文赠之，亟称其医术之妙，非一时诸人可及。平生著述不多见，仅有《订正丹溪先生〈金匮钩玄〉》三卷，间以己意附著其后。又有《证治要诀》《证治类方》《类证用药》总若干卷，皆檃括丹溪之书而为之，君子以为无愧师门云。

嵩渚子曰：学贵渊源，道须传授，是故师心自是者，术必疏宗，非其人者，业斯谬。矧医之为道也，以人命死生为寄，而可以苟简草率为哉？原礼之学，得诸朱震亨彦修，而彦修之学得诸武林罗大无，罗大无得诸荆山浮图氏，而浮图氏则刘河间守真之门人也。守真之学实得之于《内经》。寥寥千百年，而钱仲阳氏首发其秘，金元之刘、张、李三子益阐其说，丹溪崛起大江之南，又统会而斟酌之，原礼乃其高第弟子也。笃志精思，百发百中，是故声闻四驰，大显其术于本朝，褎然为名医称首。余窃惜其著述鲜少，恐无闻于后世，辄采摭遗事以为传，俾方来有考焉。

李濂《嵩渚文集》卷八十七，明嘉靖刻本

云峤翁传

李　濂

云峤翁者，夷门之遁士也。姓郑氏，名镒，字尚宜。笃嗜书册，搜访购借，手自钞录之，虽严寒盛暑不少辍，盈屋填庋，积至几千卷。翁蚤攻医术，而所蓄方伎之书尤多，乃尽读之。钩玄阐微，多所自得。以之治疗诸病，往往有奇效，姑举数事而言。

一宗室年三十三岁，偶患口眼㖞斜，其人素健啖，喜饮且多欲。翁诊之曰："左关脉缓而滑，两尺缓大而虚，是得之醉饱乘凉，守真所谓'将理失宜'者也。盖阳明之脉，起鼻交頞中，下循鼻外，上入齿中，还出侠口，环唇下交承浆，却循颐后下廉，出大迎，循颊车，上耳前，皆胃脉经行之地。胃中火盛，颊腮绷急，则口眼为之㖞斜，故丹溪谓之'胃风'。"乃先用清胃行气之剂，续用东垣清阳汤，数贴而愈。

又一宗室年三十岁，因劳役嗔怒，痰嗽出血，顷之盈碗，脉双弦而紧，左甚于右。翁曰："《经》不云乎？上者下之。"乃用补心汤，减干葛、人参、桔梗，加童便、香附、黄连、栀子、黄芩，二贴而愈。

一少年妇人，偶大崩，须臾升许。翁曰："《经》不云乎？下者上之。"乃用凉血地黄汤，加荆芥、葛根、生地黄，四贴而愈。

乔仪宾年三十岁，患腹胀，阴囊暨双足俱肿，右为甚，脉沉迟，它医莫能疗。翁用木香白术散，肿胀渐消。后二曰，嗽痰中带血。翁仍用本方，减木香、官桂，加黄芩、桑白皮，痰少血止。腹觉微痛，前方内复减滑石，脉体渐大。翁笑曰："瘳矣。脉诀所谓腹胀浮大，是出厄也。"果瘳。

姚学职允夫每大便，辄出虫三四枚，如萆麻仁状。脉细小而迟，目睛蓝暗，精神困惫。翁用平胃散，加苦楝根、黄连、槟榔、乌梅，令五更初服之，质明，下虫长七八尺许，首大如黑豆，尾细如线，节节相衔，如蛇皮，然盖医方所未载者，虫出而安。它若是者甚多，弗能悉述也。

余与翁交四十年，稔知其为人质直坦易，平生无它好，而独好书，老而靡倦。著书凡数十种，悉可传。尝自言曰："某少而孤贫，性嗜方技之书。苦无力致之，每向人屈意求假，随读随钞，殆忘寝食，故所储书颇足览。间摘出单本者百种，惜古无摹板，皆世人所未见者。命之曰《医书百朋》，每一展阅，如张乐于洞庭之野，洋洋乎美哉，弗知衰老之我迫也。"

又尝曰："忽吉甫之《金兰循经》，滑伯仁之《经络发挥》，皆经脉流注、孔穴高下，外景也。华元化《内照图》言脏腑形象、气血多寡，内景也。各得其一。而朱奉议《二景图》，虽兼二家之说，又略而弗详。某以马宗素《通明形气图》补外景，王好古《脏腑用药图》补内景，庶为全书尔。"于是著《内外二景图补》若干卷。

又尝曰："《本草》备载药性，修于有宋政和间。自隋唐以来，明察药性者，东垣一人而已。抑能用东垣之气味而上兼仲景之方法，丹溪其庶几乎？然二子元人也，皆生于政和修书之后，高见绝识，《本草》中实未之载，某备录二子之言，间出已见，以补《本草》之阙。"于是著《本草补遗》若干卷。

翁因宋人张杲季明博采经书子史中有关于医术者千事，裒辑成编，名之曰《医说》，顾所载有未尽者，乃用其所立门类，亦采传记中医论方剂，总千余条，厘为十卷，名之曰《续医说》，皆季明之所未及者。既成编，属余序之，较诸季明所辑，尤为博洽。云翁平生著述甚富，多未脱稿，兹弗殚述。翁之术盛行于梁宋间，梁宋人称医中读书多、烛理明者，必曰云峤翁。云峤翁[1]汴中故多医，翁之前有周溥文渊者，亦以善医鸣。所著有《方法考源》，藏于家。

嵩渚子曰：余读司马迁《史记》，窃观其为太仓公作传，博载其应诏所对。自齐侍御史成至公乘项处，凡二十有三人，攻疗之验甚具，何其与它传之体不同也？盖医寄死生，厥系至重。故变例以纪事，慎之也。嗣观国初诸大老文集，如宋潜溪、戴九灵、朱天台为丹溪、沧洲、抱一、撄宁作传，复备列其著述之旨，是又一变例也。余为云峤翁作传，兼用二体以成之，第愧文思凋落，笔力萎弱，弗足以传远尔，草创既成，付其家，俾其子孙宝藏之，以诏来裔。

李濂《嵩渚文集》卷八十八，明嘉靖刻本

〔1〕此处"云峤翁"三字疑为衍文。

王叔和补传

李 濂

王叔和，高平人也，仕西晋，为太医令。性度沉靖，潜心方脉，精意诊切，洞识摄养之道。平生雅好著述，乃本黄帝《素问》、秦越人《八十一难经》暨张仲景、华元化之书，撰《脉经》十卷，凡九十七篇。叙阴阳表里，辨三部九候，分人迎、气口、神门，条十二经、二十四气、奇经八脉、五脏六腑、三焦四时之疴，粲如指掌。其文约，其旨远，其理奥，使人占外以知内，视死而别生。按其法而用之，厥验如神，毫发不爽。自《难经》之后，阐明脉旨，殆无余蕴。观其自叙，有曰："脉理精微，其体难辨。弦紧浮芤，展转相类。在心易了，入指难明。谓沉为伏，则方治永乖；以缓为迟，则危殆立至。况有数候俱见，异病同脉者乎？夫医药为用，性命所系。和鹊至妙，犹或加思，仲景明审，亦候形证。一毫有疑，则考校以求验。故伤寒有承气之戒，呕哕下焦之问。而遗文远旨，代寡能用；旧经秘述，奥而不售。遂令末学，昧于源本，互滋偏见，各逞己能。致微疴成膏肓之变，滞固绝振起之望，良有以也。今撰集岐伯以来，逮于华佗，经论要诀，合为十卷。百病根源，各以例相从；声色证候，靡不该备。诚能笃志研穷，究其微颐，则可以比踪古贤，代无夭横矣。"

夫自王氏《脉经》出，而海内学医之士，咸知所宗。论者以为经络之龟镜，攻疗之梯航。广仁术而利天下，厥功甚溥。叔和又有《脉诀》四卷、《脉赋》一卷，纂次张仲景《伤寒论》为三十六卷，行于世云。

嵩渚子曰：宋熙宁初，光禄卿直秘阁林亿校诸医经方书，而王氏《脉经》始镂板于广西漕司，序之者，长乐陈孔硕也。元泰定间，医学教授谢缙翁又刊于龙兴儒学，而东阳柳道传实序之。其曰《脉诀》出，而《脉经》隐，正如俗儒知诵时文，而不知诵经史。切中后世徇末忘本之弊。然晦庵朱子则谓《脉诀》辞虽鄙浅，而直指高骨为关之说，合于《难经》本旨，盖亦取之，抑《脉诀》虽非叔和书，其亦尝读《脉经》而有得者邪？但其自立七表八里九道之目，与《脉经》所载二十四种之名义弗合，是故世之国手，遂以为赝书而轻之，恐亦终不可废也。知医君子，其尚审察之哉。

李濂《医史》卷六，明刻本

修真斋记

倪宗正

草陵邹子名其斋曰“修真”。予乃言曰：草陵喜读书，读不成诵或不终篇。遇有得，辄欣然兀坐，若有忘。论切已事滚滚如流，为文可喜可愕，非尽用书中语。一日，出一编示予，录所得与所戒者。予观之曰：“已尝之味，对症之药也。”善养生者曰：“我平日食某味养肺，故气足；食某味养肝，故血足；食某味养肾，故水足。”故曰“已尝之味”也。善攻病者曰：“此寒症也，故投之以热剂。此热症也，投之以凉剂。”故曰“对症之药也。”于草陵其所得者，饱餐酣饮，实益于念虑之微，而表见于容色之间，不犹“已尝之味”乎？其所戒者，苦口瞑眩，足以发隐中深而去邪私也。不犹“对症之药”乎？今之人读书竭日力，继之以夜，强记务博华其文，炫耀人目，猎名渔宠，于心相去远甚。视草陵反治诸心，以还其本然者，异矣。夫委身瓦砾者弗论也，用术假黄白以欺世又何如哉？草陵则取诸矿，加意于沙汰。镕炼之间，惟其真而已。此“修真”之所以名斋也。是为记。

倪宗正《倪小野先生全集》卷二，清康熙四十九年倪继宗清晖楼刻本

示筑儿记

方 凤

筑儿幼多病将期，出疹甚密。儿医杨民钦视之，病转剧，见者皆曰不可起。民钦与予素厚，竭力救，药无一应。旦夜泄五十余度，民钦亦曰："增此，不可起。"一日，张德声来问，偶曰："疹势甚类丘师贤子，得太仓周良弼者起之。"予遂与俱入城，浼师贤往，速良弼至，则曰："尚有生理。"良弼与予兄同饮，制剂命福儿煎之。福坐睡，药沸半。福忽起，将倾以水，良弼叱止之，叹谓兄曰："此郎儿危以频泄，更饮以水，死可必矣！幸而中止，天也！"既而易剂，弼曰："服此，减泄之半，乃可生。"是夜果减半。自后服辄效。盖周之技专于疹，其功固多，而民钦之用心亦为真切，故予之感民钦不减于良弼焉。德声之功固不可泯，师贤无素雅，乃肯冒暑远行，予之感师贤不减于德声焉。

疹既痊愈，越一年，得惊风疾，日就羸惫。虽善食，食则随泄，腹胀足浮，予益以为忧。一日，杨美之来访，见而叹曰："此子殊类吾舅王某之子，请药于钱氏瞽目老，乃得愈。"明日之苏，果遇瞽目老，甚见敬礼，处筑于内室，妻妾视如己子，汤药饮食俱出己资而不甚责报。居半月，疾去十五六。自后每病辄往求治，七岁外始无忧色。呜呼！前危于疹而德声挽其生，后危于泄而美之指其迷。非人也，天也！予故记之，以示不忘诸姻友之心，而因以示筑，使知七尺之躯成立之难，不可不为父母惜也。

方凤《改亭存稿》卷三，明崇祯刻本

秋蟾记

方　凤

奚翁秋蟾以医名于吴。一日来视疾，以《秋蟾记》属予。予问其取号之义，则曰："某生八月十五日，适当中秋，故曰'秋蟾'。且闻姮娥奔月为蟾兔，善捣药。予业医，义颇相涉，故亦曰'秋蟾'。"予曰："由前之说，其义浅；由后之说，其理诬。翁明于医术如月之明于夜。月在四时，惟秋则天高气清，独称皓彩。翁之明似之，则斯号称情矣。"况闻翁能起奇疾，不暇缕数，姑述其近事言之。一妇病，闷胀不食者半月，日夕谈鬼事，或笑或哭，茫无常态。群医曰："祟也。"翁独曰："痰也。"数剂而愈。一女疟痢后甚虚，腹痛如刺，数日不受汤饮，寒热屡作，人事不省。群医曰："食积也。"翁独曰："伤也。"以伤治之，痛即止。执此以验翁之于医，可谓明也已矣。以是为"秋蟾"之号之义，不犹切于二说也乎？若夫重义轻利，多寡弗较，药每盈箧，人有求辄与之不吝。晚年以其术授诸子，皆抵成立，亦可以占翁之为人矣。是为记。

方凤《改亭存稿》卷三，明崇祯刻本

渐斋记

方　凤

南云龚君为其子伯安求《渐斋记》，已四阅岁矣，因未获其旨，无以应也。近质之秋汀周公，公曰："伯安尝学《易》。渐，《易》卦也，以渐进为义。伯安业医于苏，延誉缙绅间，自王李诸公之书克意研讨，而尤惓惓于丹溪之说，将循其故辙以希踪于轩岐，因以'渐'名斋。南云欲得子一言以勖其进。"予曰："公之言尽矣，抑末也亦求其本焉耳。夫君子之立身，德与业而已矣。伯安之所进者，业也。业而不本于德，吾见其退焉耳，乌能终其誉哉？故《易》示居业，而必先之以进德者，有以也。进德云者，仁以主之，义以行之，学以成之。仁存，则好生之心勃焉；义行，则货利之私忽焉。而又有问学以充之，则德立而业成。其由丹溪以进于轩岐，盖有余地矣。且丹溪游于许文懿公之门，得闻仁义道德之论，而术业特绪余耳。伯安之进既以渐，姑于丹溪发轫焉可也。”是为记。

方凤《改亭存稿》卷三，明崇祯刻本

张刘李朱滑六名师小传

孙一奎

孙氏生生子曰：“医以通变称良，而执方则泥。故业医者能因古人之法，而审其用法之时，斯得古人立法之心矣。不则窥其一斑，而议其偏长，即医如张仲景、李东垣诸公，亦妄加讥贬也。可乎哉？可乎哉？余故列其因时立法者于后。”

医学自汉秦以上无方，有方自张长沙始，故医家以长沙为方书之祖。晚世议长沙者，率谓其长于伤寒而短于杂证。余惟医如长沙，亦无间然矣。乃长沙急于伤寒者，盖病莫大于伤寒，而变证亦莫甚于伤寒，其生死决于七日、十三四日之间，非若他疾，可从容而治也。长沙察其缓急，故以伤寒为首务尔。不然，《金匮要略》，治杂证书也，独非长沙著述者乎？《何颙别传》有曰：“仲景受业于同郡张伯祖，善于治疗，尤精经方，时人谓扁鹊、仓公无以加焉。”观此，则仲景不专长于伤寒，又可知矣。而刘宗厚亦曰：“吾尝用东垣之药，效仲景处方。”宗厚，丹溪高弟也，不效丹溪，而效仲景，以仲景医之亚圣，非丹溪可企及者，效仲景，或亦取法乎上之意云。后世慎毋轻议长沙也。

张戴人，医亦奇杰也。世人不究其用意，议其治疾惟事攻击。

即明理如丹溪，《格致余论》亦讥其偏。丹溪之说出，益令人畏汗、吐、下三法如虎，并其书置之，不与睫交，予甚冤之。予惟人之受病，如寇入国，不先逐寇，而先拊循，适足以养寇而扰黎元也。戴人有见于是，故以攻疾为急，疾去而后调养，是得靖寇安民之法矣。彼仲景麻黄、瓜蒂、大承气，非攻击急剂哉？审缓急而用之，此仲景意也。盖医难于认病，而不难于攻击调补，戴人特揭其难者言之也。丹溪引《内经》“邪之所凑，其气必虚”为论，乃遗下文“晋而不去，其病为实”一句；引“精气夺则虚”，又遗“邪气盛则实”一句；引“虚者，正气虚也”，又遗“实者，邪气实也”一句。摭其可议戴人为言，而于戴所急略而不采。丹溪且若此，余又何怪哉？且戴人名其书曰《儒门事亲》，岂有儒者事亲而行霸道，以害其亲者哉？必不然矣。譬彼武王伐殷，先悬纣于太白，而后散财发粟；汉高入秦，降子婴而后约法三章。彼拘拘然进调补而诎攻击，是犹治国专用赏而不用罚也，则舜讨凶，而尼父诛卯，为多事哉？予因著于篇，以为戴人辩白。

有谓刘守真长于治火，斯言亦未知守真所长也。守真高迈明敏，非泛常可俦。其所治多在“推陈致新，不使少有怫郁，正造化新新不停之意，医而不知此，是无术也”，此王海藏之言。海藏乃东垣高弟，尚推毂如此，则其邃学可知。且其所撰《原病式》，历揭《素问》病机一十九条，而属火者五。又觇人心好动，诸动属火。夫五行具于人身者各一，惟火有君有相，由此病机属火者多也。《原病式》特为病机而发，故不暇论及其余。若所著《保命集》三卷，治杂证则皆妙绝矣。然则谓守真长于治火者，其真未知守真所长者乎？

医家雅议李东垣善于内伤，而虚怯非其所长，故有“补肾不若补脾”之语。窃谓肾主阖辟，肾间原气，人之司命，岂反轻于脾胃哉？盖病有缓急，而时势有不同，东垣或以急者为首务也。彼当金元扰攘之际，人生斯世，疲于奔命，未免劳倦伤脾，忧思伤脾，饥饱伤脾，何莫而非伤脾也者？《内经》曰：“脾胃者，仓廪之本，营之居也。”又曰：“五脏六腑，皆禀受于脾胃，脾胃一伤，则脏腑无所受气。”故东垣惟孜孜以保脾胃为急，彼虚怯伤肾阴者，乃燕居安闲，淫胜之疾，又不可同日而语也。不则《内外伤辨惑》与《外科精义》及《兰室秘藏》等书，皆治杂证者，岂止内伤已哉？此可以观矣。

余观近世医家，明理学者宜莫如丹溪。虽倡“阳有余阴不足”之论，其用意固有所在也。盖以人当承平，酗酒纵欲，以竭其精，精竭则火炽，复以刚剂，认为温补，故不旋踵血溢、内热、骨立而毙，与灯膏竭而复加炷者何异？此“阳有余阴不足”之论所由著也。后学不察，概守其说，一遇虚怯，开手便以滋阴降火为剂，及未期，卒声哑泄泻以死，则曰“丹溪之论具在”，不知此不善学丹溪之罪，而于丹溪何尤？丹溪为许文懿高弟，学原考亭，其认病最真，而投剂最确，观其治许文懿之病及疼风十三症，可概见矣。功首罪魁之言，余尝为冤之。昔荀卿喜为高论，而李斯祖之以祸天下，则报仇行劫之说著矣。大都前哲立论，必有定见，调施经权，必合宜适，彼执方而不达变者，反为丹溪累也，余故不惜牙颊辩之。

余读史记，至太史公所称由、光及伯夷之语，未尝不掩卷叹滑伯仁之术，而后无有彰之者。伯仁，我明奇士也，技艺之精，不下丹溪，即其文辞，如《素问抄》《难经注》，诊有《枢要》，针有《经络发挥》，与《疮疡痔瘘》《医韵》等篇，亦可谓集往哲之大成矣。顾后学但知宗《丹溪心法》如《灵》《素》，于伯仁诸集若罔闻知。虽其术有奇中，治有明征，所至成名，如朱太史列传所称，亦莫之顾，何哉？盖丹溪为当时缙绅所游扬，又戴元礼、刘宗厚诸名士为弟子，故丹溪之名籍籍，而伯仁艺虽高，弗若之矣。何一阳有言：“历考上古高贤，若以岐伯、越人为医中尼父，则仲景可为颜、曾之陪，而河间、东垣，当在宰我、子贡之列；若伯仁，义理精明，制作醇粹，可与游、夏之班；至彦修，又下一等也。”此论甚确，而今宗伯仁者不然也。岂惟伯仁？则戴人、守真亦若是尔。故太史公曰：“岩穴之士，欲砥立名行，非附青云之士，恶能声施后世哉？”此言信矣。余故特为伯仁表之也。

生生子曰："余著论若是，非阿所好也，欲后人知仲景不徒以伤寒擅长，守真不独以治火要誉，戴人不当以攻击蒙讥，东垣不专以内伤树绩，"阳有余阴不足"之谭不可以疵丹溪，而撄宁生之长技，亦将与诸公并称不朽矣。同志者幸亮之，毋余訾哉。"

孙一奎《医旨绪余》卷下，明万历刻本

涂公去思亭记

汪可进

碑之树，其甘棠遗意乎？乃国家令甲则有禁，然禁于在任而不禁于任后者，公私之判、有为无为之分也。虽然，碑于去任者之无所为，固矣。或其人方跻朊显，其宠灵足以威福乎？我即谢簪缨而栖山谷，而其人尚存。此其情犹有所冀而或未能一无所为也。至于告老以去，去且死，而民久而益思，可以识人心之真矣。是必有大不可解者，结于其心而不忍释，以有此哉！故叔度之谣，不若何京兆之思者，同情而去留异也。京兆之思，又不若羊叔子之碑者，同思而存没异也。

先荆守涂公，守荆匝三祀，以病乞归。归无何而计音至，荆民恸之，且两易伏腊矣。荆民思之不已，而欲永所思于碑，以告于长吏江陵令孔君。孔君不能辞荆民之请，以属其同年石首令为记。石首令谂曰："古谓惟有德能以宽抚民，其次莫如猛。吾闻涂公仁人也。其绥兆庶也，宁为鸾凤之化，毋慕鹰鹯之威；其驭群下也，宁匿瑾瑜之瑕，不为渊鱼之察，使水火之喻果信也。得无有狎而溺焉者乎？奈之何久系人心如此也？"孔君曰："请求治道于天道，吏果以严致平乎？天将以阴肃，主造化矣。胡生物之府以阳，长物之府以阳，而阴独积于空虚无用乎？且子不闻岐黄之术乎？夫阴阳、风雨、晦明，淫则为疾。医者患其疾而思以攻之，非平和之剂所能为也，必投以峻利者剥击之，邪气解而元和亦随以耗矣。善医者不去疾，而去其疾之所自来。夫邪之所凑，其气必虚。吾惟调元补中，投以甘温平和之味，固其真元以俟疾之自去。故瞑眩之药可起沉疴于一旦，久之困于弱，而人卒咎医者之为厉；甘温之剂不能责旦夕之效，久之元气充、神益王，而人始知医者之为功。故方家以养元为医中王道，谓其无近功而有远效也。公亦吏治之调元补中者乎？其生养之恩固结于民者深，彼岂以存亡易心哉？通医说者可以知荆民之系心于公矣！”石首令心俞孔君之论，以谫陋不能赞一词，徒为之歌，歌曰：

维石之树硁硁兮，维荆民之心寄此以不磨兮。使民心不可以仁结兮，胡硁硁之树兮。

又歌曰：

维石之树岩岩兮，维公之德偕此以俱隆兮。使宽不如猛兮，胡岩岩之树兮。

涂公讳嘉会，号亨宇，江西南昌府南昌县人，由进士任荆州府知府。

汪可进《公余草就》卷二，明万历二十四年淑艾堂刻本

石膏传 集药名

佚　名

石膏者，石斛之子也，相传为散骑常侍崇之后，世居于常山。斛理家甚细辛，盖能自牡蛎者，后以杜仲女阿胶为配。胶处闺阃，遇事从容委曲，有周姜思媚之风，晚年方有娠。至弥月，焚沉香、檀香，向天门冬而祝曰：“吾归石氏有年矣。所虑者，但未若夫人之生韭子耳。天何不使予为续断之计乎？”决明而膏生焉，乳名曰槟榔。父母爱之，尝饲以玄明粉、腽肭脐、钟乳粉。成童而益智，才能贯众，盖厚朴之质，而非芡实之徒也。未几，其父失于防风，感淫羊藿乱之疾，虽服之以乌药、没药、山药，亦竟弗愈，遂良姜焉。

母子俱被麻黄之衣，相向而泣，曰："吾向者犹羌活耳！何首乌若是？遽尔云亡，吾安能以独活耶？"于是藁葬于麦门冬，祀之以羚羊、猪苓。而鸭头血、酸枣之属，亦实匾豆，树之甘松、侧柏、石榴、淡竹以识其墓。居常怏怏，百尔所思。见覆盆则曰："此汝父致洁之具也。"见牡丹则曰："此汝父适情之物也。"过商陵则曰："此汝父玩游之地也。"膏闻之愀然不乐。母复命曰："尔薄荷父之遗业，当立远志以为旋复之计。吾非诃子，欲汝防己耳。"

俄而，天雄军作乱，赤豆蔻于硇砂，白豆蔻于朱砂，乌贼骨扰三棱，木贼乱泽泻，四方蜂起，大小震动，常山为之不宁。膏日夜抚芎，川芎习射，欲为一方保障。及天雄军逼常山，谍报曰："前胡至矣。"膏于是披鳖甲，持巴戟，驾紫河车，以车前子为御，直捣贼营，威灵莫敌。众皆茯神，歼灭殆尽，罕有桃仁。贼阿魏、大黄怒，纠领全蝎、蛤蚧、狗脊、肉豆蔻四大元帅，树黄芪为号，率百部并进。膏乃草果余粮，贝母而逃。去常山，泛海藻，过缩砂，至没石而居焉。乃刈瞿麦以供母，自是母子相安。

未几，顿起茴香之念。母命之曰："吾与汝桑寄生以此，且久困于蒺藜。今时移道通，殆当归矣。"膏遂与母莲肉而行。途经代赭，有白花蛇、乌梢蛇当道，命仆刘寄奴仗金箔之剑而斩之。遂抵常山，日夕优游于花蕊石。适有相士威灵仙至，一见谓膏曰："吾地骨皮异常，虎骨龙准，诚荆芥材大腹子也。不可徒困于葶苈、麋茸之内，宜阳起以树功勋。"膏谢曰："予尚有老母，当树萱草、灵芝于北堂，以守吾昆布之乐，安敢从先生之言？"乃赠以金铃、虎珀而遣之。无何，宣黄连遣使吴茱萸、郁李仁，赍升麻以召之。膏乃执天麻而泣曰："吾既为吾母苍耳子矣，安敢复效枳壳之敬于君乎？"使者归告，宣黄知其有茵芋呜咽之孝，喜而强起之，复命苍术、白术述己意以告之，且赐以侍婢四人，曰乳香，曰丁香，曰藿香，曰木香，复给以金铃子、百合。使至，膏复以母老辞。母曰："子诚知母而已，岂知移孝为忠乎？"膏不得已，驱马蔺之马，喂以小草、甘草、豆豉，趣驾而去。由安息乡麒麟碣石至仙茅而见宣黄。黄赐以犀角之带，冠以兜铃之鍪，封为神曲将军，以镇南星之地，用靖荜澄茄胡之寇。膏遂自誓曰："臣受主厚恩，必使贼无桔梗，然后可茵陈治安之策。"黄曰："吾五味子之言矣，果可用也。"膏益有奋励。有骨干漆南星骚动，较天雄军尤猖獗。膏乃命茅根统前军，石韦统后军，黄芩为左参谋，秦艽为右参谋，由葫芦、巴鹿角路分两道进攻。南星人参列道左，各顶麝香盆以迎，咸曰："徯我后也。"膏悉慰劳之。遂衣龟甲进军，获贼间麻仁、杏仁、山茱萸、金樱子，询其向道，斩于青皮镇。膏于是采木通，造连翘，使石硫黄为大都统，飞渡贼境。先擒贼首，黄柏、紫菀等与之以破。故纸白芷译书曰："汝罪有枳实矣。"即以玄胡索缚之，剥其白藓皮，磨为腻粉，所得辎重栀子、秦椒、川椒、胡椒亦至八百石，南星人安。自出师至凯还，不过半夏耳。诣关献功于王，王宴之于瓜蒌，牵牛斩膝以为菹醢，乌梅、枇杷以为果实。加封为地肤子，食干葛、朴硝、山棱、皂角四郡之禄。膏固却不受，辞归常山侍奉老母，杂植白芍药、款冬、花红蓼以为乐。如藕节，则致祭其父，以伸附子之情。遇端午，则祀以菖蒲、旨酒。遇重九，则祀以菊花、醇醪。当香雾满空，槐花连第，母子相与优游于生卷柏下，宣《木瓜》之诗，啖山豆之味，以冬瓜为核，以牛蒡为殽，燔艾叶，爇蓬莪、螵蛸于滑石之滨，以终其天年去。

陈邦俊辑《广谐史》卷十，明万历四十三年沈应魁刻本

施药纪事

祁彪佳

岁丙子自春迨夏，越中痢疫盛行，死亡相枕藉，有阖户僵卧无一人治汤药者。盖昨岁杪，雷电非时，伏阳凌阴气以出，识者已知有今日之灾矣。季夏之八日，举放生社于六竹庵。友人有言及者，共相恻悯，若痌瘝乃身。因忆己庚之间里居，时名医童君五来，及禅师麦浪成有施药议。时同志寥寥，难之，故未及举，机缘若有待

也。金如王先生适在座，即屈指商榷措置中。某于灯下草列十条，毅然以必行为念。王先生走告之，同志者人踊跃愿从事焉。乃设局于光相禅院，以王先生主局中事，延名医十人。每日二人诣局授方，人各六日，及午散归，则太医姚同伯继之，已而不暇给，更延二人益之。凡十三人，其司资、司药、司记、司客、司计，诸同志分任，各恪乃务。出入必核，登录必详，酬对必当，治方合药尤称繁琐。躬亲之，必慎必敬，即人自理其家不啻也。问药者有过而叹曰："嗟乎！使今天下之为民牧者，尽如药局诸友之若自谋其身、自理其家也，天下何患不治哉？"诸医以菩萨心，现医王手，或按古法，或出新裁，宜攻宜补，若洞坦然，各以其期赴局。而童君五来、傅君会与袁君六卿，则非其期时亦惠然一至。虽炎暑焦灼、秽气熏蒸，不避也。贫病人闻诸医名则喜，及投剂辄效，则更喜。歌颂载道，彼黄发鲐背之妪老，有作诗以志德，有尸而祝者。初，城中暨四乡，暨外邑，鳞集麇至，又恐后先失序而扶携不前。则有上人尚德、贺君璠玙持筹分给以序而入。人人得详告以病繇而中及膏肓，故奏效最捷。初施药议起，某与家仲季首捐微资，设募簿十余扇，诸友分领之。邢君吉先复倡议日约费金钱几许，合数友以朋。举一日之资不足，某再捐之。时方旱暵甚，民间有瓶垒之虞，药资以不给是惧。其给药者为痢、疫、疟、泻四种杂症止授方，而每日所给药，已有至五百七十余服者矣。初约其期以匝月，迨孟秋望后之三日，期已满，活人约以三千计。佥议且散局，王先生曰："未也，病不全瘥，人方待命，而中辍之，心其忍乎？"时局中告匮，无一文余，且缺药资数十金，众更难之。王先生曰："吾辈苟有是心，天下事尽其力可也。若夫成毁兴废有数，存乎其间。况乎苟尽其力，天下事无不可为。"同志友悚然兴起，座间即有首捐一金以倡者，友人遂多和之，顷刻便得金十许矣。翌日告之诸太医，复鼓舞不倦。诊脉授方之外，向固有携所制丸剂并施者，兹更兼领募事。而童君五来所募，较诸友为多。因再得二旬有六日为后局。王先生以劳致病，病已复劳，已复病，终无倦色。在事诸友卧不贴，食不甘，体为之憔悴。后局将竣之旬日，前疾渐瘥，取药亦渐寡，以是知诸友不惮一己之憔悴，其为人嘘枯润朽也多矣。中秋前一日，告两局之竣于石梁。陶先生遂举放生社，亦仁民而爱物意也。社集蔬酌，有举卮属。王先生歉然若不足，曰："有诸太医及诸友在，且此役亦将以是已乎？穷乡僻壤接踵来者，奈何令之泣路隅？"于是后留同伯姚君仍为授方，以所余药分给之，稍取其值资薪水，越两旬乃解，人亦罔不称便也。穷无穷，极无极，儒者之心洵若是哉！是役之始，经画稍难，倘岁岁而踵行之，便易为力。乃即目前之闻风继起，已有朱君仲含、吴君定宇、吴君泉石，其他持药饵活闾闬人更不可数计。闻武林亦有欲为此举者，是吾辈只此不忍一念。倘能扩充不特在一时，且在他日矣，不特在一方，且在四宇矣，其各勉之哉！爰列名医之姓字于简首，中载募资出入之数，而在事诸友并志之，草略以记其始末有如此。

祁彪佳《远山堂文稿》不分卷，清初祁氏启元社钞本

严印持先生传

陈子龙

盖杭有闻先生子将、严先生印持云。闻先生阔达慷慨，喜论事，顾其内行淳谨。严先生修正君子也，而多才艺。此两人居同里闬，交相善也。予于二君，齿不相及，然得交闻先生，称侪偶。独未尝事严先生，惟善其子渡，故为先生传。

先生名调御，印持其字，世为余杭人。祖某，以医幸世宗皇帝，入籍太医院。子某，举进士，仕至太常卿，即先生父也。先生生十岁，而太常公捐馆舍。越四岁，嫡母高夫人亦卒。先生每以不逮事为痛，而事生母杨孺人克尽孝养。友爱其异母弟，事诸母无异己母也，故幼而有德义称。乡人为之语曰："闺门济济，严高兄弟。"高，盖先生小字也。既为诸生，益底厉于文章。其为文，取辞足副意，

意足达理而止，不为滑稽纵横、愉快当世而已，故知者鲜焉。先生既已久绌不见用，而声名籍甚，宾客日益进。凡贤士大夫及布衣之雄游吴越间者，莫不延问。或千里投刺，争相结纳，先生左酬而右酢之，各得其意以去。顾心所独好者，惟闻先生子将，其次为邹孟阳、杨兆开。兆开死，先生以其子妻之。其孤又死，先生终其身言及，未尝不流涕也。论经义，谈世务，多与子将合。苟有所异，必争析辨难，得当而后已，子将亦安之，其不苟为同，类如此。家法端靖，严而不怒。遇邹闻子弟，约以绳尺，无间彼我，循循善诱，日与俱化。邑有为左道者，聚党以千数。令欲弗治乎，则恐其日蔓。欲治之乎，恐有急变。咨于先生，先生曰："无动，我将解之。"乃召其徒饮食之。作圣谕六解，转相开悟，其党应时解散。先生性敏惠，多旁通，诗好为五言古、七言歌行，乐畅胸怀，不泥前轨。行隶本颜清臣、欧阳信本，晚年正书独入大令之室。少好琴德，长而耽玩。尝客吴兴某家，主人有雷氏琴，特异常制，国工理之，不中商征。先生冥悟数月，测其准量所定，求其声音所始，曰："得之矣，此雅琴也。"适当秋夕，主人召客，先生调弦动操，音节谐润。已而众客和者举琴对弹，声既杀小，手亦丛滞，十步之外，惟闻此琴。主人慨然曰："此琴久无识者，当世安可无牙、旷？"遂举以赠之。奕登上品，尤好医药，所活人甚多，家多秘书故也。晚宗浮屠学，多方外之游。生平所好皆屏去，独医与书法不废。曰："药以济人，学书可以摄心也。"先生年既六十，海内学士大夫如关西文光禄、句曲孔太保、晋陵张太仆、吉水刘修撰、同郡吴太史，各为文以颂之。而是时闻先生初卒，先生却贺者曰："我方哭于寝门之外，岂其以犬马之齿而遂使巷歌也？我终不能以薄我友。"因流涕悲哀，未踰月而病作，遂不起。先生晚更名缶，号废翁，即其意可知也已。

陈子曰：予尝读国侨悲子皮之语，为之潸然也。世之友者，生不责善，死又何哀焉？今观严、闻之交，方其晤言衡宇之下，婆娑文艺之林，自为固然。及乎一人先弱，风流不振，何嗟及矣。此所以永叹于钟期也。若夫严先生泛爱多能，归于守约，迨《记》所谓广博易良，而不奢深于乐者乎？

陈子龙《安雅堂稿》卷十三，明末刻本

张景岳传

黄宗羲

二十年来，医家之书盛行于世者，张景岳《类经》、赵养葵《医贯》，然《医贯》一知半解耳。《类经》明岐黄之学，有王冰之所未尽者，即学士大夫亦必累月而后能通之。昔在戊寅，曾于张平子座上识景岳，盖交臂而失之。己酉，寓证人书院，有蒋一玖者，年八十矣，欲为其舅作传，则景岳也。

景岳，名介宾，别号通一子，越之山阴人也。其父为定西侯客。介宾年四十，即从游于京师。天下承平，奇才异士，集于侯门。介宾幼而浚齐，遂遍交其长者。是时金梦石工医术，介宾从之学，尽得其传。以为凡人阴阳，但以血气、藏腑、寒热为言，此特后天之有形者，非先天之无形者也。病者多以后天戕及先天，治病者但知有形邪气，不顾无形元气。自刘河间以暑火立论，专用寒凉，其害已甚；赖东垣论脾胃之火，必务温养，救正实多；丹溪出，立阴虚火动之论，寒凉之弊，又复盛行。故其注《本草》，独详参附之用。又慨世之医者，茫无定见，勉为杂应之术，假兼备以幸中，借和平以藏拙。虚而补之，又恐补之为害，复制之以消；实而消之，又恐消之为害，复制之以补。若此者，以药治药尚未遑，又安望其及于病耶？幸而偶愈，亦不知其补之之力，攻之之力耶？及其不愈，亦不知其补之为害，消之为害耶？是以为人治病，沉思病原，单方重剂，莫不应手霍然。一时谒病者，辐辏其门。沿边大帅，皆遣金币致之。

其所著《类经》，综核百家，剖析微义，凡数十万言，历四十年而后成，西安叶秉敬谓之海内奇书。斑孟坚[1]赞孝宣之治："政事、文学、法理之士，咸精其能；至于技巧、工匠、器械，自元、成间鲜能及之。"介宾此书，若非遭遇神宗之盛，亦莫能有也。作《古方八阵》，释古人立方之意；作《新方八阵》，析古方之某药为某经之用，不相凌夺。此书晚出，今方行世。

介宾博学，于医之外，象数、星纬、堪舆、律吕，皆能究其底蕴。在辽阳道中，闻御马者歌声聒耳，介宾曰："此恶声也，不出五年，辽其亡矣！"已而言验。所亲问以近事，介宾曰："我夜观乾象，宫车殆将晏驾，天下从此亦乱矣！"未几，神宗崩。介宾遂返越，其年五十八，又二十年始卒。卒之日，自题其像，召三子而诲之。其门人曰："先生乃死耶？吾先生故有不死者。"介宾莞尔而逝。

自太史公传仓公，件系其事，后之儒者，每仿是体以作名医之传，戴九灵、宋景濂其著也。而名医亦复自列其事，存为医案，以待后人遇有病之相同者，则仿而治之，亦盛心也。　世风不古，以医负贩其术，无异于里闾俗师也，而不肯以里闾俗师自居，虽复杀人如草，亦点缀医案以欺人。介宾医案，散在《景岳全书》，余不叙于篇，恶夫蹈袭者之众也。

赵养葵，名献可，宁波人。与介宾同时，未尝相见，而议论往往有合者。

黄宗羲《南雷文定前集》卷十，清康熙刊本

〔1〕按："斑"当为"班"。班孟坚者，汉班固也。

三 赠序

送戴原礼还浦阳序

宋 濂

医之为道，至矣！故《周官》有疾医视万民四时之病，春之痟首，夏之痒疥，秋之疟寒，冬之嗽咳、上气，皆分而治之，验其状而制其禄，甚为不轻也。后世官寖失职，故于其术，每择之不精。有人于此能合于古者之道，岂不犹空谷足音之可喜者乎？如吾同县戴原礼氏是已。原礼生儒家，习闻诗礼之训，惓惓有志于泽物，乃徒步至乌伤，从朱先生彦修学。先生见其颖悟倍常，倾心授之。原礼自是识日广、学日笃，出而治疾，往往多奇验。予请得而详道之。

原礼从叔仲章，六月患大热，面赤，口谵语，身发红斑。他医投以大承气汤，而热愈极。原礼脉之，曰："左右手皆浮虚无力，非真热也。张子和云'当解表而勿攻里'，此证似之。法当汗。"遂用附子、干姜、人参、白术为剂，烹液，冷饮之，大汗而愈。

槠概方氏子妇，疟后多汗，呼媵人易衣，不至，怒形于色，遂昏厥若死状，灌以苏合香圆而苏。自后，闻人步之重、鸡犬之声，辄厥逆如初。原礼曰："脉虚甚，重取则散，是谓汗多亡阳，正合经意。"以黄芪、人参日补之，其惊渐减，至浃旬而安。

松江诸仲文，长夏畏寒，身常挟重纩。食饮必热加火，方下咽，微温则呕。他医授以胡椒煮伏雌之法，日啖鸡者三，病逾亟。原礼曰："脉数而大，且不弱，刘守真云'火极似水'，此之谓矣。椒发阴经之火，鸡能助痰，只以益其病尔。”以大承气汤下之，昼夜行二十余，顿减纩之半。复以黄连导痰汤，益竹沥饮之，竟瘳。

姑苏朱子明之妇病，长号数十声，暂止，复如前。人以为厉所凭，莫能疗。原礼曰：“此郁病也。痰闭于上，火郁于下，故长号则气少舒。《经》云：‘火郁则发之。’是已。”遂用重剂涌之，吐痰如胶者无算，乃复初。

乐原忠妻亦苏人，因免乳后病惊，身翩翩然如升浮云之上，举目则室庐旋运，持身弗定。他医饮以补虚治惊，皆不验。原礼曰：“左脉虽芤且涩，神色不动，是因惊致心包络积污血尔，法宜下之。”下积血如漆者一斗，即愈。

留守卫吏陆仲容之内子病热，妄见神鬼，手足瞤动。他医用黄连清心汤，不中。原礼视之，曰：“形瘦而色不泽，乃虚热耳。法当以李杲甘温除大热之法为治，即经所谓‘损者温之者’也。”服人参、黄芪而安。他若此者甚众，予备闻贤士大夫恒言之，今不能悉数也。呜呼！有人如此，可不谓之合于古道者乎？

夫医之为道，本于《素问》《内经》。其学一坏于开元，再坏于大观。习俗相仍，绝不知究其微指，唯执一定之方，类刻舟而求剑者。人訾之，则曰：“我之用此，不翅足矣，又恶事《内经》为？”宋之钱仲阳独得其秘于遗经而扩充之，金之张、刘、李诸家又从而衍绎之，于是《内经》之学大明。刘之学，朱先生得之最深。大江以南，医之道本于《内经》，实自先生发之。原礼乃其高第弟子，其用心也笃，故造理为特精；其传授有要，故察证无不中，亦可谓贤也已矣。近来京师荐绅之家无不敬爱之，服其剂者，沉疴豁然如洗。或欲荐为医官，辞不就，遂赋诗以饯其东还，且请予为序。

昔者司马迁作《仓公传》，载其应诏所对，自齐御史成至公乘项处，凡二十有三，书治病之状甚具。予仿此义，稍陈原礼疗疾奇中者，系之首简，并告《周官》疾医四时治证之概，世之知言君子必有所择焉。原礼之从父能轩翁，予之同志友也，幸以予言质之。

宋濂《宋学士文集》卷二十二《翰苑续集》卷二，四部丛刊景明正德本

赠医师葛子序

宋　濂

古之医师必通于三世之书。所谓三世者，一曰《针灸》，二曰《神农本草》，三曰《素女脉诀》。《脉诀》所以察证，《本草》所以辨药，《针灸》所以祛疾。非是三者，不可以言医。故记《礼》者有云“医不三世，不服其药”也。传经者既明载其说，复斥其非，而以父子相承三世为言，何其惑欤？夫医之为道，必志虑渊微，机颖明发，然后可与于斯，虽其父不能必传其子也。

吾乡有严生者，三世业医矣，其为医，专事乎《大观》之方，他皆愦愦，绝弗之省。又有朱聘君，家世习儒，至聘君始以医鸣，医家诸书，则无不精览。一少年病肺，气上喀喀鸣喉中，急则唾，唾血成缕。严曰：“此瘵也，后三月死。”聘君曰：“非也。气升而腴，中失其枢，火官司令，烁金于炉，是之谓肺痿，治之生。”已而果成生。一六十翁，患寒热，初毛洒淅，齿击下上，热继之，盛如蒸甑。严曰：“此痎也，不治将差。”聘君曰：“非也。脉淫以芤，数复乱息，外强中干，祸作福极。是之谓解迹，药之则瘳，不药则剧。”已而果剧，治乃愈。一女妇有哕疾，每吐涎数升，腥触人，人近亦哕。严曰：“此寒哕也，法宜温。”聘君曰：“非也。阳阴未平，气苞血聚，其势方格，靡有攸处。是之谓恶阻。在法不当治，久则自宁，且生男。”言后辄验。夫严生之医三世矣，聘君则始习为之，而优劣若是者，医其可以世论否耶？

嗟夫！昔之名医众矣，未暇多论，若华元陀，若张嗣伯，若许智藏，其治证皆入神，初不闻其父子相传也。自传经惑于是非，使《礼经》之意晦而不白三千年矣。世之索医者不闻其通书与否，见久于其业者，则瞀瞀焉从之，人问其故，则曰：“是记《礼》者云尔也。”其可乎哉？

葛生某，淮之巨族也。明于医，三世之书皆尝习而通之。出而治疾，决死生，验差剧，若烛照而龟卜无爽也者。士或不能具药，辄注之不索其偿，士君子翕然称誉之。名上丞相府，赐七品服，俾提举诸医官，有疾者遂倚之以为命。呜呼！若葛生者，其无愧古之医者欤！

宋濂《宋文宪公全集》卷十八，中华书局《四部备要》影印本

赠贾思诚序

宋　濂

同里张君以书来谓濂曰："壬辰之秋，兵发中原，大江之南，所在皆绎骚，时惟伯嘉纳公持部使者节来莅浙东，慎简群材，官而任之，以保障乎一方。余虽不敏，公不以为无似，俾摄录事判官。判官职在抚治一城生聚，凡其悍御绥辑之策，不惮昼夜而勤行之，以酬公知遇之万一。然节宣之功不加，日积月深，以劳而致疾。疾之初作，大热发四体中，继之以昏仆。迨其苏也，双目运眩，耳中作秋蝉鸣，神思恍惚，若孑孑然离群而独立，若御惊飙而游行太空，若乘不系之舟以簸荡于三峡四溟之间，殊不能自禁。闻丹溪朱先生彦修医名遍四方，亟延治之。先生至，既脉曰：'内摇其真，外劳其形，以亏其阴，以耗其生，宜收视返听于太虚之庭，不可专藉药而已之也。'因属其高第弟子贾君思诚留以护治之。贾君即视余如手足之亲，无所不致其意。虑余怒之过也，则治之以悲；悲之过也，则治之以喜；喜之过也，则治之以恐；恐之过也，则治之以思；思之过也，则治之以怒。左之右之，扶之掖之，又从而调柔之。不特此也，其逆厥也，则药其涌泉以寤之；其怔忡也，则按其心俞而定之。如是者数年，不可一朝夕离去。宁食不鲜羞，衣不裼裘，何可一日无贾君？宁士不鲁邹，客不公侯，何可一日以无贾君？余疾于是乎告瘳，而贾君有功于余者甚大矣！子幸赐之一言，多贾君之善，而

昭余之不敢忘德于贾君，不识可不可乎?”

余发张君之书，重有感焉。世之为民宰者，恒饱食以嬉，其视吾民之颠连，漠然若秦越肥瘠之不相维系，非惟不相维系，又盬其髓、刳其膏而不知止，孰有如张君勤民成疾者乎？世之医者，酬接之繁，不暇雍容，未信宿辄谢去，至有视不暇脉，脉不暇方，而不可挽留者，孰有如贾君调护数年之久而不生厌者乎？是皆可书。余方执笔以从文章家之后，此而不书，乌乎书?

虽然，今之官政苛虐，敲扑椎击，惟日不足，我民病此久矣。我瞻四方，何林林乎？州邑之间，其有贤牧宰能施刀圭之剂以振起之者乎？设有是，余虽不敏，犹能研墨濡毫，大书而不一书。是为序。

宋濂《宋文宪公全集》卷四十四，中华书局《四部备要》影印本

赠医师贾生序

宋 濂

尝谓医之为道，难言哉！难言哉！然必审诊，以起度量，立规矩，称权衡，合色脉表里有余不足顺逆之法，复参其人之动静与其息之相应，然后从而治之，则其事亦甚不轻矣，非洞明历世群书之得失，尚可与于斯乎?

《黄帝内经》，虽疑先秦之士依仿而托之，其言深，其旨邃以弘，其考辨信而有征，是当为医家之宗。下此则秦越人、和、缓，和、缓无书可传。越人所著《八十一难经》，则皆举《内经》之要而推言者也。又下此则淳于意、华佗之熊经鸱顾，固亦导引家之一术，至于刳腹背、煎肠胃而去疾，则涉于神怪矣。意之医状，司马迁备志之，其所谓“迥风”、“沓风”者，今人绝不知为何证，况复求其治疗之深旨乎？又下此，则张机。机之《金匮玉函经》及《伤寒》诸论，诚千古不刊之典。第详于六气所伤，而于情欲、食饮、罢劳之

所致者略而弗议，兼之文字错简，亦未易以序次求之也。又下此，则王叔和。叔和纂岐伯、华佗等书为《脉经》，叙阴阳内外，辨三部九候，分人迎气口，神门条十二经，洎夫三焦、五脏、六腑之病，最为著明。惜乎为妄男子括以肤陋之《脉歌》，遂使其本书不盛布于世也。又下此，则巢元方。其《病源候论》似不为无所见者。但言风寒二湿，而不著湿热之文，乃其失也。又下此，则王砅。砅推五运六气之变，撰为《天元玉策》，周详切密，亦人之所难。苟泥之则局滞而不通矣。又下此，则王焘、孙思邈。思邈以绝人之识，操慈仁恻厚之心，其列《千金方翼》及庸工害人之祸至为愤切，后人稍闯其藩垣，亦足以其术鸣。但不知《伤寒》之数，或弗能无遗憾也。焘虽暗劣，《外台秘要》所言方证符禁灼灸之详，颇有所祖述。然谓"针能杀生人，而不能起死人"者，则一偏之见也。又下此，则钱乙、庞安时、许叔微。叔微在准绳尺寸之中，而无所发明。安时虽能出奇应变，而终未离于范围。二人皆得张机之粗者也。惟乙深造机之阃奥，而撷其精华，建为五脏之方，各随所宜。肝有相火，则有泻而无补。肾为真水，则有补而无泻。皆启《内经》之秘，尤知者之所取法。世概以婴孺医目之，何其知乙之浅哉！其遗书散亡，出于阎孝忠所集者多。孝忠之意，初非乙之本真也。又下此，则上谷张元素、河间刘光[1]素、睢水张从正。元素之与光素，虽设为奇梦异人以神其授受，实闻乙之风而兴起焉者。若从正，则又宗夫光素者也。元素以古方新病决不能相值治疾，一切不以方，故其书亦不传。其存于今者，皆后来之所傅会。其学则东垣李杲深得之。杲推明内外二伤，而多注意于补脾土之说。盖以土为一身之主，土平则诸脏平矣。从正以吐、汗、下三法，风、寒、暑、湿、火、燥六门，为医之关键。其治多攻，其济多峻厉，不善学者杀人。光素论风火之病，以《内经》病机气宜十九条，著为《原病式》，简奥粹微，有非大观局诸医所可仿佛。究其设施，则亦不越补、攻二者之间也。

嗟乎！自有《内经》以来，医书之藏有司者，凡一百七十九家，

〔1〕"光"疑为"完"之误，下同。按，刘完素，河间人，字守真，金代著名医家。

二百九部，一千二百五十九卷，亦不为不多也。他未遑深论，即今所论者，求之世之医师，果能尽心于斯者乎？脱或未尽心于斯，则夫起度量、立规矩、称权衡、合色脉之属，乌能察而行之？不至以人命为戏也几希矣。虽然，殆有要焉，逆与顺之谓也：曰升降，曰浮沉，吾则顺之。曰温凉，曰寒热，吾则逆之。果能此道矣，则去夫先医之所治，虽不中，不远矣。然又未易以一蹴至也。非求之极博而观其会通，安可遽反于至约之域乎？医之为道，所以难言者若此。予故直疏历世群书之得失，以告后之学医者云。

贺复征《文章辨体汇选》卷三百四十二，清文渊阁四库全书本

赠医学录江仲谦序

刘　基

或称良医之用药，犹良将之用兵，其信然哉！人之死生倚于医，国之存亡倚于将，反掌之间，吉凶分焉。不得其良而用之，是以人与国弃也。故良将投其兵于敌，而敌失其所御；良医投其药于病，而疾失其所聚。兵可以杀敌，药可以杀病，人皆知之。用之有舛，则杀病之药不于病而于其人，杀敌之兵不于敌而于其国，可不慎哉？故人之将死而得良医，国之将亡而得良将，天下之幸无有大于此者，而天下之功亦无有逾于此者。以之并言，良非过矣。

绍兴江仲谦以医良于其郡，甲午之岁，余挈家来绍兴。绍兴地卑湿，岁又寒暑易常度，家人疾病相连属不绝，延仲谦诊之，剂所投无不愈。由是倚仲谦以为安，而信其以良称不虚矣。方予家人之疾也，仲谦来视，曰某当某日愈，某当变某疾，疾作后几日愈，无不验。有所馈谢，则坚拒不受。予尝读史，见赵充国论边事无不如其先言，魏公子救邯郸于垂亡而却不受赏，古今所称以为贤。今以仲谦观之，良医之与良将，其用心真有不期而吻合者，良可骇也！剡溪姚古道从师于越得疾焉，遇仲谦而愈，仲谦又不取馈谢。郡士

之与古道交者，多赋诗以美仲谦，而予又为知仲谦者，故为序。

刘基《诚意伯文集》卷五，四部丛刊景明本

赠陈伯光诗序 并诗

刘　基

陈君伯光，以医名于栝者也。栝故多良医，而伯光为能，世其祖父业。《传》有之曰："医不三世，不服其药。"盖其传之也远，而试之也详，其可信而无惑也宜矣。往岁伯光征予文，予时迫戎事，不克应所请。今至栝，伯光又来，予乃问之曰："昔者神农肇尝草木、虫鱼、玉石，酌其酸苦辛咸以辨燥湿寒温，披陈其性情，表章其好恶，定为君臣佐使，秩以九等，命之曰药。黄帝岐伯著为经书，难疑答问，以阐神用。医之为教，不亦大彰明矣乎！岐伯既没，则有若越人、华佗、淳于意、张仲景、孙思邈之流，莫不能簸弄化机，窃用五材，出没鬼神，造法立方，转移阴阳，皆可以血气朽骨、生色腐肉，制人命于掌上，何昔有而今无耶？"伯光愀然叹曰："君何莫之思也？人亦有言：情随习迁，事与时殊。昔之为术者，早夜以谋道，故道成而功日彰；今之为术者，早夜以谋食，故智昏而道与穷。若是非一日矣。且夫三才一理，治道无二。天地将病，祲祥豫形；人身将病，气色先征。病之将至，其几乃萌。防微遏几，百病不生。几动形见，力倍功半。知及此者，其神人乎？医乎！医乎！尧舜之为天下，亦不外矣乎！宜其昔有而今亡也。"予甚韪其言，因序而继以诗曰：

岐跗不世出，人病莫能治。伊周不世出，国病莫能医。岂无龙宫方，可以完支离？桓侯强自用，扁鹊乃见疑。去去仙都山，中有木与芝。服食炼精魄，海上从安期。

刘基《诚意伯文集》卷五，四部丛刊景明本

赠医师沈光明序

贝 琼

处暗室者，具目之形而不能睹，一室之中则必戚焉不乐，思火而烛、穴而牖，然后以为快。矧瞽而不睹日月之光、八荒之大、泰山之高，如夜索途而莫知所从，则衣之以文绣，享之以五鼎，势与王公等，亦必不乐也。苟有能治之者，使昭昭然见日月之明、八荒之大、泰山之高，将不远千里造之，以求其大快于己。夫有大快于己，虽无文绣之衣，五鼎之享，王公孰加焉？此皆乐之至矣。

云间沈光明者，其先世尝受术于龙树师。内障凡三十有六，外障凡三十有六，悉能治而去之。不啻金篦刮膜，而始之无所睹者，毫芒可辨也。光明克世其学，邑之大夫士咸称之。余始而疑，终而信，既而窃叹之曰：天下之瞽于目者，有良医以治之；瞽于心者，独无良医乎？瞽于目者什一，而瞽于心者恒什九。明于日月者弗之察，大于八荒者弗之顾，高于泰山者弗之见。由是，是非邪正之无别，祸其身而蠹其国，岂非瞽之深者欤？心之瞽甚于目之瞽，治其心者愈于治其目矣。润之以六艺，广之以道德，塞可通也，蒙可启也。彻乎！远近视之而无不周也；极乎！小大测之而无不合也。则其为快，奚止于目之能睹邪？余因彼而感于此矣。今年秋，贺璋者目病而视眊，遂造光明。治之既愈，来求余言以赠之，故为书其说，且俾吾学者有所警焉。

贝琼《清江文集》卷八，四部丛刊景清赵氏亦有生斋本

送医者郑国才序

陶　安

在天，则元气统乎五行；在人，则元气主乎五脏。太和絪缊，充周无间，始终庶物，存之而生，失之而亡。故调理元气为医之本，至于疗治，苟非急卒，又先致益于脾焉。盖土气流通，则水火金木悉赖以生。脾气蒸润，则心肾肝肺皆资以养，良由元气之所系也。然攻病之术，众人所共务；厚本之道，智者所独得。彼其情欲忧喜戕乎内，暑寒乖沴暴乎外，感触之端不一，其元气弗和均而已矣。是以上焉者，运神圣于不言；次焉者，施工巧而取效。脱乎至危，而纳乎至安，知其本之有在也。郡东南之黄池，自如庵柳翁以脉剂高一世，而继者迭兴。今郑国才颖拔众中，志在济人。闻其通典籍，知古今事变，匪特良于医，亦儒之秀者矣。其先治《难》《素》者十余世，传有端绪，且参摭柳学，于元气流行、天人之理，已达其要。盖国才道则儒，艺则医，医者贵得其本，而儒又医之本也。宜能察识病源，使不横罹夭阏，感其惠者日多。有病剧累医莫愈者，君投剂益脾而痊。遂持缣素，求令辞颂其能。余亦乐道人善，慨然不辞。呜呼！世之医者，于理冥然，则其功漠然，求能调理元气者，寡矣。然民者，有国之元气也。为人牧者，有若君之于医，则民瘼苏而遂其生矣。闻国才之风，将有所感也夫。

陶安《陶学士集》卷十二，清文渊阁四库全书本

赠医师张君序

王　袆

古之言良医者，出于秦为多。春秋内外传所载若医和、医缓，

以及《尸子》所称医竘者，皆在秦。以良医名，和能察肓上膏下而知疾之不可为，缓能辨六气、五味、五色、五声、六疾，而知疾之所由致。而非止此也，和之对晋大夫也，以谓可以医及国家，而缓于晋侯，谓其良人将死，天命不佑，则其思虑之所及，固又不止汤熨针石之际而已。一则曰良医，二则曰良医皆于秦乎出，谓之秦多医，岂不信然？

以予观之，今之良医，盖其多莫逾于中吴矣。夫岂以吴地富饶，人鲜轻身重财，故挟是术者趋之恒多欤？将习俗之盛，渊源之传，有所自也。然吴医之多，予固未尝敢以浅中窥之而求，夫庶几于古良医者，张君志行殆其人焉？志行之良于医，夫人之所知也，而夫人之所不能知者，吾意非志行不足以尽之。夫所贵乎医者，以其能以意为之也。《灵枢》《素问》诸书，遗说昭然，固在所必守，而人之疾病，有万不同。若夫推五运六气之标本，察阴阳升降之左右，以定五脏六腑之虚实，以合经纬血气之流注，而知疾病之候、死生之期者，必于脉见之。唐许胤宗谓“脉之妙处不可传，唯思虑精则得之”，又曰“吾意所解，口不能宣也”。由胤宗之言观之，则脉之不可易审，必矣。和、缓之能知疾不可为与疾之所由致，而其思虑所及，不止于汤熨针石之际者，夫岂外是而他求乎？然则志行其殆知审于脉者乎？不然，何其术之良而人称之者之众矣？是故人之称志行，知其术之良，而予知志行者，因在此而不在彼也。郡人秦文刚，君子人也。尝得疾，志行治之随愈。秦君因求予文以道其美。夫志行之术之所施，其效不止于秦君，而秦君独得之之深者，非志行则莫之能为其疾也。吴医之良，不止于志行，而予辄乐道其美者，因夫人之称信其术之良，为可书也。使志行于是益精其思虑，而慎其术焉，将见今世求良医于吴者，必求志行。而吴多良医，世亦将谓吾言有不妄矣。

王祎《王忠文公集》卷六，嘉靖元年张齐刻本

赠葛仲正序

王　祎

友人陈舜道为予言："吾往年留吴门，得疾伤寒，他医莫能治。病势向剧。有刘太常者，吾所厚也，为致葛仲正来视，以其术治之，疾旋愈。吾既感刘君之爱我，且念葛君为术之良，非言以彰之，则无以著吾私。子能言者，幸为我一言之。"

予观近时言医者，莫盛于中吴，而吴中世业医者，莫盛于葛氏。葛氏之医，其术善于推五运六气之盛衰，以审病证，而定治法，此仲正之术所以异于人人也。盖仲正之诸父曰恒斋者，尝自著书，其说以谓医当视时之盛衰而为损益。刘守真、张子和辈，值金人强盛，民悍气刚，故多用宣泄之法。及其衰也，兵革之余，饥馑相仍，民劳志困，故张絜古、李明之辈，多加补益之功。至宋之季年，医者大抵务守护元气，而不识攻伐之机，能养病而不能治病，失在不知通其变也。其为说如此，可谓能明夫气运之变而通于阴阳之化者矣。

嗟乎！医之为术，至于刘、李诸君子出而艺极矣。以予观乎其书，其言甚明，其理甚微，其用物也简而近，其取验也速而著。而其要在使人观形察脉，求病之所始以施其术，而不胶于一定之古方，盖无非推明所谓五运六气之说。今其书大行于世，学者非其术弗道也。而葛氏之传独得其要如此，以仲正有得于承传之素，推其家之遗书以博极乎诸君子之书，其术之良而有异乎人人也，固宜矣。仲正之季曰可久，于其术尤精。予尝与为友，以故因得识仲正。而仲正之诸子业其术者复彬彬焉。嗟乎！葛氏之盛，固未艾也。

王祎《王忠文公集》卷六，明嘉靖元年张齐刻本

赠世医潘懋华序

凌云翰

谚有之："医不三世，不服其药。"谓必世于医者，然后用药审治疾当也。吾乡医者甚众，求能世济其美若潘懋华者，几何人哉？懋华以诚笃之资，究岐黄之术，开中和堂于青门之西，恒以济人为心。故凡疲癃残疾，颠连无告者咸趋焉。因询其先世，则名医悦可之孙，仲宁之子也。予虽不识悦可，而知仲宁之学有自。仲宁有子能世其业，则仲宁之学不泯矣。今年春，予亲支刘思礼感寒疾，治罔效，求懋华治之，遂愈。盖懋华之法本诸长沙，而参以家学之奥焉。故病剧而无变坏之失，病痊而无留复之患。思礼将报其德而征文于予，弗获让，因告之曰：

夫伤寒之为病，其法则长沙之论尽之矣。叔和之编述，无已之注释，盖足以羽翼之。若庞安常之卒病论、朱肱之活人书、韩祇和之微旨、王实之证治，虽间有得然，不若金源刘守真、张子和之法，足以尽轩岐之蕴。至若洁古、云岐、东垣、好古，亦可谓有功于世道者矣。噫！守真虽有门人而无子孙世其家，洁古有子世其家而无孙继其后。今潘氏之门由悦可而仲宁，由仲宁而懋华，可谓世其医者矣，况能以刘张之学发长沙之妙？予见南方以医名者不必他求也，故因思礼之请，特为之书，俾疾者知所趋云。

凌云翰《柘轩集》卷四，清武林往哲遗著本

赠世医王敬叔序

凌云翰

甚矣，医之为难也！道寓于素难之书，法肇于伤寒之论。人知其论伤寒也，不知其兼伤风而论之。寒之伤人也深，风之伤也疾，要皆六气淫胜也。且诸风掉眩属之肝，诸湿肿满属之脾。肝急而缓以甘，脾湿而燥以苦。平其所胜，达其所郁，补其所不足，泻其所有余，如斯已矣。庸于医者虚实罔知，损益罔措，谓风为寒，投剂以热。谓湿为热，投剂以寒。懵血为荣、气为卫之理，昧湿同寒、火同燥之机，乃至刚剂妄投，复方误用，毫厘弗察，危殆辄成。彼何人斯，一至于此！杭人王仲德，吾友王士贞之父也。淫感风湿，注于足少阴、太阳之证，医者乃孟浪而治之。药屡投而证屡变，甚至淫及四肢，痛周一身。有类刚痓者焉，匪病之病，乃药之病也。举家惊视，罔措手足。适严陵王敬叔先生以公家医事至，盖仲德素交。来访知状，曰："苟可治，吾尽心耳。"及诊则脉，九菽为益。三菽之重，其候有异，曰："是必风湿淫胜，前医颇失之。今痛未已，必针人中与承浆，灼肩井与曲池，其病可已。"如言果然。又为治汤液醪醴，其病大已。仲德思所报，敬叔曰："吾与汝同氏且友，虽殊其方，安知不为兄弟之亲乎？彼仁民爱物，亦由是而推耳，何以报为？苟得业文之士，书其得失，庶为学者劝，则为报多矣。"仲德乃遣其长子士原，介吾友贡士沈新民、国子监生杨得中以文请。二友与士贞为同舍，盖义为也，吾得已于言哉？虽然，越人之传，由子长而明。戴人之学，由知几而为。继越人者，钱中阳能明仲景之旨，而刘贡父传之。戴人者，李明之能明中阳之旨，而元好问传之。今敬叔有前人之学，而无文以张大之，良可愧也。姑述其说，可以备他日太史氏之所录，是亦为仲德之报也。

凌云翰《柘轩集》卷四，清武林往哲遗著本

代唐大年赠王伯畴序

林 弼

人能以一艺自名于世者，百不二三名。其艺而能以布衣之微、草野之远，一旦闻姓名于九重之上者，又千万之什一也。是岂特今人之所难，亦昔人之所罕闻者也。齐郡王君伯畴，自其大父侨漳以儒明医，至君三世矣。能以意知病因，脉无异法，药无奇味，投剂辄效，诸医自自以为不及。藩臣有知君者，荐于朝中，书特奏明。仁殿以漳郡医学教授之命下，远近歆艳，以为一士之艺必闻于上，于以见圣世之明贤无野遗。而凡为士者，患在在吾术之未精，不患有司之不明也。时予忝闽省属，闻君之名，未及试其术也。至正丙午，奉省檄综理龙溪邑事，剧而力独。瘴乡摄生不易，因得痞疾，亟简君至。既切脉，曰："病以劳勚失寝食致。治之费数剂耳，毋他忧。"翌日药效，信乎前闻之不诬，今试之益验也。他日询其治疾之要，则曰："医之用药，犹官之施政，或攻或补，犹维恩永济也。当攻而不攻，则适足以养疾，欲求吾身之安，何可得也？亦犹强梗之不锄，则恶将愈炽，而善良不得业其业矣。"噫！古所谓上医医国，意不外乎此。予于伯畴之言非特知治病之要，而并以得理民之要也。使伯畴得试郡邑，其所以利泽于人者，将推而益广矣。故为书此，以谢君之教，且以志予忱云。

林弼《登州集》卷十二，清文渊阁四库全书本

赠林子方序

林　弼

国子助教高君达善谓弼曰："林君子方，其医之良者欤？察病必知其源，用药必知其要。不屑屑于古人之陈言，而惟以意求之。或攻病而取速效，或磨病以图后功，惟求其愈而已。迟速则随其宜而不爽焉。故能上被圣眷，下慰人望。子方亦可谓不负其业者矣。去年春，予被命使安南。五月，至其国。瘴乡暑道，感触既深。去苍梧，秋气稍凉，伏暑内发，体热可炙手。靖江王遣医诊视，连进数剂，热虽稍退，而泄痢作矣。至京，痢转剧，有旨命子方赐问。既

切脉，曰：‘君脉与症无，大可畏。然不可即治，必渐消之，则病根可除而他疾不生矣。’于是日服其药，阅两月而后愈。余念其恩而难于自言也，愿借子言之重用，为子方赠。”

鸣呼！二气交荡，容有乖离，而人之疾疢生焉。医以济之，使夫乖者顺，离者合，而疾疢以安，其功用亦不细矣。然能察阴阳之变，审三因九候之微者，几何人哉？此达善之德，子方不能不为之啧啧称道也。弼曩以使事，两至安南，稔其山溪之险恶，竹树之蔽翳，一遇灾暑则毒蛇猛兽之气蒸而出林莽，流而出涧谷。虽水泉蔬茹，皆不可食。及再至之日，即不能食。及道左江，复染岚暑，转为伤寒，既泄且痢。或曰伤寒自痢，医家所忌。前后进医数十，皆罔效。至韶已三月矣，有医曰：“尚有积也。”饮予药二剂，痢稍缓。罗某庐陵人，固有得于医之意者，然未若林君神且明也。昔人以与相并言，盖燮理阴阳之在是也。林君真其人哉！予与高君皆使安南，而林君实宗人也。故为书此不辞。君居姑苏，今为太医院御医云。

林弼《登州集》卷十二，清文渊阁四库全书本

送张汉臣医师归苏城序

殷　奎

洪武纪元二年之春，中台御史李公奉旨按治于吴。风采肃然，吏民率职。乃三月癸卯，行县至昆山，甫下车中寒疾，剧甚。县寮相视，骇愕不知所为，遂走白其状于郡府。郡府长贰集议命医，咸曰：“非吾张君不可。”即相率造门，起张君以来，而御史公之息，仅一线耳。张君日夜诊候，投注汤剂，攻涤而调护之。再旬浃而病愈。盖张君者，中吴之医之良者也。凡吴人之疾病，病且亟，必之张氏。张氏之所活，不下数千人矣。今其起御史也固宜。虽然，御史公之出，受天子耳目之寄，制生民休戚之命，其一身所任之重，系于上下者如此，夫岂区区一夫之得失也哉？他日公归朝廷，奏对

从容之际，历举东南民瘼，以达于黈冕之聪。精诚所格，言听计从。倘使东南之民均受更生之赐，则张君之功，不在公之一身，而在斯民。不在斯民，而在国家千万世太平之基命也。岂不伟哉？于其归也，序以送之。

殷奎《强斋集》卷二，清文渊阁四库全书本

赵才鲁医序

谢　肃

有处士曰赵才鲁氏。才鲁之先，以宋大宗子国于汉。汉王之六世孙不仰，扈驾南渡，即越上虞而家焉。家于虞江之北者号北赵，虞江之南者号南赵，而才鲁则南赵之佳公子也。自才鲁父祖之上，生乎贵富之门，沐乎诗书之泽，据乎士民之上，其家声地望，不亦盛哉！及宋社既屋，则才鲁之祖父，虽通经学古，欲见于世，然版图附元，皆不复仕。至于才鲁，亦惟无志是承，独教其子曰瑄者习举子业，未及试于有司而元亡。入国朝，以洪武三年抱书经，被荐于乡。倦游来归。惟以所学讲于里闬子弟，其可惜也已。嗟乎！宋之宗族，散处天下，何可胜计？乃如上虞之赵，不忍为殷士之裸京，且百年于兹，而九鼎再迁，宜其子孙之复振矣。而才鲁父子，又皆守道安贫，无慕乎外。故其所扶持可以备国家之用者，竟自蔽于不耀之地。然又惧无阴德之及人，故于医焉而尽其心，良可尚哉。

初，才鲁之叔祖父宣干翁尝遇异人，得禁方书，传其子公廉。公廉所与游则贝子良友、李公文用，皆儒而医者也。才鲁既为公廉之从子，又且游于两公间，则是内之有家学之继承，外之有师友之渐摩，虽欲不巧于医，其可得乎？昔县尹天台林希元病，潮热三四日，或以为宜下。才鲁诊之曰："下非宜，疗以小柴胡而愈。病得之中寒，所以知其病者，阳明旺申酉，少阳旺寅卯。今热之潮，不于日晡，而于日出，少阳证也。"维阳王仲远，邑中病头痛，发热而恶寒，或欲汗之。才鲁诊之曰：“左寸平和而右寸紧盛，是伤于食，非伤于寒也，不宜汗疗。”以治中汤一服而热去，二服而可风，三服而如故。高唐卢廷举馆授于鲁所，忽鼻口出血，如泉涌者。才鲁以为营血妄溢也，屑人参侧柏叶，用飞罗面和之，服以井花水，其血旋止。高阳许孟贞病，夜发潮热者三浃旬。肌瘦力弱，众以为虚劳而峻补之。才鲁诊之曰：“脉沉而实，此特内有热耳，不当补。”作承气汤，饮之大下，而热去。范阳卢用中子熊，年七岁，病，身灼热而喘咳。或诊其脉，一呼得四至，以为夺精也。质于才鲁，才鲁曰：“越人所云，岂为小儿哉？小儿脉，一呼三至曰平，四至适得病耳。此其病得之外伤，身灼热者，表邪渐传于里也。喘咳者，肺为寒淫所胜也。宜用小柴胡，去人参、大枣，加五味子、干姜主之。”如其治，而病良已。才鲁尝出游，见一男子卒然死道旁，即取焰消硫黄，煎以清油，候温而灌之，复炳百会及丹田，其人始苏。方其未苏，四肢逆冷，昏不知人，而气之走于腹中者，若雷鸣然，此尸厥也。渤海吴致兼，病利下而逆厥，目不能视，口不能言，饮食不能下咽，既五日，且死。才鲁诊之曰：“大溪脉未绝，尚可活也。”作葱白饼，置脐上，上熨以火，复剉熟附子，煮清水而徐灌之。有间，手足温，渐能言视。乃日服四逆汤，饮食进而利止。乡人倪敬之，病咳嗽，通身微热，众医以为感寒，疗以杏子汤，而病加剧。才鲁视之曰：“此肺疽耳。”为桔梗汤，使服之。不三日，呕脓与血一升许。又以大蓟散饮之。不一二日，内无热者。其治病多类此，此其所以有阴德之及人也。

予行天下，及读传记，知古今名医不为甚少矣，然未有不本黄帝、岐伯以为学。其学而有至焉者，可以医国，而况于人乎？若才鲁由儒而医，既历三世，资于师友者又深，故其治人之病，往往奇中。使之医国，则阴德之施当益广，而子孙之食其报者，当愈远而愈无穷也，遂为书之。

谢肃《密庵文稿》庚卷，四部丛刊三编景明洪武本

赠杨君序

王 行

方技家杂出，变怪诞眩，以耀世耳目，取尊显者，世世有之。史家传方技，亦叙医于中。然医岂他方技比？其于世非小有益，诚系人死生际也。越人曰："吾能起生人，不能生死人。"此越人自让耳。病而不善起之，不遂至死耶？予读医家书，知其固仁术也。其为言也，务欲令人安且寿。为术而务令人安且寿，不亦仁已乎？视他方技，变眩以耀世如何哉？

吾乡有杨君，良医师也。尝见古人推仁心，立是术。今操其术，昧其要，而又获其功，是负其术，不仁甚已。故其医甚深，数愈人奇疾。咸名其能，杨君谦让不受也。长洲人李吉，病痨风且剧，其姻薛某为迎君，治之良愈。痨风，恶疾也，世之患是不治常十九。而君从容疗之，于以见其术矣。李疾既平，曰："无以报君，愿征文人言为君颂。"君曰："何以名为？"李不能自已，乃来请文。余观杨君所为，类黄老家不近名。然其术既精，知之者日众，欲掩名，名益不掩矣。呜呼！杨君不期名而名至，反欲掩之。视他方技变眩以耀世者，如何哉？如何哉？

王行《半轩集》卷五，清文渊阁四库全书本

赠何医师序

高 启

友人余君、唐卿将以使事往海虞，抵余言别，且有请曰："吾友王仲元氏，有痔形下体，甚苦。越医何朝宗益炽，以药使尽其毒而起。众始骇，而卒服焉。仲元德之，欲吾文以报。适有区区之役，不克为之执笔，愿子惠一言焉。”余未识仲元，虽唐卿之友犹余友，而余文岂唐卿之文哉？然朝宗与余游，余亦尝德之者，其又何辞？

夫治丝之棼者必断之，治水之滥者必决之，治疾之法亦犹是矣。方疾之深伏而固结也，煦焉而恐伤之，抚焉而恐挠之，譬如狎猛兽而养暴兵，将不胜其患矣。故必攻之以拨其根，溃之而泄其势，庶可以收全功而无遗悔也。然其安也或出于至危，非医之自信者不敢试于人，人之信于医者不能使之试。自信而人信之，世之相遇良难也。今仲元之智足以信其医，朝宗之能足以自信。宜其所以收全功，而无遗悔也。嗟夫！天下之事有之矣，惮小害而不为，顾大患而不恤，逡巡岁年而莫知其所终。岂非自信而人信之者，其相遇为尤难欤？唐卿既行，使吏持卷来征书，余既为论次，遂并以所感者寓焉。

高启《凫藻集》卷二，四部丛刊景明正统刊本

赠医师何子才序

高　启

余尝与修《元史》，考其故实。见士之行义于乡，能济人之急者，皆具录焉。或谓死、丧、疾、病之相救助，固乡党朋友之事，非甚难能者，夫何足书？余则以为自世教衰，人于父子、昆弟之恩犹或薄焉，其视他人之危能援手投足以拯之者，于世果多得乎？不多则君子宜与之，不可使遂泯也。乃采其尤卓卓者，为著于篇。

自退伏乡里，闻有斯人之风者，犹复为兴慕焉。一日，赵子祯氏谒余城南，言曰：“近仆自淮南携累而东归也，奔走水陆之艰，触冒霜露之惨，既抵家而俱疾焉。盖老稚数口无免者，呻吟咿嚶，僵卧满室。汤粥之奉不时，恤问之友不至，相视盻然为沟壑矣。医师何子才日来视之，疗治周勤，药裹成绩，仆有惭心，而子才无倦色。既弥月，而皆起焉。今以衰暮之年，与老父幼孙复得相依，以保其生者，皆子才之赐也。顾无以报，愿惠一言，识区区之感焉。”

余以子祯家素贫，固非常有德于子才，而子才亦非有冀于子祯者，乃活其阖门于濒死。岂非以济人之急为心，而世无不多得者乎？若是，固不可使无闻也！然余文思荒落，不能张子才之贤，姑序以复于子祯氏。子才能存此心而不息，义声积著，则固有当代之执笔者书矣。

高启《凫藻集》卷三，四部丛刊景明正统刊本

赠医士徐仲芳序

高 启

昔柳子传宋清，言清居善药，有就清求药者，虽不持钱，皆与之。积券如山，度不能报，辄焚券。余固疑清之未善也，苟不责报，尚何以券为哉？又言清取利远，故大而卒以富，是知清犹未免于利耳。

吴医徐仲芳，世攻治小儿，至仲芳而益精，人之请于门者相属也。仲芳视其为士大夫及穷乏者，辄先焉。虽烈风赤日，乘一驴，兀兀黄埃中，周临其庐，无敢后。其视疾必谨，与剂必良。婴稚之赖以不殇者，盖众矣。有奉物诣仲芳谢者，卒却去。或问之，则曰：“士大夫吾所敬，穷乏吾所悯，义皆不可取，吾非为诡也。彼资雄而仕达者，固又何辞？”故人皆德仲芳，虽后有复请，仲芳赴之益先，人至有愧心，而仲芳无倦色。呜呼！若是可不谓贤乎？世尝言，今之人不及于古远矣。观清之焚券，而仲芳并券有不取；清犹以利，而仲芳以义，是则仲芳之贤不止于及清而已也。

余友戴伯庸氏一日来告曰：“仆有弱息，尝苦多疾，获仲芳而愈。数欲报仲芳，而仲芳不吾受也。度终不可以虚其德，愿求子之文以赠之。”余谓仲芳之贤既可书，且余以尝德仲芳者，戴不余请，余可已乎哉？虽然，宋清以柳子之文而传，今仲芳之贤虽过于清，而余文不足以及柳子，顾能使之传邪？然戴之欲之也，姑为书其概，

以俟如柳子者征焉。

高启《凫藻集》卷三，四部丛刊景明正统刊本

赠王医师序

高　启

君子必慎疾，慎疾必先于择医。甚矣，择医之难也！其论证之是非，投饵之当否，非通其术者莫察也。士之通其术者甚寡，苟不察焉，而求验于已试之后，待其危而黜之晚矣。岂慎疾之道哉？世故无以知其良，则从众之所称者而趋焉，曰其传几世矣，其活几人矣，良医也。相率非其药不食。子不迎以视其亲，曰不孝；弟不迎以视其兄，曰不悌；凡长者不迎以视其卑幼，曰不慈；而病者不自迎以视己，曰不智。虽失疗以死，不悔。呜呼！众之所称者，其果良否乎？吴之医最多，举城而籍之，不啻千百。而得名者数人，其术未必皆良，而良者反扼其下不得出，甚可叹也！

今年春，友人徐君幼文云云[1]德之，来征言以赠。余谓复初诚良医矣，然人未有盛称之者，惜余言之不足重于世，不能张之。然观有美誉而无实用，而不得大闻于时者，天下之事多矣！不特医也，复初何尤焉？

高启《凫藻集》卷三，四部丛刊景明正统刊本

赠医师龚惟德序

高　启

广陵周克恭氏，以事来吴，介友人谒余，言曰："京口有龚先生惟德者，治俞扁之术。其视疾，审若鉴之照物；其投剂，当若矢之

〔1〕按，"云云"当指此处缺二字。清文渊阁四库全书本此处注为"原阙"。

中的；其施惠均博，若轮之行地，不以高下而易轨也。故言良医师者，必归惟德焉。吾家瓜渚，距京口隔大江。儿尝遘危疾，惟德来视之，驾扁舟、越风涛，略无所避。既疗之，辄愈。顾余年已非壮，后视承先世之重者，眇焉在？是儿也，不幸而有疾，有疾而幸惟德起之。则其所以惠我者不惟是儿，乃延吾后于无穷，而免余于不孝也。其德宜何如报哉？然奉之以金，弗受也。将之以币，弗领也。吾可终无以报者乎？盖思可以章吾心，而侈其德于当世者，莫如君子之言焉。余来是邦，闻先生以文名，敢请。”余辞未遑，他日又来言，曰：“惟德非特于吾为然也，凡于士之贫与流播、羁寓者皆然也。今其一门三世，下孝而上慈，家道雍豫而寿乐且康者，岂非由是致哉？愿先生为之言。”余乃叹曰：夫施德于人而不责报者，非世所谓难能者欤？然急利者之所难，而有道者之所易也。盖人虽不能报，而天必报之矣。故责于人者不得于天，得于天者不责于人；责于人有得有不得，责于天则无所不得也。且天之报人，虽若茫昧，然不可以朝夕以需。苟行之不怠以俟之，则其所得较之于人者，不啻乎多矣！今惟德其能责于天者乎？其能行之而不怠者乎？其庶几所谓有道者乎？是皆余所喜闻而乐言者也，况克恭之请之勤哉！虽欲辞，固不得辞也。遂书。

高启《凫藻集》卷三，四部丛刊景明正统刊本

赠医士刘孟圭序

练子宁

洪武十八年秋，余归自京师。其明年二月，儿子观得疾几殆。下痢而上逆，弗乳食者累日。问诸医，医以为不治，余亦将弗以人齿也。方有事于祷求，友人黄惟初氏曰：“有孟圭于此，以医鸣者数世矣，盍请视之？彼急人之危宜来，来则病之存亡可知也。”因其说而致之，数日而病良愈。余既得孟圭之功，思有以为报。孟圭笑曰：

"所贵君子，弗可以货取也。余虽业是，其庸以货取乎？"余愧乎其言，遗之言曰：

医之为术，圣人所以济人之夭死也。而世之以是名者，逐逐然惟利是求，而于其死生之际漠然，若越人视秦人之肥瘠。夫岂圣人好生之意哉？孟圭以专门之业而能，后利而先仁，其贤于世俗远矣。虽然世之论医者以为始于轩岐，而著于史籍者，扁鹊、仓公其最也。孟圭苟能推是心，进进而不止，则古人可驯至矣。余虽不才，职在大史。庶几有闻，而大书特书，以继乎扁鹊、仓公之后，则余亦何敢多让焉？孟圭其勉之，是为序。

练子宁《练中丞集》金川玉屑集卷三，明刻本

赠医士潘徐二君序

王　达

今年夏，友人雷起潜之子曰豫疾，求乡里之精于医者，得一人焉，曰潘克仁氏。克仁治未二日而他适。又求乡里之精于医者，得一人焉，曰徐士恒氏。士恒造起潜所，未二日，而克仁又至。二人者会不相嫌忌，而启药且相与讲明其得疾之由，与夫去疾之法，用何药而可，用何药而不可。二人者，忘其所负挟而一以拯人为念，故雷氏子弥数日而愈矣。起潜曰："是可无所报乎？"于是走泮宫，征余文以为赠。

呜呼！天下之人非不众且多也，其间专事而妒贤者亦不为少矣。小人专事妒贤者固宜，读古人之书而怀小人之忌者亦岂少哉？自淳朴之气散，往往以智力相雄长，甲曰可，乙曰不可；甲曰善，乙曰不善，昧其良心，汨于私意，忘其己之短，而嫉人之长。安有相资成美，谦逊长厚若潘、徐二公者哉？古人有言曰："厚者不毁人以自益，仁者不危人以要名。"吾于二公见之。异日风俗之厚，又安知不自二公始乎？克仁专确有守，且通于儒，故录此以遗之，俾往来观

者得以警于心焉。

程敏政《明文衡》卷四十二，四部丛刊景明本

赠医士陈名道序

杨士奇

江汉间，其俗尚巫。有疾不事医，唯走巫求祷焉。侥幸以治，载醪牲实篚，造谢巫之庭，唯恐后。即不治，不咎巫，必自反，曰："我之弗虔。"不敢怀纤毫怨憝，且虑复有求也。间有知巫之妄，而从事于医，又罕遭乎良焉。素不明阴阳、表里、脉治之说，而称医之师。医之师其治或投数十剂不效，而又增剧者，故虽什伯中复有一二精其术，人弗信之矣。

江夏宋惟宪，其弟病且殆。凡与惟宪关忻戚者皆强之祷巫，惟宪不应，方博求为医之良者。有进陈名道，既至，诊而药之，旬浃遂瘳。惟宪谒文谢焉。

夫医，圣人之教也。圣人忧民伤于寒暑、饥饱、劳欲，有至乎夭死，故为医之教，使得保终乎天年者也。巫者，古以事神，非有盗神之号以欺人也。今盗神之号以欺人，人亦安其欺，虽百死不悔。於乎！先王之治天下，有假于鬼神。时日卜筮以疑众者，一拘杀于司寇，巫所为疑，不既甚矣乎？故巫不诛，医不行，民得保终乎天年者，幸也。然使今之信医者皆惟宪，为医者皆名道，巫不足诛也。而一惟宪，一名道，巫其可胜矣乎？吾喜名道有成，又重叹乎圣人之教也，于是乎言。洪武廿二年冬十有二月既望，庐陵杨士奇序。

杨士奇《东里文集》卷三，明万历刻本

赠医士李士文序

梁　潜

凡人之病，在五脏六腑百骸九窍之间者，宜若近而易知也。而其宣化顺逆升降之理，必通乎天地阴阳五行六气之微，其为深且奥，何其难哉！世之为医者徒持缪悠荒唐之见，以揣摩测度于茫然冥昧之中，至于病者之困且殆，则因委之而去，若无预于己者，固不自任其咎，而病者终亦莫之悟也，其可叹也。

夫今年夏，中书舍人庞振舒病伤寒之疾。其时比舍病者数人，大略皆同，医者不得其要领，至有不治而死者。振舒病方亟，一时视之者，或云其疾不可治，或云当以大寒之剂夺之。独士文曰："病未深而投以重剂，不可也。"啖之缓剂，久而其疾愈，众医相顾皆以为不可及。

嗟夫！医之效不大显于世者，由其不明乎理，不能深于其道故也。昔者扁鹊视齐桓之疾，知其在腠理，在血脉，在肠胃、骨髓，皆灼然有见，毫发不少差，故扁鹊之术如神明，后世莫能及。今之医者固不可望其有扁鹊之奇也，然不知疾之所在而药之，犹欲用兵而不知寇盗之所在也。今之医大率类此，然则凡疾而至于殆者，其又可悯也。夫振舒德士文而无以报焉，因以求予言，遂为之书。

梁潜《泊庵集》卷五，清文渊阁四库全书本

赠医士汤孟祖序

梁　潜

古者王之医师属于天官，岁终考其高下贤否，其任不轻，其责效不苟也。又上世仕，多世禄，得及其子孙，故讲习有素而志虑专精。虽人之一身，情欲劳佚之所拂，雨旸暑寒之相遭，冒触乎内外者，其变无穷，而世有良医师者得而治之也，如探物于囊，引手可得。故虽疾且殆，而人得以顺受乎正者，其扶持救护养生之道有以使之然也。自夫世降而道漓，事之不逮于古者，岂徒医之一事？人之不得其生以全其天者亦多矣，其可悲也！

闻丰城汤孟祖氏以善医选为太医院医士，盖自其先大父浩溪先生、尊父橘泉居士，皆读书明道理而以医擅名，故其说有所授受，其取信于人非一日也。其来北京也，御史张君思寿偶抱疾，更数医弗愈。御史吴君叔润与孟祖居同里，以其名告张君，张君得孟祖治之，疾遂愈。张君于是介吴君求予文谢之。予固有感夫世之为医者。夫医之书，浩繁而隐微，有难言极奥之旨，虽目濡耳染，终其身有非口舌所能尽者，而况以无所授受之说，剽剟肤浅之见，以夸诈眩惑而窥利于人，如此而人之疾几何其不危且殆哉？以予之多病也，思见夫古之医师而不得也，闻有如孟祖无忝于古之医师也。孟祖既得列于太医，或有以课其高下贤否，其有征于吾言也夫！

梁潜《泊庵集》卷五，清文渊阁四库全书本

送医士郭彦和序

梁 潜

翰林庶吉士袁君可远，尝过予旅邸，道医师郭彦和活人多而其心益勤不倦。近可远之室人病寒泻，众医杂视之罔效，最后彦和遗药辄愈。余闻而慕之，且予亦多病也。袁公云彦和之先尝赘居其里琑氏，琑氏好施予。有一僧谒之，琑待之良厚，久而不衰。一日，僧拈笔画一牡丹遗之琑氏。初不甚异，既久，发视之，花之葩瓣中皆有字书，隐然可见，盖古医方也。琑大异之，令其婿按方试以医，皆奇效。僧寻去，竟不知所之。后又有一道人，令聚药炼为丹，俄见炉上有花绚烂若牡丹状，丹成如黍珠，以活人，虽濒死者苏。由是琑与郭氏医若神明。琑氏今绝，无人。郭氏之后有彦和也，彦和盖杭人云。太史公记秦越人及长桑君之事，皆出乎神怪杳冥，闻者皆不信其然，而杭人郭氏之事，殆有如长桑君者。岂医之理深秘，极乎造化之微，口不能释其意，书不足传其事，故往往有神人发旨以示人？亦异矣哉！审如是，长桑君之事可征验也，则郭氏之医诚有所自矣，其取效于人有以哉。

梁潜《泊庵集》卷六，清文渊阁四库全书本

赠小儿医邹孟义序

梁　潜

太史公称扁鹊闻周人爱老人，即为耳目痹医。闻秦人爱小儿，即为小儿医。见今之世，岂无爱老人者？而医老人者已绝无闻。独小儿医，往往专门擅业，宜其术之精矣。而所守或乖其方，所讲或非其理，施之于治，得一二而失八九者，皆是也。则为今之老人与小儿者，其亦不幸也哉？不病则已，病则欲求善医，何可得也？邹君孟义，世家庐陵之西鄙，其先世以小儿医擅名一方。环其境，病小儿者，皆往邹君求治之，鲜不效者。即不效，必邹君预言其然。故病小儿者，以谓得邹君于死生之际可以无恨。故自予之得邹君，而予之乡党邻里、故人亲戚，无不慕邹君者。岂爱小儿者类皆如秦人，而爱老人者独不如周人哉？抑爱之矣，而医之如扁鹊者少耶？予方衰迈，寖以多病，居常感慨叹息，恨邹君不更为老人医也。然予诸孙方孩提，呱呱缓急之际，又能无意于邹君哉？邹君恭厚笃慎，浅于利而急于济人，盖可谓仁人矣。因为之言，姑以识予怀云。

梁潜《泊庵集》卷七，清文渊阁四库全书本

赠疡医孙思敬序

金幼孜

友人石公熙永，为余言疡医孙思敬之贤，且曰："思敬，吴之姑苏人。少警敏，通儒书，兼攻于医。尝遇异人授以秘方，屡试之而验，因以医鸣于乡。既而隶名太医，居京师有年矣。京师之人有疾辄叩之。思敬投之剂，一无所计，以是人德之不忘。"

今年夏四月，公疽发于背，而荣卫复失所守，凡有茹，辄吐之。不三四日，肤瘠而腊，形惫而羸。众医以公耋老且艰疾，环视之，莫敢措手。最后思敬过视之，即许以不死。于是砭以防其溃，药以通其气，未浃辰而瘳，既月乃复。公贫，无以报。思敬方虑其报之，来也辄不有其功。公私窃叹曰："惠及更生，施莫厚焉。厚施而不报，斯亦无可报者矣。报之以言，其亦贫者之心乎？然言而无所重轻，虽墨南山之竹，恶乎用？惟先生德重当世，道淑于人人。倘不靳而赐之言，则岂惟仆重拜更生之功，而思敬之名亦将重于华衮之褒、景钟之勒矣，是敢固以请。"

於乎！名不可以幸得，善不可以幸致，苟实有其名、有其善，岂不可与之乎？且夫利物济人，医者之恒心也，然孰有施之而不望报者乎？报之不责者，或有之矣，孰有绝所报而不有其功者乎？思敬之心若是，固不可以不与也。予闻之昔秦越人遇长桑君，饮以上池之水，而其术遂神。观其或施之带下，或用之小儿，无不验者，然当时知报之者几何人哉？太史氏之传，至今有耿光，良以其心之仁也。今思敬授受之秘如越人，用智工巧如越人，是亦秦越人而已矣。史氏之书，其终得泯于思敬者乎？思敬勉之。不朽之名，当自公始矣。于是缙绅大夫士咸诗以贶之，而予为之序。

金幼孜《金文靖集》卷七，清文渊阁四库全书本

赠李士文序

王　洪

世之医务于高者，驰思玄远、议论枝蔓而罕切于用，朴者胶守古人成法而莫知变通，是二者皆过也。夫人以五脏六腑耳目手足百骸之身，或□□□，或劳于形，或伤于情性，固不能以无疾。其强弱、虚实、表里、寒热之感，不可胜穷也。死生之候，变于顷刻，不可胜测也。欲以一定之法概之，不已难乎？又其甚者，不权缓急轻重，盗已入室，方且欲修其房闼，壮其门户，揖让谈论而退之。噫！其不至伤也，盖亦幸而已矣。昔汉文谓张释之曰：“卑之无甚高论，恐迂远之，无当于事也。”盖药不必同也，期以中病而已矣。政不必泥也，期以适治而已矣。不然，虽谈天之衍，雕龙之奭，亦何益于用哉？

吴郡李士文氏，其先世以医名于郡中。至士文益精其业，凡农、轩、岐伯、伊尹之书，与夫汉唐以来名医之述作，无不究心求极其指趣。尝以为河间得医之权，学者不达或失之过。东垣得医之正，学者不达或失之迂。以故视人之疾，攻补汗下，咸求其中，振危而起废。既退，无矜容，无倦色，恂恂然言若不出诸口，是果有以异于人者矣。由是被荐，登于太医。而良医之名，一日隐然闻于京师。及扈从来北京，而人趋士文者益众。夫京师，贤才百艺之所集，而士文卓然若此，岂虚得也哉？今年，余友监察御史吴宪章氏得疾甚剧，众医莫治。士文独能起之，顾金帛不足谢也，乃求予文以为赠。余言何足为轻重哉？然予因士文之医，有悟其大者。而世之业是术者，或因予言有所发也，故书以赠之。

王洪《毅斋集》卷五，清文渊阁四库全书本

赠御医陈德中序

王 洪

古者圣人立教养民，以人之生函阴阳五行之气，内凿乎喜怒哀惧爱恶欲，外薄乎风寒暑湿燥火，不能无病。于心则蛊，于目则盲，于耳则聩，于手足则废，甚者至戕其生。于是因人血脉、经络、骨髓，阴阳表里，药物金石，草木、鸟兽、虫鱼之属，味其甘辛咸苦，性其刚柔、燥湿、寒热，臭其芳烈，色其青白黄赤而别其伦类，等其重轻，制其物宜。察乎气之所感，疾之所在，随向而投之，如决渠去秽，驱盗出室，而保护赤子。俾盲者明，聩者聪，废者起，蛊者愈，咸复其初，而生不害。至后世之士如扁鹊、和、缓者，克精其术，亦往往有以济世。史氏从而传之，与功业豪杰之士同著不朽。且录其文次诸六经诸子，是岂徒然也哉？盖圣人之教，民之死生所系，如此之重，诚不可得而泯也。班固尝曰："医自仓公以下，其学晻昧。有病不治，常得中医。"然自仲景以来数十百年，河间、东垣、洁古、云岐之流，著论辨明以上，达轩岐之妙，学者由是取道焉，则又不可谓天下后世果无其人也。

吾乡有陈氏者，业医六世，尤工治目眚之疾。至德中及其弟景中，进业益精。用荐来京师，遂为太医院御医，名闻四方。今年兵部尚书方公从子年幼病目，尝求诸里医，治之弗效。求之邑医，弗效。求之郡医，又弗效。乃曰："京师，众医之所萃也，宜得其良。"于是携至金陵，求诸医之良者。春坊中允于公以陈氏荐，治之不数月而愈。

噫！天下固未尝无难治之疾，亦未尝无能治之医。以难治之疾或付之庸医，以能治之医或置而不问，则屡求而屡失。若陈氏之善医，于公之知人，可谓兼全而两得者矣。方公谋有以报陈氏者，乃来征予文。予史氏属也，百家众艺，咸得论著，况陈氏医术其良如此者耶？故不辞而赠以言，其尚有进于古之人也乎？

王洪《毅斋集》卷五，清文渊阁四库全书本

送乡兄郑善与南叙序

金　实

桃溪郑氏，开化宦族也。善与之曾大父曰福祥翁，元时为本邑簿，一子生四孙，皆文雅秀出。其长曰文远，尤瑰奇豪隽。善与考也与先人菊庄府君交厚，往来过从，尊俎谈笑，或竟日连夕。予时在幼龄，尚历历能记。善与性颖悟，少游邑庠，倜傥好义而任侠不羁，结交多贵游公子，故善与于弹棋、击筑、蹴鞠、弄丸，凡声伎燕游之事，无不精晓，行辈多推重之。洪武间，文远翁以非辜谪戍北方，善与代父行。永乐初，由河南调通州，居畿内三十年。幼尝以事亲故，学医于灵山宝峰禅师，既通其术而不行。及在军中，遇有疾者，辄救活之，医名遂大显。曳裾公卿间，谈笑取捷，自其主帅以下至诸将校，无弗尊礼之。居药于通衢，羸疟疾痛，伏携求救者，屦满户外，至辄应之。虽不计其报与否，然亦不失于□。今年春，以□□例得南还乡里，其交游居通州者数十辈，求画史绘送别之图，装潢成轴，未征言为华。而吾乡之宦游京师者，方喜其得遂归老之愿，谋欲祖饯之，而限以官守不得去，因各赋诗其上以送之。予为之序，盖一举而两得也。

夫人壮而远游，老而归休，天下之同情，然得遂其愿者几人？善与以强壮之日驱驰南北四十余年，年且七十矣。命虽不遭，道则未尝屈也。今而归休午乡，守先人田庐丘墓，以优游晚岁。三春时和，九夏炎燠，与二三亲故循桃溪之花林，休湛坞之灌木。或偃或仰，以觞以咏。秋冬之交，晴川一目，禾黍如云，鸡豚时肥，牛羊夕下，鲜美足以具膳羞，壶觞足以悦亲戚。稚子嬉嬉，僮仆欣欣，不知此时此乐，视轩冕富贵又何如邪？善与年虽高，鬓发如漆，目视炯然，虽过期颐，未耄也。俟予他日引年归休，当荐至桃溪之上，与吾兄引满谈谑，终日竟夕，使孙子辈听之为后日美谈，又何异于予幼时听吾翁与若翁时也？预书之，为后会张本云。

金实《觉非斋文集》卷十四，明成化元年唐瑜刻本

赠医士李思宗序

于 谦

余自弱冠登第，历官台宪，寻奉恩，命贰夏官，出抚河北、太原。深惟亲老不能躬养也，遂留子冕侍膝下。时冕尚幼，尤吾亲所钟爱。恒以寒暑失调致疾，而吾亲以为忧。每疾作，则迎邑之世医李思宗治之。思宗见理明而操术精，诊候正而取效速。投剂之余，厥疾应手而愈。既而酬之以镪，则辞而弗纳。去年冬，余奉命还朝。会家君亦以受封谢恩来京师，具以语余。余窃笑曰：“吾所以留其子以侍父母者，期于承颜膝下，悦其心而慰其念也。顾乃致疾而贻亲之忧，于吾心岂能一日安耶？赖思宗治之，则吾子之疾既愈，吾亲之忧亦释。而于区区之心，其庶几矣。且不责其报，不受其直，其用心何其厚耶？与屑屑然较锱铢之利，而不以济人利物为心者，有不可同年而语矣。昔人有种杏挥金而不责报者，思宗其近之。执此以往，他日术鸣于时，名播于后，董奉、李杲之俦岂得专美于前耶？”顾余受思宗之惠而乏报也，因书此以致意云。

于谦《忠肃集》卷十二，清文渊阁四库全书本

赠太医刘君序

李 贤

成化改元，端阳后五日，予左颊中偶患肿结，即召疡医刘英氏

视之，曰："风热所致也，其势方盛，不可急。吹药其上庶以解。"明日再视，复吹之。又明日，亦然，且相以消毒之剂。所患自若，药力既不能敌其痛，乃不可忍，入夜尤剧。予以英之技止此，欲改图之。英且嘱曰："慎勿为他医所惑也。"适有亲识，以一医来视之，曰："此易，易耳痛可速止。"问其法，曰："必溃其外，以出其毒，今夕可安枕矣。"予虽急欲止痛，又恐其术不良。医者欲售其药，曰："不然，只内溃可也。"予念英之言，竟犹豫不决，及视其药若黑油然。医者既去，持以示英，英大惊曰："已用之否?"曰未也。英曰："幸甚！此膏著肉糜烂矣，况欲置之颊中，安能保其不傍及乎？吾恐患者未愈，而烂者方殷也。"乃以指入口探所患处，曰："肿今成疣，可决矣。"徐以尖刃决之，脓即溃出，予殊不觉。英大喜曰："无恙矣！吾初非不欲痛之速止也，奈何疾势不可遏，第以药力防闲之，使之不至散流而已。若不待成疣而先时强治之，是欲速而反迟也。吾验此多矣，坚守其法不敢违焉。"脓既去，痛即止，是夕乃得安寝，又数日而愈。予惟人之有疾不可不谨也，向若不听英言，轻听荐医之说，只自苦耳。曩者予患足疾，亦痛不可忍。召医治之，但敷药其上，而痛愈甚。朝廷闻之，亟命英父院判君来视，所患处一决而愈。英之父子妙术咸见效于予，予何幸哉！今院判君辞世矣，而英之术方盛行。予嘉其医道精熟如此，将来名位未可量也！特序以赠之。

李贤《古穰集》卷八，清文渊阁四库全书本

送赵维静宰肃宁序

倪　谦

常熟赵君维静，初授河间肃宁令，同庠士友卢信偕乡人征言以饯，且曰："维静务学明理，始由髦俊贡之天朝而升诸太学，世业儒医。于琴书之隙，恒杂究丹书脉诀之秘。故在京师药人之疾，果收奇效焉。”予曰：“医之为术盍惜？夫人之不知所养，以夭阏其生。于是投以药物起人于阽危，而跻之仁寿之域，其用心亦仁矣。推是心以往，则所以治人之道孰有外于是理者哉？县令者，于民最亲，而休戚所系甚重。一邑之内，民有病者多矣，或鳏寡孤独、疲癃残疾者有焉；或流离转徙、操瓢囊为沟中之瘠者有焉；或蚕食于豪右，强夺于横吏，而疾蹙其首频者有焉！其气也郁而不和，其声也呻吟而不平。若是者，固将望上之人之药之也。为民父母者，果克尽夫湔涤之方，则其疴瘵宁有弗瘳者乎？维静以仁存心，则其药物固已富矣。兹而往疗，肃宁之民必能穷其受病之源，酌其缓急之宜，弦歌礼乐以导之，务农力本以利之，锄强扶弱以绥之。公平慈爱者，举脱其旧日之患而安于衽席。故曰“上医医国”，此之谓欤？殆见岁终稽事，其获夫十全之效也必矣！”

维静，儒者也，而医乃其余事。予以其有合于治道于其行也，故喻之以医。

倪谦《倪文僖集》卷十六，清武林往哲遗注本

谢钦院判医效序

倪　谦

太医院判士谦钦先生，圣朝之名医也。僚友院士莫不服其业之精，理之明。而缙绅大夫以至委巷士女，莫不奇其效之神也。医至于是，亦至矣。夫人具血气之躯，喜怒哀乐炽于中，风寒暑湿蚀于外，差失所调，病于是乎侵焉。轻贼其形，重戕其生。虽至亲莫能复，而孝子莫能代也。而医也，投以匕剂，辄能安其危、全其亲而遂其孝，欲致人之弗感得乎？此冬官亚卿王公所以有报于先生也。公夫人病，寒热积，数日不解，举家惶惶。以先生有乡曲旧好，趋告急焉。先生往诊之，药一再投而疾徐以瘳。公曰：“何其神也！”先生曰：“寒热者，客邪也，所以害乎元气者也。吾之药，内以护其

真元，外以祛其邪气，调和遏绝，使自遁焉。彼刚峻之剂非不快于一时，而不知元气抑已伤矣。昔之善医国者亦然，养民以德所以护元气也，御寇以兵所以祛邪气也。是以伊傅周召培植六七百载之商周，萧曹房杜能培植三四百载之汉唐，率用此道。若商君之医秦，劲悍猛鸷，不贷毫发。痛刬而力锄之，其国富兵强甚为快也，然四肢枵然而大命以随适，所以蹙之也。公为朝廷良相用，因以是告焉。”公惊曰：“先生之德匪惟寿吾室家，而又有所厚望于吾，敢不服膺？”乃授简属叙以为谢。予特为书之，使天下皆知先生非直良于医也。

倪谦《倪文僖集》卷十七，清武林往哲遗注本

赠御医孙先生医效序

倪　谦

少保兵部尚书于公之婿，锦衣卫千户朱骥患伤寒疾，既愈而复作，势日向剧，赖希贤孙先生治之而愈。骥感其活己，且念其术之良也，征予言以彰之。予闻昔汉张仲景本《内经》《难经》之旨，著《金匮玉函经》及《伤寒》诸论，其论六气之所伤最为详备。晋王叔和纂岐伯、华佗等书为《脉经》，叙阴阳内外，辩三部九候，分人迎、气口，条陈十二经，洎三焦、五脏、六府之病，尤为精密。二氏之书，诚千古不刊之典也！后之学医者，莫不本之。近世以医鸣者，曰刘守真、张子和、张洁古、李明之辈，号称医道中兴。守真、子和攻伐邪气，多用宣泄之法。洁古、明之护养元气，加多补益之功。盖皆明夫气运之变，而通于阴阳之化者矣。今之言医者，莫不宗之。先生之为医也，精究张、王之书，深传刘、李之妙。其攻病也，陷阵克敌若韩彭之用兵；其养病也，绥辑拊摩若萧曹之治民。辩证于指下，取效于目前，随宜应变，未尝十失一焉，异乎世之泥古守常者矣。是以先生之医，著闻京师。凡婴疾者，必往求治。屦

集户外至不能容，而先生应之，亦未尝以贵富贱贫而有所择也。夫疾既愈而复作，他人治之，孰不以为难也？在先生则易易焉，其术之良岂不于是而可信乎？惜予言不足以彰先生之美，而尽骥感德之情也。先生浙之仁和人，世业医。永乐初，侍父居太医院，今为御医，其学得于家传尤多云。

倪谦《倪文僖集》卷十八，清武林往哲遗注本

赠吏部侍郎俞公赐告序

倪　谦

太子少保吏部左侍郎嘉禾俞公以疾在告，上疏愿归故里调治，诏许之。谕之若曰："朕久留卿，冀疾有瘳，而卿固愿归治。卿归，宜慎疾自爱，务近医药。疾愈，速来辅朕。有司其月给米十石。"初，公得疾，上数遣太医来视，予善药。逾年不愈，公始欲归，上疏不许。又逾年，疾如初，乃再上疏，至是始赐告，官其一子为给事中，俾侍疾南归。公何以获朝廷眷遇之隆若此哉？盖公以醇实之德，博赡之学。正统中，侍皇上于藩邸，讲明正心诚意之方，敷陈尧舜周孔之道，朝夕纳诲，辅成圣德。故皇上于嗣统之初，进公鸿胪寺丞，寻擢少卿，累迁至今职。方倚公赞理宏猷，共兴善治。公亦竭忠尽瘁，展布其才，奈何沴气侵而疾疢作矣。孟子曰："汤之于伊尹，学焉而后臣之。"高宗命傅说曰："予小子旧学于甘盘。"自古圣君、哲后未有不资于学以成其圣者，是以皇上缅怀旧学，恩意惓惓。勉其留，厚其去，而望其来也。使公无恙，岂宜一日去左右哉？宜其眷遇之隆若此也。抑予闻之昔秦少游卧病汝南直舍，高符仲携《辋川图》示之，曰："阅此可愈疾。"少游得之喜甚，即于枕上引之，恍然若与摩诘入辋川，数日疾良愈。公之归故乡，山川历历在目。睹先世邱陇之所，览童子钓游之迹。其心之喜，殆有甚于少游之观图者矣。疾宁有不愈者乎？尚勿药，早来以仰副睿谕之盛心，

是缙绅之所望也。太子少保兵部左侍郎俞公偕诸君子笃僚旧之好，属笔于余以为赠，于是乎言。

倪谦《倪文僖集》卷十九，清武林往哲遗注本

赠儒医蒋汝珎序

王　僎

昔人有言："不为良相，则为良医。"相佐天子，出政教、兴礼乐，论道经邦，亮采惠畴。作舟楫霖雨以济天下，位高而人愈戴，禄厚而人愈怀。庶官有司莫敢望下风而仰余辉。医特一介士尔，夫焉可拟其伦哉？盖以势言不以理，以事功言不以心，虽谓之绝天渊可也。然医，仁术也，操一匕剂以拯人于危，而使窒者通，愦者明，呻吟者息而疾痛者愈，非宅心之仁与烛理之明有未能焉。士有是心而不能达之天下，则愿择术于医以行之。一乡一邑不犹愈，于无所用其心乎？予于是有取于医，而于吾友汝珎抑有感也。

往年吾族有病热者，其始，迎汝珎。视之曰："形体虽腴，而神气实耗，治之非六十日不可。"病者忿，亟召他医。曰："可一药愈。"投之以苦寒之剂，陈莝去而真元竭，遂不可为矣。未几，予兄廷伟遘疾，首夏恶寒，肌热自汗，他医请以疟治之。汝珎曰："此喜怒不节，劳役所伤，火旺以乘脾土，似疟而非者也。治之之法，宜以甘寒泻火邪，甘温补中气，尽数剂愈矣。"后疾已，如其言不爽。

嗟夫！汝珎诚医之良者也，用之则疾瘥，不用则身危，是何异于世之任相者哉？伊尹有商之贤相也，尝五就桀矣，桀不能用，以至于亡，成汤用之，而王天下。虞不用百里奚而亡秦，穆公用之以成霸业。丙魏在汉，非不见用，而恭显专恣，有用之而不尽者。唐之房杜皆隋朝旧臣，宋赵普诸贤亦尝臣事周矣。岂其才有丰啬？亦由用与不用，而国之兴亡判焉。林甫入相，曲江去位。钦若典轴，莱公司钥。用者非贤，贤者不用，世主岂故为是之倒置哉？亦辨之

不早也。

予于是有感于用医者，医非不良，或摈不见用，或用之不尽，而世之庸妄者，方求售不暇，欲人之无惑，难矣。予既重汝珎，又重吾兄之不惑，遂书此赠之，亦庸以为有志于斯人者告云。

王俁《思轩文集》卷三，明弘治刻本

赠张永福序

王 俁

吴楚之俗尚巫，有疾者多不之医而之巫。吉凶祸福，惟巫之言为听，虽阽于危，不悟也。京师，四方之人杂处也，医巫常兼用之。巫之言虽无稽，而愚者信之笃，医之术虽有传，而贤者任之不专，故收效常不在医而在巫。有能知巫不足信以专任乎医者，而医或术浅而才疏，或悖仁灭义而惟利之图，则沉痼者蔑以求安，寒窭者无敢望疗。怀金帛以从事于医，孰若载牢醴以奔走于巫之易于取办与有可觊幸？故虽知任医，或不免转而信于巫矣。於戏！于斯而有能任医而不惑如徐景容，为医而深于术、优于才、轻于货利以笃厚于仁义如张永福，巫虽神亦安所肆其妄哉？

永福应天上元人，自其祖景山、父玉轩以来，以治湿名医者三世矣。其术业之精，宅心之良，亦世守一道，故京师之人有湿疾者多往求治。治之而愈，多不责报。户外之屦常满，而迹于巫者夐焉。往岁秋，景容之子廷和遘湿疾，跗肿腹胀气膹郁，殆不起矣。有以巫来告者，景容皆谢却之。遍择诸医，得永福以为良，乃专任之。永福为制汤液，投之数剂，而廷和之疾良已。景容家故多资，且怀金帛为厚报，永福亦谢却之，以必得儒君子一言为幸。徐之友有沈昂者，以景容之意来告以请予言，予让，久不作。乃者其姻唐士宏又以请焉，乃为之言曰：

爱其子而不惑于俗巫，不付于庸医，必求深于其道者，以卒收其效。传其术于父祖，以克世其家，济于人而不利乎己，景容固贤矣，如永福者可不谓尤贤矣乎？而况永福之必欲徼宠于吾儒之言，景容之必欲乞言于予，其意皆可嘉也，故为序以授之。

王偀《思轩文集》卷四，明弘治刻本

送御医蒋君诗序

王　偀

吾常蒋氏世业医，盖自季文之祖，以纯深明其道，以惠利邦人。至其父敬可，以谨厚承之，益广其施。人德其父子者，谓其后必昌。季文犹逮侍厥祖，继得其传于父，其才识明敏，尤足以发其所秘，出而用世。故虽在里居，其名已荐闻于朝。天顺中，召入内庭。供事之暇，遨游于公卿之间。季文心醇而志勤，言典而行确，其学能邃于古，其治疾能通于今，而耻于言利。故一时与君同事者，虽各以其术鸣，然道行于时，声称于人，卒莫有如季文者。成化初，授太医院御医。居久之，援例乞归省墓。既而赴阙，以尝受知于冢宰崔公，取道谒焉。公因命属僚作诗，谓予季文乡人，属为之序。季文之来过予话旧，予因窃知上所以宠畀之者，不徒有拜官之命、予告之荣，且尝悯其劳，为除其尺籍，此其恩尤莫大焉。夫恩之大者感之深，此季文所以益殚心力，思捐躯以徇也。予闻之古人论用医者，谓“非仁爱不可托，非聪明理达不可任，非廉洁淳良不可信”。此上所以有取于季文而宠畀之也。虽然，予窃有感焉。上之用人，以宠畀于其臣者，其恩抑尤有大于斯者也。为之臣者，果皆仁爱可倚托、聪明理达、廉洁淳良可信任乎？果皆克殚心力、思捐躯以徇乎？予去朝久，不能究。知季文归，而遇有斯人焉，或否焉。幸以予斯言告之，必期于无负可也。

王偀《思轩文集》卷五，明弘治刻本

赠世医徐伯旸序

王　僎

吾毗陵称世医家，其传次之久，皆无如徐氏。盖自国初以来，累世业医，一本刘守真、张子和二家之学，以汗、吐、下三法治人疾疢，皆应手取效，郡中籍籍称贤之。盖不徒专攻于医，而尤兼通于儒，故其书有名《儒门事亲》者，谓与吾儒者之道相表里，有非粗工妄人之所能窥测也。前三十年，予犹及见其长老，如孟恂、孟伦、孟颛三数人，至于孟恂之兄孟曾、孟安，孟颛之父、前医学正科彦常，又予所不及见。然闻其风，与观其为人，其纯德雅道皆卓然前辈老成人，又非后生晚进之所能跂而及之也。当是时，人之求医者，徒知有徐氏。为医者，徒知有刘张之学。近数年来，稍稍徙之别族，而其学亦有转而他求，如李明之之类者。独伯旸不然，曰："此吾父祖之业也。"于是深探二家之旨，而尤注意于仲景《伤寒》之一论，其意又以为百病之急，无踰《伤寒》，此古人之说，而亦吾父祖之用心也。伯旸，孟颛之子，彦常之孙也。其贤如此，庶几克承家学以益永其传者矣。

予客游京师，与伯旸别甚久，乃者予兄廷序以书来，属文曰："愿有以赠伯旸也。伯旸治吾伤寒而愈，而不受馈，此其功不可忘，其义不可掩也。"噫！此古道也，而伯旸能之，可谓难矣。然予尚愿承教焉。仲景著论，固为不刊之典，而善医者又谓有大人之病而无婴孺之患，有北方之药而无南方之治。唐孙思邈贯通经籍，洞明医理，虽禁架之法、导引之术，靡不该洽。后人得其一二，亦足以为名医者，而议者又恨其独不知《伤寒》，此医家之所以难乎十全也。伯旸试博习而审求之，以无泥于一偏，无轻用人之疾，无使求备者之或有訾议。此予区区之所望，以少副予兄愿赠之心者也。伯旸勉之。

王僎《思轩文集》卷九，明弘治刻本

赠盛用美序

王　偁

予友鹅湖华守正以书来，属文为盛用美赠，曰："正顷属疾，几为他医所毙，独用美治之有奇效，是正之余生皆用美之赐也。先生念我，幸为致一言酬之。"予亦颇闻吴中近时有盛用美者，以医鸣于时，其学盖得之厥祖起东先生，而益加研习。乡人有疾者，皆不之他医，之用美，用美皆乐然应之，皆应手取效。疾虽危笃，亦以剂投之，曰："吾不能坐视其毙也。"予又闻用美性明敏，尝习举子业，游场屋不利，遂弃去。业医，凡施之治证，有升降浮沉、寒热温凉之候，皆推吾儒者所论阴阳之理以会通之。施之接物，有拯危起废，弃责却馈之类，皆即吾儒者所行仁义之道而扩充之。然则用美虽不获致显位、蜚英声，而其惠亦足以及人，其名亦足以有闻于世，此古人所谓"达则为良相，不达则为良医"，为是故也。虽然，良医亦未易多得也。在胜国时，有金华朱彦修者，少亦务儒业，尝试秋闱，弗捷，亦去而从事于医。得其要领，折衷群言，归之至当，说者谓彦修能集医家之大成。

夫医，一艺也，而谓之集大成。为医者，一介士也，而上以拟之天子之相，此岂可以语之庸妄人哉？用美之始也，由儒而入，其蹊径既与之同；其终也，以医而成，其归宿不容于不同，用美勉焉！使后之称用美者，亦犹今之称彦修，顾不伟欤？

王偁《思轩文集》卷七，明弘治刻本

蒋氏二子字序

王　偁

蒋氏世为毗陵儒医，盖自达善甫以来，四传而为通政使司左通政，季文遂以其道用于朝。五世而为常州府医学正科，惟训又以其道行于郡，由是籍咸之名，相望一时，而燕翼之诒，亦裕于来裔矣。盖惟训二子，长曰徽，既授以医业，次曰徵，则俾为儒生，业进士举。二子者有美质，有严教，其成也，可计日待，而犹未有为之字者。惟训近以书来曰："先生幸无靳一言以进之于道，可也？"噫！予固非知道者，然惟训，予所厚也，庸可辞乎？乃进二子而告之曰：

夫徽者，美也。《诗》所谓"徽音""徽猷"皆是也。然其所最要者，则《书》所谓"慎徽五典"。盖五典美则著而为声誉，发而为谋猷，无不美矣。徽乎请字，子以"慎之"。徵之义，有训"召"者，即史所书"三徵七辟"。有训"验"者，即传所称九徵而不变。然其义尤切者，则又有训"成"者焉。《说文》谓行于微而闻达者，非行成而名就者不可也。徵乎请字，子以"成之"。虽然，士之所当慎者，不独五品，虽一言一行，皆不可以不慎。况医者民命所系，处方制剂，苟不慎焉，则必至于孟浪，而戕人之生矣。儒者之所当成，不徒在己，由己而推之物，皆其所当成也。故学优而仕，将以治人，使政不成，则卤莽灭裂，而人有不得其所者矣。二子其尚勉之哉！为医必至于岐咸和缓，为儒必至于伊傅周召，如是而谓之慎，谓之成，斯可也。毋诿曰："此神人也，此圣贤之徒也，则吾岂敢？"是不可以语上也，非吾所以进二子于道也。

王偁《思轩文集》卷十二，明弘治刻本

赠外科桧轩窦先生序

秦　夔

外科之名，起于近世，古无有也。《周官》医师所属，有疾医，有疡医，岂今之所谓外科乎？余尝者[1]《内经》而知其治法矣。夫诸痛痒疮疡，皆属心火，其病发于少阳、太阴者恒多，盖相火湿土所受也。治之之法，急须审其内外表里之分。脉在表而形外显，此自外而之内者，必托里以固其本，否则邪易入而内必溃。脉在里而毒气内闭，此自内而之外者，必疏通而倡导之，否则邪易滋而外必张。譬之老将用兵，敌在内则攻之，在外则攘之。势不容缓，如斯而已矣。然必先调荣益脾，无党邪、无伐和、无实实、无虚虚，使真元不衰，则邪气自消。古之善为疡医，用此道也。故离《内经》治疡，非医善者。世固有卤莽灭裂挟一方一技，号于人曰："我善为疡。"□针与匕，率意治之，往往陷人死地。此岂特医师之非良，抑亦术医者之不审耳。邑外科窦永芳，世以治疡闻，乡人有患疡者，即之辄愈。今年春，余友吴君锦堂，疽发于腋，势危甚，已而转于背，呻吟号呼，群医治弗疗。延君至，则曰："疾虽殆，尤可急治，缓则无及耳。"乃投以剂，外攘内攻，而扶元益真之剂有加。未几，邪溃真合，如酗之苏。呜呼！若永芳之治疡，岂余之所谓古之善者欤？锦堂念厚德，不可无报。间与乡先生陆公懋成来需言赠之，且曰："利非永芳所急，必子之文庶足以张之。"余重永芳之良于医，而加锦堂之能择也。惟所见，序以复之。

秦夔《五峰遗稿》卷十七，明嘉靖元年刻本

〔1〕"者"疑为"考"之误。

赠吴顺理序

史　鉴

佛者谟无猷病伤于寒，延陵吴顺理为治之。病良已，无猷以予之尝主其庐也，征文以为顺理赠。予未有以复之，无猷请之益勤，终岁八九至，未尝有倦色、出厌言，予甚愧之。既而吾友汝其通、曹颙若又助为之请。夫顺理以医鸣，其授受之详，方术之工，治疗之效，缙绅先生尽言之矣，是不当再举以渎之。二君之言曰："顺理，儒家子也。儒者之为人，必不喜人佞己，而喜人规己。"用序，予之所惑者以告焉，是或规之之一道也。凡病，莫险于伤寒，以其有阴阳虚实之不同，攻补汗下之相反。药饵一投，则死生立决，是可以易言之耶？《内经》曰："喜怒伤气，寒暑伤形。"又曰："天之邪气，感则害人五脏；水谷之寒热，感则害人六腑；地之湿气，感则害人皮肉筋脉。"此皆兼言而并述之。仲景之书，明之之辨。所谓各极其一端，譬之孔子之门，群弟子各因其性之所近，而学焉者也。后世医者不能合二家之言而通之以求其当，徒守一偏之说。故攻家以为无不足，补家以为无有余。卒至虚其虚，实其实，而死亡接踵矣。其药不足以愈病，而适足以坏病。其术不足以起死，而适足以速死。夫岂二书之罪哉？良由粗工胶于见闻，昧于通变故耳。就其二者而论之，则近日补家之祸人也为尤甚。盖其言近理，其术易行，信之者众也。又其徒皆高自标榜，诧其术为王道，其药为仁政，视麻黄、甘遂、附子之属，摇手触禁而不敢用。虽外感风寒，亦必曲引旁据，以求合夫内伤之说。率以补中益气为名，其或尼于公议不得已，则阳为表下之说，而阴以补剂主之，意其可以旷日持久，坐收全功而无虞。殊不知稂莠不除，则嘉禾不生，小人不去，则善治不行，亦已谬矣。甚至倡为南方无伤寒之说。噫！天之六气，人之七情，何地无之？特有甚不甚之异耳。审如其言，则南方不病寒，北方不病暑耶？此最其说之妄诞者，不待攻而自破矣。且明之生于乱世，亲在围城之中，见其人罹战斗、饥饿、劳役之苦，围解而饱食太过，因而生疾。一时之医，误以为有余而攻之，往往多死，故为是说。今乃欲概之承平无事之人，岂理也哉？岂理也哉？以顺理之明，慎详悫宜，无斯二者之患。然因予言而加省焉，则庶乎末流之无弊也。

史鉴《西村集》卷五，清文渊阁四库全书本

赠医士胡琳

胡居仁

予患疾数载，畏风怯寒，屡至危困。里中胡君琳，业医而尚儒，察其脉，曰："病虽深，幸五脏之气未绝，但元气衰弱，外为风寒所乘。治疗之法，当内壮元气，外避风寒，俟其久而渐安可也。"噫！胡君可谓善医者矣。夫人禀气以生，含气以长，气壮则外邪不侵，气衰则风寒暑湿皆足以为吾之害。故善医者，虽随其冷热虚实，施之以治法，必以调扶元气为本焉。世之庸医不知此，而妄杀人者多矣。今病小愈，因以君医而思吾道。盖人之身，元气不壮，外邪得以干之。犹人之学，大本不立，外物得以夺之。若国之治亦然。非以贤才不用，暴虐得以为害欤？故立大本，所以壮学者之元气。用贤才，所以壮国家之元气也。必立大本，然后理可明而德可修。必用贤才，然后政可立而民可安。否则百病交侵，其灭德而丧邦也必矣。君虽为名医，而雅尚儒术，并以儒道言之，以广其志云。

胡居仁《胡敬斋先生文集》卷二，清正谊堂全书本

赠太医院使仲君南还序

倪 岳

太医院使宝应仲君惟馨，以疾乞归。疏闻，诏许之，且俾疾愈供职如故。君治装戒行，所与其子祠祭主事棐为僚者，欲予一言以慰其父子暌离之情，以达诸交游不忍遽别之意。谊不得辞，则谂于众曰："诸君何以为惟馨赠耶?"或者进曰："君少丧父德高府君，赖母辛苦守节，以育于成。伯父太医院判德明，尤笃意抚教，君刻志学问，绍其世业。以精钟王学，拜中书舍人，累迁尚宝卿右通政，改授今职。两荷封章，推恩其亲，而母氏之节亦拜旌表之命，于是人嘉德高有子矣。君居尝自念孱然幼孤，幸尔有立，复叨禄位，跻于显融，皆先世未食之报之所贻者。而自入仕途，违远丘垄几三十年。伯考弃诸孤，返葬于乡，亦且二十载。縻于职守，不获一展，省少抒无涯之感，岁月如逝而颠发种种矣。兹幸蒙恩赐归，吾心之所未偿者，庶其少塞乎？此君之所以去也。"

或者又曰："闻君之先，自明斋先生，当元季起家医学，教后世以轩岐之术惠济一方，至德明益显，然亦仕止院判耳。及君而荐，被宠擢五转官而未艾也。生三丈夫子，皆颖异。长本，登弘治庚戌进士，视政秋曹。次棐，登成化丁未进士，选入翰林，为庶吉士，授职祠部。次相，颀然玉立，又将继此而奋。诸孙娟秀，早知务学。仲氏之先，所积德善诚厚，然独于君发之，职位之崇，子孙之贤。一时名宗巨族，可与媲者亦鲜矣。君居尝自念天休滋至，虽召公之贤，犹以为惧，故盈满之戒，君子之所宜慎也。矧知进而不知退，则悔吝生焉。幸二子为学，粗知向方，敢以是报上恩、酬知遇，吾其可以少休矣乎？盖君明于《易》之学，以教成其子者，此君之所以去也。"

予闻而叹曰："前之说者，所存之厚，后之说者，所见之明，其贤远于人何如哉？夫君之归也以其疾，予欲沮君之归也以其道。何则？昔之人固有盲于目，重于听者，然其心思聪明，足以济用，不在其耳目之间也。君博通儒书，识明才敏，究心家学，夐出侪类。经其诊切者，可以决死生于岁月之前，起阽危于困绝之际。以予所闻而知者比比也，其所未知者，夫岂可数计哉？是以上自朝廷贵宦之家，若儒士大夫，下及窭人鄙巷之辈，恒恃君为归。君亦乐于济物，有召即往，虽其疾少艰步履，而于所以施其道以全夫人者，固无所妨也。顾可恝然为自便计，而忘朝廷宠待之深，士大夫倚望之重也哉？此则君盖未可以言去者如此，惜予力不足以挽而留之也。虽然，予则有告焉，始君以疾乞归，朝廷弗之违，德意优渥，君不可以不知也。即其施诸人者，以反诸已，愈疾而来，黾勉供职，于以竭保和之功，于以广利济之惠，固君之所当尽者。是可果于忘世，以决于一去而已哉？予于君托交有素，不能无望于他日者。君其念之，尚弗为前二说所惑也。”

倪岳《青溪漫稿》卷十九，清武林往哲遗注本

送晋宁州邵医官序

程敏政

乡贡进士王景阳，开塾于太师李文达公家，间道其乡人邵景晖之医学。公子尚宝司丞士钦及其二季士敬、士贵因乐与游，且谂其医之良也，又以道于余。余方思识其人，而景晖受荐，起为典科，于晋宁州医学去矣。士钦相率来，请一言赠之行。嗟夫！天下之事，未有不资于学而能成者，百家众技必有师焉。而今之公署在天下以学名者三：儒也，医也，阴阳也。儒之学，自三代已然。医与阴阳，二学肇于宋而盛于今。国朝置官，与儒学鼎峙。夫二家之学，在《周礼》曰“医师”，在《书》曰“羲暨和”。盖儒者之学，非百家众技之所谓“学”也。儒者不得而专攻，故使良者为之长，率其徒以

相守，令而治民焉，其任虽卑而责则重矣。盖礼义乖，则民之俗也漓。疾疢兴，则民之生也弗遂。寒暑紊，则民之业以隳。三者之教行，而治道成，故曰二家之“学”非百家众技之所谓“学”也。夫道德性命之理，六经载之。医与阴阳之先，其所以察脉理而知受病之源，测玄象而得运行之度，类非神圣之士，不能以前知。特后之学者泥其迹，不察其理，故世以百家众技之流目之。而为其徒者，亦安处其名，盖二家之学失其职也久矣。晋宁于滇为属郡，而景晖之父故为医学师，景晖世其学且世其官，盖庶几所谓良士者。夫滇在京师万里外，其地与夷獠杂处，国朝以来，礼义之渐洽视内郡，而况于医乎？吾见景晖之教将大行于一州，而远人蒙其休也。余故学于文达公，而景阳又于余有讲学之旧，亦深慨夫儒者之失其职而无以自振也，故以学之说告之。

程敏政《篁墩集》卷二十一，明正德二年刻本

赠陈希承序

王　鏊

所谓经与权者，岂唯吾儒用之？唯医亦然。儒而不知权，则胡以济事变？医而不知权，则胡以收奇功？希承为太医院判，公尚之仲子，妙得家学之传。弘治十一年夏，京师痘疾盛行，予徐氏甥甫周岁，热不二日而见苗，众谓难治。希承数视之，愈。既而得泄，众谓痘后泄，不可为也。希承视之，加数焉，复愈。家人失调，泄复大作，日夜数十行。众医愕眙，曰：“无可为者。”希承曰：“事急矣，药非附子不可。”一投少间，再投旋止。视之，又加数焉，遂愈。今世之所谓医者，率祖李明之氏、朱彦修氏，其处剂率不出参术之类。所谓医之王道也，信知本者也。然病出于变，非参术辈所能效者，则药亦不得不变。而或者不知变则坐以待亡，变而失之毫厘，则反以促焉者，多矣。是其敢轻用乎？非见之的，用之有法，

其能自信乎？故曰可与立，未可与权。药而能权，可谓妙矣。明之、彦修未尝废权也，世医师其常，不师其变，非用权之难乎？况用之小儿哉，其又难也。今夫用人者，必曰老成。非为其经历多、闻见博、思虑审乎？希承年甫三十而出奇制变，有老成所不敢而试之必效，事果在于年哉？信其得于家学者，深矣。抑有不传之妙者乎？予方患世医胶固袭常，以失病机，特为著之以传，而因以告夫医国者。

王鏊《王文恪公集》卷十一，明三愧堂刻清印本

赠方松厓序

林　俊

五行具而五性分，酸甘辛咸，各一其味而各相入也，故皆易和，惟苦独无和。酸甘辛咸各有好，惟苦独无好。翰之莼、亮之薤、元修之菜、槎头之鳊、通印之子鱼、岷山之蒟、邕之姜、蜀之椒桂，解之盐，调而和之，其皆相入也。均之为瓜，不削者必苦，均之为李，不摘者必苦，均之为笋，独成竹者亦必其不甘于味，不相为入者也。古之人，行之苦有喻矣，蘖是也；政之苦有喻矣，荼是也。苦之不可近如此，宜其好之者独也。抑闻之直木先伐，井甘者必先竭。又患夫生于材者之为己累也，苦无适用之材，而亦善收有自寿之利，其未可少也。予弦直石介，泥古而病，为通譬之于味，所谓苦也。落落无合，动触世机，好咸者之所弃酸，所色喜而心遗者也。无适用之材，而又不收有自寿之利，予之苦尤乎其不相入也。然亦有闻其风而起，抗众诋而不夺者，其固何谓耶？予取友于天下，与其一乡，有未及一面而自谓知己，有肝肺相示久之，而益见其亲，若松厓君者，其是也。夫善化者运独为同，予仅安于独者也。然私计之，苓连栀蘖，味之至苦者也，自相为类，而自忘其独，故虽卢扁不废。夫调益元气，虽不敢与参苓同功，然燥极脉脱，气促而神

昏，以绝一转息间熄薪止沸，苦亦奏有微功矣。夫神完气足，腠理弥密，内体固则外邪不能干，置一苦于无用之地，医之至也。松厓其无思，置予无用之地者乎？松厓有学识操养以不涉嫜婀，忤逆珰意，退伏林下，及是起宪副，监军川东而复回湖南也。予亦欲东者，因叙所赠处者如此。

林俊《见素集》卷四，清文渊阁四库全书本

族伯希文先生祷雨有感序

汪舜民

司巫舞雩，所以祷雨也。古之人或以德，或以政，不巫而得雨者，亦多矣。然必在位为神人之主，而此身所关者重，乃可得之。是故汤主天下，祷桑林而雨；鲁僖主一国，放侫理究而雨；徐州刺史百里嵩主一郡，行部而雨；西华令戴封主一邑，积薪自焚而雨。未闻有不在其位可以不巫而得之者，不在其位可以不巫而得之，其道无他，一于诚而已，若吾族伯希文先生祷雨而应是也。

先生族之儒者，旁通于医。平生一言一行，非诚不立，惟其诚，故医投剂辄效。起死回生如执左券，探囊中物。其于祷雨，非素艺也。岁乙巳旱，乡巫祷累日弗应。先生睹之叹曰："太空冥冥，非诚曷格？"乃屏巫，率众祷之。不终朝，果雨。嗣是岁旱，众志必在先生。先生悯农夫之望，必从而祷，祷必雨，雨必流通。今年六月旱，赖先生一雨二日。七月复旱，先生适以医留于邻邑，乡巫病弗效，苗且稿矣。族伯希明遣人要先生归，就坛祷之，一雨者三日，而云雾霭然，犹未怠也。于是乡人怀先生之惠。族弟廷玉暨好事者，又俾舜民为文纪其绩。

噫！舜民身亲见之矣，其坛中书八卦星曜之象，则与古之檄召五星者相似，凡名山古洞神之所伏必命。人往乞其灵，则与古之祷于山川薮泽者相似。于古洞得寿蛙，瓮而畜之，则与古之盛蛇医贮蜥蜴者相似。日必引乡之人焚香行道，望空下拜，又为祝词。俾人行且诵，以吁于天，则与古之命小童壮舞者相似。或独坐日中，跪而默祷，则又与古之出野暴露者相似。先生之祷，其于巫初不甚异，然在巫则不应，在先生则其应如神，何耶？诚不诚之分也。此诚一至大而动天地感鬼神，小而信豚鱼孚草木，况于雨泽一事云乎哉？使先生有位于时，推此诚而行之，则天下无旱岁矣。舜民前年出按张掖，辨死狱，旱久得大雪，人皆以为喜。偶然也，初无先生之诚也。乡进士曰俨曰嵩，皆先生之子，指日有位，与舜民同在仕籍。凡治民事神之际，举以先生之诚是勉。成化丁未八月六日序。

汪舜民《静轩先生文集》卷六，明正德刻本

〔按：该序文含有迷信色彩，因其描写对象为医者，同时保留了一些古人认识自然的方法与态度，具有文献价值，故予以保留，请读者注意甄别。〕

言医赠葛君汝敬

祝允明

世迁道裂，人习苟陋，口以耳言，足以目行。胥四海而一其能，廓玄见以躅古，积功力以给用者无几，繇小大之务。人皆若人，习皆若习，万事如何而治哉？又甚者，以伪袭之昧自曰解，卑自曰高，缪自曰是。噫！若之何哉？余将平骘今古，固不胜慨，因葛君疗疾将赠之言而触于怀。由医而发也，姑寄辞于医。

医之道，大欤？细欤？医之道非大。古之为医者，其人大也。炎、农、轩后而下，作之述之，飞声千载者，皆大圣神仁智英杰贤人也。以斯人用医，乌获之振羽也，乌乎而不大？故医之用，与耕者、植者并济养人生，其道略等，非甚高大而其人皆大也。病乎后世之为医者，良百一而庸十九。是人病医，非医病人矣。

余少读经史子传，期为用世。学固不遑暇，于是闲时或猎观《枢》《素》《难》《脉》《明堂》《内照》《千金》《本草》书，觉意中有一种言也。又观诸医师治效，扁鹊、仓公、华佗、褚澄、徐秋夫辈，以底于孙氏，则多契前旨。又后稍观张、刘书，而因验其人，又有一种意也。又下及李明之言与朱彦修，并得其人，又有一种意也。又下及胜国、国初名家，如吾郡葛氏、张氏、盛氏、韩氏、王氏犹然也。今天下称良医师纷纷，以余不习其法，所不敢知。然其以名者，则以能持李说也。持李者，谓之王。持张、刘者，谓之伯，况孙以上哉？

迩年始得《千金翼》，读之益契旧闻，大发蒙塞。或以其旨索诸今人，为之骇然，亦不敢言也。今人家子弟为科举之术，必持程朱，不持汉儒。为医师必持李，不持前人。何昔之大儒上医甚艰有，今正叔、元晦、明之盈天下闾巷也？今称良医师，多江南余旧。有戏语谓北人乏医，试以户曹版籍校计，何生死者之略相当？

欤嘻！尧舜以揖让，汤武以干戈。苟合道济世，何必曰禅？道不同不相为谋，有语则吐，亦焉知其为是为妄邪？知我罪我皆所不辞。微葛君也，吾其鬼矣！葛君生我，我知报之。申吾感，因述吾志而已。葛君字汝敬，其为道，吾能识其超拔高妙，所谓廓玄见以躅古，积功力以给用者，而不能指言之。因称以语人曰："仁哉，汝敬乎？活今人之心智哉，汝敬乎？得先圣之道。"盖汝敬，可久玄孙也。知可久，知汝敬矣。

祝允明《怀星堂集》卷二十二，清文渊阁四库全书本

赠钱君医效序

祝允明

钱氏以颇囟医，世名吴中，郡之人孩而活之以长老者，不知几千万指也。与余家友谊尤厚，余之幼，盖亦活于其门之一人也。近

年来家有求活者，则多之孔征。比余有二息孙，每多疾，遇大疾则奔告焉，小疾则奔告焉。孔征闻告，审其疾，当视也，则亟来视焉；当药，则畀之服焉。其来视也，余辄从同视。孔征问证，切脉察色，揣肌审声。曰："其来也，以是。其验也，若是。其治也，宜是。"为之校计。乳哺之节，凉燠之候，襁负眠坐，溲便之度，与其母服食之宜，导谕周悉谆至，然后使药之。盖其用心施术，匪伊良医师、慈母、贤保傅不易及也。噫嘻！世间人臣负主，官怠政厉民，士背先师，众庶交欺卖，至有天属诈忍贼伦者，何如哉？殆皆孔征罪人。孔征术既精，泽既广，不伺余语。语直以伸报德之怀，而活人受福，且为孔征必之庆之，亦报德中意也。

祝允明《怀星堂集》卷二十七，清文渊阁四库全书本

赠良医施雪谷序

钱　福

夫国有良医，则一国之人无病矣。天下之医皆良，天下之人无病矣。矧一乡九族之中有医焉，医之良则其乡族之人无病，可知矣。人之嗜好禀赋异焉，而感触婴冒病于身者，亦无无有者，今而谓之无病，要亦赖医耳。医良而药圣，则家国天下之人，病与无病之人耳。若锡之施雪谷氏，医之良者，莫能过之。余尝饮渴惠泉，多藉其品剂调摄，真知灼见，其为良也。凡邑之远近，人之老少，皆倚以为活。不求著声而声自著，不屑造家而家自造，若人者又良医中之不多得者也，人固重之，余亦爱之。至于其起姻党朱宝之于沉疴，继又治其子痘疹，不时日间，而朱氏父子悬命于投匕之间，使其宗祀有所存，而老少有所倚，其神功药圣，又一验也。朱宝之感之，举家合族感之，凡与宝之相与者皆感之。屡致币帛、珍玩、几筵以为赠，以为报，咸却之，却之而至于坚。人皆曰："此其素心也，况姻党乎哉？"

一日，宝之揖其亲，执余友人彭坦斋氏曰："感德图报，人人之心也。第吾姻家雪谷翁不受报，缅惟熟计，惟赠言为最，而彼亦不终拒矣。乞转致一词于华亭钱太史氏，何如？"坦斋曰："诺。"于是走书四百里外，抵予放鹤滩上。予知其颠末，应之曰："医之良，胤必昌。命之续，天必禄。施之施，朱之报，皆有可取者。"遂援笔以复。它日施后之昌，朱门之禄，庶以予之言为有征焉。

钱福《钱太史鹤滩稿》卷三，明万历三十六年沈思梅居刻本

赠良医窦恕斋序

钱　福

仁之道博矣哉！微而为物，中而为人，大而为天地。温良顺惠，爱尽而义周，其用也无穷。医之道有焉，医家科不有三，其业不同，而其志同。其能活人之功异，而果能活人之心同。若所谓外科者，其于圣神功巧，又孰不具哉？或者谓医家不易学，亦不易精，若窦君者，其可概观哉？夫医之道，曰大方、小方、妇人科、伤寒别有科及祝由科之类，病悉主内而发于外者，则为外科。疽疡瘰疬，其为病甚速，其祸人甚深。非善知标本之说，经络支脉之妙，辨阴阳之理，寒热温凉之源，明虚实之故，深浅迟速之道，其欲起死回生，拯危济急于一旦间，鲜有不辞者矣。

吾闻窦君承世业，能读医书，上溯轩岐，下述汉唐宋元以及我盛朝诸善医者，立论著方以万数，参酌考验，素出自胸，视轻重而自意之，故业得以外科擅名。其科虽有内外之异，实与诸科相表里。故凡男妇人老稚穷贵，悉得治之，治且无不效。用是四方人日登其门延请治疾者如市，君亦不求厚偿。今岁，吾友彭君佑有母，年既高，背感疾，邀君视之。君外敷膏药，内饮汤药，不旬日而疾愈，于是人皆果信其能。盖巧而至人工者，涉圣与神，未可知也。君世居锡邑，家有隆，无少替，其望于君益高，且以"恕斋"自号，则

其存心固有在矣。吾尝闻君名，而因君佑之请，乃书以赠之。

钱福《钱太史鹤滩稿》卷三，明万历三十六年沈思梅居刻本

赠疡医朱君铨序

费　宏

凡小道之可观者，贵于专，专斯精，精斯验。不专精而能取验者，鲜矣。养叔之射、辽之丸、秋之奕、轮扁之斫、庖丁之解牛，公孙大娘之舞剑，皆精绝一时，足以润身而适于用。无他，专故也。夫此数端，皆小道中之无益者，然非专犹且不可，况医乃人之司命，不专可乎？故《周礼》医师所掌，有主夫疾痛者，主夫疡者，有主夫食疗者，亦各专其职而使治之，然后责以十全之效焉。以是观之，则医之贵于专也，审矣。

贵溪有朱君铨者，于医之诸科一无所兼，独治疡之法，父子兄弟得其肯綮，世守其业不迁，针砭所加，应手取效，百不一二失，所谓专而精者欤？顷家君病痈，诸医不能治，势甚危迫。惟夏医孟厚者，以为可药。日投内补之剂而外攻之术，则犹未尽。时漳守汪公闻之，因以君荐，予亟驰书召之。既至，分庭抗礼，未及毕，遂语君以病势，诘其可治与否。君曰："是虽稍迟，然犹可为也。"入闼诊视，取囊中药屑，傅四周而以纴纳之，且谓其中有积聚如箸者，明日当随纴以出，出则疮乃可敛。诘朝，导以纴，果得如箸如指者数寸。自是，药数易而痈渐愈，君之功也。昔扁鹊得长桑君怀中秘药，饮以上池之水，旬月后，有所诊候，能尽见五藏症结。今君之奇，庶几类此，不亦可以为难哉？君貌朴言质，不能取名。惟傍近数十里知其能，则往来之稍远，已无识君者。而家君乃以为善之报，因太守公而获济于君，予安能忘哉？爰叙此以赠。使凡抱痛者，因予言而知君之良，从而访焉，则不独一人之幸矣。朱君之医，仁者之术也，太守公之荐，仁者之心也。然则予之斯言，盖欲体公之心，

而广君之术云尔。

费宏《费文宪公摘稿》卷十，明嘉靖刻本

送蒋廷元游南雍序

潘希曾

丹阳蒋廷元应贡至京，既廷试，将卒业。南雍同官汤君仁甫谓余曰："廷元，吾友也。吾宦游，诸乡人图赠之言，以壮其行，以勖其有成。子知我者，虽未知廷元，愿为我一言。廷元世儒家，兼邃轩岐之术，或以医显，或以儒仕，凡十三四传而姓益著。廷元又蒋氏佳子弟也，种学绩文，有志当世，虽场屋数奇而不怨不怠。今方游南雍，友天下士，以博其所见闻，而要其所成立，其所存可知已。今世士如廷元，子苟知之，虽弗吾以，犹将喜称焉，而顾独吾靳哉？"

余惟范文正公有言："大丈夫不作宰相，当作明医以活天下。"则医与儒非二道也，儒之用调燮元化，整齐庶政而民得其所；医之用护植元气，攻劫众疾而身得其安。顾其事有大小，功有广狭，而所为利于物者，岂有二乎哉？古之人急于利物，故不得为宰相，宁愿为明医。彼为宰相而不足以济世，固不若为明医而足以济人之为愈也。廷元之于医，余不知其得于家廷者何如，而独种学绩文，有志当世。盖亦舍其小者、狭者，以就其大者、广者。至于场屋数奇，不为世用，谓宜反求诸医，以姑酬其利物之心可矣。乃确有定守，而得失利钝不一。动其中，轻数千里，来贡京师，又轻数千里，往游南雍。观其志，若将必得其愿欲而后已者。余闻贫贱忧戚，天所以玉其成。而古人当大任，往往出于劳苦拂郁之境。他日收晚成之功，以弘医国之用者，安知不在廷元耶？《传》曰："三折肱，知为良医。"又于廷元之行卜之。

潘希曾《竹涧集》卷六，清文渊阁四库全书本

赠御医吴先生还乡序

潘希曾

御医吴晦叔先生谢事南还，于是年七十矣，而聪明矍铄若后生。且戒行，吾乡里之仕京师者，饮饯于其邸。酒半，客执爵而叹曰："贤哉先生！去就若先生，亦诚贤矣。"乃顾谓余曰："赠言之谊，以属子。"余惟贤者，处世身为先，用次之。身必有以立，用必有以及物。故学术以立身也，宦业以及物也。其或所遇不齐，所就虽异，二者无歉焉可也。是故太上则周孔之事，其次以职，其次以艺。贾谊称："古之圣人不居朝廷，必在卜医。"范希文谓："大丈夫不作宰相，当作明医活人。"其理同也。正直平荡之道塞，世途多艰，贤者益难为全。为其大而莫之全，孰愈为其小而终始之全也。

先生故业儒，尤精于医。成化间，被檄供太医院事，寻擢本院吏目，进今官，首尾凡三十年。所活都人士不可胜计，朝廷眷遇方隆，而先生恳辞以老。其亦知退而全身者耶？其亦小试而毕其及物之志者耶？夫贤者，心事未易测识。汉二疏之去，使人叹息称道于千载之下。廉顽立懦，有遗风焉，则史氏之言为之张本也。先生归矣，他日知先生者或有征于余言。

潘希曾《竹涧集》卷六，清文渊阁四库全书本

送王通政致仕序

倪宗正

人之能，莫妙于精，莫善于善用。不精不足以为能，精而不善用，则其能适足以祸其身。孙吴，古之能兵者也。观其书，相时较势，料事料人尽万变，无遗锱铢，发之如矢赴的，然不善用，卒罹

其祸，以为天下后□用兵者戒。孔子曰：“用之则行，舍之则藏。”甚矣！圣人善用其道也。孙吴之能，圣人之道，大小、邪正相去悬绝，为孙吴者，以圣人用其道者，用其能必不矜功喜事以求售于时，以犯天下之忌，则能岂祸其身者耶？

医与兵同道，即圣道之一端，其用与用圣人之道同，不善用与不善用兵之害同。通政使王公，以能医事先朝，累官列卿。常言曰：“君子抱济人之志，以不获施为恨。吾受厚禄显爵，凡可以济人者，分也，而况施之易乎？”故士大夫至小吏走卒，市井贫而病者，随扣随应，不责其报。其进事禁御尤谨，用则竭力殚诚，弗用则让能者。恬然自退，不与争能，以邀恩泽。用而成功，则愬愬小心，恒以功微赏溢为惧。大抵兹职在朝廷甚迩，宠辱不测，人或夤缘弥缝，公则诚心直道，略不以私意观望其间。及今乞骸骨归，浩然不可留，初无眷恋位禄之意。若公者，其于用舍行藏之际与学圣人之道者同。观二子以明经待用，家学渊源意公学圣人之道而以医成名者耶？公聪明绝人，其治人危病，或不按古方，以意投剂立效，或于圣人之道亦不学而暗合者耶？是归也，特命俞允，恩典隆重，金紫辉煌，照耀闾里，身名俱荣，保令福于无穷，是固公之完福，而其所善用能者不可诬也。于归，遂书此为序。

倪宗正《倪小野先生全集》卷一，
清康熙四十九年倪继宗清晖楼刻本

赠奚怀恒文

方　凤

医不可以名求，有名浮而实不副者，有实胜而名不扬者。君子当求其实，不当求其名，斯得之矣。若吾昆怀恒奚君，其实胜名者哉！君自少读儒书，已见萌蘖。其尊人秋蟾先生教之医，遂精其术。予不暇远举，予家臧获遘危疾，得君而起死者七人矣。今年冬，予次室病颇奇。始也，以气食触风，寒热大作，中变洞泄。其后也，痰火继之，中满胃虚，粒糁不入口者几半月。君药之，弗效。乃召所谓名医者视之，亦弗效。越三日，势愈剧，群医束笼告去，曰："不可为矣。"君诊脉疑有宿积，以大黄下之。然虚孱之甚，君亦不能安寝，夜起步中堂，咄咄私语曰："背水阵也。"明日下滞积，薄暮索粥。自是热渐止，泄渐减，数日而愈。呜呼！君可谓奇兵矣！较之以医自负，束手无策者，其名实之相胜何如哉？虽然，名者实之宾。有其实而无其名者，亦一二数耳，未必尽然也。珠之沉渊，玉之隐椟，其光彩自不可掩。吾知君之名从此起矣，而彼号为名医者，或短于一日而长于平时，或熟于正阵而谨于用奇，亦未敢必以为无实也。

方凤《改亭续稿》卷一，明崇祯刻本

寿奚怀泉七十序

方　凤

怀泉奚先生以医名于吴郡邑，日使人候之，以应上官及士夫过苏之求治者。故下邑洎他郡招之者不能一至，至则仓卒而反，未尝经宿。盖虽其迫于诊视，然亦可见事上之谨如此。医之暇，得内养之术，精神日强，步履如追，是其验矣。今年寿七十，陈君小竹、王君玉井求予一言，以益先生寿。予笑曰："客有多技艺、好论说者，造九方皋之庐，告以相马之法。皋不屑也，然亦笑而颔之。顷则奕秋至，客又告以奕法，秋怒而起。君子曰：'皋也容，秋也盈。'今先生精于医，其调摄卫养之方无所不究，而又加以屈伸呼吸之术。予尝愿学，而未能者。顾俾予以益寿之说渎而告之，是何异于告皋以相马、秋以奕也？不知先生将笑而纳之乎，抑怒而却走也？虽然客之言诚过矣，然原其心，则欲二子之进于技也，未为不良。先生或以二君之心为心，则所以保身者益周以固，而其算顾可量哉？予纳交先生有年，倘以其术见授，俾予健在，日从杖屦徜徉山水间，亦无不可也。”

方凤《改亭存稿》卷二，明崇祯刻本

赠沈永亨序

方 凤

医莫难于孩幼，病莫难于疹。脉未定，故切之难；言不能宣，故问之难；服食起居不知节，故调摄之难。是故精其技者亦鲜焉。沈君永亨，世业儿医，有声。许甥梦文有子，甫提抱，疹势在可否间。君从容投剂，起之。馈以物弗受，乃征予言，以将谢悰。予尝谓今之医有二弊：始也嗜利，终焉好名。利与名交汩于中，而忍心萌矣。忍心一萌，生意薄蚀。其视人之疾若秦越之肥瘠，欲其补造化之功而慰父母之念，难矣哉！君去此二弊，愬愬然慎其所难，而不敢以易心乘之，惟竭吾之力以溥厥施，而不责人之报，宜乎人之求之者众而感之者深也。《传》曰：“赠人以物，不若赠人以言。”则言固有重于物者矣。予之言不足为君重，然梦文报德之私，非言莫之能将也，于是乎书。

方凤《改亭存稿》卷二，明崇祯刻本

赠医官诸德中南归序

汪应轸

吾友诸德中，少有仙风道骨。从方士习元白之术，构室龙山之巅，凿石为壁，甃泉为井，修竹茂树，翳为屏障。缘薜荔，上高峦，则会稽、秦望屹然众山之宗。朝霏夕翠，顷刻变幻，虽巧绘者不能尽其状。下走鉴湖八百里，五月荷香，天风吹至，拂人襟佩。背负三江，蜿蜒如白虹，雨雾晦明，观伟而奇。予尝与二三同志读书其间，俯仰瞻眺，有脱落世虑、遨游八极之想。及今滞京华二年矣，佳胜犹在心目。适德中以医官入选来京，谒予旅邸，予方卧簟床，有龙山之梦。闻其声，以为梦未觉也。即冠带出见，询所以然，乃知踪迹共在四千里外。怃然曰："子何忘龙山之乐乎？"曰："樵不能登三山，渔不能入天池，身有庸，家有调，谁纵尔逸？与其编役于民，吾宁托抱关之吏，冀休老偿所愿耳。"嗟乎！烟霞泉石，古人所取以谢俗者，而仍不能脱牢笼与麋鹿比，则宇宙内果谁为闲人哉？予方羁一官，恨不能从德中归，又恨不能荐之于上，使尽用其术以寿国脉，而徒忆龙山之乐而未遂。德中可能订此盟哉？德中曰："仆之仕为贫也，子之仕为道也。既曰为道，则当以天下自任。泽未加于时，名未著于太常，光未被于故乡之草木，何可以思退？"予笑而不应。德中亦笑，若默会其意者，遂取酒尽醉而罢。翌日，德中受职来别，遂书以赠行。

汪应轸《青湖先生文集》卷二，清同治十一年广州刻本

病愈谢屏岩李医序

李开先

张家林镇，章邑之巨镇也，昔时繁华不减城市。屏岩李子则镇之茂族大家，娇养多欲，因而致疾。初则用医诊视，既则自行调理。检方书，究药饵。又有书可查方，财可市药。励志勤学，不徒能通文理；刻意虚心，又且旁求脉理。久之，疾祛身边，脉明指下，而医妙胸中。远近延请，求乞者履接户限，而名驰方左矣。虽云嗜酒，然每月常有二十余日戒饮。又性素善良，而情复谨厚，以是大行其术，资以养生。予与之交好二十余年，一家赖其治疗者，不止数十余次。惟是近疾则用药愈奇，而知感愈深。战胜而肥，素尝以之自负；食减而瘦，今则因之自惧矣。请远医，即无可仗。求近效，又

非所宜。乃缓缓滋补元气，渐渐减去沉疴。人参、白术等八九味，其常用者；神曲、麦糵等三四味，间一用之。药力既至，予疾去如兔脱，饭壮如鲸吞，而身轻如鸟举矣。屏岩与小村，如萧之规曹之随，房之谋杜之断，相济而成其功，况皆以秀才学医。谚谓："秀才学医，白菜作齑。"言易为力也。从容当立一医按，如《婴宁生传》播传于世，功同而势不能同日具贺，但屏岩行年稍长，予则同时各为之文。而贺则有前后，总不出三日之间云。

李开先《李中麓闲居集》文卷六，明刻本

谢儒医陈松山序

邵经济

东垣谓"妇人产后，不得用寒凉之药"之论，余掩卷叹曰："东垣良于治疗也与哉！"盖寒凉之药，能泻气中之热。是气亏，泻气乃阴亏泻阳，二者俱伤，反为不足。虚劳之病，《内经》云："产后病气不足，宜补不宜泻。瞑目之病，悉属于阴，宜汗不宜下，必须大剂生养气血，以补手足。"厥阴之不足则阳，盖而生金矣。寒凉之药，将安用之？及今梅屋郑子乞言千余，乃云陈松山以寒凉之剂疗厥室产后之疾，而且识见之定，执持之坚，不为群医所惑，竟取效于旦夕间者，何哉？岂东垣《内经》之云之诞，弗足凭耶？虽然，《经》云："急治标，缓治本。"东垣《内经》调养血气之论，治本之谓也。产后腠里不密，一为风邪所侵，则血气凝滞，凝滞而投以治本养血之药，不惟血气不为之生补，而寒邪日益闭固。参、术、归、芎，孰谓能不死人乎？松山之见，救一时之症之急，标疾去而本可治矣。自是调气养血，身安体全，是可执松山之效，病东垣哉？东垣之论，为产后血气俱虚者设，非谓产后袭以风邪者设也。故曰："有是病，服是药。"若云产后专责效于寒凉，亦误矣。故曰："用药如用兵。"彼兵家者，正正奇奇，元无定法，随机应变，亦无常守。

若遇疾而执古方，是犹临阵而读父书者，几何不偾乃事耶？余与梅屋尊君成斋先生同庚共校，且辱梅屋力请，爰笔申谢以章之。松山讳珀，梅屋讳复亨云。

邵经济《泉厓文集》卷四，明嘉靖张景贤王询等刻本

寿杏庄沈先生序

瞿景淳

予尝读《万石君传》，未尝不三复而叹曰："嗟乎！此诚笃行君子，使得游圣人之门，当必居德行之科，非后世缘饰之士所及也。"史称万石君居家不言而躬行，虽齐鲁诸儒，皆自以为不及。噫！士能躬行，岂徒以能言为工哉？汉之儒者若叔孙通，以滑稽进公孙弘，以从臾显其称说。古今辩若悬河，适足为谐世取宠之资，乃万石君独以恭谨称，子姓化之，郡国闻之，天下信之，斯可谓"讷于言而敏于行"矣。故曰："聪明才辩者，道之障也；忠信诚悫者，德之基也。"予尝持是律人。若今淮南杏庄沈先生，其庶几于万石君之风者哉！先生性真直少文，然孝友深至。少失父，不及事，常以为恨。执母之丧，哀毁骨立，寝处苫块，足不及内者三年。事伯兄生庵，寝兴必俱。生庵性好客，虽无余积，每为治具。速宾以乐其志，醉则必躬扶持之，即寝而后退。生庵既卒，先生悲不辍，每饮食，见生庵所嗜，辄涕泣不御。家素业医，至先生术益精，四方之病而求起者，群趋其门。先生于所入，辄使侄其掌之，不以尺帛私其子。先生配邹氏，早卒，或劝之再娶，辄自誓曰："妇而再醮，非妇也。夫而再室，非夫也。且吾已举二子一女，岂忍以是伤吾爱？"遂独居三十余年。噫！若先生者，可谓善处父子、兄弟、夫妇之间矣。夫大道下衰，礼教崩弛。自晋以来，虽一时闻。人亲犹在殡，辄御酒肉近妇妾，恬不为异，彼诚何心？兄弟之亲，所争不逾铢锱，遂起而相仇。曾涂人之不若利害移人，其可畏若此。情以时迁，爱以欲

夺，虽夫妇之好不克终者，抑又多矣。先生虽不学，而纲常无愧。其视世之高谈性命，而内多惭德者，贤不肖何如哉？予虽疏逖，然闻之李太史心奇之，岂所谓行君子者，古今类不乏人也。其子露，今补医籍，乞予言，归为翁寿。予谓先生舍和而葆光，日跻上寿可不占以乎。独其悫行可以厚彝教而感人心者，不可以不书也。遂为之论著，且以风先生之乡人焉。

瞿景淳《瞿文懿公集》卷四，明万历瞿汝稷刻本

赠国医后山王君叙

莫如忠

大梁松溪都先生，以尚书郎出参松郡。会海寇猖獗，奉监司檄，分兵守要害，夙夜靡宁，数冒矢石，历寒暑凡二年所，因瘁甚。久之弥剧，所从医疗，尽郡之良，持弗能决。于是后山王君至，自姑苏一诊视，即明病所繇。其治务去标邪，而内固其本。顷有瘥，先生以王君能，欲张之，寓书莫子曰："昔秦越人，仓公之徒。得太史氏而名垂，吾子倘不余鄙，岂亦有意王君乎？"莫子曰："唯唯，夫先生以吾民，故不爱其勤。余不佞无能著《七发》如枚生，以起之疾，敢忘徼惠王君？寄《甘棠》之思。"

夫王君，于技称良矣，故居苏而能使吾郡重。因知君以其技游所至，如松而能使他诸郡重。史称秦越人，郑产也，乃其至洛、至邯郸，已复至咸阳。医屡试无弗售者，岂有他故哉？所习审诊、起量，衡合色脉、表里、有余、不足，顺逆之道，明乎诸众医所未辩，而施之弗舛，故至辄奇中。视其徒，同术而效去之远矣。今王君即何异古所云？余尝慨论时事，谓今东南民罹寇虐，其譬诸疾几殆而当事数易，必且如求医之良。非有卓秉，全智烛于昭旷之外，明事始失得所繇，及今势缓急而善其所为，以求必然之画，未易卒办也。医之所患，在任臆而务更张，拘方而踵途辙。此二者凡惩于昔，以

偾绩而务反之与？袭其尝试以为新功，而忘病者之不可以须臾。其施于医无一可者，而况于图事乎？医之所疗，系一人而事以千万人之命，或听于独，弗慎将大。先生行，与戎议筹帏幄，收王君之功于东南。倘以余意质诸当事者，一决以活吾民，余言之效过枚生矣，岂特可赠王君。

莫如忠《崇兰馆集》卷十，明万历十三年刻本

寿侍医东川顾君六帙叙 为部下诸同乡作

莫如忠

韩子春江具列其舅氏侍医东川君事状，诣莫子焉，曰：“舅氏实子，字荩臣。惟是春三月念有六日，其悬弧之辰，而荩臣方披檄走蒲阴。歉然无以为祝，敢乞一言于下执事。”将致之，莫子弗克辞，乃展状读焉，其称东川君之世与其懿行甚详。若睦党给公、赈穷忧世、敦信腴闻，皆世所谓贤豪长者之行。而余自识东川君，其玄风雅致，核所闻以质诸韩子之言不虚，兹不复叙。窃独以为东川君者，方其抚壮蜚英，游邑庠，升太学，鉴赏诸名公。时会即振翼青云之上，以阶通显，宜无难者。而乃淹蹇弗售，晚以医荐，薄游朝署，若欣然安之者。此其志何哉？夫贾大夫有言：“古之贤者，不在朝廷之上，则在医卜之间。”故士遇其时，弹冠继组，策名庙廊，陪议公卿之列，施声实于当年，此号为显荣。而医卜之间，则士有不得志，遗迹江湖之上，蝉蜕于污泥，姑有托而逃焉者，此其事殊科适所值尔。而古之达者，乃复有出于饭牛、负鼎、剑术、鼓刀，以朝市为大隐，以金门为陆沉。志伸于朝廷之上，而名在医卜之间者，是或一道也。若市川者，岂亦有意于斯乎？是故叩之医，则医应；叩之仕，则仕应；叩之农圃、钱谷、军旅，则农圃、钱谷、军旅应；叩之古今名物、稗官野语、神仙黄白之说，则古今名物、稗官野语、神仙黄白之说应。其言屡变，而气益闲，渊乎莫之端倪也。而或以

其好古方，书尝辑《医说》以自寓，慨然若有慕乎秦越人韩康，伯休之流，而以医游缙绅间，辄奇中，曰："是独以技见者，其然乎哉？其然乎哉?"余闻之语养生家者，有养其内而遗其外，养其外而遗其内之说。盖溺于荣名以病心，专于性灵以玩世，二者失养均焉。若东川君兼之矣。故身在朝廷之上，而不嫌于随时；名在医卜之间，而不嫌于违俗。由由然常无心以游于世，夫是以神全而独存。今年且及耆而玄发，宇望之修然以迓，休祉未艾，盖其征云。于是韩子怃然进曰："甚矣，君言善！道吾舅也，彼且名其居以吏隐而期于方之外，将古之至人是慕达养生哉!"敬佩吾子之言，归而觞之。

莫如忠《崇兰馆集》卷十三，明万历十三年刻本

送章心壶序

王慎中

予闲居抱疾，凡吾土之名能医，与以医行过吾土，予未尝不致而见之。各售其方，药饵杂投，徒以予腹为试方之壑。童子疲于取火束火之役，蚃萏之臭达于墙户，查[1]滓之弃余积若小丘，而予疾如故。医者方且援证古经，陈说素难，上言天和阴阳六气之宜，下言血脉虚实寒暖五脏九窍之变，惟恐不终售其方而侥幸万一，冀其试之获中也。予既困于药，稍谢诸医，疏食饮水聊以永日，自是虽不敢倦于致医而良以药为戒矣。

一日，客有言余姚章心壶之医者，因致而与之谈，未即叩其术。非不欲叩也，盖将斋心澡虑修其诚心，以待他日再见，而后请焉。又将节宣起居，从容旬日，庶几脉安于体，使之一诊而可得其要也。章君坐久，鉴予之色，遽言曰："公之疾将愈矣，可以勿药矣，吾方非不良，不复为公出矣。"继此数相见，纵谈当世之故，与其平生游寓风土人情之美恶，其于该涉艺能、辨订器物、形证而品别之，往

〔1〕同"渣"。

往有可听者，未尝为予言六气五脏九窍如他医所云云也。予疾亦日日有间，君虽未尝引以为己功，察其意似阴以予疾间自负也。岂其使予一见而有斋澡修诚之心，与其数见而泛及傍综世故形品之谈，皆攻疗辅燮之所存。而所谓药物者，不在草木金石之性味；治法者，不在烹煎㕮咀之剂量耶？於乎！君之医，果有以异于予往时之所致者，虽日与君处不厌也。

而君揖予将归矣，予疾果日益有间，方谋裹粮远游访良友于吴越之间。倘与君遇，尚当叩君，为予二鉴其色，究斯疾之根本，伏藏消长分数如何也。

王慎中《遵岩集》卷十一，清文渊阁四库全书本

袁良医序

靳学颜

从弟子儒遘疾，若反胃者，浃旬不下粒米。余趣往省之，头岑岑，气息殆不能属。饮之水，不踰晷辄吐出。同气之人环视而泣，谓无复可为者矣。有袁君者，以医事诸贵游，得冠带，华于里中。或谓子儒曷迎袁君？于是君至。问仅数语，投药一剂，觉中结欲释焉。再投再效，不数日而子儒强食，起走谢诸候疾者矣。

子儒之门人某辈，咸神其事，谒予言为袁君重。然予不能为袁君重也，而顾深有怆焉。比者吾弟子鲁，病痈期月而变作。彼其袁君不在耶？盖子鲁能读诸医经，深解雄辩。诸医至，辄奉手唯所指，设得袁君，亦不能用。子儒平日口不读《素》《难》，手不弄刀圭，有病一委于医，而功归于医，命完其体。二者其工拙有间，于得失亦甚较矣，故与其巧也宁拙。予又闻之世人病反胃无起者，起亦不若是捷。子儒盖遭事，拂郁其中，而妻孥之间决之既不得遂，已之又不能忍，故至此。此得之性情失和者也，及其解也，当亦有性情适其和者，而良剂会焉。金之铄于冶也，投之以水，则跃然鸣，何

者？激其外也。冰之欲春也，不俟日而冥然化焉，何者？融其内也。此医所以神其技也。子儒博闻强立，无坚不攻，其于斯义也，思过半矣。慎之自爱，幸毋徒为仓扁氏媒声可也。

靳学颜《靳两城先生集》卷十六，明万历十七年刻本

赠安源廖君序

梁有誉

余尝读书至轩辕氏《阴符》曰："观天之道，执天之衡，尽矣，然后知古圣神之制万物也，以全其天。天全则神全，亡不臧焉，亡不寿焉。天六六纪节，九九制会，所以志日月之行也，所以干化生之用也。敷和升明，备化审平，静顺五运，迭为其司。是阴阳之征兆，而生杀之本始非耶。生生形形，育于气交之分，而立于推化之宇。能者养之，顺阴阳以从其根，而与万物浮沉于生长之门。识五者之衡机，是谓圣度。是故方数五，而五方之变不可胜穷也；色数五，而五色之变不可胜视也；声数五，而五声之变不可胜听也；味数五，而五味之变不可胜嗜也。然天地大气，举之亢否，泽燥游气杂焉，不无乖度；人物大气，息之淫胜，郁伏邪气于焉，不无愆常。圣神忧之，于是有培护之法，有攻伐之机。邪也折其胜，正也辅其劣，而汤液熨毒针石按督之术行，练精易形揲荒爪幕之效有，以起剧泽朽而寿天下。传而至后代，国工述之。闻病之阳得其阴，闻病之阴得其阳，故有刚剂以从阳，有柔剂以从阴。知夫实而不能满者，形主之；满而不能实者，气主之。形气分而奇恒传化之府别焉，而神行乎其间矣。因之以起度量，悬权衡，咸不过乎其物。若和之对晋大夫也，谓可以医及国家。湲[1]之视晋君也，而知其臣，是亦通乎五者之故而思弗窒。逮后世药性方局之书日繁，而据册循方，率妄投以冀效，弗察度于五者，而阴阳舛、气候忒矣。故营气不从，不

〔1〕"湲"为"缓"之误。"缓"，即医缓。春秋时秦国良医。

得其理矣；卫气散，不得其管矣。实者不知输矣，满者不知调矣，昧哉乎，其术之流弊也。

安源廖君，早岁浪迹岭海，诸方术罔不通。中遇异人，受禁方脉书，明五者之理，故能用乎阴阳水火之剂，而以医名。人往问疾者，切脉可以知其感受之候，而期其生死，亡毫发爽。究病之所始，而极其传复之候以施其术，而不胶于成法，故其治疾多奇效。兹仲春，老母得病，诸医袖手观望。廖君曰："是名痰鬲，中气宛而水火离，可奇以伐其胜。"遂药之。下嗌而宛气解，旬余就常。是君术之精有以安吾亲也，而余之德君实无涯量。因述素所论列者赠之，世之论方术者要必知所以重君云。

梁有誉《兰汀存稿》卷八，清康熙二十四年刻本

赠徐文征授良医序

宗　臣

徐子既以其医名一国矣，乃时时被儒衣，而游于学士大夫间。即学士大夫亦无不愿内交徐子者，顾徐子愈益谨，斯称彬彬君子哉。会有诏："凡精岐黄业不官者，得内资为官。比于藩王邸中良医，有遂为良医者听。"于是徐子之游讽徐子，徐子乃上资，称良医云。先是徐子儒者衣也，乃今遂冠其冠，衣其华服，垂大带于要，又蹑履，甚鲜也。楚楚翼翼，颙颙俨俨，称官者流矣。学士大夫好徐子者，见徐子辄沾沾喜，拊掌曰："美哉！"乡也儒，今也官，故尝所从徐子丐剂者，则瞿然惊已，怵然畏也。相顾言曰："嗟！徐先生官矣，即有病又何可从官人丐剂也？"乃徐子则时时儒其衣，不官其衣。非岁时伏腊，展谒长老，不冠不带，不华履也，于是学士大夫愈益称徐子。宗子之南过里也，盖徐子冠履谒焉。而学士大夫陆子、徐子、舒子、张子、子培，因征言以赠徐子。

嗟乎！徐子于予父子兄弟之间深矣。往余母夫人病脾，日在长

安，意忡忡忧也，则治书报弟，请药徐子。及徐子、子培书来报："太夫人亡恙。"辄大喜。而家大人比部公木一指十年矣。周游齐鲁蜀粤之墟，辄药辄木，则亦移书徐子征剂焉。又予孥侄，时被病所为，劝徐子手足耳目者，至数也。徐子于书无所不读，以精业闻里中。今老矣，白发杖藜，犹时时过闾巷，闾巷人则称寿泉先生云。徐子盖从其父所授书也，业既精，又其心多长者。其所从疗治，即至微贱不足往，徐子辄往，即大雪雨暑寒，又在半拥衾卧也，辄亦往。斯徐子之行已，予何以知徐子哉？

予尝精意神仙之学，同予好者，仅得长庚陆子已，又得徐子。徐子之与予谈丹也，盖累夕累卮云。又大夏夜，侍子挥大扇，至困失扇，不去也。徐子诚不负斯谈哉！予将与子登昆仑，窥扶桑，著九华之冠，披赤霜之袍，曳云和之履，携绿玉之杖，乘青云而弄紫霞，翩翩冉冉乐也。若徒高冠大带，华服鲜履焉，则何赠哉？则何赠哉？

宗臣《宗子相先生集》卷十四，明天华阁刻本

赠德甫刘君疗疾有效序

张凤翼

间尝治博士家言，见医缓走二竖、秦越人起虢太子事，心窃异之，谓左氏好诞。洎读太史公杂传，则仓公颠末又详哉。其言之盖轩岐一派，妙夺阴阳，有其瞩之俞跗、雷公，不足问也。挽近世，肱不三折，辄取人命，寄之掌股，其不为七十二神所误者几希。吾代有德甫刘君，殆进乎技矣。君少喜方书，尝喟然曰："达则为良相，穷则为良医，司马氏岂欺我哉？"于是举刘河间、张仲景、朱丹溪、李东垣遗术，无不精研厥旨。已，复喟然曰："是法耳，非法法者也。"更取《八十一难经》细抽之，遂视见垣一方人，以之疗病。杏且种，种遍沱阳矣。今年，余室郝孺人就馆，越二日，热发，腹

彭彭然大于未娩，而两胁刺痛如百剑相攒，命奄然若悬丝。延君诊视，君曰：“无虞也，此败毒相攻，寒邪薄于脏腑故尔。急则治标。”其回生丹乎？饮一剂而痛已，再剂而腹消矣。唯是脾虚不能摄元，一昼夜或十数下，更时热时痰，时痹时眩，几成蓐劳不可治。君用六味丸兼补中益气，凡两阅月而痊焉。夫濒危即泰，今而后齿发皆君赐也，明德敢谖哉？昔人有《肘后》《千金》《神楼》《一匕》，君汔可近之，而所谓六不治者，君又嗒然若忘矣。

余无以酬君，敬以一言为君赠。尝闻扁鹊过邯郸，闻贵妇人，即为带下医。过洛阳，闻爱老人，即为耳目痹医。入咸阳，闻秦人爱小儿，即为小儿医。随俗为变，故扁鹊之名遍天下。君由此推之，人人可以跻春台矣。况其仁爱可托，聪明理达可任，廉洁淳良可信。展有如物理，论所称者，即进而与良相争燮理也何有？君勉旃！它日余倘从银管后，当晋君名医传中。

张凤翼《句注山房集》卷十二，明刻本

贺太医张君序

王　圻

夫古之所谓豪杰士者，岂必皆怀铅握椠，置身青云之上，而后为得哉？其在于古，或以从事宣劳郡国，或以输财上佐军实。苟得其时，往往搏金紫、广宠禄，荣施一世，表于乡闾，谓豪杰士非耶？汉之卜式，起家田畜。当是时，深山一巨室耳，不习仕宦，无闻于当代。独其性好贷人贫，因以施于有司，遂及其国。武帝嘉之，拜为郎。薄示尊显，以风百姓。后又拜缑氏成皋令，又迁齐王太傅，转为相。此其所遭遇，非止卑卑随行列者比，即薄青云、致通显之辈，良不是过。豪杰际时者之所为类若此矣。张君力善好施，行谊著于里中，蚤岁为有司从事，已而思曰：“从事，一刀笔役尔，豪杰士弗为也。”乃输粟为藩台承掾。已而又思曰：“承椽，一奔走役尔，豪杰士弗为也。”乃弃职业来游京师，适圣天子锐志疆边，令天下义士皆得入资为助，于是又输粟为太医院吏目。夫太医所掌，在明诊视、保王躬。君故未尝业是，而朝廷以此授之，夫亦汉天子以式为郎之意也。君殆际时之豪杰士哉？按，式亦河南人，君资或不逮式，其雅意则固闻式之风而兴起者。余故因同台紫山刘君之请，而以式之事告之，庶以广君之志，而益令慕义无穷云尔。

王圻《王侍御类稿》卷二，明万历刻本

赠国医改斋支先生序

王世懋

支先生以医游京师。先是周参军有二子，俱弱冠而病，病且不治，延先生。先生为道病指可治状，及措设方药，俱出众医意表。已而二子皆瘥，识者争言支先生非小儿医也。然先生雅不以大方自名，而一意为小儿医，自喜益甚。长安贵人子得先生，则人人以无，恐争延致无虚晷矣。今年春，予一儿痘，先生曰：“是可勿药也。”果弗药瘥。女继痘，先生曰：“痘等耳，而须药。”药之瘥。余雅信先生而儿女辈幸际其常，是未足为先生难者。先生所他治种种奇中，至不可殚述，为人决生死，刻日无少盭，所用方药从反，诸医吐舌旁视。先生卒用以肉将骨者，大都载所著《玄机论》中。而缙绅间相诧为神异者，比更伙也。盖予少而读方术诸书，窃怪古人不为小儿家言，胡至宋而后钱陈两家者立也。又怪其言之弗伦，而至以冰炭相角立，然率以垂世而至于今，守之不衰。夫以定方而待无定之症，难已！又况以偏方而投病者之所忌将奈何？夫亦其始未尝不善融会，而其子孙专守之之过与？乃今闻于支先生而益信。夫向之怪者之合也，先生所授书即从外氏来，而能以意出入之，往往用药自运，可谓能得古人之意者。盖先生少有颖异名，读书过目不忘，下笔辄千言不休，弃去。绾千兵为大帅，几成，复弃去。于文武材用郁郁无所就，而悉以其奇寄之医以见，又为其未专而工也。而一以泄之于小儿家言，其大指与世医异矣。故其所著效如此。吾闻扁鹊医所至殊名，以秦人重小儿则为小儿医。自古通方之士则然，此先生所以为小儿家言也。周参军尝丐某为文以谢先生属，逡巡未脱稿，而复以两儿女畀之，乃为序次，其奇如左。某即不文辄附外史之义，异日当有采而入国史，若扁鹊仓公传者。先生其人哉，先生其人哉！

王世懋《王奉常集》卷五，明万历刻本

明医张翼陟宜城主簿序

刘伯燮

余昔病，饵百药，竟以养生术济。丁卯冬游京师，冀得明医者与我谈荣卫经络之所宜，即不饵药，生可养矣。维时都给事彭泽欧阳公以今张君翼与我。翼时官蕃牧所吏目，家贫，以世业精于医，俸入辄市药活人。与之游踰年，余任计曹，频出频入，张君一居于此不动，然皆载其意以往，出入无恙。盖张君医无排击骤烈之患，有优柔渗入之功，饵之者不见其效，病日以去，医之醇而正者。庚午冬，余自山西竣事，携家入京。南人抵北，苦寒冽，余不为患，以张君在也。无何，余承乏给事中，心愈繁，力愈殚。视在计曹时劳佚倍之，此非以形迹间论，张君复时时向余谈荣卫经络之所宜，余体较昔不加充，劳则胜矣，以是知欧阳都公之知君有味哉！顾其时张君日以当去蕃牧所为告，余不欲闻。久之，忽思君，果去。此余谁与游乎？君当有以与我。君乃举徽之徐春甫，余因是得与徐君游。徐君至，张君或弗至，或二君先后至，其所言行如出一手。迨二君偕至，雍雍然若埙唱而篪和，若声答而响随，无尔我态。余不觉听然怡以畅矣，病何患哉？夫张君医大致纯用王，其与人药不计利，惟计病者之济，故所至存活为多，乃于医行中彼此相信，不为世俗妨嫌状，尤人所难矣。今以宜城主簿往，余当有言。序曰：今之为政者，正坐不知医尔！恃小才妄作，每谓卑官非威严无以劫众，是医之排击骤烈者也。下此为囊橐计，剥膏朘髓不之恤，则计利而与之药矣，民生何由得养？幸能免于膏髓，往往傲上使气，倾陷僚长，以自表己之才名，而孰肯和同计议，共济民艰？嗟嗟张君，吾知其免是矣。

刘伯燮《鹤鸣集》卷十五，明万历十四年郑懋洵刻本

赠太医朱子叙

于慎行

天下治黄岐家言，以太医令徐公为宗。而徐公之徒有朱子者，能得徐公之术。吾乡秘书田君尝病，痿痹不起，乞命徐公。徐公使朱子疹之，不踰时而瘳。于是朱子之名大噪长安，若将继徐公而兴者。于子曰："懿夫！徐公之为天下医也，有国工之道矣。能得人，能用焉。"夫扁鹊治虢太子也，使子阳施针石，子豹为五分之熨，而太子立起。故扁鹊非亲药石也，然而名闻天下者，得人而用之也。抑吾闻之下医授方，中医授意，上医授道。朱子亲徐公甥也，而徐公子育之，其授宜无不尽者。然徐公为太医令，供奉余四十年，其道非直医也，朱子岂察之乎？夫医，非小伎也。至谓与良相等，疑其太过。虽然，操针砺石，闻乎一乡一国之中，即尽人而济之。以论于舟楫盐梅，利尽四海，何言霄壤？至国家设太医令，率侍医之良，日直内殿。主上起居服食节咸得闻状。即大官之膳，疑于先尝，必遣问医令："此可进否？"令考方书以对。故医令者，得人则调护人主之身，而节宣其阴阳，以平其志意。六气钧和而淫戾不作，以埒乎燮理，辅导大小不伦。至其管天下之本，澄源而绵祚，盖亦有符焉矣。

世庙临天下，久居法宫决事，即禁近诸大臣不得如徐公数召见也。一日，顾问徐公："方士不死，药竟何如？"假他人阿旨对，不

阿者立死矣。而徐公直称："臣所受黄帝、扁鹊之书，令人不病尔。他固不习。"上为默然。自是杂用徐公言。诸金丹燥烈之药，辐辏并进，不损济天之筭，则徐公调护之力居多。嗟夫！古有杜举旷弦，艺谏悟主，兹道近之。彼一时謇谔之谈，比功絜德，岂有是哉？朱子受徐公之业，得是道而存之，可与论于医之外矣。

于慎行《谷城山馆文集》卷八，明万历于纬刻本

从兄环山七十寿序

陈懿典

上古之世，人寿皆千百岁，故无称寿者。中古轩辕治世，始虑人之或有夭札，乃创为养生之道术。而又虑天之六沴四气，与人之七情五欲相乘，而疾病为患，于是又祖神农之尝百草，与岐伯素女著为医药疗治之说。如治天下，有田里树畜以养之，又有刑罚甲兵以整顿其参差、驱除其暴乱，天下乃可以长治。然则医之为道，固治身之刑罚甲兵，而补尊生之所不及者也。语云："不为宰相，则为良医。"皆以其活人多也。夫活人既多，而自活有不寿考无疆者哉？顾世之为医者，走名求糈之意胜。其精神不用于博通宾客，矜炫舆马，即用于周旋唯诺，务悦病者与左右之心。其用药每主守而后攻，遇贵显必先补助之法。效则诧为已功，不效不至贾罪，如是而已。

余家自高曾而下，皆习为医，王父尤精于此道。余少时习闻其言曰："用药如用兵。"群从中独伯兄环山深得家传，治寒疾尤称神手。而其风尚与时局相远，高视阔步，爽口直肠，不能俛仰。诊视重轻，即病人之前，无所避忌。而性不喜矜庄，布衣徒行，无贵贱往。间乘小舟，奚童药囊，仅取容膝而已。而活人最多，往往有呼吸存亡之际，刀圭一投立起者。余每劝，谓暮年妙术，稍驾安车，命青雀不为过。而安于俭，率不为改，虽奉恩例，冠裳箧而藏之，不一御也。今年七十，未尝学导引、希神仙，而杖履翩翩，则其心

固游华胥之国，一切俗情世波为之屏绝。而挟术救人，所造于众庶者无穷也。余观朱东山院长，含德之厚，以医济世，身睹少宰之掇鼎元，登华贯，今孙枝接踵上第。即余之固陋，厕迹词林，无非王父之遗。泽兄之子若孙鹊起旦暮，而兄悠悠以观其盛，固无量也。今年四月为兄七秩揽揆之辰，聚族称觞。以酌者之言授简，聊为称引，以当南山之什。

陈懿典《陈学士先生初集》卷五，明万历刻本

缪仲淳六十序

高攀龙

余年二十五而友于丁子长孺。一日，长孺谓予曰："今海内有奇士缪仲淳者，子知之乎？"余曰："未也。"曰："其人孝于亲，信于朋友，尘芥视利，丘山视义，苟义所在，即水火骛赴之。"余叹曰："世有斯人乎？"越三年，忽遇于内弟王兴甫所，欢相持曰："此为仲淳矣。"当是时，兴甫得异疾，勺水不下嗌，诸医望而走，一息未绝耳。仲淳为去其胸膈中滞如铁石如拳者二，兴甫立起，肃衣冠，陈酒肴，拜仲淳。余惊曰："闻君高义，不闻君良于医如是。"仲淳笑曰："吾少也病而习之，颇得古人微处，语世人，世人不解也。"是日，与仲淳酒间谈说古今事，绝不及医，仲淳无所不妙解，而后益信长孺言，知仲淳果天下奇士也。

又三年，余以使事至家，得仲儿，日抱弄之。儿忽得异疾，殆矣。一日夜半，余夫妇泪苏苏，相语曰："是儿非仲淳不活，顾安所旦夕得仲淳？"坐而旦，门者报长孺至，余妄念曰："得无仲淳偕来乎？"倒屣出，见长孺果偕仲淳来，果一药而活。是后余妇、余长儿、余婿、余孙递遘危疾，皆以仲淳活，于是余邑中不能知仲淳，能知仲淳医。每仲淳过余，客武相接也。余不厌晋接，仲淳不厌聒人，以方寸纸授方治之，无弗活，而一时同志家，所活无不如余家

者。今天子明圣，辅政皆出东南士，以为千古奇会，率献其所学于廷。冀吾君于尧舜，吾相于皋夔，皆以迂不入，后先落职归。而东南士与西北异，士归田间，甘泉香稻，皆有以自乐，可以诵诗读书，养心缮性，无富贵之慕，然不能无疾病之苦、儿女之忧，得仲淳并免于二者。余常手额祝曰："天生仲淳，为吾辈也!"客曰："仲淳一布衣游诸公间，宁无仄目乎?"余曰："不然。仲淳仁者，所至活人耳，然吾见其闻人之善，如听声乐；闻人之过，如听诅詈；闻贵人之名，如寒之就水而暑之就火。夫超然于权势是非之外，人能舍之，而人疾痛号天、号父母无可奈何，号仲淳则立脱之矣，是天不能不庇之也。"然吾尝语仲淳以中庸之理，仲淳心洞然，如鼓应桴，谷应响。夫仲淳奇士，胡以洞此？嗟乎！此仲淳所以为奇也。仲淳又精形家，凡山川隐见向背，察之微茫渺忽无失，又能诗，能大字，熟于古今治乱邪正消长之机，熟于两兵相临胜败之算。吾尝谓仲淳立庙堂为一官之长，未能或之先，即佐边陲，隐然长城也。顾不与一第，天必有所用之。诚得深山大谷，二三同心，聚书万卷，蠹鱼其中，相乐以老。仲淳必有千秋之业，而又不可得，天之所以用之者，岂仅如吾前所云者而止耶?

仲淳今年六十，吾邑中凡为仲淳所活者，皆持觞觞仲淳，而谓余曰："惟子知仲淳，当有以佐觞。"余曰："天地之恒，毁人者自毁，成人者自成，寿人者自寿。仲淳寿人多矣，欲无寿，得乎？然仲淳洞大道之要道，无寿无不寿，今吾冥心而会者，千秋一息也；开目而视者，千秋一息也。兹觞也，一息乎？千秋乎？觞仲淳则千秋矣。"

高攀龙《高子遗书》卷九，明崇祯刻本

书医者乔心宇卷

高攀龙

人身有附赘与血气相并，盗血气为养，耗血气为病，如国之有小人。所谓城狐社鼠，去之不可，容之不可，则身之瘿、肠之痔是也，而痔为甚，甚且妨人晏坐之乐、登涉之胜。予年三十而有斯疾，五十始觉其害，己未秋，遇心宇乔君，治而去之。不用猛药，不事骤效，以浃旬之力，使药气沁入，而邪气沁出，滓结痂脱，与血肉若不相黏者然，一何神也？

嗟乎！国之小人，亦如是而已。不即戎，不用壮，使肤理内坚，而附赘外落，如木之落其枯且蠹者，而枝干不知也，斯国手矣。夫国家盛时，如人之壮，有疾而不自觉，迨其衰而害乃见，非国手恶能胜其任而愉快乎？予之疾去矣，晏坐一堂，游行五岳，翩跹无碍，其乐何如？于其身之乐，不能不动世之忧。安得有如乔君者决附赘之耗，调血气之和，使皇路平夷，往行若驰也哉？君之行也，寿之以觞，而志其私慨如此。

高攀龙《高子遗书》卷十二，明崇祯刻本

书医者顾仰蒲卷

高攀龙

顾仰蒲者，疡医也。癸未秋，余病疽，几殆一庸医之手，顾君药之立起。当是时，人未有知君者，及是声殷然。其为医不乘危以要人，不责报于贫人，不责厚报于富人，治方必先岁气、慎天和，不轻用剽疾大寒热之药伐其源本，不轻用针砭劀割，要以轻重疾徐称于其病而收其效。盖吾邑之治疡者，无以上之矣。往者君贫时，日中而不举火，出户怅然迷于康庄，俯而视得遗金焉，君曰："吾窘如是，安知遗金者不犹吾邪？"低回久之，则遗金者匍匐至矣，讯其实而还之，欣然归。以告其妇，妇曰："甚善！若是，君不忧馁也。"吾尝击节以为其妇更难。久之，君医果行。且时出其余以周人急，曰："吾念吾馁。"君为人好善疾恶，得人善娓娓言之，得人不善亦娓娓言之，以是见取于君子，亦见疾于小人。吾尝谓君休矣，君药笼中宁皆菖苓参术耶？　　高攀龙《高子遗书》卷十二，明崇祯刻本

赠李太和序

陈仁锡

先正有云："贾生知脉不知方，董子知方不知脉。"然乎否？能察脉而后审方，审方而后责验，治天下与治一身，皆争分寸。杪忽于菀枯肥瘠之外，端视而谨持之，于《素问》见其书，于太和李翁见其人矣。与端人正士亲，不如与药饵亲，与药饵亲，不如与医王亲。诗书皆药物也，圣贤下手，用药之人也贤，良方正在药笼中者也。尝苦嗜茗，题斋云"茼"。方思节茗，耻役学尊生。盖君臣之辨，在乎几微。癖阳羡，亦茶奴也，与为人役何异？虽然圣贤提耳而不信，药物可以却之，医王可以瘳之。

太和，建康望族。大父以医著，大母以节著，尊人河源令以政著。太和卜居长洲，以读书善察脉著。温良乐易，多奇验。天表之应，二惠竞爽。盖治病于未病，犹之观书于无书，皆迂论，因病亟药，因书亟悟，其可乎？人未必乐与岐扁亲，而病至必亲之。圣贤乐与有病之人亲，而举世自雄无病，则亦不能执其裾而针砭之。则是圣贤之效迟，岐扁之效速也。汉脉坏于风俗于功利，贾生察脉予以四维之方，董子察脉予以来义之方。今吴脉不知何若？傥起敝有术乎，予将传太和于儒行。

陈仁锡《无梦园遗集》卷四，明崇祯八年刻本

医者宁君七十序

刘 城

宁，故蓉城望族，科名文学趾相错也，而端所君独业医。其为医，即又投匕立效，所至男女旎倪德之甚。邑长吏奇其术，欲榜旌焉，而君特谢却之。浮沉隐约，生活人，而无德色，殆全乎隐者与？余虽未面君，而君之子峒从余游，故悉之。

忆余与峒，极论经义，尝远引旁摭，因及扁鹊仓公事。余曰之二人术则精矣，要未闻君子之大道也。夫越人，盖好名而急利者，意差愈焉，而亦不能无市道，则难乎免阴阳人道之患矣。夫随俗为变，医无恒称，君子羞其趋时之亟身造宫门以自炫，见疑于中庶子，而固求售，益甚自轻矣。一妖梦之故，受田四万亩，赏抑何汰，利抑何赢？与以此推之，他所致货可胜数与？夫淳于氏，名著矣，医门多疾，何择于人？而举所治验，或王、或王后、王子、美人、王侍者，它亦中尉、中大夫、中郎、王姬兄、丞相、舍人类，何专多贵游与？岂以位高金多，足相稚重？他无足，吾涸与若此者，皆吾之所未安也。

吾闻端所，恂恂长者。人以病来，无贵贱治之，无不诚。病而起者，以直来，无厚薄，受之无期望。居恒了不异人，而求治络绎。萧然食贫，刀圭亦不倦。君诚隐者，于是乎深远矣。余自识事来，见市医之黠者，咸结长吏、钻贵官以谋利，而其术则先交于胥史左右，酒食钱币日输若辈家。闻新除官，至徒隶往迎，则馈送稠叠，且侦其曹若何。而已加厚焉，以相倾冀，独为己地。及一当，乃公召请之使沓至，青黄之额悬楹。招摇市上，关通门内，受赇坏法，不可殚纪。数年来俗益败、法益弛，一二黠者公然肆志，各致赀数千金以上，扬扬中衢。人望见辟易，不可谓非结长吏、钻贵官之效。而君当崔令君之请，次且不前，欲荣以榜额，卒固却之。斯其操行何如乎？

昨秋峒过余曰："吾父以明年庚寅元日称七十，愿得先生言为寿。"夫君操守如是，是李醯之刃无从来，中人之书无可诬罔者也。仁心为质而汤液佐之，内取之已足矣，大年宁待祝哉？古医之夭者，无如淳于氏，年三十九耳。虽自知精审，其阴阳人道必有所致患者。君今已倍之，益引而长，神仙可学，论岂有诬焉？峒本名自炳，垂髫时意气豪上，固欲以科名文学世其族业者也。乃乙酉以后，变名剉志，无复当世意，独放情觞咏，将处于材不材之间。客游授徒，取束脯以供菽水，以为是赵孟不与易，此深得于君之庭教者。君为有子，又岂缇萦一女所可望哉？君真可以寿也矣！

刘城《峄桐文集》卷三，清光绪十九年养云山庄刻本

四 箴铭

故处士何希颜墓志铭

殷 奎

处士讳仁，字希颜，姓何氏，苏州昆山人也。曾祖某，祖某，父天佑，世为儒。天佑赘同县潘氏，因业医外科名其艺。处士幼承家业，淬厉不怠，兼为内学，取古书若《难经》《素问》之类，熟读研思，以进其技，有众人所不及者。见人有恶疾，即慨然思拯之。乡人由处士而全者，皆是也。然处士未始自以为功，亦未始责人报也。尝自诵曰："为医者，当半积阴功、半养生，可也。"故人皆爱重之。

处士为人，笃实易直，善养亲，能取友。平居喜读史书，画竹石以自适，澹然无它好。洪武五年四月十六日，讼有连处士，逮系京狱。既谳知非辜，处士亦且疾，释徽纆，居之外。居无何，病转剧，遂以是年十月九日死逆旅，年三十有九。宗人宗之，洎高泰亨为瘗其柩聚宝山侧。讣至，天佑以其骨归葬马鞍山阴，明年二月十日也。娶沈氏，生男二，长曰增，次殀。女四人，长某，适庄凯。次皆幼，未行。将葬，增泣曰："增，天地一罪人也！生不能致孝，没不能尽礼，痛哉！"愿书其概，以示久远。辞不获，故书之以纳其圹云。铭曰：

生之修曷，死之非邮[1]。既不尔邮，死尔何求？

殷奎《强斋集》卷四，清文渊阁四库全书本

〔1〕"邮"通"尤"，谓过失。下同。

针药二室铭并序

谢 肃

金华周玄启读书好医方术，学于撄宁滑先生。先生生中州，传而医也。其用药绝似刘河间，而针法则本窦大师。凡所砭疗，莫不奇中，名闻朔南，是则玄启固有所受之矣。玄启尝辟二室，曰“药”，曰“针”。遇人有疾，针可已者砭之，药可愈者疗之，亦往往以奇中有声，顾岂辱于师门邪？虽然，玄启之于撄宁，亲炙者也；撄宁之于窦、刘，私淑艾者也。窦、刘之所闻风而起者，其扁鹊乎？扁鹊身遇长桑君，故能以针、药名当时而传后世。后世第读其书而欲精其术，难也。然而，术不至于扁鹊，殆不可止，玄启亦求止于扁鹊哉！予既获交于撄宁，又喜玄启之术不苟止也，遂作二铭，使自警焉。其《药室铭》曰：

备物致用，惟精惟英，俾斯人寿考而康宁。厥道其孰明？非神非圣，曷全乎天地之生？咨尔君子，燮阴阳于庶萌。在笃其行，式昭令名。

其《针室铭》曰：

有微者物，其剽也锐，以出入万穴。其恶乎已天下疾？盖辨顺逆，制虚实，然后能中乎阴阳之节。若差毫末，荣卫斯遏。慎尔持操，毋疏厥术。

谢肃《密庵诗文稿》文稿癸卷，四部丛刊三编景明洪武本

明其明铭

金幼孜

人之有心，具夫众理。虚灵洞彻，如鉴止水。是曰明德，乃得

于天。四端既具，万善备焉。人惟有欲，耳目口鼻。外物诱之，为欲所蔽。本体既昧，明德斯昏。涵养克治，其明乃存。惟目亦然，明以能察。高视八寰，微见一发。亦既病矣，若或翳之。匪伊视远，为眊为眵。百病所攻，甚者在目。弗有善医，明曷能复？猗与陈氏，术业专门。二世攻目，庆泽攸存。爰筑居室，揭颜明明。金铍电扫，以启群盲。嗟彼世人，心盲目瞽。内外交蔽，冥行弗顾。陈君明明，盍治其内。内宁外安，良医之最。我作铭诗，以懋厥德。勖尔来裔，鉴兹靡忒。

金幼孜《金文靖集》卷十，清文渊阁四库全书本

刘君允中墓志铭

解　缙

刘守中，河间人。宋末陷于金，天下重其医术，称刘河间而不名。其医上与长沙相接，下与郾城为宗。郾城得麻知几，为作《儒门事亲》书，能发明河间之旨，世皆喜传之。予尝过郾城，求其遗迹，访其土人，咸谓知几能文，然不甚知医，故其书多遗。独刘河间自能著书，若《宣明》《直格》之类，行于世者甚多，然又皆非其奥也。其子孙后迁江南，必有得其传者。予因记少时闻乡先辈刘君允中，有河间秘书，从其子日升所借，读而叹之，曰："吾固谓河间当有秘书，喜其在是矣。"日升泫然以泣，曰："先子之所属也，系本河间而莫详其世数。予以质之，家君曰有之。"

初，允中之祖芳茂，自河间徙居江州。宋季，达泉梁先生以医游江州，义同伦合，与俱归吉水焉。芳茂生德荣，荣生子七人，其季即允中。自幼淳厚寡言，悫然忠信，抚孤济贫，不为德色。至元中，为吉水医学教授。壬辰之乱，遇贼于乡，刃既及之，有数人大呼而前曰："是真善人，何可杀也？"所至得免，盗不忍害。论其学行，盖无愧于河间者也，予窃识之。

允中入国朝，医术尤振，治无不愈。不获迎至，以为枉死，连郡人敬信之，车舆骑从络绎不以早夜绝其门。尤通习地理百家之言，不自炫耀，退然若不胜与人言，如恐伤之。生于延佑甲寅十一月二十六日，没以洪武癸亥四月八日。配毛氏，子方升，医有名江淮间，先卒。继李氏，有家法，亦习于医。子三，长文升，次复升，日升其季也。君没时，尚少能自力于学，后二十三年，以书选入翰林，始克状其行。请于予曰："知先人莫若君，先大夫已矣，得闻论说，宜莫如君。"予往年尝欲辑次允中父子治病异效事，继太史公淳于仓公传，因循弗果，为今亦未暇细也，姑就其所闻大略为之。铭曰：

昔在河间，卓哉守贞。著书传述，千载一人。孙在江南，书传允中。谓药非补，而惟主攻。去病而已，百发百中。譬之用兵，岂必持重。我欲传之，著其治功。后有作者，其书可宗。

解缙《文毅集》卷十三，清文渊阁四库全书本

故奉政大夫太医院使戴公墓志铭

王汝玉

永乐乙酉冬十一月二十一日，奉政大夫太医院使戴公卒于浦江故第。其孙绍以丙戌年十二月十七日，卜其乡独秀山之冈，奉襄事焉。持前春官大宗伯郑公沂状，不远千里来京师谒余，请曰："近故以来，大夫之没，咸得乞铭于文章君子，述其潜德善行，镌之贞石，或揭诸墓阡，或瘗诸幽宅，以贻永久。先祖考不幸大故，而封茔之石未有其辞，不肖之愆何以自逭？愿先生哀而铭之。"余辞不容，乃按状叙次为铭。

公讳思恭，出唐平南节度使银青光禄大夫检校太子尚书令讳昭后，至公历廿有一世。曾祖讳涛、祖讳暄、父讳垚，皆隐居不仕。素以诗礼相承，称浦江望族。公资笃敏，读书必求圣贤微言奥义，为文若诗，不尚浮藻，务底有用于时。暇日，于星象、堪舆、风鉴

之术，靡不旁推曲究，尤精心轩岐书。乌伤之丹溪朱彦修氏，得许文懿公道学正传，学医于武林罗太无，尽得其秘。公先府君蚤从之游，继遣公往，执弟子礼，受业其门。丹溪一见辄奇之，悉语公濂洛授受之懿，及医学诸家要故，以医道鸣浙东西。洪武丙寅三月，皇上龙潜北京，尝患瘕聚，遣使召公治疗，刻日奏功。晋府亲王遘未疾，亦迎致公，随获异验。厥后晋府讣闻，高皇帝冯怒，王国臣僚悉逮赴京。时公侍左右，从容进曰："昔者臣尝受知于王，饮臣之药数矣，然窃虑其膏粱之毒复作也，今乃果然。"上于是释然改容，诸臣咸得不坐。壬申七月，太祖高皇帝征公入朝，将属领太医院事，公以老病辞。授阶迪功郎，职御医，值风雨免朝。戊寅夏五月，高皇帝大渐，公同列进药，不称者皆丽于辟，独指公谓侍臣曰："戴元礼，仁义人也，慎毋恐。"近臣闻于□辽府，亲王为书二大字赐公，□肃、□庆二府咸为赞咏，朝野名卿巨儒播之篇翰，克物卷帙也。

皇上正天位，超升今官。既就职后，以耄不任事为请，弗从。至数四，乃许之，仍赐诰命金帛，致仕归田里。甲申冬十月，复命使者乘轺召公，伏枕不起。乙酉夏四月，以安车入，因公衰病，免行拜礼，优卧官舍，惟特召乃进见。是冬十月，复请乞骸骨，敕十五日吉治行，俾礼部选官护送。濒行，谕公曰："朕复召汝，汝其来也。"公既抵家，出赐金，修祀事。遍召亲故，宴饮为乐，置殽羞，拜丹溪墓，载酒造邑中，从所知叙平生欢，用昭恩贶之隆。甫旬余，疾作，公自知不治，将易箦，召诸子姓，训之积善守法，具告以不能补报圣恩为身后愧。言已而逝，享年八十有二。卒之明年春二月，敕命行人翁绶谕祭于家。御制祭文，褒奖至备，具载国史。公历事两朝，药饵所施，奇效不可殚述。金绘楮币，上尊珍馔，骈蕃之赐，殆无虚月。公平生亦诚慎寅畏，未尝少有过差。是以遭逢眷知，终始一致。自古迨今，士之荣幸，蔑以加焉。

盖公之学出于丹溪，丹溪之学源深而本固，非近世医家者流所可比。余曩得其书读之，爰自易水张氏、河间刘氏、东垣李氏，旷百载溯而上焉，极于《素问》《灵枢》宗旨。推天人交合之理，辩阴阳偏胜之气。其识卓以明，其说详以密。以故见之于用，能起死回生，动若神助，一洗拘方泥法之陋，诚儒者格物致知之急务也！公以所得于丹溪者，触而伸之，类而比之，研精覃思，明体适用。宜其遇病施治，若矢发机，必中正鹄。彼不善为射，徒袖手操弓，莫知攸措焉。公今已矣，后之人能知丹溪之学者，皆公有以倡启之也。公娶诸暨杨氏，生子男二，曰儒、曰俨，皆先公卒。孙男四，孙女四。其请铭者，长孙也。铭曰：

二气流干，天清地宁。人于其间，禀兹粹精。苟或滞焉，灾疢以成。学丧千载，彼昏孰醒。匪有先觉，畴探其情？金元之际，群贤迭兴。贯道三才，穷玄洞冥。后丹溪氏，遗绪是承。载闸微言，大宏厥声。公游其门，撷华搴英。皇皇圣世，以医自鸣。际遇两朝，丕膺宠荣。公虽已矣，不死犹生。垂范后学，识是夷行。济危扶殆，有则有程。独山之原，闷是泉扃。过者必式，视此刻铭。

程敏政《明文衡》卷八十五，四部丛刊景明本

存心汪先生墓碣铭

金　实

先生讳天序，字以文，姓汪氏，号存心，斋唐越公华之裔，子孙散处衢、歙间，族属蕃衍，故历世多通显。曾大父德载，大父铉，父义，继敦行义，为时名家。母吾氏。先生孝友天至，恬澹寡欲，居穷晏如也。性颖悟好学，通诸于百家之言，洞究阴阳五行之蕴，参之以二氏之奥，体验融释，咸有据依，而无抵滞。其徒从之游者，得其指授，无不快足。尤邃于医，自内经以下诸家论著，互有异同，精粗毕诣。而观其会通，咀腴漱润，巨细弗遗。年甫四十，丧其配徐氏，更不复娶。元至正间，邻近盗起，钞掠乡井，先生之室为席卷，略无顾惜，惟从群盗丐取家乘。其首雄素德先生，戒其众曰："此人于我有恩，毋辄犯。"尽出其资，俾自识持去。先生曰："第得

谱牒，他非敢望。”顾见帐下反接乡人十数辈，将杀之，因为哀恳乞命，咸得不死。及事国朝，而先生已老，遂无复仕进志，乃自念人生天地间，穷达固自有命，然卒无一善及人，且负为士，遂用以医行，妙悟巧施，奇效响答，乡邑赖之，救疗无虚日。先生未尝以贫富疏戚异其心，雨寒暑辞其劳。至于人之报施与否，漠乎弗恤也。洪武间，予游庠序时，先生年且八十余，长眉疏髯，与雪斗洁，而双瞳炯然，辅颊如舟，识者谓先生神完真颐，内有所养而然。岁乙亥九月五日，无疾而卒，年八十六。某年月日葬桃溪先茔之侧，徐氏祔焉。子男一人，某，先先生卒；女二人，咸适士族；孙男若干人，曰某、曰继初、曰某；曾孙男若干；女若干。永乐中，继初为县医学官，惧祖德弗耀无以垂示子孙，乃状述其行实，祈文志墓上。予谓先生尽格致之功于物理之学，而履行笃实，性气和平，故能以其力之所及者及人，至老而不衰。虽不得以功名显著，而其自得而自信者，过人远矣。不几于有道者乎？铭曰：

弗斫弗刓，得天之全。人用无札，己用遐年。沃若宰木，覆于高原。仁者有后，鸿庆斯绵。

金实《觉非斋文集》卷二十三，明成化元年唐瑜刻本

题郑完斋墓铭后

金　实

右翰林侍读学士泰和王公行俭所撰《钱塘郑先生墓铭》一通，其子垕持以示予求识。按，郑氏始家于汴宋，思陵南渡，扈从居钱塘，世以孝谨行义闻于州郡中。世又假医术以弘其济利，于道大显。居善药，以拯人危困，未尝必其报与否，远近无弗德之。先生种学绩文，制行甚高，以亲老不肯仕，暇日辄与贤士大夫觞咏于林泉间以自适，泊然不以世情关于听虑。晚年更号完斋，示将敬其身以不辱其亲，全而归之。其所以继志贻谋者，去庸众人远矣。垕字良载，

以明经举进士，粹然而温，蔚然而文，将累世所积至于其躬而发之者，斯霈然矣乎？

金实《觉非斋文集》卷二十八，明成化元年唐瑜刻本

故艾庵陈先生墓志铭

倪　谦

金陵有儒医曰艾庵先生，天性淳厚，居家孝友，读书寒暑不辍。世业医，克究家学，父菊隐翁为太医院士。永乐中，车驾北巡，仁庙监国，翁当扈从。先生请于仁庙，乞代行，不许。因留侍左右，日见亲宠，多所嘉赉。好种蒲，养以盆池奇石，供清玩。一日，梅雨中，置蒲轩外。忽一叟冒雨至，揖曰："闻子幽清，来共赏之。"乃延入座，话若脱略世故者。久之，辞去，竟不通姓名，先生异之。他日，雨叟复至，先生待愈恭。叟曰："医贵有恒，于子见之。五月一日，宜候我虎踞山，吾有以教子。"至日疾，不果往。越三日去，则叟莫知所适矣。惟于寓所得书一函，归启视之，皆方书秘诀也。由是洞明要旨，药人疾，一匕辄愈人，皆以其遇异人故。京师有"一贴"之称，且心存济利，未尝责报。大司马靖远伯、王公少宗伯、羊城陈公、吴郡金公，皆有赠言推重。好蓄古今法书名画，尝捐金购之。景泰中，居毁于火，先生惟抱历世遗像，自烈焰中奔出，他一无所恤。喜宾客，座席常满，谈笑生风。尝以出自相门世胄，扁其堂曰"培德"以自警，曾学士鹤龄为之记。宣德辛亥，丧母哀毁，还葬四明，蔬食者三载。菊隐归老南京，先生善于奉养，膳羞药物，无不顺适其意。扁其轩曰"蒲术"，张学士士谦记之。正统癸亥，菊隐殁，返葬母茔，毁瘠弥甚。平居惟务教子，俾人治一经，书声琅琅不绝。后奉诏优老，以长子代。一日得疾，神色不乱。濒殆，索汤沐浴。浴罢，服深衣就寝，奄然而逝，可以见其所养矣。

先生讳恺，字仲和，姓陈氏，别号艾庵，世家考亭。宋有曰升

之者，相裕陵，封秀国公，谥成肃。弟申之，昭化军节度使。子泽补京秩，以言青苗谪官四明，子孙因家焉。曾祖沄元，四明驿丞。祖杞。考伯俊，号菊隐，以名医征诣京，故今为金陵人，母韦氏。娶张氏，继孟氏，二冯氏。子男三，长钟，娶梁氏，太医院士，克绍世业。次钢，娶金氏，乙酉贡士。次镜，娶邱氏，壬午贡士，科第联芳，时人荣之。女一，适贡士高敬。皆张出。女二，适夏官钟郎中子宏、士人杜原庆，皆冯出。孙男四：淮、济、清、洛。孙女四，幼。先生寿七十有九，生于洪武庚午七月六日，卒于成化戊子三月二十九日，以其年某月日葬某原。钟等奉金太守伯玉所具事行，谒予为铭。予虽不识先生，而闻其为清雅惇行之士，且其子皆以明经举于乡，将成进士，跻于显荣，足知其家教之有方矣。铭何辞？铭曰：

猗嗟艾庵，行修而业专。猗嗟艾庵，遇异人而得异传。故其医之良也，药无不愈而怀仁远利。世重其贤，诸子诜诜，承家擢第，所以衍遗泽而迓恩封者，固可待矣，尚奚憾焉？

倪谦《倪文僖集》卷二十八，清武林往哲遗注本

静庵徐处士墓志铭

倪　谦

徐处士昱字季东，别号静庵，金陵之隐君子也。其先为姑苏茂族，曾祖谷祥、祖仁皆以德善著吴中。父子宇先生，洪武间以儒医征入太医院，始迁京师，故今为金陵人。先生硕德雅望，为时所重，与蒋恭靖公齐名，其所交与皆名贤巨夫。处士夙承家教，日侍燕谈，得于耳濡目染，以故学邃行端，动止不苟，少欲博观。天下名胜，吴越闽海多所游历，所至亲贤取友，其识益充。游力既倦，乃归构一楼，扁曰“怡晚”，栖迹其中，有终焉之志。庋列图书，自圣经及诸史百氏，靡不贮储。日事披索以自怡，得异书必手自抄订。尝曰：

"圣贤之道在是，吾终日求之思以体诸身也。"或劝之仕，不应。尤精于医，得家传之秘，治人疾无弗愈者。酬以直，不受，曰："吾既不试，此亦可以济人耳，岂计利哉？"人德其惠，争为诗文以颂之。士林诸贤闻处士名，多与内交。萧山魏冢宰公、临川王宗伯公，雅重处士。闻其及门，蹰履迎之。或造其庐，讲论弥日。冢宰已归休，年九十余，犹贻书不绝。呜呼！处士抱道于己，而无求于世，若此可谓隐君子非欤？处士仪观修整，性度矜严。与人不妄接，待人必以诚。居家孝友，奉父母得其欢心，事诸母、伯兄敬爱，老而弥笃。家饶于资，乐周人之急。生二子，曰垕，曰圭，皆有树立。方将以家事付之，不幸相继夭丧。垕遗子镇，处士拊爱甚，至叹曰："吾行不愧天，遽夺吾二子，何也？抑昌吾家者在此孙乎？"乃辟西塾，延师教之。镇亦英俊好学，骎骎有成。

配余氏，早卒，终身不再娶。垕娶刘氏，卒，继鲁氏。圭娶顾氏，皆以贞节自守。女三人，某某其婿也。孙女二人，俱幼。养子育之以恩，不异己出。处士恬静寡欲，人期其必登上寿，然春秋仅七十有五而卒，以故咸悼惜之。处士生于洪武辛未八月初五日，卒于成化乙酉八月十一日。镇将奉柩以是年九月某日，于江宁县万善乡燕湖村之原，启俞氏窆合葬，乃奉其师乡进士陶君渊所为状来乞铭。嗟夫！古有特立独行之士不用于世，则不能自见于天下，匪得史氏表著之，恶能以传于后哉？然则今之特立独行非处士其人乎？顾予虽不足以表著之，或赖是可以传于后，此所以不可以无铭也，予何辞？铭曰：

噫嘻处士，敦古学也。全醇保和，还太朴也。销声阏彩，蹈遐邈也。玄酒在卣，玉不琢也。虽约尔躬，泽流渥也。委顺归宁，其藏确也。我铭无愧辞，庶用昭其卓也！

倪谦《倪文僖集》卷二十八，清武林往哲遗注本

牧庵先生墓志铭

倪 谦

牧庵先生讳景，字克企，牧庵其号也。以成化五年秋七月二十三日卒，其孤以是年某月日，葬于江宁安德乡麻儿村祖茔。以谦居连里巷，于先生有平昔之雅，请司训方君元服状其世系行实，来乞著铭于其墓。谦家食时，尝辱先生知爱，去仕于朝，怀德不忘。近者归休，而先生以七十获升宾筵，赋言为寿，方幸往还，接笑谈而薰道德，岂意遽捐馆哉？先生之铭宜得名笔，顾予言曷足为先生重？然其孤请之勤，元服之述核而信，谦于先生之德为所素知，尚安忍辞？乃按状为序而铭之。叙曰：

先生姓严氏，世为姑苏人，曾祖亨甫，隐德弗曜，妣潘氏。祖道通处士，以医业起家，徙居金陵，妣顾氏。父尚节先生，传家学，以名医召为太医院士。擢梁府良医，妣沈氏。先生资性过人，好学不倦，通《周易》，尝习举子业，有志用世，竟以攻医而止。读书不数遍辄能记，至老不忘。于《素》《难》《灵枢》《伤寒》诸书，对客谈及，了辨如响，故其医为精。

永乐中，朝廷诏太医院选名医子弟，读书以备用命。赵友同、吴敏德二先生教之，先生方弱冠，在选中，得于授受，益探阃奥。二先生独爱之，曰："是子不群，他日必以儒医鸣也。"后先生果以儒医鸣都城，求治者众，先生不避寒暑，不问富贫，皆往治，辄取神效。于是擅名大方，学者皆裹粮来从，先生悉以所学授之。学成，不忍舍去。先生为人气岸高，狷介方直，不从俗取容。每岁春暮，人家多扫垄，先生祖垄未登，有来召者，皆不赴，其动必以礼若此。平居读书，手不释卷，喜吟咏，尝学诗于云间许士深先生，得其法。凡有所作，援笔立就，语意清粹，脍炙人口。学士周公功叙，结诗社于金陵，先生预焉，诗筒酬唱，多出人意表，同社敬服。喜宾友，至则命子具壶觞为乐，尤能赒恤匮乏，爱好人伦。兄弟四人，兄克昭先卒，拊其孤踰己子。与弟克勉、克明，友爱弥笃，有以族众求分者，资财任其所取，一无所问，曰：“非吾志也。”晚创一室，扁曰“颐老”，左图右史，日玩索其中，或经旬不出。克勉新居市桥西，不半里许，时时一往，情话而返。

去年忽遘痰喘，疾剧而平者再，今秋复作。先生度不可起，遂戒家人治后事，果卒。享年七十有三，生于洪武丁丑九月二十二日，配陆氏，有懿行，先四年卒，子男二，曰缙、善。干蛊纶勤，问学皆贤而克家。女二，嫁同郡顾旻、赵骥，孙男三，俱幼。呜呼！自世教衰，士之敦古道者鲜矣。波颓风靡之余，有如牧庵行谊志节，屹若砥柱，特立于世，岂非古之遗民也欤？铭曰：

东汉风节，陵实启之。高尚其事，惟后之仪。猗嗟牧庵，世承令德。抗志物表，先民是则。早肆于学，博极群书。医精理明，由师硕儒。儒者于医，存心利济。名烨有闻，学徒云诣。素蕴之发，一寓于诗。居家友爱，伯埙仲篪。制行端方，高洁自守。树德务滋，休储厥后。麻田之原，有封若堂。过者其式，君子之藏。

倪谦《倪文僖集》卷二十八，清武林往哲遗注本

蒋务本先生墓志铭

倪　谦

先生讳主孝，姓蒋氏，人以其所居斋名称之，曰“务本先生”，自号樵林居士。其先魏州人，五世祖安中，金国子助教，以直谏不听，弃官隐居扬州之仪真，明医道，以传子孙。高祖堥山处士，曾祖静隐公，元扬州路医学教授。祖伯雝，元进士，入国朝用荐为翰林修撰，辞以疾，出为兰阳丞。考用文，徙居句容龙潭，妣王氏。用文累官太医院判，遂家南京，以文学德行历事三朝，卒赠院使，谥恭靖。恭靖生四子：长主善，太医院使；次主敏；次即先生；次

主忠。

先生世其家学，以儒医鸣，凡抱奇疾莫能识者，经先生诊视，无不愈。急于救人，有求辄赴，虽雪夜炎天不辞，而亦不责其报。有疾之家，必以先生为归，活人不可胜纪。先生性敏质淳，好学不倦，博通儒书，故于医为精。以《内经》乃先秦以上之文，辞理古奥，疏其义以示学者。或劝之仕，曰："仕者将行道以济时也，非吾所能。吾虽业医，庶德可以济人，奚必仕为？"喜吟咏，祖杜少陵、虞邵庵，气迈神壮。每酒酣，辄诵杨铁篷《八阵图》《斩蛇剑》二赋，击缶为节以自适。正统初，与苏雪溪、刘草窗、沈崆峒、王金粟及弟主忠结为诗社。后诸公沦谢，复与贺存诚、张友菊诸君子相唱和。所著有《务本斋诗卷》及《樵林摘稿》若干卷，藏于家。爱临古帖，得李邕、赵孟頫笔意。尤精鉴古，凡彝鼎图书，皆能别其时代久近真赝，多蓄为玩而亦不留意焉。笃于友爱，上事兄姊，下抚子侄，曲尽恩情，家庭之间怡怡如也。理家惟尚质素，男婚女嫁，悉有定规，坟茔祭器，无不周备，房帏整洁，绝无华饰，曰："我等不耕蚕而得饱暖，可不为天地节无益之费乎？"至遇孤贫，则周恤无所惜，沐其恩者甚众。襟度洒落，于月夕必焚香鼓琴，作《文王》《楚歌》之曲一再行，音韵激烈，闻者感怆。自制有《樵林操》，人多传习之。子谊，有异姿，年少能文章。先生训使先本后末，曰："本不立，文虽工不取也。"后谊举进士，授杭州府推官，贻书戒之以俭，曰："不俭则不能廉，试看贪官，皆由不俭故也。"又曰："昔范文正、韩魏公、赵清献、吕夷简，皆尝为是官，尽心刑狱，后皆以名节显，汝宜效之。"故谊居官有廉能名。成化壬辰八月十四日，以疾卒，享年七十有六，生于洪武丁丑三月十五日。配史氏，独醉公瑾先生女。子二，曰论，次即谊。女一，适浙江按察司佥事吴璘。孙一，绅。谊等卜以是年月日，葬先生于都南城乡祖茔。条述世系行实来请铭其墓。呜呼！先生之清材硕学，淳德雅度，当于古人中求之，今不可得矣。则夫表幽潜，以垂世范，其奚可辞？谨据所述叙次之，继之以铭，铭曰：

温其如玉兮厥德孔修，卓乎物表兮先民之仇[1]。彼有位兮泽或不流，嗟先生兮系人戚休。先生去兮孰恃孰求，后车过兮尚有式于兹邱。

倪谦《倪文僖集》卷二十九，清武林往哲遗注本

周煦庵墓表

王　鏊

周之先本金陵。君远祖湛，宋戎州通守。亢，国子学正。泰，当宋季，蒙古兵入临安，所在奔溃，泰纠众抗之不克，而志益奋。名其子曰思岳、思李、思文，谓武穆、忠节、信国也，其矫厉风节如此。思文于君为五世祖，与思李始徙家晋陵，思文既又徙居无锡。君大父讳惟庆。考济广，所谓月牕者也。月牕始以医名，成化中征至京师。京师医得时名者林立，月窗后至。一旦殷然，名出其上。然他医皆得官尚药奉御，月牕无近侍推挽，年老告归，犹尚布衣也，而名益高。初，月牕自以医非家传，则必由师传，乃从甘露金孟昭学，又遍参诸家，凡疡疮、带下、颅囟专门者，辄师之，故能兼众长，而君亦兼得父之所长。

君讳敷，字时荣，别号煦庵。初习进士业，经史皆涉大义，既而改业医。患近世医家止于局方，遐观赜探，自炎、黄、岐、雷、越人、淳于、长沙、河间诸书，无不披阅，卒会于东垣、丹溪氏。于药性，必辨其州土、时节、物宜。炮炙㕮咀，必尽其材性。以之治病，十愈八九。远近求治者，舟楫骑从恒满户外。君应之无倦色愠语，又不责其报，人以为有月牕之风。关西一戍卒过吴，道病，病且侵。君舍之郊墅，设床褥、饘粥、药饵，时一往诊之，以增减其药。半岁许安，仍资道里费以归，甚似罗大无之治病僧。山阴王司寇巡抚郧阳，时夫人久卧病，诸医罔效。君自武当归，过郧谒君

[1]“仇”通“俦”。

治。夫人见其药品精洁鲜香，蹶然起曰："吾病已去二三。"不数剂遂愈，又似钱仲阳之疗不得瞑者。其他尚多，奇效不书。书其最者，君为人慈孝恭让。岁时祀先，必以礼。抚孤、睦族、延师，宾接游士至园池亭馆，尊彝图史皆翛然有高尚意，一时名人韵士乐与之游。及病，却药弗御，曰："先君子有言矣，病不能死生，药不能生死。"正德丙子二月六日卒，春秋七十有四。己卯二月甲申葬邑九里之先茔。配华氏。子骕，能传家学。孙兴岐。其葬也，余为表其墓，曰："是为名医周煦庵之墓，来者尚勿毁也。"

王鏊《王文恪公集》卷二十六，明三愧堂刻清印本

崇明医学训科杜府君令人吴氏墓表

王　鏊

正德庚午五月十六日，崇明医学训科恒庵杜府君卒，葬吴县太平乡魏珠山之先茔，春秋八十有二。又六年，乙亥十二月二十三日，配令人吴氏卒，祔府君兆，春秋八十有八。府君三子，璧、琮皆先卒，其庶子璠，力举丧事。且涉太湖，踵余门，拜且泣曰："先训科之葬，既辱执事铭，兹令人葬，仍冀哀而表之，庶名永长存，不肖孤有所覆盖，而子孙百世，所共嘉戴。敢敬以请。"余曰："子来宜也。顾令人之生也，余不及升堂瞻拜懿范，于何考德而表之？余观世之为母者，莫不厚其所生，非所生而抚之踰于所生，是贤也。为子者，莫不崇其所出，非所出而崇之踰其所出，是孝也。吾于是不能无言焉。"

按状，令人讳宁，字素宁，世家吴之雁荡村。其先有栎堂先生者，仕宋，称名儒，后多为显官。高祖子清，元山阴令。曾祖可安，皇同知凤翔府，后赠户科给事中。祖经，太医院医士。考淛，以学行隐于乡。令人幼则颛靖有礼，颇涉《孝经》《女诫》诸书，特工纫制缕结之事。既归，府君旋有崇明之任，伯氏又以学谕宦游彰德，

舅姑年高性严，令人承颜候色，卑高短长，罔有乖忤。时新未及馈献，不以入口。性婉嫕温柔，而治家内外井井。佛老巫祝之类，不一至门。细而调腼、烹饪、薪槱之宜，外之苞苴、箪食之间，咸有节适。二老人安焉，不知其子之远去也。璠生四岁，丧其所生。令人怀抱，推燥居湿，不异己[1]。生痘证[2]，危甚，且溃烂不可。向迩所亲，皆欲弃之，医亦以为不治。令人日夜抚摩调护，已乃得生。年未六十，豫治棺衾、敛具。及疾革，璠稽颡祷于北辰。令人曰："安用祷为？吾年几九十，死乃为归。"仍召诸孤，诫之曰："吾无以遗若曹，若曹各自勉旃。读书业医，无隳前人之业。葬当从薄，勿事美观，为吾累也。"葬之日为丁丑九月十一日。璧，太仓医学典科。琮，郡学生。季即璠。女四，咸有归。孙男七：山、岳、昆、錞、銶、镕、钫。山，嘉定医学训科。[3]女四。曾孙男女十三。璠非独能世其医也，又能感励奋学，以古文行义，重于时。璠可谓能子矣，若令人亦可谓不失所养矣。吾故表诸墓，以为世之法。

王鏊《王文恪公集》卷二十六，明三槐堂刻清印本

太医院判陈君墓志铭

王　鏊

陈之先自凤阳来，家于吴。始祖良炳，元同知太医院事。高祖新齐，郡医学正。曾祖本道，世以医学相传。吴有孟景旸者，精小儿医，本道馆甥景旸，所并得其传。祖彦斌、考仲和，始皆专小儿医。君生七岁而孤，少长发愤，读先世书，有声吴下。成化中，诏取名医，郡以君名上。君以太孺人陆春秋高，一诣院即乞归。久之，太医院言治小方脉者少，复起之。君至甫一月，被选入御药房，旋

〔1〕疑此处脱一"出"字。

〔2〕"证"通"症"。

〔3〕前已有"女四"，结合文意，此处或脱一"孙"字。

拜御医，出入禁中，调护诸王，累奏奇效，遂进院判。今上即位，以例仍为御医。三年进迪功郎，入视东宫疾，效，加俸一级。丁巳岁，上章乞归。上曰："如陈某者，何可使去左右？"而请教坚，上察其诚，遂进院判，致仕归。弘治庚申五月十三日卒，春秋六十有八。君为人，不事表襮，或侮之，卒不较。少尝诵学《吃亏诗》以自警。直禁垣十有四年，恭慎周密，累有白金之赐。其为医，究切脉理，力护本原，不求近效，不肯乘危射利，贫者或反给之，故其名籍甚，而尤重于士夫。初名庆，字公贤，后以字行，而更字公尚。初娶仰氏，大理寺丞瞻之孙，继娶史氏，苏州卫百户浩之女。子三：宪、宠、宥，皆世其业。宠入御药房，亦有名京师。孙男五，女一。初，君为寿藏于黄山之阴，予预为之记。比归日，经营之未合也，而君卒。遂以明年月日葬焉。铭曰：

医维仁术，或益之疾。孰唯其良，乃及于国。噫嘻公尚，和缓是同。皇裔诜诜，厥维其功。黄山之原，生所治止。既曰治止，尚安归止。

王鏊《王文恪公集》卷二十七，明三槐堂刻清印本

明故秦府良医正西林王君墓表

王九思

正德乙亥秋，予病下血，药久，罔奏功。访医于省城之士人，士人曰："无如王秉常者。"于是折简遗仆，控马邀之来，用药对病，病遂止，不下□。逾五年，庚辰夏，予复病，伤寒甚危，得君而愈。其后，嘉靖丙戌，予弟寿夫有关格之疾。君视之，私谓予曰："是治之难，半载后不起矣。"果然。至于视予内子之疾，则又有可异者。盖病足，痿不履，药之少差矣。君曰："戒惊惧，惊惧则殒。"逾数月，果惊惧殒。其年嘉靖庚寅冬也。是时君年濒七十，精力视昔觉

衰，别未半载，而辛卯春三月二十有一日，乃遂不起。其子尚[1]义，奉使在外，君病时，顾谓其友种天章曰：“为语吾儿：善文章者，渼陂太史。太史知我，得其表墓足矣。”尚义归，卜以是孟冬十月十有五日，葬君于城南陈村里之原。至是执天章所述世行，请予为之辞。其辞曰：

秦府良医正王君者，讳经，字秉常。其先四川人也。因仕秦藩，遂为西安右护卫人。君居长安城西，予以其活人之功，拟古种杏成林者，乃称为西林君。于是学士大夫闻者，亦皆以“西林”称之。祖道合业医，有名。至其父天荫，业益精，仕为秦府长医云而。是时，吴人刘宗厚者，上医也。北游于关中。关中医无敢与言者，往往辟匿，自以为不可及也。独天荫与之从游，上下反复辩论，而宗厚亦时时称善。故当其时，关中医“刘王”并称，以此云。天荫配某氏，以天顺壬午夏四月十有五日生君。君生而循雅，长而好读书，父遣受学于汤以修所。汤以修者，亦吴人。为秦简三纪善，有能诗声。君始受经学，举进士，既又思父业不可遂废，乃复学医。于医无所不精通，肖其父。秦王闻之，王若曰：“呜呼！于今我国，乃复有良医也。”于是荐之为良医正云。君既为良医正，日入于王所，参问玉体，得命而后退。既退，人之邀致者，或至于家，或在途，或昏夜叩之，盖无有不往者，未尝以贫贱贵富为勤惰，惟尽其能。其所不能尽者，则亦以其故告之，而曰：“是非不尽也，无能为也。”于是学士大夫、下及闾阎氓隶之徒，无弗称说感慕者。浒西康太史、龙渠谢宪使皆以诗赠君，谓君得医之王道云而。君油油然若无所能人，言若不能出口。虽曰天资之美，出乎其性，而学问之力亦有不可诬者。故人之重之，不徒以其医焉而已。君饮量不深，顾喜鄠醝酒，酒味甘，每至鄠，酌之数觥，则醺然而卧，予故常寄之。乃若其家，宴饮宾客，则辄以大斗，客不醉不已。尝著《脾胃》《气血》及《伤寒》诸论，大要与慈溪王汝言所著略同。其高有独阐古人之秘者，盖十数篇。予尝与之语，间及于诗，君亦解其要领，盖得之

〔1〕刻本此处原为“向”，据后文改。

汤以修者，人或未知也。君既老，致仕家居，犹时入参问王。王以其国之旧，老有劳绩，赐禄米、隶皂□重之。比卒，王闻而惜焉。王若曰："呜呼！吾国卢扁亡矣！"学士大夫无弗走吊叹息者。

君配杨氏，生一子一女。子即尚义，艺业性行克肖于君，今复为良医云。女为张景辉妻。继配胡氏，生子尚志。侧室张氏生子四。儿尚义生一女，适士人朱祖尧。尚志不幸病卒，乃有一子，曰孝儿。夫古之人有言："不为良相，则为良医。"夫相者，天子所倚为重也。而医与之埒，岂细务哉？岂细务哉？予往在京师，见诸医者，无弗巧言射利者。及读太史司马公论，列奉越人淳于意，诸子未尝不叹异焉。然有如王君者，虽曰未敢比迹神圣，亦岂可列于今之人也？盖亦古名医之亚匹乎？君子而过其墓者，下马读鄠人之辞，尚其展敬于王君哉！

王九思《渼陂集》续集卷中，明嘉靖刻崇祯补修本

明故顾孺人墓志铭

王立道

孺人太医院御医钱君春林配也。钱君自嘉靖壬午以名医起家，至甲午迁御医，进直圣济殿，孺人从事京邸。久之，君有节庵翁之丧，解去。辛丑服阕，始复来。明年壬寅，孺人乃又至，至未几卒，七月二十六日也。往余尝与君同里居，孺人之卒，余吊之。君既命其子玄龄奉其榇归吴，卜葬于杜宇山之新阡。粤癸卯某月日吉，先期手玄龄所乞翰林吉士严君所为状，以泣请铭于余。盖犹以同里故，余不能辞也。

按状，孺人长洲名族，有世德，父伯和，母陆氏，夙禀懿训，婉嫕有仪。御医君既失前配，遴而聘焉。始，君父世庵以弟节庵无子，以君后节庵。节庵翁素严毅，厥配郑孺人，性亦专悫。孺人相君周旋，祗服弗怠，外内咸安之。逮君获以禄养节庵翁，孺人益朝

夕恪勤妇道，有疾必亲侍汤药，至吁天祈以身代。君医术既精明，名倾搢绅间，求疗者户屦杂袭。孺人时时语君："医生道也，毋以缓亟，毋以厚薄，必尽其情，使勿憾用。"君名又日大起，孺人与有赞焉。孺人雅性素约，不为华侈之饰。经纪阃以内事，具有恒度。教其子玄龄辈，动以礼义。待女若妇，尤委悉有恩。先是玄龄之妇卒，孺人哭之，恸两越月竟以不起，人哀其慈云。

孺人生于弘治己酉四月初三日，春秋五十，有四子。男三，长即玄龄，顺天府学生，娶沈河南布政杰孙女；次昌龄，太医院医士，娶张太医院判承宗女；次永龄，娶张苏州卫指挥使瑀女。女二，长嫁苏州卫镇抚徐霑；次嫁太医院医士张子贯。孙男一，好礼，玄龄出；孙女四，俱幼。铭曰：

不知其妇，言视其夫。谦谦之度，是惟刑于。乃惠乃温，妇妇姑姑。委禄顺终，首丘于吴。镌石幽宫，尔善永孚。

王立道《具茨集》文集卷七，清文渊阁四库全书本

明处士江民莹墓志铭

汪道昆

当世以布衣称作者，无虑数十家，乃若质行雅驯，则余窃多江民莹。顷，民莹将捐馆舍，遗季公民璞书曰："平生知我者，唯季若汪中丞，愿季为状，中丞为铭，幸须臾无死，犹及见之，死且不朽。"往余为民莹立传，曾未得其什二三，乃今要我以平生之言，奈何负民莹地下？遂受季公状，摭其轶事志之。志曰：

江处士瓘，歙人，世家篁南，字民莹，赠尚书郎终慕公第三子也。幼负奇气，顾犹跳梁。年十四，母郑安人以暴疾终，既含不瞑。民莹拊棺号哭，曰："母其以二三子未树邪？所不夙夜以求无忝者，有如此木！"遂瞑。自是折节为学，务以身先季公。乃从故太守吴先生受诗。吴先生间得李献吉赋诗若干篇示民莹。民莹心独喜，终日

诵之，尝窃效为诗，有近似者。初试县官，不利。父命之商，民莹辄商，孜孜务修业。会督学使者萧子雝行县，并举民莹、民璞补县诸生。又明年，应乡试，复不利。民莹惭，自愤不务稼而罪岁凶，何为乎？遂下帷读书，历寒暑，穷日夜，不遗余力。民璞请少息，毋已太劳。民莹愀然曰："季子游，困而归，由发愤起。纵自爱，而忘而母不瞑邪？"顷之病作，一夕呕血数升，延医十余曹，不效。因涉猎医家指要，自药而瘳。比治本业如初。又复病，释业复瘳。递病递瘳，盖十年往矣。乃叹曰："显亲扬名，即男子所有事，彼亦傥然而来者耳。顾轻身以希必获，谓父母遗体何？"遂谢学官，罢举子业。日键关，坐便坐，几上置《离骚》《素问》诸书，卧起自如，不问梱外事，即家务左右棼起，终不入于心，由是就业益多，神益王矣。

甲辰，季公举进士，民莹沾沾喜曰："幸哉！有此无伤母氏心，瞑可也！瞑可也！"民莹属辞尔雅，藉藉称名家。当是时，邑人王仲房、海阳人陈达甫亦皆负论著而薄诸生，相继引去。乡大夫游汝潜、汪正叔、方定之，则尤推毂民莹，郡中人士翕然附之。既而自托远游，将倾四海之士，则之越、之吴、之楚，足迹遍于东南。会民璞徙官留都，则之留都，习朝市之隐，及拜信州太守，则道信州，出闽越，谒武夷君。其后，兵备饶州，则又道饶州，登匡庐，泛彭蠡而下。所至未尝通谒，而缙绅学士争愿从游。归语人曰："入其境，其士可知也。顷余入会稽，探禹穴，其士多奇；余历吴门，泛五湖而东，其士放达；楚有七泽，泱泱乎大观，其士闳廓而多材；秣陵为高皇帝故都，衣冠文物盛矣，四方豪杰，分曹而仕，伏轼而游，盖士之渊薮也；大江以西，以匡庐胜，其士好修；闽越以武夷胜，其士倬诡。游方之内，此其大较也。吾将为方外游矣。"既又赴会稽，视仲子应宿病。应宿愈，民莹乃负病西归。中道应宿刲股进之，幸少间。亟乘舟就舍，病益深，季子应乾、季子妇程氏刲股递进之，卒不起，盖乙丑八月二十六日也。距生弘治癸亥，享年六十三。居常于于近人，一切无所失。及其操直言，引当否，不取苟容。岁饥，浙有司下遏枭令，辄引《春秋》大义，上书部使者，请罢之，语在集中，不具载。某子甲，以资爵万户，会有疾，侮诸医。民莹过万户家，让万户："公能以富贵骄人矣，亦能以生死下士乎？公之疾，得士则生，不得则死，富贵无为也！"季公既贵，始立祖庙，属民莹定约法，修祠事，以为常。即民莹以处士之义终，功用未试，其于国事，则尤惓惓。尝著论言备匈奴，犁然可采。藉第令得志，其画策何可胜穷？乃今食不过上农，年不逮中寿，家人之产，盖屡有存，惜也！配临溪吴氏，举子三，长曰应元，仲、季即刲股者。兹当大事，将卜所宜，为之铭以待。铭曰：

相彼良玉，胡然而终藏？尔有文德，恶用乎珪璋？相彼梁木，胡然而先拨[1]？尔有令名，恶用乎黄发？浙江东浙，厥有新阡。君子归止，是曰九原。

汪道昆《太函集》卷四十五，明万历刻本

奉政大夫太医院院使朱君墓志铭

申时行

嘉靖中，余为史官。适内子病鼽，遍求长安中医，无所遇。已，得檇李东山朱君，投数剂，竟愈，余于是始交欢。君久而益习，与之言，竟日不厌。色温而气和，恂恂如也。视其息，深深如也。时或称引典故，衡事当否，扬扢当世士，微婉而曲中，乃益知君蕴抱类有道者。越三十年，君既以积资为院使，称大夫，而季子修撰君登第，君輾然谓余："吾始愿不及此，若幸满考徼，恩及先人，即奉骸骨以去。"余时亦抗疏乞归，因谓君："得命之日，与子偕往。"比余既获请，而君以前一日卒。悲夫！卒之明年，修撰君奉君以葬，而手事状来征铭，余之交君父子间，谊至笃也，铭恶可已？

君讳儒，字宗鲁，东山其号。先世家苏之吴江，后徙嘉兴之秀

〔1〕"拨"当为"拔"之误。

水。自高祖煜始，煜生福缘，福缘生恭，恭生彩，号慕萱处士。以君贵，赠太医院使。母王氏，赠宜人。君自少端雅，有异人奇其相，曰："法当贵此。"长，弃举子业，习岐黄家言。数为里中人治病，病良已，名称籍籍然。君雅欲游京师。一昔，梦捧日，日光烜赫而不甚重，私自念："轻清体，固尔耶？"觉以语人，占者曰："此近君之象也。"乃装如京师，适大疫，君所治无不立起，踏门求治者甚众。而最奇验者，慈溪少傅袁公病腹，痛不可忍，诸医环侍莫能治。君药之，诘朝而愈。宗伯秦公，欲试君术，令遍视其家人。至公伯子乡进士，惊曰："脉有死法，当不踰旬。"时伯子固无恙，相视而笑，及旬果卒。秦夫人病若娠，十有四月。君脉之曰："积痰也。"下之而愈。一时名声大噪都下。

嘉靖甲寅，乃以医士入院，给事重城、工所及会同馆，凡六年。隆庆辛未，试礼部，最授太医院吏目，供事内殿。万历丁丑，以秩满，授御医。己卯，擢院判，寻进院使。上尝览方书中奇药，及左右以秘方进者，数诏问君。君言："诸药多燥，非至尊所宜服。"再疏陈不可状，乃止。上尝御文华殿暖阁，召君切脉，脉已，君奏言："圣体病在肝肾，宜宽平以养气，安静以益精。"上首肯之，命左右记其语。上尝静摄宫中，或非时召君，或令内侍传旨，命君和剂以进，靡不立奏功。上喜，尝赐食内殿诸医，至君独曰："朱某勤劳，特与一席。"其见宠遇如此。潞王疾，受诏往治，寻愈，有白金之赐。自两宫太后，及后妃公主，率令中涓言状从君受方，凡所治疗别有，籍多不载。盖出入禁掖，调护上躬者，二十有一年，而卒年七十有七。

其生为正德乙亥，卒之日则万历辛卯某月日也。配唐氏，赠宜人。子男四人：长国祯，庠生，娶杨氏，继施氏；次国祥，庠生，娶杨氏，继金氏、贾氏，唐宜人出。次国祚，翰林院修撰，娶何氏，封安人，其生母曰王氏，以子贵，赠安人。次国礼，聘缪氏，侧室钟出。孙男五人：大启，娶陆；大谟，聘徐；大烈，聘茅；大猷，聘包；大观，聘李。余外孙也。孙女二人，曾孙女一人，尚幼。其葬以万历壬辰某月日，墓在郡城长水之原。

余观史迁传仓公，称其人圣儒，治病皆有神验，而独以无后自伤。班史称楼君卿，能诵方书十万言，顾以遍交五侯，为世所诋。乃君用方术显，公卿争折节致君，君投剂而退，一无所濡迹，当世多其长者。而又以经术教修撰君，有闻于时，其福泽未艾也。非醇德至行，畴能当此者乎？是宜铭。

铭曰：医术致身，而轨于儒。抱朴含和，暗然若愚。出入禁庭，翼翼瞿瞿。执艺献规，天子曰俞。优锡宠褒，梦日之符。亦有嗣贤，奋于天衢。降福穰穰，德音不渝。我铭其藏，贲于幽墟。

申时行《赐闲堂集》卷二十九，明万历刻本

鄚州重修药王庙碑 奉敕撰

焦 竑

盖闻天地大德曰生，运阴阳以播物。凡人莫不欲寿，资亭毒以尽年。鷇饮巢栖，感物之情盖寡；范金揉木，逐欲之道滋多。而五味时愆，六气斯沴，形神互战，寒燠并侵。疾缠凑脉，靡知救止，痼入膏肓，归于夭折。自非大圣哲人，挺生踵出，恶能见标知本，驱除滞固，飞丹炼石，引纳清和，令黔首期于普济，苍生获其大庇者乎？

鄚州故有药王庙一区。药王扁鹊，一名秦越人，盖州人也，禁方禀于神人，天下属之生死。所论有三可及六不治，名言凿凿，流传至今。先世封神应王，土人以药王目之。累累城郭，即令威之灵墟；绵绵俎豆，比庚桑之畏垒。今皇帝玉体违和，慈圣皇太后赍香祈祷，旋即康宁。因念祠宇湫隘，弗称具瞻，乃降大涣，命中涓因其旧迹，葺为新庙。且谓医之为道，羲、农、黄帝实始基之，更建三皇殿于中，以历代之能医者祔焉。斯时也，皇帝念民唯悦，使力不征于有司，诎不举赢资。一出之中帑。因高背下，揆日观星，察隐嶙之余基，易凋残之落构，于是大夏[1]郁起，神仪穆然，绣栭云楣，斓斑夺目，兰橑桂栋，氤氲袭人。岧峣榱桷，恍临帝子之宫；杳霭风烟，森若仙灵之窟。神可降，福可兴，可以羞溪涧沼沚之毛，可以酌潢汗行潦之水。蠲万民之夭札，跻一世于仁寿，非至圣畴能与于此乎？

窃闻三皇之治天下也，画八卦以通鬼神之情，教五谷以代血毛之食，宣百药以拯夭伤之命。民靡日而不用，用弥久而滋彰。此于圣，真犹为土苴而已，惠被群生，恩流含气，若斯之盛者矣。迨考历代医师，百九十有二人，其载刘向《列仙传》者实居三一。斯皆人寰高隐，旷代仙真，吐纳清虚，挥斥尘滓，是以断能使之续，危能使之安，蹶能使之兴，苦能使之乐。非曰语怪征神，伎成则贱而已。繇斯以谭，清净无为，抱真守一，以虚明应物为用，以慈俭不争为宝者，古人之本也。本草石之寒温，原疾病之深浅，诊处洞然，随手而差者，古人之末也。故广成对理身之问，鸿蒙进养心之说。鸡犬相闻，庄生指神农而上；谷神不死，列子称黄帝之书。寻其微言，并臻泰定，岂徒以五毒五气之调，应九窍九藏之变，如斯而已哉？臣伏睹皇帝临御以来，祀垂二十，道咸五三，斋心服形，清净寡欲。不佳兵而裔夷服，不好察而甄叙明。固已同天下于华胥，见神人于姑射，而又斥其赢余，以为此庙，上以竟母后欲成之心，下以开亿兆无疆之福，岂独施法御灾，协于祀典？抑可导和发祥，扬于来禩，谂于有知，谓当有颂。皇帝曰："尔某，其为铭臣，惟宣主德、扬神休，以垂无穷者，词臣之职也。"敬勒贞石，树之前楹，庶拟卫悝彝鼎之铭，敢同鲁僖閟宫之什。其词曰：

玄黄剖判，粤有君臣。体国经野，司天属人。三微递袭，五运相因。不有圣喆，孰拯蒙昏？猗与三皇，应期抚世。羲易农医，开迷释沴。爰及轩岐，《灵枢》乃著。神徂圣立，古谢今升。长桑默授，渤海相承。上池一饮，镜彻波澄。有触斯显，靡应不神。虢生能起，桓死可判。医无定名，随俗为变。汤熨非材，酒醪讵善。唯

〔1〕"夏"疑为"厦"之误。

病之机，厥有先见。医王久逝，留韵芬芳。丰渠高郭，实维故乡。椒兰晻霭，祠宇墟荒。犹余灵响，呵护上方。皇矣大君，膺图执象。六气氤氲，三灵肹蚃。廓是灵祠，奠彼渊匠。本之源之，羲摹轩像。寝园增拓，仪卫加隆。乾坤壮观，日月新宫。龙衣近接，虹渚遥通。宛其穆穆，上古之风。亦有群英，古今焜煒。异代同工，隐兹医药。云与龙从，声华锷锷。其化则迁，其灵是托。仙真窟宅，帝子山川。丹梁霞错，紫柱星悬。仪刑肃穆，徒御周旋。清含玉座，洞卷珠帘。华虫朱虎，来往连翩。神之听之，聪明日在。介福靡欺，蠲危有赖。黄绢新镌，绿樽斯捋。圣筭绵绵，千万亿载！

焦竑《焦氏澹园集》卷十九，明万历三十四年刻本

太医院使箴

陈子龙

营营生民，外有沴气，内有惑志。仁哉有熊，爰始宣治。审验经络，疏辨食味。周制疾医，四时砭剂。卫此烝黎，以除瘥疠。厥初上古，民皆寿耇。心和嗜寡，而导养以时。后人妄尝，不衷不仪。长夜淫湎，而惟内是私。神明荒塞，血气乖堕。虽有鸿术，望而疾驰。是以君子居室，清心凝虑。非礼弗饮，非时弗语。多亲贤臣，而远夫淫妒。故上医医国，而锡之永祚。技臣司方，敢告夕御。

陈子龙《安雅堂稿》卷十五，明末刻本

五　行状

先高王父而下四世行略

陈懿典

高王父二异公，讳昺，字景昭，世居穆溪，五世祖鉴堂公之仲子也。生而幼慧，博览读岐黄家言，心好之。长为郡城钱氏赘婿。钱世医，公益从。妇翁究竟诸家秘密，名大振，户外履常满。然公性至孝，虽居外家，时归省两尊人。成化丁亥五月，母沈遘疾，公治药饵，积月未愈，久乃益困，委顿床褥间。公日夜扶侍，不敢怠。母后乃忽思食巨鲤，广求之，卒未得。公夜梦门外溪中鲤甚巨，觉而心动，晓起步溪上，闻鱼跃声迹。捕之，果获巨鲤。烹而奉母，母甘之，疾良已。族里观者百余人，皆称孝感。鉴堂亦作诗纪之。迨后两尊人殁，庐墓三年。甲辰季秋某日，适其览揆之辰，陈祀飨先，一雁自空而下，驯伏于庭，驱之不动，乃收而畜。族里观者百余人，如获鲤时，人遂称二异先生，语具姚直指公绶所为传中。公孝友自性成，生平慨慷正直，不信鬼神之事，晚年见长人几数丈立水中，取弹弹之，随弹而殁，了无怖色。其医术耑以济人，不取糈。余族之繁兴于郡城，则自二异公始也。

二异公生曾王父鹤松公，讳纪，字寿夫，别号鹤松。公之为医更大显，凡病者得遇公，无不立起，所全活者不可胜纪。就李诸缙绅先生及四方贤士大夫，无不虚左以迎公。公生四丈夫子，长静观公，讳诏，字鸣汉，笃行好学，博习古今，初为诸生，后乃入太学。

坦衷质行，以忠信待人。人有欺之者，受其欺不觉也。然性伉直，遇事不平，愤发不避。当倭事起，有学使好言兵，公以策上之，学使不知公，谓妄一男子上书，欲属吏。公儒衣冠，伺学使干旄过，直前扶学使下车，大言："生为枌榆，言兵利害，非干泽使君。使君奈何以皮相天下士？"学使大骇，后廉知公素行，竟不敢问。赵司空督战尝败，馁甚，健儿谓："四境俱入城避贼，独陈上舍郊居不动，就之可一饱。"司空蹙额曰："此老倔强，不能容人过。我为大帅衄归，见必大数我，我宁馁不敢见之也。"其为贵□，所严如此。顾为德于乡甚厚，孝友笃至，其季弟则先大父也。尤荷公扶植，至今尸祝之。有子一，则世所称仰观先生，讳诏，德负才，工诗，甲子举顺天乡试第三人，屡上南宫，不第。庚辰选授潜山，令未抵，卒。人咸惜之。次双田公，讳诰，字鸣周。三石塘公，讳表，字鸣宋，俱善医。而石塘公尤称恭谨，小心忍诟，盛子孙独多。四怀鹤公，讳诗，字鸣唐，即不肖大父也。

公为鹤松公幼子，古貌长身，磊落自负，少时不问家人生产，游于酒人，六博豪饮，目慑侪辈，坐是家益落。伯兄静观公，虽公异母兄，内重公才而外怜其寥落。乃召公同居，且戒公少饮，令一意耑医。公于医素精，至此益研析妙理，与静观公相折衷，术遂日益进。静观公固极庇公，公亦父事兄，母事嫂，庄之白首毋懈。有所委务，竭蹶效力，必称其意乃止。用是，静观公愈重公。公初时医未知名，诸同辈皆易之，公唯唯逊谢。至切脉，诸君各前问难，公据案书病源委，主人读之惊服。诸君皆大惊，及睹所用方，又大惊。药投而与主人约，此一夕而愈、此某日而愈。不爽毫发，则又大惊。自此名日益起，门外迓者，趾相错。争阴赂舆人以□公先至。凡病者遇公，至则举家相庆。岁大疫，病者睹鬼物。公入室，鬼物即惊避他所。然公颛以术活人，不望报，即窭人下隶以笃疾急请，未尝靳往，前后所活无算。上自当途诸大夫郡国有司，以迨诸缙绅先生交游亲识，无不倚公为司命。而公游诸公间，爽亢无回曲，第以至诚周旋，人人谓公亲已。公素善饮，又豪致翩翩，诸公酒间必得公乃欢，然未尝以私请当途及从里中贵人居间也。公性严气盛而孝友根心，治家俭而好客乐施。兄石塘公殁，时三子、四子幼，托公抚之长，俱加息还其故资。后四子家毁于倭，穷无归。公召与同居，终其身视之犹子也。交游故人，有以缓急请者，未尝不厌其意去，有并母钱负之者，亦遂置不问。橐中所累积，大都皆尽，不下千金。诸人负公者，或恧见公。公见之，慰藉如平时，绝口不及取责以伤故人，意厚如此。逾壮始举先君子，甚爱之，日延贤师傅严督课。晚年先君子连举懿典兄弟，公益喜。懿典稍长，每抚其顶曰："吾以医济人，后宜有兴者，若等勉之。"懿典今得徼天幸，而公殁已二十余年矣。

先君子梅冈府君，讳一德，字子咸，别号梅冈。府君少好学，弱冠为文学，又从先外王父一山王翁游，负奇绩学，渔猎古今，顾数奇不获中有司之尺幅。性好博览，凡阴阳、卜筮、堪舆之术，无不究心。尤好为诗。其诗学陶谢以自适，非以吊词坛名也。生平未尝入公庭郡国。有司以大父故，每欲得府君一见以推毂之，府君谢不往。性好客，喜雅谭。客至，必款洽沾醉。里族执友，待以举火者若而人。晚年家益落，然为德不倦，百计质贷以应。而生平侵匿负之者，未尝一置齿牙间。事大父母，色养志顺。与仰观诸伯父友爱，不啻同胞。姊氏归，顾家日窘，赡之终身。姊殁，教育其甥如己子，庶几毋忘高王父之遗行去。

陈懿典《陈学士先生初集》卷十七，明万历刻本

先考赠奉直大夫右春坊右谕德梅冈府君暨先妣王宜人盛宜人行略

陈懿典

我陈之家于秀水也，父老相传自汴，从宋高南渡，至商湖洗棬，棬坠于水，曰："此天意也。"遂家焉。同时卜居者，有商姓，因号

商陈村。或又云出宋参知政事文肃公文龙之后，顾谱牒今已散落无存。遥遥华胄，未敢漫附，仅从其可考者识之。宋末元初，有九二公者，实为始创之祖。九二生正一，正一生富三，富三生森义，号乐闲。娶沈氏，洪武初，生四子。长琬，字景新；次轩，字景昂；三某，字景章；四某，字景明。景明无后，景新、景昂、景章分传三枝。景昂别号鉴堂，家温能诗。生四子，长昊、仲晟、季昺、叔杲。昺字景昭，景昭出赘郡城钱鼎新公家。鼎新公无子，以景昭为子，钱故业医。景昭因从外家，遂精医。我族之居于嘉兴守御千户所之前，并以医显，自景昭始也。景昭虽为赘婿，而性至孝。母沈病，思食鲤。景昭夜梦溪多鱼，蚤起循溪行，闻鱼跃声，果得鲤奉母。后父母没，庐墓不归，讳日陈祭，有雁下于庭，驯伏不动。二事，观者无不叹异，以为孝感所致，因号“二异”，语具《郡邑志》中。二异公生鹤松公纪，益善医术，生四子：诏、诰、表、诗。诗，字鸣唐，号怀鹤，则先大父也。尤精于医，多隐德，中年而举先府君。

府君讳一德，字子咸，梅冈其别号也。府君生而端慧不凡，器宇轩朗，王父与王母吴孺人以晚得子，极怜爱之。而府君出就外傅，即雅意向学。稍长，刻励苦志，文藻蔚起。年十七，督学薛方山公识拔为郡学博士弟子。年十八，娶先慈王宜人入庄奉王父母。出从良师友，讲德问业。时外王父北部一山王公尚为孝廉，专讲王文成良知之学。府君得闻所未闻，益留意真修实证，不独工羔雁之技而已也。言动一轨于正，绝无世俗逐膻务华之好。闭户读书，足迹未尝至公庭。时郡邑使君多雅重外王父，又每从大父乞刀圭，每欲得府君一见，用相推挽，而府君竟不肯一呈身于当途之前，每见后来纷纷攘攘竭蹶以求容有司者，深以为可愧。间有以居间动之者，必严辞谢绝。或受人侮，都包荒自重。毕世未尝以外事屈体于公府。笃志问学，虽数奇未售，独以义命自安，下帷不倦。见世儒朱陆之辨，每谓：“学不验体身心日用，不得妄希妙悟。渐久，悟入自然，更不渗漏。若求顿而不免疏脱，恐象山必以为非。苟务渐而终无归著，在晦庵必不谓是。”故其学自经史而外，不废博综，阴阳卜筮，稗官小说，堪舆星历，无不考镜。扁曰“日格”，其大指可睹矣。时为诗，与兄孝廉子吉辈相倡和，以陶、谢为宗，尤好靖节之天然逸宕，往往摹而成什。性喜吟喜饮，更喜客。客至，必飞觞分韵，虽橐中无半铢，且质酒家，尽宾主欢，陶陶如也。生平不屑意家人产，而孝友慷慨，自其天性。色养洗腆，所以奉王父母者，无所不至。有两姑，长归项者，蚤亡。而亲爱其继出之甥，如真甥。次归顾，顾家始富而后日困。所以惠悉周旋者，惟恐不称姊氏之意，以伤堂上心。抚其子，顾其道如子，延师训督，与不孝兄弟同。从兄后山家毁于倭，召与同居者二十年。其子敦典，如子教之。敦典与其道严府君皆如父，见府君必改容，有过惟恐府君知，其见惮如此。执友亲知有以缓急请者，未尝以乏为解。有负之者，焚券不问。甚或从子母家称贷，重息以偿，而竟以应人之求，更为所给，卒不一言。晚年家益落，而他人待以举火者，犹以为常。居恒训不孝辈以好修、好学、实心、实事为圣贤真学脉，若一毫机械宅于中，以舞智斗捷取世荣，此不如乡党田野之无雕无琢者也，庶几有道之言矣。

府君弱冠承王父医道，方盛时，一无纨绔习气。迨举不孝辈，即遭倭难，仓卒徙居城市小巷，不遑宁处。及倭渐退，返郊居。壬戌，遂丧我先慈王宜人，痛悼走京师外王父比部宦邸。已，念王父母言，旋营王宜人葬地，即为大父母寿藏。已，娶继母盛宜人。又八年，辛未而复丧盛宜人，再继今朱太宜人。癸酉，丧王父怀鹤公。乙酉，丧王母吴孺人。拮据丧葬，中间为不孝及两弟娶妇，劳费不可胜纪。己卯，不孝举于乡府，君稍为舒眉。因同不孝公交车再入长安。乃不孝铩羽同归。壬午六月偶感寒疾，竟不起。呜呼痛哉！距生嘉靖乙未八月十日，享年仅四十有八。呜呼痛哉！自壬午至壬辰，又十年。而不孝成进士，丁酉以编修满考，始得赠府君文林郎，翰林院编修。丙午，不孝叨晋宫寀，值覃恩，晋赠府君奉直大夫右春坊右谕德，而墓草久宿矣。追惟先妣王宜人之葬也，在嘉靖癸亥。先妣盛宜人之葬也，在万历癸酉。而先府君之与二母合葬也，在万历癸未。隧门之石缺如，敢乞师相如椽以图不朽。

府君元配王宜人，己未进士刑部山西清吏司主事一山王公爱长女。继配盛宜人，文学西丘盛公思仲女。王之先为大同戎籍，调隶嘉兴千户所，数传而为乡贤广东雷州府徐闻县知县友蓉公朴。友蓉公生比部公，娶贺孺人，生四子二女，宜人其长女也。宜人生而聪敏端静，幼即善承外王父母意，通《内则》《女训》，处兄嫂弟妹间，无不曲当其心。年十八归先府君。时府君方日从师友讲习，篝灯佐读，宜人之力为多。大父性严，御家肃如，宜人小心翼翼，夙夜匪懈。大母吴孺人宽慈煦煦，尤以宜人为孝谨。值倭累寇郡城，避徙城中，湫隘崎岖，以礼自闲。性明达，知大体。外大父奇之，有事必咨先府君，试不得意，宜人必曲为慰解。先后举不肖兄弟三人，不孝胜衣时，犹记宜人谆谆诫训。及就外塾，必加意督课，勿少姑息。嘉靖壬戌三月，偶疾卒。距生乙未九月廿九日，年仅二十有八。不孝方九岁耳。后二十六年，丁酉，始得同先府君赠孺人。又九年，遇大庆，晋赠宜人。

盛亦里中名族，西丘公文行为诸生祭酒，子女皆身自训迪，宜人其次女也。宜人少与诸兄弟皆受西丘公句读，内则《孝经》，外旁通经传。长益敏慧，刺绣与文义并工，而端婉柔嘉，进止有度。宜人之归府君也，在嘉靖癸亥。不孝甫十龄，两弟尚稚，而王父母皆高年在堂，宜人事两尊人至孝，抚不孝辈无异己出。每外归，必问所读何书，时与讨论大义，或为栉沐总角，即不孝辈亦忘其为失先慈也。至于先慈几筵，朝夕躬为致礼，待先慈王氏诸伯舅如兄弟，事外王母贺如母，尤人情所难。先府君初失先慈，彷皇无聊，得母入门，而上下咸宜，稍稍慰藉。久之，而不孝辈几以为真母。馈祀孝养，外应宾客，雍雍如也。先府君亦且以为偕老无憾，而不虞辛未之春竟不起也。距生嘉靖癸卯，享年仅二十有九。宜人日望不孝之成立，庚午不孝应童子科不售，宜人深为劳苦之。不孝通籍，没已二十余年矣。满考时格于令甲，三母不并封。辛丑大庆，得追赠孺人。丙午再遇庆恩，得同赠宜人。

府君初娶王宜人，继娶盛宜人，又继娶今朱太宜人。朱为湖广兴国州同知三槐公讳正色之少女。子五，长即不孝懿典，壬辰进士，翰林院侍读学士，掌南京院事。娶姚氏，处士近峰姚公舜智女，初封孺人，再封宜人；治典，生员，娶史氏，处士少溪史公天复女；彝典，生员，娶沈氏，南京刑部郎中瀛壶公尧中女，皆王宜人出；有典，蚤夭；敷典，生员，娶倪氏，县丞倪公梁女。皆朱太宜人出。女二，一适海盐乡宾西泉曹公长子，生员名卿；一适吴江太学生鹤野金公少子，生员志仁，皆盛宜人出。孙男七，泰宁，生员，娶姚氏；泰履，娶梅氏，治典出；天策，生员，娶屠氏；廷策，娶薛氏；献策氏，娶徐；三策，娶薛氏；国策；聘某氏，彝典出。孙女三，一归贡生曹仲麟，懿典出；一归生员于翼如；一归施所蕴，彝典出。曾孙男三，曾孙女三。墓在秀水县，象西都张字圩。

陈懿典《陈学士先生初集》卷十七，明万历刻本

徐长君行状

汪可进

昔不佞有弱恩感剧患，访卢跗业于周亲。得徐长君，急延至。时不佞忧甚，长君脉之曰："无恙，一刀圭力耳。"投之果瘳。不佞以是知长君医，而长君亦若，过信不佞于交际谭论间，乃绍介予居停主人，以二子师事不佞，于是二子尝以艺业相过。予时得以聋瞆课二子业，复得习长君行。长君殁，不佞临其丧，哭且吊之。越明年，予方治装谒天官选，其孤斩焉衰绖，持先人实录，谒不佞山中，以状泣请。不获以倥偬辞，姑据所录，撮其大者状焉。

公讳世嶅，字子静，别号两松。其先出唐歙洲别驾昶公，后至宋世昌公，以明《戴礼》，主海阳学政，遂家海阳，传数世。有诚四公，冲龄负奇气，义不仕元，徙城南为市隐。诚四公生道聪公，习博士家言，不售，乃旁求《肘后》方书，为保赤名家。徐氏医实昉

于此。五传而得春谷公，为人慷慨直毅，医益著。娶吴安人，有阃德，以正德戊寅八月二十六日生长君。少业举，挟策试有司，不入彀，遂沿习世医。徐氏医凡六传，阅历广而闻见博。至长君，集六传之成而参以独悟，故其术益工，随投辄效。陈孝廉子震暴雷，踰时不寤。诸医皆瞪目视。长公至曰："雷震神失舍，亟益其心血。"则索人乳灌之，立苏。朱氏儿暴病，时时效马鸣，医不知何疾。公问其家，有养马，儿曾入廐。公曰：此中马毒也。投散一匕而愈。其术多奇中，大都此类。故所全活人中分郡国，然未尝计馈糈。值窭人子疾，辄施以药，且賫炭脯，以故声名藉甚。诸缙绅先生咸礼重之。长公生六年而吴安人即世，事春谷公备极孝养，得其欢。事继母吴亦如事春谷公。一弟二妹皆继出，被服、饮食、婚嫁一切倚办长公。会弟与女弟皆先长公卒，则又厚为之具而殡之。悲感梦寐，而涕淋漓枕席间，且抚其子女如子。居父母丧，哀毁为孺子泣，至忌祭对祝，多哽咽不能读，孝友盖其性哉！家故无厚殖，至长公以医起家，然好以义，急人之困。有某子甲，两娶无资，长公两倾囊应之。某晚娶，告贷长公。时方诎，不忍虚其求，为之转贷以应。三从子将逐什一，资斧弗具，长公出百缗资焉。及从子折，阅无以偿，而坐其旧所贷于人者，半以赎长公券。已而，从子及所贷从子者相继物故，长公置不问，犹然化者，是悯孤寡之失所天是恤。凡应人缓急，度不能酬而为之火其券者，近千金。以长公无大居积，而能捐千金以与人，无吝色。人以是多长君，啧啧颂高义。初，长君艰于胤，配吴氏劝之广妾媵，媵凡四，皆不宜子。及元配举丈夫，子二，长君归所置于所生，任其他醮，竟不问。所聘课二子以制科业，供具行修惟腆。所亲语长君曰："帖括业，收效迟。壶中术，捷于射利。二子并事铅椠，孰与分其一，使世其业，以岐黄为孔孟地乎？"公谢之，而语二子曰："人言爱我哉，吾终不令尔曹易业。有不敢对人言者，尔其勉旃，以无忘尔父志。"及二子后先补博士弟子，有才名，上第若将掇之，公意得甚，而课二子益严。

长公以万历壬辰十月初七日考终于正寝，距其生享年七十有五。

元配吴孺人，通大体，人称女丈夫。子男二人，长文虹，郡庠生，娶某氏。次文龙，邑庠生，娶某氏。孙男四人，某、某、某、某。孙女四人，某、某、某、某。汪伯子曰：世称良相、良医，技盖至此乎，进乎道矣！乃卢跗其业者，率藉之以媒利而弁髦乎？仁义诗书，恶睹夫良？公以医业起家，而质行较著若是，古谓典从容之职，怀厚朴之心，非长公谓耶？闻长公少游洪都，舟经浮梁鹅胫滩，波涛汹涌，偶失足堕水，与济俱没。人谓长公其鱼乎？忽有援而起之者，以免至人入水。不溺，吾于长公谅之。

汪可进《公余草就》卷二，明万历二十四年淑艾堂刻本

六　祭文

祭丁医士文

金　瑶

呜呼！公之为人，朴而有文。公之立心，宽而有畛。业专于医，越人在秦。闲消于奕，秋也让能。皞皞嘻嘻，以与斯人。人欢谓公，老而少群。居则盍簪，行则从云，相呴相嚅，惟公是承。行当优攸，享兹平宁。胡六十几，而遽殒沦？五十非夭，此犹可云。不嗣其世，天胡不仁？谓公致然，无瑕可寻，公虽已矣，而目岂瞑？伯道不幸，公亦无因。曰天无私，实则难谌。哭死而哀，夫岂为生？善不福报，其谁能平？人或有言，寿不以龄；人又有言，嗣不以人。不朽惟德，不死惟名。名与德存，万古长春。董不世药，杏自满林。许不世书，意自流形。公业所济，皆公之神。孰谓公死？而世遂泯。天之爱公，有大者存。大通以观，乃见其深。不终无始，何死非生？眷彼古人，贵反其真。俗见鄙琐，念后爱生。谓达如公，而尔营营。予家与公，交谊孔殷。公视予侪，不啻周亲。岁时有遗，邂逅有餐。故人情节，恳恳勤勤。予每谓公，毋乃过情？公曰不然，世好须敦。嗟嗟予侪，公德当铭。公病且死，谁吊谁临？剑悬季札，绋执巨卿。我思古人，涕泗交并。薄荐一筵，吊公于冥。非以慰死，实罄予心。有殽在俎，有酒盈樽。满目羹墙，无觅公魂。临风一号，万籁悲鸣。公有闻兮，抑死无闻？

金瑶《金栗斋文集》卷四，明万历刻本

祭三弟文

姜 埰

癸巳三月八日，为弟死之十四日。仲兄埰既为弟收骸骨毕，乃列以庶羞，洒以旨酒，滴泪和墨，为文以祭之曰：

呜呼！吾弟竟死邪！天何心哉？吾弟竟死邪！夫情莫亲于竹马之日、鸡鸣风雨之时、浏览宫阙之地；气莫扬于垂鞭并马、朝游曾城、暮宿直庐，上与天子争可否，下与宰相论得失；事莫惨于身填牢户、囚卒为伍，父死不得葬、母老不得养；变莫大于国破家亡、携家间道、万里投主，叩帝阍而无路，志惝恍而莫归。举斯数者，斯亦亿变齐同之际，纵躯委命之日也。

吾同父四人，长兄长吾二岁，汝少吾七岁，幼弟少吾十三岁。少时投壶为戏，吾贯其左，汝贯其右。汝时年九岁，便能言曰：“异日射策，当复如是。”年十七，随吾之官，年二十三，汝中孝廉科，是岁计偕，入京师。吾与汝常东陟泰岱，北走滹沱，瞻孔孟之林，吊荆高之墓。当此之时，何扬扬也！庚辰，汝举进士，拜官典客，吾亦受黄门谏议之职。咸阳客舍，比屋连居。壬午冬，吾与汝陪祀山陵。长安公卿顾吾而言曰：“君家兄弟不可当乎！”居无何，吾以妄言下请室。拜杖之日，汝呼天而哭于掖门曰：“吾兄！吾兄！忠孝不能两全矣！”左右闻之，莫不掩泪。顾吾不即死，日橐饘粥啖我，又口吸童溲医我。吾所以不死者，汝之力也。癸未春，先卿烈殉，台省文章请释吾治丧，汝亦上疏，愿以身代。一日，先皇召见，宰相曰：“埰非独子，弟垓固在，何外廷之聒聒也？”即吾不即释，而父子死伤之恨、兄弟急难之情，未常不厪宸衷矣。甲申二月，谪戍宣州。汝奉母于无锡之阳山，会有鼎湖之变。吾兄弟窃伏草间，麻衣哭主，江左再变，踉跄东渡，历文身之乡、穷瓯骆之地，变易姓名，弋钓草壄，前后三十年。欢娱离伤，老病死苦，惟吾有汝，惟汝有吾。吾两人形影相对，譬如车之有毂盖，舟楫之有大小翼也。

自丙戌奉母东归，吾始与汝各天为别，临风寄想，形于篇什，两人唱酬不下百首。吾向作诗云："汝自十岁从余出，至今四十常饥寒。成名已觉文章好，乱世偏知骨肉难。亡国君臣悲范蠡，归山服食法刘安。学诗必学杜工部，翡翠茗兰时辈看。"今见汝遗书，手存此首，余不尽录，岂有取于吾诗邪？抑偶然邪？去冬，奴子长干来江北，汝犹寄书曰："斐楷治第，即让兄居。杜甫奔峡，每期弟至。近弃梁溪之田，再买剡曲一宅，不烦兄手足之力而翩翩来矣。"吾徒以食指之困，逡巡不果。使知汝死，吾虽行乞吴市，委妻子于沟壑，吾不一日而离汝行坐也！前年汝病，吾于上元之日来视汝，汝曰："兄来，吾病起矣！"是后日饭一盂，医郑以参附进，病辄可。今年汝病，吾亦于上元之日来视汝，汝曰："兄来，吾病起矣！"顾不能饭也。朝见吾，曰："虚晕。"暮见吾，曰："虚晕。"医郑以参附进，病辄剧。汝之死，友有王生、子悦者，数为汝言："先生误矣，何不服清凉之剂邪？"汝弗听。沈子明生、刘子默生，皆当世之秦越人也。吾一日而延致七八人，言人人与医郑殊，汝弗听吾，且曰："不治得中，医汝未常不心许之。"一夕发，使叩吾床曰："头目昏昏然，不参不可。"吾披衣急止之，药已进矣。是后，遂成结胸之证，不可救矣。呜呼！吾视汝料事多智矣，何料病之甚拙邪？何以今年之病，遂谓前年之病同一病邪？医郑与汝交有年，专医闺阁，何以七尺之躯试之而不顾邪？汝妻曰："夫君！夫君！遂中参附之毒乎？"汝曰："然。"汝妻曰："岂有郄于医郑邪？"汝曰："郑之父子，心在我矣，不郄也。"吾泣谓汝曰："汝病如是，将复何言？"汝援笔，书之曰："壮志未酬，死不瞑目。亲恩未报，我罪当诛！"次及妻子，汝曰："兄来苏州邪？"吾唯唯。汝曰："兄不来苏州，吾妻子不能自保。兄来，吾无忧矣。"吾曰："'与君再世为兄弟，愿结平生未了缘。'此何人之诗乎？"汝曰："子由。"以手作圈者久之，遂卒，时癸巳二月二十四日卯刻也。呜呼！吾弟竟死邪！

始吾年三十，常谓汝曰："为国家披草莱、翦荆棘，身蹈白刃，上马杀贼，下马草露布，汝不如吾；操觚染翰，黼黻皇运，国家有大疑大难，上殿一言，天子听而信之，吾不如汝。”汝今已矣，吾十年间，髋髀疟痔，殆困惫也。既不有汝，谁为鼓其雄风、策之末路乎？吾与汝实以身负国恩，羞见先墓高堂。衰晚犹依恋于乡井，长之孤、幼之孤远在山东，汝之孤在江南，吾之妻子又在江北。老者八十，小者周龄，饥待吾以粳縻，寒待吾以衣絮，婚丧之礼待吾以决。隆冬、盛夏之日，匹马单衫，间关定省，妻若子穷岁不得相见。吾顾此而失彼，左画方而右画圆。呜呼！吾亦人情独何堪哉！汝但知死之苦，岂知吾生之苦邪？虽然，吾之年齿过于汝，吾之生平苦于汝。一行作吏，憔悴江山，身迨榜笞，一日而血溃十斗。吾之神志耗于汝，汝胜吾且不得永年，吾不如汝又岂能久人间邪？昔长兄死、幼弟死，吾与汝皆在，皆不得在旁；今汝死，吾在旁；后吾死，复有谁在吾旁邪？呜呼！生死之事大矣哉！上者策功王朝，天子吊问。次者驰马疆域，尸填荒草。夫固有重如泰山而轻如鸿毛者，汝审处之久矣。宗守不固，啮齿衔须，一当死于会稽，不死。再当死于台山，不死。不死而死，岂汝志哉？吾今悠悠不知省悔，欻忽病来，是亦汝也。天之厚人以生，不如厚人以死也。高视华朊之涂，鲜车怒马，侈鸣得意；身死之日，名灭腐鼠。投之艰虞，以试其躬；抑之愁苦，以穷其志；历之断头穴胸，以惨其体肤。黄花白草，侠骨香生，之二者得失何如也？汝也郁拂于邑，抱恨长游。知汝者，知汝之不死于病，而死于忧、死于国也。死而有知其为，吾告之帝宰，使吾上为慈亲奉其甘脆，下为汝子成婚姻之礼。既待吾以不死，而又为吾善处其死。是吾两人情同志同，而死之心又同也。

姜埰《敬亭集》卷十，清康熙刻本

七　论说

择　术

胡　翰

妫仲子居于养直之里，里之人多业医，咸负其所长以为良，而訾其庸者。庸者不以为左，亦夸其长而訾之。二者常角而持，不知其归，或乃问于仲子。仲子曰：“吾固弗习也，窃闻之《礼》有医师焉，终岁稽其医事，十全为上。十失一次之，十失四为下。由是观之，上者为良，下者为庸，得失相形，次当其中。虽滕口说世，莫能掩于大公。”问者曰：“是犹惑也。功有多寡，可以知能。事有难易，不可以责备。故药有所不疗，病有所不治。和、缓、扁鹊，天下之善医也，不幸而遇齐侯之疾，则退而走。遇晋侯之疾，虽欲治之而不可为矣。不可为者，十遇而十负，不遇乃幸耳。吾又安能以幸而处人之右？”仲子求之不得，既而病卧就枕。栗而寒，燀而热，头岑岑痛甚。召医视之，医者为剂投之，如覆杯水于石，弗相入也。再投之，如戈舂黍，缓不救于馁也，又恬若不与吾事者。故三易医而莫能起，乃谒于王君与权氏。与权按脉之候，以为外邪相攻，薄于腠理，脏气不平，弗纳谷水。于是而刚阳升其热炽，汗既不及，下则太遽。《经》曰：“热者寒之，温者清之。”又曰：“或缓或急，或燥或润。以所利而行之。”此其法也，治当如之。治凡二十余日。君日再至焉，病少却，阳讧为毒痈发于颐，突如疣赘，面肿体羸，饮食不下咽，甚艰且危。君与疡医来视，疡决其外。君固其内，审证措剂，犹日一至焉，凡四月而愈。

仲子乃谋所以报君者于伯兄。伯兄曰："汝好方术，今虞有疾，彼嘻嘻误汝之生者，非庸也邪？此肫肫起汝之死者，非良也邪？与权，良医也。汝荷其赐，踰丘山之重，乃欲以芒忽之微浼之邪？不可也。"仲子愕而悟，寻告于尝有问者之客。客曰："吾固闻之矣，是非王文宪公柏之诸孙乎？其人固儒者也，儒者之医，趋人之急，不规其利。推吾之仁，不矜其技。呻吟痛苦，视彼犹己，恒平其施。故与权以是行于州里，贫贱不苟拒，姻友不苟取。曳裾公卿之间，不知爵禄之为荣，而势利之可慕，非儒者畴臻是乎？"仲子趯而喜，乃执笔曰："世称韩康、宋清之为人，以与权之事观之，非过也。苟长民者，人怀是心，天下岂有疾痛哉？即令有之，容有不瘳者乎？独何为而不知出此也？"

胡翰《胡仲子集》卷三，清文渊阁四库全书本

医说赠马复初

刘　基

或称："医药出于上古圣人，神农、黄帝皆身为之。"其果然乎？儒者疑之，惧世之以是小圣人也。孟子称尧、舜忧民而不暇耕。夫耕，后稷实亲为之，岂以是为非圣人之所事哉？天下之事不止于耕，教之者有其官，业之者有其人。则尧、舜之忧不在耕，而有大焉者。此孟子之意也。天地辟，而人生蠢蠢焉。圣人出，而后异于物。于是垂衣裳，造书契，作为舟车、网罟、弧矢、杵臼之器，载在《易经》，不可诬也。凡可以前民用者，圣人无不为之，而况于医乎！辨阴阳于毫毛，决死生于分寸，其用心之难，又岂直舟车、网罟、弧矢、杵臼而已哉？吾固有以知其作于神农、黄帝无疑也。圣人之道，包天地，括万物，一体而毫分焉，莫非道也。故天之大也，分而为日月，为星，为云，为雨，为雪，为霜，为露，莫非天也，而后各

形其形焉；地之广也，结而为山，融而为川，生而为草，为木，为石，为玉，为金、银、铜、铁，为五谷，莫非地也，而后各形其形焉。故见其形而不知其出之原，非知道者也。是故知医之不足以尽圣，而不知其为圣之事，非知圣者也。今有酌海于杯，曰“海”也，人皆知其不可也，而谓之非海出也，可乎哉？天下之术多矣，惟医以救死扶生为功效，故志之者，可以存其不忍人之心，而于道为有益。至于节嗜欲，调阴阳，时寒暑，去邪养正，流通血脉。其为道也，引而伸之，治天下不能外，致远而不泥，其斯而已矣！

绍兴马复初，以医药从左丞帖理帖木尔公招辑海寇。其为人也，粹而温；其于术也，精以造；其剂之所投，无宿疾也。予甚敬之，惧其日用而不知也，作《医说》以赠之。

刘基《诚意伯文集》卷七，四部丛刊景明本

郁离子（节选）

刘　基

郁离子曰：一指之寒弗燠，则及于其手足；一手足之寒弗燠，则周于其四体。气脉之相贯也，忽于微而至大。故疾病之中人也，始于一腠理之不知，或知而忽之也，遂至于不可救以死，不亦悲夫？天下之大，亡一邑不足以为损，是人之常言也。一邑之病不救，以及一州，由一州以及一郡。及其甚也，然后倾天下之力以救之，无及于病，而天下之筋骨疏矣。是故天下一身也，一身之肌肉、腠理，血脉之所至，举不可遗也。必不得已而去，则爪甲而已矣。穷荒绝徼，圣人以爪甲视之，虽无所不爱，而捐之可也。非若手足指之不可遗，而视其受病以及于身也。故治天下者，惟能知其孰为身、孰为爪甲、孰为手足指，而不逆施之，则庶几乎弗悖矣。

郁离子曰：治天下者，其犹医乎？医切脉以知证，审证以为方。证有阴阳虚实，脉有浮沉细大，而方有汗下补泻、针灼汤济之法，参苓姜桂、麻黄芒硝之药，随其人之病而施焉。当则生，不当则死矣。是故知证知脉而不善为方，非医也，虽有扁鹊之识，徒哓哓而无用；不知证不知脉，道听途说以为方，而语人曰我能医，是贼天下者也。故治乱，政也；纪纲，脉也；道德政刑，方与法也；人才，药也。夏之政尚忠，殷承其敝而救之以质；殷之政尚质，周承其敝而救之以文；秦用酷刑苛法以钳天下，天下苦之；而汉承之以宽大，守之以宁一。其方与证对，其用药也无舛，天下之病，有不瘳者鲜矣。

刘基《诚意伯文集》卷二，四部丛刊景明本

刘仲和字说

程本立

吴氏婿骐，自京师走万里，谒余西南夷，因致其友刘仲和父之言，以字说请。仲和名庸，吾郡医学正科天然翁子也。居京师仪凤门外，以善医称于人。夫男子二十曰"弱冠"，"冠"，则宾字之辞而祝焉。仲和年已强壮，且不远万里而愿有申其说，意亦勤矣，志亦笃矣。余虽不敏，其何敢辞？乃为之说曰：

天地之气不和，而灾沴生焉；人身之气不和，而疾病生焉。虽天地之大，不能无待乎燮理。况一身之微，讵能无赖乎调摄耶？勖尔仲和父，天人一体也，医相一理也。保天之和，受天之祉也，勉乎哉！抑尝闻之，秦有名和者，古之良医也，其言曰："天有六气，降生五味，发为五声，征为五色，淫生六疾。"观其言，信其为医之良也已。有同乎其名，有得于其言乎？得其言，斯得其术矣。苟不得其术而徒有其名，君子奚取焉？勉乎哉！

虽然，和未必知道也。董子云："远近莫不一于正，亡有邪气奸其间。阴阳调而风雨时，群生和而万民殖。"《正蒙》云："不如野马絪缊，不足谓之太和。"《中庸》云："发而皆中节，谓之和。"噫！

余之言合天人者，不可因之以求董子之言乎？《正蒙》之言状道体者，不可因之以求《中庸》之言乎？《中庸》之言，至矣！以德行言之，曰“中庸”；以性情言之，曰“中和”也。必戒惧而存喜怒哀乐未发之中，必慎独而有发，而中和之节必推而及之，而天地位、万物育。仲和血气方盛，苟思其名若字之所谓“庸”、所谓“和”者而俛学焉，圣贤可希也，医和云乎哉？余老矣，窜伏远夷，孤陋已甚，所以告仲和者如是止耳。凡缙绅先生号能言天人者，莫不在京师，尚以余言质之。

程本立《巽隐集》卷四，清文渊阁四库全书本

原　医

方孝孺

羿能教人射，而不能使人命中；王良能教人御，而不能使人无衔橛之虞。术之精微可以言语授，而非言语所能尽；可以度数推，而非度数所能穷。苟不默会于心，而欲持昔人一定之说以应无涯之变，其不至于遗失者寡矣，况得其法而不知其说者乎？

医之为术，于生民之用最切。其说之至粹而出于古者，莫过《素问》《难经》。述阴阳气运之理，辨形体荣卫之原，以明养生治疾之道，非古之神睿聪达者，何足以与此？然其精微之要，得诸心而见于效者，固有不可以言传者矣，书岂足以尽其意乎？后之学者，不能求其为书之意，而泥其说，是以言论非不可喜，而不良于用。甚者，弃书不省，而惟攻乎浅陋拘阂之方书。天下之疾，万变无穷，而风气古今之殊、资禀厚薄之异、服食之品、劳逸之差、静躁之度、奉养、嗜好、居处、习业，所遭之时，所遇之变，人人相悬也。苟非深思博考，以周知其故，而欲按既试之法，铢比两较之，以治人之疾，此奚异用乡射之仪于临敌制变之顷哉？其取败也必矣。

人固有盛寒而饮水者，亦有遇风而咳者；有披甲驰马操剑槊行

数百里而不汗者，有出门辄劳惫不能行者。相去宁啻十百？此资禀之殊也。古之人多硕大敦厚，寿至百岁，今人未壮而先衰，不老而已病，岂能及乎？是风气之不同也。或能饮酒至石不醉，而或不敢染唇；或啖腴鲜甘厚味，而或羹藜茹藿；或夹衣以御冬，或裘褐以处暑。服食之品，不特五方之人不类也，贵富家子未尝跣足沾手，而小民终岁服劳与牛马等；知道之士怒不见于色，而暴悍之夫动辄诟詈。劳逸静躁，乌可同乎？中州之人夏夜露卧而无恙，使南人效之则病矣；江海之人屏息水行，凿层冰而取鱼鳖，使山林之人效之则死矣。人之耳目手足均也，脉络血气筋骨均也，而其变之乖殊若此。

医岂易言乎？药岂易用乎？其病在乎心也，而药其肺；在乎寒也，而以为热；病乎实也，而以为虚。病不能自言，受药而死者，无所控诉。故医得用其术，而莫之诘也。谚有之曰："山川而能语，葬师食无所；藏腑[1]而能语，医师色如土。"此言用药之难也。故智足以知古人之说矣，而无所自得；有所自得，而不能察乎脉；察脉精矣，而不善药：欲犁然当乎疾而必愈，皆不可致也。则医之以术名于世者，焉可多得乎？

昔者贵人有疾，而天方不雨。医来治者以十数，皆莫效。最后一人至，脉已，则以指计甲子曰："某夕天必雨。"竟出，不言治疾之方。贵人疑之曰："岂谓吾疾不可为邪？何言雨而不及药我也？"已而，夕果雨。贵人喜，起而行乎庭。达旦，疾若脱去。明日，后至之医来谒。贵人喜，且问曰："先生前日脉疾而言雨，今得雨而果瘳，何也？"医对曰："君侯之疾以忧得之，然私计君侯忠且仁，所忧者，民耳。以旱而忧，以雨而瘳，理固然也，何待药而愈邪？"若是医者，可谓得其道矣。方书之所具，成说之所有，夫人皆能用也。求之于言语之外，而得其所不言之意，非奇士其孰能之？

始余闻四明有世医邵君真斋，善为方。视人疾以为不可治者，必不治。而所治必取奇效，心窃识之。今年真斋过余，坐而与之语，

〔1〕"藏腑"，即"脏腑"。

畏慎恭悫，不妄有所称引，而于察脉用药，信乎无所苟。余益信服之。生民之疾多矣，不度可否，以身试之，而无成者相踵，其有如真斋之不苟用而必成功者乎？有能求周公、孔子之意于法度之表者乎？苟难乎其人，则余于真斋不宜无说也，作《原医》以赠之。

方孝孺《逊志斋集》卷六，四部丛刊景明本

指　喻

方孝孺

浦阳郑君仲辨，其容阗然，其色渥然，其气充然，未尝有疾也。他日，左手之拇有疹焉，隆起而粟。君疑之，以示人，人大笑，以为不足患。既三日，聚而如钱，忧之滋甚，又以示人，笑者如初。又三日，拇之大盈握，近拇之指皆为之痛，若剟刺状，肢体心膂无不病者，惧而谋诸医。

医视之，惊曰："此疾之奇者，虽病在指，其实一身病也，不速治，且能伤生。然始发之时，终日可愈；三日，越旬可愈。今疾且成，已非三月不能瘳。终日而愈，艾可治也；越旬而愈，药可治也。至于既成，甚将延乎肝膈，否亦将为一臂之忧。非有以御其内，其势不止；非有以治其外，疾未易为也。"君从其言，日服汤剂，而傅以善药。果至二月而后瘳，三月而神色始复。

余因是思之。天下之事，常发于至微，而终为大患；始以为不足治，而终至于不可为。当其易也，惜旦夕之力，忽之而不顾，及其既成也，积岁月，疲思虑，而仅克之，如此指者多矣。盖众人之所可知者，众人之所能治也，其势虽危，而未足深畏。惟萌于不必忧之地，而寓于不可见之初，众人笑而忽之者，此则君子之所深畏也。

昔之天下，有如君之盛壮无疾者乎？爱天下者，有如君之爱身者乎？而可以为天下患者，岂特疮痏之于指乎？君未尝敢忽之，特以不早谋于医，而几至于甚病；况乎视之以至疏之势，重之以疲敝之余？吏之戕摩剥削，以速其疾者，亦甚矣！幸其未发，以为无虞而不知畏，此真可谓智也与哉？

余贱，不敢谋国，而君虑周行，果非久于布衣者也。《传》不云乎？“三折肱而成良医。”君诚有位于时，则宜以拇病为戒。

洪武辛酉九月二十六日述。

方孝孺《逊志斋集》卷六，四部丛刊景明本

鼻 对

方孝孺

方子病鼻寒，鼻窒不通。踞炉而坐，火燎其裳。裳既及膝，始觉而惊。引而视之，煜煜然红，盖裳之火者半也。于是骂鼻曰：“夫十二官各有主司，维鼻何司？别臭察微。臭之不察，何以鼻为？今火帛之臭亦烈矣，而尔顽若不知，遽俾火毒烬裳及衣，壅蔽之祸，岂不大可悲乎？”

久之，鼻忽有声，声与口同。曰：“我受命为子之鼻，今二十又二冬。兰茝椒桂，其气苾芳，我闻我知，俾子佩藏。槁莸腐鲍，风腥气恶，我觉其秽，俾子避匿。子足不妄履而山不遇毒者，皆我之得职也。今子乃昧于治身，宜暖而寒，去夹就单，为风所加，外铄内郁，壅我鼻观，遂至火燎切肤，而不知其然，皆子之过也，于鼻何罪焉？假使服食以节，起处有常，顺阴燮阳，无所败伤，鼻宁有不闻馨香乎？且古之志士至于耄老，犹且居不求适，维道是奋，大雪皴肌，而炉不暇近，恐适意之致毒，知炎上之生灾，可不慎也？今子当始弱之时，有荼毒之祸。方当茹冰嚼雪，块枕草坐，愁思怵迫，冻饿摧挫，犹恐不可，而乃放不加思，恣肆颓惰，当祁寒时，遽自溺于火，为身计者，良已左矣。不此之责，而反诮为何哉？夫壅蔽之祸，厥有攸自。秦亥蛊昏，赵高乃弑。彼梁偏任，斯有朱异。隋广淫酗，而世基以肆。木不虚中，虫何由萃？此三主者，苟以至公为嗜好，以众庶为耳鼻，上宣下畅，无所凝滞，虽有奸邪，何恶之遂？顾乃偏僻猜忌，执一遗二，以莸为薰，椒兰是弃。由是祸乱交兴，宗覆社圮。今子不务自尤，而维鼻是訾，一身之理且不达，况于政治也哉！”

方子仰而嗟，俯而愧，屏火捐炉，凝神养气，既而鼻疾果愈。

方孝孺《逊志斋集》卷六，清文渊阁四库全书本

李氏壶中春意书说

解　缙

李氏子谦，从予说医。予曰医者，意也。意有善有恶，有公有私，有诚有伪。诚则公而善，伪则私而恶。故君子必诚其意，不诚则人，诚则天。故君子必体于天，天人不二也。故人言曰天意，曰春意。天无意，四时之意一，春意之流行也。夏之意，春之意渐通也；秋之意，春之意通而极也；冬之意，春之意诚而复通也。是以人物皆春，其称孔子者，一则曰温，二则曰温，想见之者，如在春风杏坛之间也；称曾点者曰，春风沂水之乐也；称见程伯子，曰如坐春风中也；而称医者，亦嘐嘐然曰春风杏林也，皆是意也。善乎，人有恒言！

又曰生意，春意所以生也，医以生人为意，意与天一，故医非浅技也，非浅近私伪能通其意也。故为人子者，不可以不知医。为人子者不知医之意，必陷弑逆之罪，非细故也。春秋许悼公疟，世子止不择医而轻用其药，药不先尝而误进于君，有忽君父之心，意不慎也。《春秋》诛意谨诸微，特书曰：“许世子止，弑其君买是也”。其后止亦以惭愤卒。意之于病，亦大矣哉！是故诚于生人之意，医也。微有杀人者，皆其医之贼也，亦足以自杀其身而已矣。卢扁淳华之徒可见矣，彼因意而偶致人之生也，遂意其必能致人之死。此意一萌，而医不及前日矣。故意穷术必穷，术穷而死，而人

不知也。嘐嘐然犹曰张长沙病变，一日而十二经遍，不及药也而死，谓有其鬼神也，不知其术穷也。生意之术本不穷，其穷者，因其皆不知圣贤天地之意也。长沙信精于医之术也者，其病也固已，切其脉而预知之。预知则预防，预防则万术施，而万药皆遍也。心先乱，意先穷，不能居易而俟命。呼吸导引，调治攻钻，而愈凿其天，故以奇术致奇病也，皆不诚其意，戾于医之意。

天之意，生之意也。观于圣贤之意，不容伪，故其毙得其正焉，得医之意也。情怒利害之私也，斯人之所同病也。口鼻耳目之欲，喜怒哀乐之情，其发皆由于意，皆能以致病也。怒伤肝，忧伤脾，恐伤肾，以怒治恐，以喜治忧，以意治意，春意流行而医术无穷矣。

谦既得其说，“壶中春意”扁其读书之室，且畜医方、居善药，予又甚喜。其曰壶中也有混沦无外之心，流通充满之意，壶中为体，春意为用也，则举一室如在壶中也。一家亦如在壶中也，一乡亦如在壶中也，众名物如在壶中也，举天地而不外壶中。其心愈广，则意愈仁。善无恶，公无私，诚不伪也。而生意也，春意也，天意也，圣贤之意也，医者意也，合而言之一也。问医之学，而说圣贤之学也，非援儒入医也。医者黄帝而后不得其说，今数千年，予故推本而发之，庶乎通是意也。迩之治心，迩之事亲，远之及物，岂曰小补之哉？

解缙《文毅集》卷十五，清文渊阁四库全书本

邓先生名字释

金　实

湘阴邓先生，颖悟卓绝，读青乌子郭记室之书，为人卜葬，以利人之送死。又因黄帝、岐伯之言，作汤液、砭爇愈人疾病，以济人之枉遏。先生名云崇，而字为奇峰。人或不解其所以命名与字之义，先生曰：“一气轇轕乎两间，以囿万物，阴阳动静之理耳。因物

理之变而索其情焉，则吾心之全体大用不外是矣。予之名无他焉，犹是理也。今夫云，触石而起，油然而盛，舒者如练，烂者如锦，轻若游尘，飘若扬絮。矗而起为巘、崿、岑、峤，漫而流为波、澜、涟、漪。或如人，或如器物，或如鸟兽，或如楼观飞翚，林薄苍莽，或载雷电，翼神龙，沛然作雨，以润泽下土。变幻挥霍，莫极名状，动也。及其敛于崖窦、川谷间，寂然不见其迹，所谓动极而静也。今夫峰，穹者摩霄，大者倚空，铳者如剑戟，秀者如夫容。陡而崖，峭而壁，谺而窦，奥而谷，高旷而原，延迤而冈。矻然、嶷然、幽然、凝然，霜露不能变其态，寒暑不能易其情。惊湍怒涛之荡潏，飓风迅霆之振撼，且莫能加焉，静也。及其蕃草木，居禽兽，而生意不息，所谓静极而动也。然峰能出云，云遇峰而云益崇焉；云能成峰，峰得云而峰益奇焉。是二物者，相须以成变化，所谓一动一静，互为其根也。予之名无他焉，犹是理也。"

或曰："先生之名之字义则精矣。窃闻之，名者，实之章也。君子病夫名之溢其实焉。先生之道，不过卜葬、医药之伎尔，而其名自谓通乎阴阳、动静之变，无乃溢其实乎？"先生曰："嘻！予之道无他焉，亦犹是理也。《葬书》曰：'葬者，乘生气也。'山，静物也，乘生气所以求其动也。《医书》曰：'左有病取诸右，头有病取诸足。'又曰：'济毋不足，夺于有余。'是皆求阴于阳，求阳于阴之意也。予于动物而求其静，静物而求其动，所以观其变也。变而通之，以契吾之心，行吾之道。其奚不可哉？世之人每好夸大其名，或曰仁义，或曰道德。人朝以是呼之则应之，夕以是呼之则应之。求其所谓仁义道德云者，漫不知何事。彼之名实，相去不知其几千里也。今予之名，云也；予之字，峰也；予之道，卜葬、医药也。同归乎一阴阳动静之理耳，予何负于名哉？予何负于名哉？"

京兆金某闻之，谓其言辨且通，又重有警也，作邓先生名字释。

金实《觉非斋文集》卷二十七，明成化元年唐瑜刻本

卧病颇究医理略说其意三首

祝允明

其一言人病凡自我医亦由我

夫人有百体，养之用之，不可过与不及。有愆其度，则病矣。若守而役之，咸奉自然之候，安得而有疾也？然使湛溢酒醴，餍饫牢羞，奔骋弋猎，斗击凶狠，盗窃暗险，荒耗男女，奸逆刑狱，以是获病，非由我乎？或以饥贫枵馁，寒暑冻暍，竭力养亲，官府徒作，公役奔迸，征战锋镝，天为六淫，地有震溺，时气疠疫，鸟兽蹄踶啄啮，食噉误潜毒。若是病者，非自作孽，然其生亦出吾身，故谓病悉自我，固校然矣。苟将治之，安用外觅？寻其所来，察其所证，过者损之，弗及益之，虚者填之，实者疏之。或反其愆，或导其故，或用摩引，或以砭爇，或藉服饵，要去其（缺一字）[1]，复其本然而已矣。斯术也，犹水润木，犹火伐金，动无不克。医者得之，而以奏绩，乌有自弗可为哉？如其术，则固有科格，而非不学可解者，斯不足深论。吾独悲夫人萃造物，灵气成，而弗知守与役之之道，以至为疾，是何无勇也？既病，又尚不能自治，属之人而复且昧之，又无勇也。逮痼而不可为，又不能还委造物，廓然偃逝，至死戚戚遑遑，不忍舍释，含怨挟憾而往，又无勇尔。三不勇并集，遂奄忽为懦鬼，悲夫！

其二言古今世医人各有五难

（缺五十余字）余谓今世医人，此五者外，复有五难。病家贵骄，不肯敬从，一也；病人愚愎，强谓自知，不能服从，二也；愚下之辈，略不能辨良庸，秪冯耳聒，时有劣工，缪得俗誉，此下辈者，必弃上匠而委时庸，三也；劣缪之徒，信其妄施，偶中他力，自执为是，或亦自知非是，而恃其屡中，安然发之，以人尝幸。良

〔1〕按：明万历刻本与清文渊阁四库全书本此处均注曰“缺一字”，今存旧貌。下同。

医洞烛，而耻于自列，重于构怨。或陈之而反，逢怒招诮，枉自愤厄，四也；良虽荐药，服者他参，用而复疑，愈不专功，败乃分谤，五也。噫！古有五难，而功弗完，五而复五，并受而望免责集绩，则如之何？

其三言时人不知医者

京师绝无佳医，南方医工之绝下，不用于乡者，则之京师。不几时，必盛行。公卿大夫以饮其功德，金帛文辞，辇填其邸。甚者，鸣其良于朝，辄即取供奉上禁，亦辄有中得为官，然实缪也。人以卿相贵，不敢非，亦不敢问。或问之相，相曰："彼信庸也，然而必功，吾诚不知医，惟知其验尔。即知之，亦取其验耳。彼虽庸，亦不害也。"呜呼！相任人，当如是乎哉？医极小伎，不知医，又安能知士哉？治其身，死生且弗虑，姑任其缪治天下，不任其缪矣乎？

祝允明《怀星堂集》卷二十四，明万历刻本

三医说

方　凤

予素苦火疾，两耳如蝉鸣甚，则头项臃肿，几二十年矣。今秋以多食伤脾作泄，中满不思食而火疾因大发，体热如炙，口间出狂语或达旦不寐，势颇剧。一医诊之曰："食积也，宜下之。"而漫不知火。一医诊之曰："火也，宜降之。"而茫乎不知有积。投数剂，不效。越五日，玉池先生至。以二医之言告之，先生曰："皆是也。彼谓降火多寒剂，而恐伤乎脾，补脾多温剂，而恐助乎火，故其药偏胜而功弗奏。吾将制二剂，午以前滋阴则火自降，午以后养脾则积自消，使二剂各自为功而不相妨焉。"不数日，泄止热减，火渐伏而疾有瘳，人以为神功也。

昔有显者，遘火疾久而喉肿痛，因食冷物解之，遂得脾泄，痛愈甚。群医莫能措手。已而，召张仲景，仲景以药数丸，令缓咽。

忽一日，二疾皆愈。显者问曰：“君之医，吾固知不凡，然一药而愈二疾，何也？”仲景曰：“脾甚寒非热剂不可，吾以附子为君，而外以寒药裹之，药至喉缓下，渐化可解火毒，再下得附子，力可解脾寒。此非方书所载，以意逆之耳。”显者曰：“神医也！”今先生二剂并用而各奏功，非今日之仲景乎？然则名著远迩，取重士夫，增光先世，庆流后人，夫岂偶然者哉？予以先生之言告二医，二医怃然曰：“弗如也。”予因知二医之术从此进矣。予无以为报，乃托不斐之辞以摅下悰，文字非报功之物，然非先生则不敢将也。

方凤《改亭续稿》卷一，明崇祯刻本

医辩三首 有序

李 濂

［嘉靖己酉夏六月，余避暑于城南别墅。客有造访者，留酌林木之阴，偶谈及医事数条。间有溺于旧说之非者，余剧论以辟之。客既去，豚子请曰：“盍识之以破积疑？”余怃然曰：“六经注疏，承讹袭谬者亦多矣，宁独是哉？”聊漫录之，俟质正于有道者。］

李子曰：虚心察理，乃读书之要法。而杜撰穿凿，辄自立说以骋己见，最学者所深戒。余尝读《素问》，至《移精变气篇》，黄帝问曰：“余闻古之治病，惟其移精变气，可祝由而已。”（祝，职救反。已，止也。）注曰：“移谓移易，变谓变改，皆使邪不伤正，精神复强，而内守也。精神内守，病安从来？是以移精变气，无假毒药，祝说病由，不劳针石而已。”此说本无可疑，而全元起以祝由为南方神，是误以祝由为祝融，其谬固不待辩。近世陈定宇栎乃引《书·泰誓篇》“祝降时丧”以解之，而训祝为断。（孔疏云：“祝，断也。”）以为转移自己之精神，变改其所感。受阴阳、风雨、晦冥之六气，而断绝其受病之由，则其病自已，与下文《岐伯答辞》意不相贯，余不敢从也。

按《韵书》：“祝，诅也。与呪同。”《书》曰：“否则厥口，诅祝是已。”（孔疏云：“以言告神，谓之祝。请神加殃，谓之诅。”）窃窥《素问》本意，盖言上古之人处恬憺之世，嗜欲寡少，邪不能深入。凡厥疾患，感受轻微，不必毒乐针石，故可移精变气，祝由而已，观《岐伯答辞》可见。定宇乃谓诅祝实《素问》之大禁，而引“拘于鬼神，不可与言至德”为说。殊不思“拘于鬼神”，谓志意邪而好祈祷者言也，非是之谓也。《周官》：“疡医掌肿疡、溃疡、金疡、折疡之祝药，劀（音刮）杀之齐（才细反）。”曰：“祝者，即此祝由也。”夫医之用祝尚矣，而疡尤宜祝。南史载薛伯宗善徙痈疽，有公孙泰者，患背痈。伯宗为气封之，徙置斋前柳树上。明旦痈消，树为之痿损。即其遗法，孰谓天下无是理邪？唐王焘氏著《外台秘要》一书，而符水禁呪咸具焉。朱丹溪亦曰《外台秘要》有禁呪一科，乃移精变气之小术。未尝谓其无是理也。定宇独不之信，而著论非之，亦几于强辩矣。善读书者，何事于杜撰穿凿，辄自立说，以骋己见为哉？杜元凯曰：“优而柔之，使自求之。厌而饫之，使自趋之。若江海之浸，膏泽之润。涣然冰释，恰然理顺，然后为得也。”学者苟能玩味斯言，则虚心察理之方思过半矣。

《周礼》：“医师掌医之政令。凡邦之有疾病者，则使医分治之。岁终，则稽其医事，以制其食。十全为上，十失一次之，十失二次之，十失三次之，十失四为下。”注曰：“全，犹愈也。”谓每岁之终，总考其所治愈、不愈之状，而制其禄，以为五等之差。必十无一失者，始为最耳。

李子曰：此解经者之误也，且人之受病有浅深，故治疗有难易。乃若偶尔违和，感触轻眇，虽初学医之士，一二剂可愈也。假使医缓遇如晋景公疾者三四人，扁鹊遇如齐桓侯疾者三四人，太仓公遇如曹山跗疾者三四人，皆弗能使之生。然则三子者，果下医乎？或曰十全为上，非谓十人皆愈也。言诊视之顷即知其孰可治，孰不可治。远则期岁，近则期月，又近则期日。十人之安危，死生无不中者，故以为上。而食禄独厚，盖优之也。李子曰：此说得之。

《曲礼》曰："医不三世，不服其药。"言君子用药之当审也。盖以其父祖子孙，传习既久。术以累叶而精，脉以诊多而验，药以历试而效。故抱疾者倚之以为命，度不至于有误也。周官司徒以世事教能者，意亦如此。世儒不达厥旨，乃为之解曰："古之医师，必通于三世之书。所谓三世者，一曰雷公针灸，二曰神农本草，三曰素女脉诀。脉诀以察理，本草以辨药，针灸以祛疾。非是三者，不足以言医。"故记礼者云然。

李子曰：为此说者，何其好奇之甚，而果于立异也？博雅如宋景濂，亦从而喜谈之，甚哉！读书察理之难也，虽然斯言也亦道其常耳，恶可泥此以为择医之准乎？且古之名医，如扁鹊、太仓公、张仲景、华元化、姚僧坦、许智藏诸子，皆自我始业，未闻其先世有精医者。神功异迹，流传不泯，又何必于三世哉？即论近代，如刘河间、张洁古、张子和、李明之、朱彦修辈皆非世医也，著述满家而并著显名于天下。今之学医者，咸师宗之，如儒者之于濂洛关闽，然恶在其为世医也？是故三世之说，君子不泥焉。

李濂《嵩渚文集》卷四十四，明嘉靖刻本

客问四十章（节选）

黄省曾

客曰："医家者流，以六气为外因，七情为内因，病各有因，信乎。"予曰："皆因内也。茂暑铄汇，质薄者焦，而芙荷发色；严霜陨物，柯残者凋，而松柏扬秀。内藏者厚，则客气不能移也。故长夏之候，悲操则肌凉；隆冬之时，盛怒则面赤。殷忧白发，多思耗神。肤密拒风，精完奈劳。未有内气和畅，而外邪干之者也。邪之所辏，必于其虚。苟能安和恬淡，情调志适，皞皞嬉嬉，虽有瘴戾，弗之犯矣。故曰精神内守，病安从生也？

黄省曾《五岳山人集》卷二十，明嘉靖刻本

习医规格

李　梴

隆庆辛未冬，卢子廷和、何子明善、李子星侄时思，相聚一堂而请曰："《入门》书已成帙，可无规格以习之乎？"予曰："医司人命，非质实而无伪，性静而有恒，真知阴功之趣者，未可轻易以习医。志既立矣，却可商量用工。每早对《先天图》静坐，玩读《孝经》《论语》、小学。大有资力者，次及全部《四书》、古《易》白文及《书经·洪范》《无逸》《尧典》（理会大意，不必强记）。盖医出于儒，非读书明理，终是庸俗昏昧，不能疏通变化。每午将《入门》大字，从头至尾，逐段诵读，必一字不遗，若出诸口。（如欲专小科，则亦不可不读大科；欲专外科，亦不可不读内科。盖因此识彼则有之，未有通于彼而塞于此者。惟经涉浅深生熟，故有分科不同。）熟读后，潜思默想，究竟其间意义。稍有疑难，检阅古今名家方书，以广闻见，或就有德高明之士，委曲请问。陶节庵云："但不与俗人言耳。"盖方药而外于《本草》，理趣而外于《素》《难》，及张、刘、李、朱，纵有小方捷法，终不是大家数，慎不可为其诬惑。《入门》书既融会贯通，而后可成一小医。愈加静坐，玩读儒书，稍知阴阳消长，以己验人，由亲及疏，自料作车于室，天下合辙，然后可以应人之求。及其行持，尤不可无定规。每五鼓清心静坐，及早起玩儒书一二，以雪心源（时时不失平旦之气为妙）。及其为人诊视，先问症起何日，从头至足，照依伤寒初症、杂症及内外伤辨法，逐一详问。症虽重而门类明白者，不须诊脉，亦可议方；症虽轻而题目未定者，必须仔细察脉。（男必先左后右，女必先右后左，所以顺阴阳升降也。）先单看以知各经隐曲，次总看以决虚实死生。既诊后，对病家言必以实，或虚或实、可治、易治、难治，说出几分症候，以验自己精神。如有察未及者，直令说明，不可牵强文饰，务宜从容拟议，不可急迫激切，以至恐吓。如诊妇女，须托其至亲，先问症色与舌及所饮食，然后随其所便，或症重而就床隔帐诊之，或症轻而就门隔帷诊之，亦必以薄纱罩手。（贫家不便，医者自袖薄纱。）寡妇室女，愈加敬谨，此非小节。及其论病，须明白开谕辨析，断其为内伤外感，或属杂病，或属阴虚，或内伤而兼外感几分，或外感而兼内伤几分。论方据脉，指下所定，不可少有隐秘。依古成法，参酌时宜，年纪与所处顺逆，及曾服药否。（女人经水、胎产，男子房室、劳逸。）虽本于古而不泥于古，真如见其脏腑，然后此心无疑，于人亦不枉误。用药之际，尤宜仔细。（某经病，以某药为君，某为监制，某为引使。）丸剂料，本当出自医家，庶乎新陈炮炙，一一合则；况紧急丸散，岂病家所能卒办？但有病家必欲自制者，听其意向，须依《本草》注下古法修合，不可逞巧以伤药力。病机稍有疑滞，而药不甚效者，姑待五鼓静坐，潜心推究其源，再为诊察改方，必无不愈。治病既愈，亦医家分内事也。纵守清素，藉此治生，亦不可过取重索，但当听其所酬。如病家赤贫，一毫不取，尤见其仁且廉也。盖人不能报，天必报之。如是而立心，而术有不明不行者哉?”

明善又进而言曰：“先生之教悉矣。但不识某等业可以成次否?”曰：“子皆故家业儒，又多精明警敏，他日大有所悟。烦将《素问》《本草》，并《东垣十书》刘河间《原病式》删繁校正。更赖四方贤哲，将前经书本草，合为《医学大全》。古今方论，悉皆附入，或作笺注。然后医书儒集，并明于昭代，亦不负为中土之人也。”

明善曰：“有见而后可以著书，小子能知《入门》足矣。”曰：“《入门》不过捷径之类耳。况集书与著书不同，如张、刘、李、朱发前人未发，乃独得之见，真可爱而可传也。若某所集，不过古人陈言而类次之耳。放下笔墨，已不识其中意义者有之；若任为己见，冒负虚名，深可惭惧！况病骨凌层，未尝见诸躬行。惟一念好生，欲与同志共守内外门户，不至差缪太甚耳。若必欲知之真而行之熟，惟子与卢友尚其勉之。”

卢子又进而言曰：“蔼质弱且钝，敢丐一言为约。”曰：“不欺而已矣。读《入门》书，而不从头至尾灵精熟得一方一论，而便谓能医者，欺也；熟读而不思悟融会贯通者，欺也；悟后而不早起静坐调息，以为诊视之地者，欺也；诊脉而不以实告者，欺也；论方用药，潦草而不精详者，欺也；病愈后而希望贪求，不脱市井风味者，欺也。（盖不患医之无利，特患医之不明耳。）屡用屡验而心有所得，不纂集以补报天地，公于人人者，亦欺也。欺则良知日以蔽塞，而医道终失；不欺则良知日益发扬，而医道日昌。欺不欺之间，非人之所能与也。”明善乃相率而拜曰：“敢不矢心立志，以承先生之德教哉？”

于是袖卢子录稿之半，以归于建宁，而托时思绘写校正，将以传于通家杨子干、子柱，余子允龙，李子畂，并亲友之相信者云。时壬申仲春稿也。万历乙亥仲春初吉南丰邑东李梴谨书。

李梴《医学入门》，明万历三年乙亥刻本

医家病家通病

龚廷贤

南方人有患病者，每延医至家诊视后，止索一方，命人购药于市，不论药之真伪，有无炮制，辄用服之。不效，不责已之非，惟责医之庸。明日遂易一医，如是者数日，致使病证愈增，而医人亦惑乱，莫知其所以误也。吁！此由病家之过欤？亦医家之不明欤？

北方人有患病者，每延医至家，不论病之轻重，乃授一二金而索一方剂，刻时奏效，否则即复他求，朝秦暮楚。殊不知人禀有虚实，病感有浅深。且夫感冒腠理之疾，一二剂可愈，至于内伤劳瘵之证，岂投一二剂可愈哉？此习俗之弊，误于人者多矣，惟智者辨之。

医道，古称仙道也，原为活人。今世之医，多不知此义，每于富者用心，贫者忽略，此固医者之恒情，殆非仁术也。以余论之，医乃生死所寄，责任匪轻，岂可因其贫富而我为厚薄哉？告我同志者，当以太上好生之德为心，慎勿论贫富，均是活人，是亦阴功也。

凡病家延医，乃寄之以生死，理当敬重，慎勿轻藐。贫富不在论财，自尽其诚，稍亵之则非重命者耳。更有一等背义之徒，本得医人之力，病愈思财，假言昨作何福，易某人药，作为吝财之计，不归功于一人。吁！使不得其利，又不得其名，此辈之心，亦不仁之甚。

常见今时之人，每求医治，令患者卧于暗室帐帏之中，并不告以所患，止令切脉。至于妇人多不之见，岂能察其声色？更以锦帕之类护其手，而医者又不便亵于问，纵使问之亦不说，此非欲求愈病，将以难医。殊不知古之神医，尚且以望闻问切，四者缺一不可，况今之医未必如古之神，安得以一切脉而洞知脏腑也耶？余书此奉告世之患者，延医至家，罄告所患。令医者对证切脉，了然无疑，则用药无不效矣。昔东坡云：吾求愈疾而已，岂以困医为事哉？

吾道中有等无行之徒，专一夸己之长，形人之短，每至病家，不问疾痾，惟毁前医之过以骇患者。设使前医尽是，复何他求？盖为一时或有所偏，未能奏效，岂可概将前药为庸耶！夫医乃仁道，况授受相传，原系一体，同道虽有毫末之差，彼此亦当护庇，慎勿訾毁，斯不失忠厚之心也，戒之戒之。

龚廷贤《万病回春》，清道光二十五年乙巳扫叶山房木刻本

医 家

焦 竑

《医经》昉于《素问》，《经方》原于《本草》。《七略》分二家，

实王官之一守也。许嗣宗曰：医，特意耳。脉候幽而难明，吾意所解，口不能宣也。虚著方剂，于世何益？顾自六尘伐性，七窦移情，卫生虚摄，机速蹶痿，求缓龄于金液，假息于银丸，则《五色》所书，《鸿宝》所录，又可尽废耶？第方匪对症，药或误人。语曰：疾不治得中。医非虚言也。代历古今，篇籍猥众，今稍稍次之为医家。

焦竑《焦氏澹园集》卷二十三，明万历三十四年刻本

杂　说

陈懿典

人有疾则求医，医之术以去疾显。故病者之望医，与人之为病者而迎医，惟问其术之效不效而已，不问人也。术苟效，其人即傲狠难近，吾勿敢避也。术苟不效，其人即美软可亲，吾勿敢任也。又或有奇疾、隐疾，则又必求专门独擅之技而托之，不敢以轻试也。此无他，则惟其为病者之意重，而示德怨于医之意轻也。

世之用医，吾惑焉。恶医之诞妄不中，实也。而思以穷之，乃故谬推而付以极难治之疾，彼惧损其声势，不得避难，而难卒非其能也。医之术，安得不穷且困？而名焉得不败也？顾医败而病益深，是所伤于医者小，而所伤于病者大也，吾之所未解也。喜医之雅驯，无所染也，而冀以重之，遂委心而听其百药杂试。以幸中彼，恃其知愈，益舒徐而自信，而病卒非其所能愈也。小有失，小弥之。大有失，更大以弥之。有言者则曰："其人足重毋轻议，病日深，而医不易。"所以为医者，则忠矣。所以为病者，何疏也？此又吾之所未解也。两者皆起于视病之缓，而视用舍之急。然恶医而医，与病俱受其害。爱医而医，与病亦俱受其害。则医与病者，亦何乐于遭此爱恶哉？

陈懿典《陈学士先生初集》卷三十，明万历刻本

拟韩昌黎杂说一首

陈懿典

医以药石攻病也。勿病，虽良药无所用。病亟而后药之，愈毒者愈有效，然惟上医能用之。切脉望气而投焉，曰：“此三日愈，此旬日愈，此岁月愈。”无爽者，则识在病先耳。庸医惮而不敢用，妄医轻而冒为用，是药石始至于杀人，则非药石之过也。甲兵之为国利器，药石也。苟非其人，孰敢轻任？迨其决裂，而后易祸，可胜言哉？故曰：“医不三世，不服其药。”盖不欲以身尝人技也，况以国尝乎？

陈懿典《陈学士先生初集》卷三十，明万历刻本

大宝论

张介宾

为人不可不知医，以命为重也，而命之所系，惟阴与阳，不识阴阳，焉知医理？此阴阳之不可不论也。夫阴阳之体，曰乾与坤；阴阳之用，曰水与火；阴阳之化，曰形与气。以生杀言，则阳主生，阴主杀；以寒热言，则热为阳，寒为阴。若其生化之机，则阳先阴后，阳施阴受。先天因气以化形，阳生阴也；后天因形以化气，阴生阳也。形即精也，精即水也；神即气也，气即火也。阴阳二气，最不宜偏，不偏则气和而生物，偏则气乖而杀物。《经》曰：“阴平阳秘，精神乃治；阴阳离决，精气乃绝。”此先王悯生民之夭厄，因创明医道，以垂惠万世者，在教人以察阴阳、保生气而已也。故《内经》于阴阳之理，惟恐人之不明，而切切谆谆，言之再四。奈何后学犹未能明。余请先言其二，而后言其一。

夫二者，阴也，后天之形也；一者，阳也，先天之气也。神由气化，而气本乎天，所以发生吾身者，即真阳之气也。形以精成，而精生于气，所以成立吾身者，即真阴之气也。观《上古天真论》曰："女子二七而后天癸至，男子二八而后天癸至。"非若阴生在后而阴成之难乎？又《阴阳应象大论》曰："人年四十而阴气自半也。"夫无形则无患，有形必有毁。故人生全盛之数，惟二八之后，以至四旬之外，前后止二十余年，而形体渐衰矣，此诚阴虚之象也。由此观之，即谓之"阳道实，阴道虚"，若无不可。故丹溪引日月之盈亏，以为阳常有余、阴常不足之论，而立补阴、大补等丸，以黄柏、知母为神丹，家传户用，其害孰甚？殊不知天癸之未至，本由乎气，而阴气之自半，亦由乎气，是形虽在阴，而气则仍从阳也。此死生之机，不可不辨。余所谓先言其二者，即此是也。

何谓其一？一即阳也，阳之为义大矣。夫阴以阳为主，所关于造化之原，而为性命之本者，惟斯而已。何以见之？姑举其最要者，有三义焉：一曰形气之辨，二曰寒热之辨，三曰水火之辨。夫形气者，阳化气，阴成形。是形本属阴，而凡通体之温者，阳气也；一生之活者，阳气也；五官五脏之神明不测者，阳气也。及其既死，则身冷如冰，灵觉尽灭，形固存而气则去，此以阳脱在前，而阴留在后。是形气阴阳之辨也，非阴多于阳乎？二曰寒热者，热为阳，寒为阴。春夏之暖为阳，秋冬之冷为阴。当长夏之暑，万国如炉，其时也，凡草木昆虫，咸苦煎炙。然愈热则愈繁，不热则不盛。及乎一夕风霜，即僵枯遍野，是热能生物，而过热者惟病；寒无生意，而过寒则伐尽。然则热无伤而寒可畏，此寒热阴阳之辨也，非寒强于热乎？三曰水火者，水为阴，火为阳也。造化之权，全在水火，而水火之象有四，则日为太阳，火为少阳，水为太阴，月为少阴。此四象之真形，而人所未达也。

余言未竟，适一耽医之客过余者，闻而异之，曰："月本太阴，火岂少阳？古无是说，何据云然，亦有所谓乎？"曰："阳主乎外，阴主乎内，此阴阳之定位也。阳中无太阴，阴中无太阳，此阴阳之专主也。日丽乎天，此阳中之阳也，非太阳乎？月之在天，阳中之阴也，非少阴乎？水行于地，阴中之阴也，非太阴乎？火之在地，阴中之阳也，非少阳乎？此等大义，诚丹溪所未知，故引日月盈亏，以证阴阳虚实。亦焉知水大于日，独不虑阳之不足、阴之太过乎？”

客曰：“阴阳太少之说，固若有理，至于水大于日便谓阴之有余，则凡天下之火不少也，阳岂独在于日乎？”曰：“是更有妙理存也。夫阴阳之性，太者气刚，故日不可减，水不可竭，此日为火之本，水为月之根也。少者气柔，故火有时息，月有时缺，此火是日之余，月是水之余也。惟其不灭者，方为真火，而时作时止者，岂即元阳？故惟真阳之火，乃能生物，而燎原之凡火，但能焦物病物，未闻有以烘炙而生物者，是安可以火喻日也？”

客曰：“若如此言，则水诚太阴矣。然何以云天一生水，水非阳乎？又何以云水能生万物，水非生气乎？”曰：“此问更妙。夫天一者，天之一也，一即阳也，无则止于六耳。故水之生物者，赖此一也；水之化气者，亦赖此一也。不观乎春夏之水，土得之而能生能长者，非有此一乎？秋冬之水，土得之而不生不长者，非无此一乎？不惟不生，而自且为冻，是水亦死矣。可见水之所以生，水之所以行，孰非阳气所主？此水中有阳耳，非水即为阳也。”

客曰：“然则生化之权，皆由阳气。彼言阳有余者，诚非谬也，而子反虑其不足，非过虑乎？”曰：“余为此论，正为此耳。惟恐人之不悟，故首言形气，次言寒热，次言水火，总欲辨明阳非有余，不可不顾之义。夫阳主生，阴主杀，凡阳气不充，则生意不广，而况于无阳乎？故阳惟畏其衰，阴惟畏其盛，非阴能自盛也，阳衰则阴盛矣。凡万物之生由乎阳，万物之死亦由乎阳，非阳能死物也，阳来则生，阳去则死矣。试以太阳证之，可得其像。夫日行南陆，在时为冬，斯时也，非无日也，第稍远耳。便见严寒难御之若此，万物凋零之若此。然则天地之和者，惟此日也，万物之生者，亦惟此日也。设无此日，则天地虽大，一寒质耳，岂非六合尽冰壶，乾坤皆地狱乎？人是小乾坤，得阳则生，失阳则死。阳衰者，即亡阳之渐也；恃强者，即致衰之兆也，可不畏哉？故伏羲作《易》，首制一爻，此立元阳之祖也。文王衍《易》，凡六十四卦，皆以阳喻君子，阴喻小人，此明阳气之德也。‘乾’之《彖》曰：‘大哉乾元，万物资始，乃统天。’此言元贯四德，阳为发育之首也。‘坤’之‘初六’曰：‘履霜坚冰至。’此虑阴之渐长，防其有妨化育也。‘大有’之《彖》曰：‘大有元亨，火在天上。’此言阳德之亨，无所不照也。《系辞》曰：‘天地之大德曰生。’此切重生生之本也。《内经》曰：‘凡阴阳之要，阳密乃固。’此言阴之所恃者，惟阳为主也。又曰：‘阳气者，若天与日，失其所，则折寿而不彰，故天运当以日光明。’此言天之运，人之命，元元根本，总在太阳无两也。凡此经训，盖自伏羲、黄帝、文王、岐伯、周公、孔子六大圣人，千古相传，若出一口，岂果余之私虑哉？由此言之，可见天之大宝，只此一丸红日。人之大宝，只此一息真阳。孰谓阳常有余，而欲以苦寒之物伐此阳气？欲保生者，可如是乎？”

客曰：“至哉！余得闻所生之自矣。然既有其道，岂无其法？欲固此阳，计从安出？”曰：“但知根本，即其要也。”曰：“何为根本？”曰：“命门是也。”曰：“余闻土生万物，故脾胃为五藏六府[1]之本，子言命门，余未解也。”曰：不观人之初生，生由脐带，脐接丹田，是为气海，即命门也。所谓命门者，先天之生我者，由此而受。后天之我生者，由此而栽也。夫生之门，即死之户，所以人之盛衰安危皆系于此者，以其为生气之源。而气强则强，气衰则病，此虽至阴之地，而实引元阳之宅。若彼脾胃者，乃后天水谷之本，犹属元阳之子耳。子欲知医，其毋忽此所生之母焉。言难尽意，请再著《真阴论》以悉之何如？”客忻然曰：“愿再闻其义。”

张介宾《类经附翼》卷三《求正录》，明天德堂刻本

〔1〕“五藏六府”，即“五脏六腑”。

论治篇

张介宾

凡看病施治，贵乎精一。盖天下之病，变态虽多，其本则一；天下之方，活法虽多，对证则一。故凡治病之道，必确知为寒，则竟散其寒；确知为热，则竟清其热。一救其本，诸证尽除矣。故《内经》曰："治病必求其本。"是以凡诊病者，必须先探病本，然后用药。若见有未的，宁为少待。再加详察，既得其要，但用一味二味，便可拔之；即或深固，则五六味七八味，亦已多矣。然虽用至七八味，亦不过帮助之、导引之，而其意则一也，方为高手。

今之医者，凡遇一证，便若观海望洋，茫无定见，则势有不得不为杂乱，而用广络原野之术。盖其意谓虚而补之，则恐补之为害，而复制之以消；意谓实而消之，又恐消之为害，而复制之以补。其有最可哂者，则每以不寒不热，兼补兼泻之剂，确然投之，极称稳当，此何以补其偏而救其弊乎？又有以治风治火、治痰治食之剂兼而用之，甚称周备，此何以从其本而从其标乎？若此者，所谓以药治药尚未遑，又安望其及于病耶？即使偶愈，亦不知其补之之力，攻之之力也；使其不愈，亦不知其补之为害，消之为害也。是以白头圭匕而庸庸没齿者，其咎在于无定见，而用治之不精也。使其病浅，犹无大害。若安危在举动之间，即用药虽善，若无胆量勇敢，而药不及病，亦犹杯水车薪，尚恐弗济，矧可以执两端而药有妄投者，其害又将何如？耽误民生，皆此辈也。任医者，不可不深察焉！

故凡施治之要，必须精一不杂，斯为至善。与其制补以消，孰若少用纯补，以渐而进之为愈也？与其制攻以补，孰若微用纯攻，自一而再之为愈也？故用补之法，贵乎先轻后重，务在成功；用攻之法，必须先缓后峻，及病则已。若用治不精，则补不可以治虚，攻不可以去实，鲜有不误人者矣。余为是言，知必有以为迂阔而讥之者曰："古人用药，每多至一二十味，何为精一？岂古人之不尔若耶？是不知相制相使之妙者也？是执一不通，而不知东垣之法者也？"余曰："夫相制者制其毒也。譬欲用人奇异之才，而又虑其太过之害。故必预有以防其微，总欲得其中而已。然此特遇不得已之势，间亦有之。初未有以显见寻常之法用得其贤，而复又自掣其肘者也。至若相佐相使，则恐其独力难成，而用以助之者，亦非为欲进退牵制而自相矛盾者也。观仲景之方，精简不杂，至多不过数味，圣贤之心，自可概见。若必不得已而用行中之补，补中之行，是亦势所当然。如《伤寒论》之小柴胡汤，以人参、柴胡并用；陶氏之黄龙汤，以大黄、人参并用。此正精专妙处，非若今医之混用也。能悟此理，方是真见中活泼工夫。至若东垣之方，有十余味及二十余味者，此其用多之道。诚自有意，学者欲效其法，必须总会其一方之味，总计其一方之性。如某者多，某者少，某者为专主，某者为佐使，合其气用，自成一局之性，使能会其一局之意，斯得东垣之心矣。若欲见头治头，见脚治脚，甚有执其三四端而一概混用，以冀夫侥幸者，尚敢曰我学东垣者哉？虽然，东垣之法非不善也，然余则宁师仲景，不敢宗东垣者，正恐未得其清，先得其隘。其失也岂止一方剂也哉？明者宜辨之。

张介宾《景岳全书》卷一，清文渊阁四库全书本

病家两要说

张介宾

医不贵于能愈病，而贵于能愈难病；病不贵于能延医，而贵于能延真医。夫天下事，我能之，人亦能之，非难事也；天下病，我能愈之，人亦能愈之，非难病也。惟其事之难也，斯非常人之可知；病之难也，斯非常医所能疗。故必有非常之人，而后可为非常之事；必有非常之医，而后可疗非常之病。第以医之高下，殊有相悬。譬

之升高者，上一层有一层之见，而下一层者不得而知之；行远者，进一步有一步之闻，而近一步者不得而知之。是以错节盘根，必求利器；《阳春》《白雪》，和者为谁？夫如是，是医之于医尚不能知，而矧夫非医者？昧真中之有假，执似是而实非。鼓事外之口吻，发言非难；挠反掌之安危，惑乱最易。使其言而是，则智者所见略同，精切者已算无遗策，固无待其言矣。言而非，则大隳任事之心，见机者宁袖手自珍，其为害岂小哉？斯时也，使主者不有定见，能无不被其惑而致误事者，鲜矣！此浮言之当忌也。

又若病家之要，虽在择医，然而择医非难也，而难于任医。任医非难也，而难于临事不惑。确有主持，而不致朱紫混淆者之为更难也。倘不知此，而偏听浮议，广集群医，则骐骥不多得，何非冀北驽群？帷幄有神筹，几见圯桥杰竖？危急之际，奚堪庸妄之误投？疑似之秋，岂可纷纭之错乱？一著之谬，此生付之矣。以故议多者无成，医多者必败。多何以败也？君子不多也。欲辨此多，诚非易也。然而尤有不易者，则正在知医一节耳。

夫任医如任将，皆安危之所关。察之之方，岂无其道？第欲以慎重与否观其仁，而怯懦者实似之；颖悟与否观其智，而狡诈者实似之；果敢与否观其勇，而猛浪者实似之；浅深与否观其博，而强辩者实似之。执拗者若有定见，夸大者若有奇谋。熟读几篇，便见滔滔不竭；道闻数语，谓非凿凿有凭。不反者，临涯已晚；自是者，到老无能。执两端者，冀自然之天功；废四诊者，犹瞑行之瞎马。得稳当之名者，有耽搁之误；昧经权之妙者，无格致之明。有曰专门，决非通达，不明理性，何物圣神？又若以己之心度人之心者，诚接物之要道，其于医也则不可，谓人己气血之难符。三人有疑从其二同者，为决断之妙方，其于医也亦不可，谓愚智寡多之非类。凡此之法，何非征医之道？而征医之难，于斯益见。然必也小大方圆全其才，仁圣工巧全其用，能会精神于相与之际，烛幽隐于玄冥之间者，斯足谓之真医，而可以当性命之任矣。惟是皮质之难窥，心口之难辨，守中者无言，怀玉者不炫，此知医之所以为难也。故非熟察于平时，不足以识其蕴蓄；不倾信于临事，不足以尽其所长。使必待渴而掘井，斗而铸兵，则仓卒之间，何所趋赖？一旦有急，不得已而付之庸劣之手，最非计之得者。子之所慎：斋、战、疾。凡吾侪同有性命之虑者，其毋忽于是焉。噫！惟是伯牙常有也，而钟期不常有；夷吾常有也，而鲍叔不常有。此所以相知之难，自古苦之，诚不足为今日怪。倘亦有因予言而留意于未然者，又孰非不治已病治未病，不治已乱治未乱之明哲乎？惟好生者略察之。

张介宾《景岳全书》卷三，清文渊阁四库全书本

《小儿则》总论

张介宾

小儿之病，古人谓之哑科。以其言语不能通，病情不易测，故曰："宁治十男子，莫治一妇人；宁治十妇人，莫治一小儿。"此甚言小儿之难也。然以余较之，则三者之中，又谓小儿为最易。何以见之？盖小儿之病，非外感风寒，则内伤饮食，以至惊风、吐泻及寒热、疳痫之类，不过数种；且其脏气清灵，随拨随应。但能确得其本而撮取之，则一药可愈。非若男妇损伤、积痼、痴顽者之比。余故谓其易也。第人谓其难，谓其难辨也；余谓其易，谓其易治也。设或辨之不真，则诚然难矣。然辨之之法，亦不过辨其表里寒热虚实，六者洞然，又何难治之有？故凡外感者，必有表证，而无里证，如发热头痛、拘急无汗，或因风搐搦之类是也。内伤者，止有里证，而无表证，如吐泻、腹痛、胀满、惊疳、积聚之类是也。热者必有热证，如热渴、躁烦、秘结、痈疡之类是也。寒者必有寒证，如清冷、吐泻、无热、无烦、恶心、喜热者是也。凡此四者，即表里寒热之证，极易辨也。然于四者之中，尤惟虚实二字，最为紧要。盖有形色之虚实，有声音之虚实，有脉息之虚实。如体质强盛与柔弱者有异也，形色红赤与青白者有异也，声音雄壮与短怯者有异也，

脉息滑实与虚细者有异也。故必内察其脉候，外观其形气，中审其病情，参此数者而精察之，又何虚实之难辨哉？

必其果有实邪，果有火证，则不得不为治标。然治标之法，宜精简轻锐，适当其可，及病则已，毫毋犯其正气，斯为高手。但见虚象，便不可妄行攻击，任意消耗。若见之不真，不可谓姑去其邪，谅亦无害。不知小儿以柔嫩之体，气血未坚，脏腑甚脆，略受伤残，萎谢极易。一剂之谬，尚不能堪，而况其甚乎？矧以方生之气，不思培植，而但知剥削，近则为目下之害，远则遗终身之羸，良可叹也！凡此者实求本之道，诚幼科最要之肯綮。虽言之若无奇异，而何知者之茫然也！故余于篇端，首以为言。然非有冥冥之见者，固不足以语此。此其所以不易也。

《阴阳应象大论》曰："善诊者，察色、按脉，先别阴阳，审清浊而知部分，视喘息、听声音而知所苦，观权衡规矩而知病所主。"按，此论虽通言诊法之要，然尤于小儿为最切也。

张介宾《景岳全书》卷四十，清文渊阁四库全书本

医非小道记

张介宾

予出中年，尝游东藩之野，遇异人焉。偶相问曰："子亦学医道耶？医道，难矣。子其慎之。"予曰："医虽小道，而性命是关，敢不知慎？敬当闻命。"

异人怒而叱曰："子非知医者也。既称性命是关，医岂小道云哉？夫性命之道，本乎太极，散于万殊。有性命然后三教立，有性命然后五伦生。故造化者，性命之炉冶也。道学者，性命之绳墨也。医药者，性命之赞育也。然而其义深，其旨博，故不有出人之智，不足以造达微妙。不有执中之明，不足以辨正毫厘。使能明医理之纲目，则治平之道如斯而已；能明医理之得失，则兴亡之机如斯而

已；能明医理之缓急，则战守之法如斯而已；能明医理之趋舍，则出处之义如斯而已。洞理气于胸中，则变化可以指计；运阴阳于掌上，则隔垣可以目窥。修身心于至诚，实儒家之自治；洗业障于持戒，诚释道之自医。身心人己，理通于一，明于此者，必明于彼。善乎彼者，必善于斯。故曰：'必有真人，而后有真知。必有真知，而后有真医。'医之为道，岂易言哉？若夫寻方逐迹，龌龊庸庸，椒硫杀疥，葱薤散风，谁曰非医也？而缁衣黄冠，总称释道。矫言伪行，何匪儒流？是泰山之与丘垤，河海之与行潦，固不可以同日语矣。又若阴阳不识，虚实误攻，心粗胆大，执拗偏庸，非徒无益而反害之之徒。殆又椒硫葱薤之不若。小道之称，且不可当。又乌足与言医道哉？医道难矣，医道大矣，是诚神圣之首传，民命之先务矣。吾子其毋以草木相渺，必期进于精神相贯之区、玄冥相通之际，照终始之后先，会结果之根蒂，斯于斯道也，其庶乎为有得矣。子其勉之！子其勉之！"

予闻是教，惭悚应诺，退而皇皇者数月，恐失其训，因笔记焉。

张介宾《景岳全书》卷三，清文渊阁四库全书本

要言一十六则（节选）

孙志宏

却病延龄

却病之法，惟治未病为上。人能清心寡欲，慎起居、节饮食，则病自不萌，而龄可延矣。凡人百病，无出三因。一曰外因：风、寒、暑、湿、燥、火，天之六淫是也。一曰内因：喜、怒、忧、思、悲、恐、惊，人之七情是也。一曰不内外因：起居失宜、饮食失节、房劳过度、跌损、金刃、五尸、鬼疰、邪祟、蛊毒、山岚瘴气、不服水土等证是也。

举外因六气言：风者，天地郁勃之气。经曰：风为百病之长，善行数变。其变莫测。轻则伤风咳嗽，重则中风、风痱诸证。故云避风如避箭。寒者，天地严凝之气。经曰：冬伤于寒，春必病温。三时犹轻，冬感为重。即病者名伤寒，伏于肌骨，春月随发生之气为病，谓之春温。次日晚发，及热病也。暑者，天地酷烈之气。经曰：夏伤于暑，秋必疟痢。夏月天之阳气尽浮于地，人之阳气尽浮于表，故多烦渴，嗜冰水瓜果。不知阳外阴内，生冷停积，湿热相蒸而为痢。腠理汗泄，风寒袭之，邪正相搏，阴阳相并而为疟。冒暑奔驰，病名中热。水阁荫轩，过于寒凉，病名伤暑。若卧于砖石、泥地、漆凳之类，感受风寒湿气，秋深收敛，腠理闭密，邪伏难出，历节走注作疼，而成痛风等证。湿者，天地阴润之气，为害匪细。东南地卑薄，衣履、坐卧，湿从外入；西北地高燥，嗜奶酪、面，湿自内生。燥者，阳明燥金之气。《经》曰：诸涩枯涸，干劲皱揭，皆属于燥。盖因风热耗其血液而成。在表则为皮肤裂屑、手足干劲，甚而筋缩爪枯等证；在里则为大便秘结，消渴引饮等证。火者，君相五志之火。经曰：诸热燥扰，狂骂气逆，冲上嚏呕，疮疡痛痒，耳目诸证等，皆属于火。肾经孤水，奚能胜之，且火日增而水日损。东垣云：火为元气之贼，此胜则彼负。若上下往来，熬真阴、涸津液，则为阴虚等证矣。

举内因七情言。经曰：喜伤心。盖喜极则心火炽盛，轻为口舌破烂、疮疡斑疹，重为癫狂等证。经曰：怒则气上。又曰：大怒则火起于肝，甚则呕血。盖怒则阳气逆上，而肝木乘脾，故为呕血，飧泄，胸胁痞痛，不食等证。经曰：忧则心气乘之。又曰：忧愁不解则伤意。夫忧气郁而生痰，痰与气搏，升而不降，多成噎膈等证。经曰：思则气结。盖指其专笃沉滞者言。如难思、释怨思报、苦吟竭志、男女怀思之类，遂成怔忡诸证矣。气结为病，为昏瞀，为中满否塞，为咽嗌不利、不嗜饮食等证。经曰：悲则气消。盖悲则心窍蕴结，肺布叶举而上焦不通，荣卫不行，热气在中，故气消。又曰：悲气所至，为阴缩筋挛，肌痹脉痿。男为便数、溲血，女为血崩、孕妇胎漏、目昏等证。经曰：恐则气下。阴气无能上行，则志气恐惧，日久则为失志之证。经曰：惊则气乱。神无所归，栖灵之舍虚，而为痰涎所聚，有成癫痫诸证矣。

举不内外因子事言。起居者，人身运动，全赖精血，《经》有七损八益、五劳七伤、六极之戒。饮食者，经曰：饮食自倍，肠胃乃伤。生冷滞腻、炙煿辛热，慎勿太过。又曰：诸肉补阳，诸谷补阴。阳盛则火炽痰壅，津液燔烁；阴盛则火熄水盈，精血生长。房欲者，人身所宝精、气、神，至人秘固，以炼金丹，大则成仙，小则却病。多欲者，如飞蛾赴火，迷不自知。但能撙节，即期颐之基。跌扑金刃数种，多由不慎所值，不立于岩墙可也。苟知预为谨持，精神内守，外邪岂得侵哉？故善治未病者，巧出良医之外，功居美药之先。其于康宁永寿乎何有。

福寿真乐

箕畴五福。一曰寿，以有寿乃能享诸福也，然其四曰攸好德；及六极之五曰恶，六曰弱。可见德为福寿之本。若其刚恶而不肯好德，柔弱而怠于修德，则祸极随之，而绝福寿根源矣。至卫生一节，尤为修德中事也。观子之所慎疾，及君子三戒等可见矣。又黄帝问岐伯曰：余闻上古之人，春秋皆度百岁而动作不衰，今人年半百而动作皆衰者，时势异耶？人将失之耶？岐伯对曰：上古之人，知道者法于阴阳，和于术数，饮食有节，起居有常，不妄作劳，故能形与神俱而终其天年，度百岁乃去。今时之人不然，以酒为浆，以妄为常，醉以入房，以欲竭其精，以耗散其真，不知持满，不时御神，务快其心，逆于生乐，起居无节，故半百而衰也。观此，则寿命修短，全系精气神之盈亏。精血一败，神气无所依附，欲长寿而享诸福难矣！其害以淫欲为最。少壮宜节，老年宜绝，男女皆同。盖男二八精通，八八精绝；女二七天癸至，七七天癸止。交合施泄不可太早，男三八，女三七为佳。古人少年迟婚，中年后早绝欲，多得上寿。今人早婚纵欲，水枯火亢，精神垂尽，仙丹莫疗，悔之晚矣，达者当知。精髓有限，生之甚难，耗之甚易，如油满灯明，油尽灯灭。若纵欲丧精，假力药饵，弃真取伪，弃内取外，不亦愚乎？请以贪、俭二字醒之。贪不久之名利，而不贪长久之福寿；俭易得之财物，而不俭难得之精神，颠倒极矣！其次嗔怒忧愁，皆能伤气血、烁元和，致不测之疾。噫！人诚能制情忍性，以惜福养寿，虽南面王乐不与易。《诗》所谓自求多福；《书》所谓自作元命也。将时时享勿药之喜焉！即偶违和而精气神原固，可一剂立瘳矣！

奉养高年

养亲不可不知医，高年尤为切要。然医特其辅耳！其本在得亲欢心，亲心多拂多违，疾所由生。常使亲心喜悦，非止尽孝，亦以善治亲之未病也。其次当调适其饮食，虽或贫乏，亦必约己丰亲，劳力致养，常尽心于目前，勿姑俟于日后。务令精洁，不在肥腴。生冷、腻滞、煎炒、硬韧及烹饪失宜等皆忌。又次当捡其起居，行、住、坐、卧皆令安乐。栖息处宜高燥，静密无风，冬暖夏凉。衣服常须浣焙，器皿常须拭洁。玩物适情之类，无弗迎合。寒、暑、风、雨、霾、雾、黑早、黄昏、险途、远道，皆勿令行。一切琐屑可恼事，皆勿令闻。如有意外灾咎，必先自己镇静，安慰亲心，勿令惊怖。有疾则择延明医，勿泥卜筮，受误庸手。汤药必躬为阅治如法，勿托他人。老年嗜欲或有过当处，须婉节之，勿纵其情，长其过，恒以玄门卫生法告之。若夫禅宗出世之旨，则尤宜朝夕劝勉，怂恿成就。急乘易尽残年，了彻无上大事。又岂区区奉养医药之比乎？虽然为人父母，亦当自爱，曲体子心。至老年尤宜知止、知足，忏悔前过，勤行善事为赍归计。噫！人生结果事，时刻当警省。勉之哉！

抚育幼龄

经曰：滋苗者，必固其根；伐下者，必枯其上。婴儿一生之强弱安危，其根全系于父母，可不慎欤！怀妊十月，能尊胎教，则子多贤、多寿，痘轻疾少。若父母纵欲不谨，加以厚味膻腥，煎炒姜椒，诸热毒物，或服种子助阳热药，致生子有惊风及恶痘、胎毒诸证。初生时，如拭口、断脐、洗浴等事，悉宜如法。乳母饮食起居，极宜严慎。如嗜厚味热毒，儿患积热；食生冷及感风寒，儿饮冷乳，吐泻腹痛；母恚怒，致儿惊恐。久停乳，先略挤去前乳，次与儿吮。母多欲，乳之气味皆变。有孕乳子，令儿黄瘦。小儿变蒸发热，乃是长筋骨、坚腑脏、生智慧，常以数日而安，但宜调护，不必服药。小儿惊疾，或因揉儿胸、摇儿身，诱儿笑语，久戏不止，使儿力疲头眩，气喘肠痛；或继以哭，多睡中惊。甚至掷儿上下，儿虽强笑，实惶怖不堪，骇其神志，伤其腑脏。有以无知幼儿打扑，尤可痛恨，当为大戒。小儿乳食宜少不宜多，衣服忌太暖。初冬未甚寒，只薄牵旧絮，若早重裹新绵，致火铄肺金，生风成痰，致肺风痰喘、惊搐等证。啼哭未止及初止，皆未可与乳食，未及期不可茹荤；虽期后不宜纵食大腥及生冷、煎炒、油腻、甘甜、闭气硬物。经曰：多食肥，令人内热；多食甘，令人腹满肚大是也。脾气弱者，停积为吐泻、疟、痢、疳虫等证。又忌嚼食喂儿，易生疳积及虫。又小儿夜卧被下，须著小单衣，勿过热，卧宜露首近枕，勿以被覆头面。又小儿常令见日色，受和风，间坐履地上，皆能使坚筋骨、实肌理。若时刻不离裹抱，闷闭密室反有损。又儿额上常须以手抚拭，脱衣则以手拭胸背，敛毛孔防风。又乳母、抱母、僮婢等，皆须慎择其人朴实、谨厚者。又小儿不特护其形体，尤宜保其心性。勿恣其欲、纵其怒，常教以仁厚端方，勿导以机诈巧言等；常教以好生施济，勿导以惨杀骄吝等。勿以虫鸟等笼缚为娱，勿使闻淫歌鄙语。三、四岁便须谨防其习风，勿姑息其幼。以俟后七、八岁小学时，常以先辈名公善言善事及三教明显要言，时时语之，使记忆。稍长谨防其友伴损益，能移换性情，雕凿真朴，是为首戒。然后读书习礼法，处处印证前闻，俱于身心实有受用。古云："教妇初来，教子婴孩。"一生人品善恶、高下，全系幼时，又岂特保护医药已乎？

业医须知

古人延医，如求良将。良将系众之死生，国之存亡；医系人之安危死生，眷属之悲欢聚散。岂非天地间最重大事哉！故非其人不可信托，是必其德仁厚，其学淹通谙练，而后能起疴回生，夺灾行之数，而造天命、慰人心焉。然则业医者，当时刻兢兢业业，以救人之德、杀人之罪为儆戒也明矣！每临病，务以济人自矢，勿重财利。若遇危难证，当明告某方某药，勿诡言珍秘而索重价。若病果易治，勿故言难疗，致病家惊忧而妄劳。如果难治，勿故言易愈，致病家虚喜而空费。或有早晚可奏效，而故以药停阻之，以勒重酬；或前医有成功，而故捏词诽谤之，以自居功。又或诸医覆绝，诒彼独肩可挽。如痨瘵仅存皮骨，语言不能，尚诱其厚馈，乃不日旋毙之类。又或尽心富家，而忽慢贫家，延请不往，求药不发。此等种种不一，总是重利鄙夫，忍心害理之所为，讵可以躯命付托乎？且今医不自揆浅陋，气傲心妒，既不肯咨访高明，又不肯温读医书，暇则棋酒晏笑，或算计财利，此所谓学医人费，以人命为侥幸者也。先辈云："道未行，谓无利益不学；道既行，谓应酬无暇不学。"尤不可犯此二语。古之良医，不敢逞臆见而务博学，又不敢泥俗谛而求诸阅历，又不执一、二证验而求圆变无穷之心悟。至老手不释卷，虚心常广咨询，诚以人命为重，自存德行也。虽然其责又在延医者，勿轻听人言，进用多误，全在鉴察精确。人谋为主，独断行之，不可专凭卜筮。嗟嗟！医人有胸无心，病家有耳无眼，人命其危矣哉。

临病须知

临病时，古有望、闻、问、切四法。切脉固为重，望、闻、问尤居先。当细察受病之源，辨其所现之象。望其色之荣枯，闻其声之勇怯，问其饮食进否，喜冷喜热。探其胸腹有无痛处，便溺秘利。验其目睛、鼻、舌、气息、蜷卧挺身、向内向外。次诊脉理，明表里虚实，寒热阴阳，有余不足，与外证相参合不合。酌见病之浅深正变，明辨病之同异真似。追遡病前日如何，又预料病后日如何。急则治标，缓则治本。或当正治，或当从治。病剧者，再候两足太溪、太冲、冲阳之脉。更验服过某方某药，著意详审，尽得病情，始拟方立案。在患病者，尤当以自己平日嗜好性情及受病原由，详细说与医者。倘讳疾忌医，则是助庸医之谬，掣明医之肘，而自贻其祸也。又医者固当熟透古方，当神契物性。盖药品有阴阳升降、气胜、味胜等之不同，须令洞彻详明，则取用时能不泥古而不悖古。所谓药不执方，合宜则用。古人方药，但陈大略，原俟后人润色。盖天时有寒燠之不同；民居有燥湿之不同；人身有老少、强弱、肥瘦、黑白、饮啖多寡之不同；病情有内外虚实，似虚而实，似实而虚，似寒而热，似热而寒等之不同；其间情态百变，相机时措。古所称神圣工巧，岂异人任哉？又凡治法用药，有奇险骇俗者，只要见得病真，便可施用，不必顾忌。即如病有临危，原属有余，失于攻下所致，虽至几微欲绝，犹当攻下取效。若久泻久痢，至于滑脱不禁，则宜劫止而后调之。如国家以刑治奸盗，以兵却虏寇，不得已而用权，权不离经，非霸术也，王道也。乃有医谬称王道，一味平补调停，此可施与不足，不可施于有余。施于有余，则邪气得补而愈盛，是速其毙也。又有遇危难证，如大黄、附子，迥若霄壤，恐致杀人，而惟用中和之方，无大热大寒，救疗而死，其杀人一也。病家无识，喜其平稳，卒受害而不觉。悲夫！虽然临病妙用，全系平日之识见，学力明透精熟，岂能侥幸袭取于朝夕哉！

制方定规

医有成法、有活法，成法师古不可悖，活法因时不可拘。古方切中人病，自有定见。品味及分两，皆按君臣佐使，不可漫为增减，其制丸散，用服时候，悉有肯綮。盖心肺居上属阳，治心肺，药必大丸调化，或汤散，或噙咽，皆使易化，必饭后临睡服之，欲其药气恋于心肺也。肾肝居下属阴，治肾肝，药必细丸吞服，以炼蜜、酒糊、黄蜡等为丸，皆使迟化，必早空心服，更以干物压之，欲药气令直达于肾肝也。脾为中州，药须细丸，或水叠、或蒸饼糊、或枣肉、或饭丸，服于半饥半饱巳时之分，使药气正归中州也。如风、火、寒、暑急证，欲取功速者，及走表四达者，皆以汤散为主。汤者荡也，取其荡涤；散者散也，欲其疏散。如虚损淹延之病，不能一时奏效者，主以丸，丸者缓也。令其从容培植，各有定格。常见时俗，心肺丸方减数味，加肝肾病之药；肾肝丸方减数味，入心肺病之饵。上下混淆，皆不奏功。虚费药本为轻，迁延病深为重，若此者，须分二方早晚各服为是。

病分寒热

病有寒有热，有似寒实热、似热实寒者，皆须细审。经曰：诸躁狂越，惊惑悲笑，属于热。喘呕吐酸，暴注下迫，诸禁鼓栗，皆似寒实热，治以凉药。诸病上下所出水液，澄澈清冷，面青肢厥，属于寒；面红不热，躁渴，不喜冷饮，欲坐卧泥水、井中，皆似热实寒，治以热药。心盛则生热，肾盛则生寒，心虚则热攻于内，肾虚则寒动于中。此热清，寒温，虚补，实泻也。有初感热病，因过服寒剂及生冷之类，遂变而为寒者；有初感寒病，因过服热药及姜、椒之类，变而为热者。不知用药之法，中病即止，治之太过则病外添病矣。如病家不知脉理，欲辨寒热，但看病人畏热恶火，怕日色暖气，口渴思饮冷汤水，大便闭结，小便短赤，心烦身躁，多言声响，不寐，仰身挺卧，喜睡凉处，皆属热证。凡病人畏寒喜暖，口不干，思饮热汤，大便利，小便长，口鼻气冷，懒言蜷卧，皆属寒证。热多属实，寒多属虚，仿此推之，寒热虚实，皆可辨矣。

伤寒不药

诸病中，惟伤寒关系最重，然治之亦有捷要。但乘其初起在肌表时，蚤如法治之，无弗愈者。譬御盗于未入室之前，自易驱除，要在审辩的确。所谓阴盛阳虚，汗之则愈，下之则死；阳盛阴虚，下之则愈，汗之则死。差毫厘谬千里，不死于病而反死于医药，不如不药之为愈矣。故曰伤寒不药为中医。盖或值旅邸舟次，或山僻乡村，无明理医家，切勿妄服药。凡伤寒初起，头疼身痛，怕寒拘急，无汗，为寒伤荣，即宜绝戒腥酒谷味，诸果饮食，一切有形难化之物。更宜却劳，断怒气、房欲、风寒，安卧。急取带须葱头一握，生姜五钱，陈皮二、三钱，细茶叶一撮，白梅一个，紫苏三钱。水二大钟，砂锅煮沸，以被袱覆患者，头入药罐，令热气先熏头面，汗出，再乘热饮一大钟，渣即煎，接饮。以厚被覆身，裹头烘足，俟汗出至足为愈。腿足无汗，而身热头疼仍在者，寒邪未尽也，宜再发微汗。如病初起，头疼身热大汗出者，属风伤卫，不必发汗，恐有亡阳之害。如自有微汗，仍如前法，再略取汗。前法中去紫苏、葱头，加黑枣三个煎服，汗止为愈。如起病时，胸膈胀满，因伤谷、肉诸物，本日即与淡盐汤热饮三、二碗，以吐出饮食为度。不得吐，即以所伤之物烧灰，姜汤调服。如过数日者，用姜、葱熨（法见伤寒）。最忌腥、酒。米汤不饮一口，必无饿死之理，绝戒谷味，易安。如绞肠沙，米汤一口，杀人例也。如口干大渴，但饮茶、白汤、灯心汤、姜汤。或至七、八日热极，则加雪梨、西瓜、鲜菱、嫩藕、生萝卜，惟捣取清汁啜之，去渣。凡调理不如法，至数日后热邪传里，身大热，口大渴，谵语烦躁，狂言发斑，大便闭；或下利秽水，扬手掷足，揭去衣被，唇焦，舌白苔渐变黄黑；或天气暄热，内外热极，可将病人卧于凉地席上，四围多致水盆，令病人手浸水中；或更以青布一幅，浸湿覆于胸前，切宜避风，必病人喜好，方可为之。若渴极欲水，问其欲饮几何，但与之半，勿多饮。或和苏叶、姜汁、砂糖、卤梅之类亦佳，勿强与水，致水结胸之患。又有大热至六、七日，忽然作冷，厚加盖覆犹寒，战悚不定，此名发战，乃正气复而邪欲出之象。急宜泡姜汤一大壶，置病人胸前，任意呼啜，以助正气，少顷正胜邪散，汗出而解矣。如七、八日外热退，或乍有潮热，二便通快，胸膈清爽，惟以清米汤饮之，渐加稠汤，进薄粥，以少为贵。若进腥酒，立刻番复，更慎房室。尤有乡村专务杀牲祷神，所谓食归众口，罪归病人。惜哉！又阴证伤寒，腹痛肢冷，依中寒条多吃浓姜汤，炒盐熨，用灸法治之。

脾胃为主

虽有美馔灵药，必赖脾胃运化。盖脾胃，一脏一腑属土。《易》曰：至哉坤元，土为万物之母。经曰：饮入于胃，游溢精气，上输于脾，脾气散精，上归于肺，通调水道，下输膀胱。水精四布，五经并行，合于四时、五脏、阴阳，揆度以为常也。盖五脏各得受此精华，为精为血，分布脉络，灌溉周身，皆仰赖脾胃司纳谷味而成。所以脾为仓廪之官，胃为水谷之海。胃主纳受，脾司运化。胃不和则食不思，脾不和则食不化。故气血、津液、百骸、脏腑各失荣养，百病滋起矣。虽然胃常有余，脾常不足，脾尤重焉。故先哲云：治诸病以健脾为先，调一身以理脾为主。从来补虚皆重肾经，独东垣云：补肾不如补脾。苟或饮食失节，寒温失调，思虑过度，四肢劳极，皆伤脾之由也。夫脾居坤静之德，而有乾健之运，健则能食而形体壮盛，伤则少食而肌肉消瘦。故节食、节劳以养脾也，悦心平怒，惜气寡欲以养四脏也。养四脏，亦以助脾也。母子克制，环相资养之功，知此则养生之道，思过半矣。

孙志宏《简明医彀》卷一，明崇祯庚午年刊本

四大家论

李中梓

古之名流，非各有见地，而同根理要者，则其著述不传，即有传者，未必日星揭之。如仲景张机、守真刘元[1]素、东垣李杲、丹溪朱震亨，其所立言，医林最重，名曰四大家。以其各自成一家言，总之阐《内经》之要旨，发前人之未备，不相摭拾，适相发明也。

仲景著《伤寒方论》，盖以风、寒、暑、湿、燥、火六气皆能伤

〔1〕“元”疑为“完”之误。按，刘完素，河间人，字守真，金代著名医家。

人，惟寒邪为杀厉之气，其伤人更甚耳。且六经传变之难明，阴阳疑似之易惑，用剂少有乖违，杀人速于用刃。故立三百九十七法，一百一十三方，所以补《内经》之未备，而成一家言者也。然所论疗，皆冬月之正伤寒，若夫至春变为温病，至夏变为热病，俱未之及也。后人不解其意，乃以冬月伤寒之方，通治春夏温热之症，有不夭枉者几希矣！故守真氏出，始穷春温夏热之变，而谓六经传变，自浅至深，皆是热症，非有阴寒。盖就温热立言，即《内经》所谓“必先岁气，毋伐天和。”五运六气之旨，补仲景之未备，而成一家言者也。伤寒虽繁剧之症，仲景倡论于前，守真补遗于后，无漏义矣。独内伤与外感相类，而治法悬殊，东垣起而详为之辨。如外感则人迎脉大，内伤则气口脉大。外感恶寒，虽近烈火不除；内伤恶寒，得就温暖即解。外感鼻气不利，内伤口不知味。外感邪气有余，故发言壮厉；内伤元气不足，故出言懒怯。外感头痛，常痛不休；内伤头痛，时作时止。外感手背热，内伤手心热。于伤内之中，又分饮食伤为有余，治之以枳术丸；劳倦伤为不足，治之以补中益气汤。此即《内经》饮食劳倦之义，又补张、刘之未备，而成一家言者也。及丹溪出，发明阴虚发热亦名内伤，而治法又别。阳常有余，阴常不足，真水少衰，壮火上亢，以黄柏、知母偕四物而理之。此亦阐《内经》之要旨，补东垣之未备，而成一家言者也。内伤虽深危之症，东垣倡论于前，丹溪补遗于后，无余蕴矣。

嗟乎！四先生在当时，于诸病苦莫不应手取效，捷如桴鼓。读其遗言，考其方法，若有不一者，所谓但补前人之未备，以成一家言，不相摭拾，却相发明，岂有偏见之弊哉？不善学者，师仲景而过，则偏于峻重；师守真而过，则偏于苦寒；师东垣而过，则偏于升补；师丹溪而过，则偏于清降。譬之侏儒观场，为识者笑。至有谓丹溪殿四家之末后，集诸氏之大成，独师其说以为极至，不复考张、刘、李氏之法，不知丹溪但补东垣之未备，非全书也。此非丹溪之过，不善学者误丹溪也。

盖尝统而论之，仲景治冬令之严寒，故用药多辛温；守真治春夏之温热，故用药多苦寒；东垣以扶脾补气为主，气为阳，主上升，虚者多下陷，故补气药中加升麻、柴胡升而举之，以象春夏之升；丹溪以补肾养血为急，血为阴，主下降，虚者多上逆，故补血药中加黄柏、知母，敛而降之，以象秋冬之降。使仲景而当春夏，谅不胶于辛热；守真而值隆冬，决不滞于苦寒；东垣而疗火逆，断不执于升提；丹溪而治脾虚，当不泥于凉润。故知天时者，许造张刘之室；达病本者，可登朱李之堂。庶几不以辞害志，而免尽信书之失乎？

李中梓《医宗必读》卷一，明崇祯十年刻本

察 弊

萧 京

医为性命之学，生成之主，道大任巨。自《唐书》列之方技，而缙绅名士每每不谭。宋太保林亿公云："以至精至微之理，而付于至卑至贱之人。求其能起人之疾者，鲜矣。"故世递降而术益尠，率多市井亡赖，空门孽秃，略识字画，素饶利辩者为之。是人之辱医，非医之辱人也。若辈学医，初只挟脉诀捷径、汤头歌括，不一二帙，乃就业于庸流之窃有虚名者，奉为明师，教习记诵，稍知浮沉迟数四纲，颇明温凉寒热各性，远则一年，近则半载，遂以为道尽传矣，诣已超矣。大开铺肆，高揭榜额，不曰"某某精传"，则曰"某某心授"，又则曰"世传神秘"。离经叛道，执方待病，轻浅偶中，自恃神奇。如是情迷垄断，计熟蝇头，而攀援之心萌矣。念以为非奉二三贵人为我提掇，何由虚声日播乎？思得当道尊官践任之后，岂乏延医？乃预谋之胥役隶卒之流，贿托吹荐。及当道有请，何识贤愚？便信然从之。岂知此辈百凡布置，复密通消息于官衙从仆，备询何人何证，预得病机，了了心中。及一入诊，语言吻合，依病处药，治或得验，俦不艳服为果精良乎？其始也介下役以为进身，今也奉尊官而为广扬。徼有题额，高悬户外。往来见者，承风趋影，亦争传曰："彼名医也。"甚至士大夫高慧，不免亦堕彀中，迭见疑难重恙，被其枉死多矣。一遇识者烛破肺腑，词遁计拙，破绽方彰。呜呼！如此竞逐邪流，心如青黑之混，指若锋刃之险，初亦何事不可度活，乃至轻易冒医，杀人无算乎？此古今之通弊也。

考昔刘伯温公言曰："杭有卖果者，善藏柑，涉寒暑不溃，出之烨然，玉质而金色。置于市，价十倍，人争鬻之。予买得其一，剖之，如有烟扑口鼻，视其中，则干若败絮。予怪而问之曰：'若所市于人者，将以实笾豆、奉祭祀、供宾客乎？将炫外以惑愚瞽也？甚矣哉，为欺也！'卖者笑曰：'吾业是有年矣。吾业赖是以食吾躯。吾售之，人取之，未尝有言，而独不足子所乎？世之为欺者不少矣，而独我也乎？'"此伯温公愤世嫉邪之言也。今医者既炫外以售柑矣，而病者可愚瞽而受戮乎？

萧京《轩岐救正论》卷六，清初刊本

八　序跋

医家《十四经发挥》序

宋　濂

人具九藏之形，而气血之运，必有以疏载之。其流注则曰历、曰循、曰经、曰至、曰抵，其交际则曰会、曰过、曰行、曰达者。盖有所谓十二经焉，十二经者，左右手足各备阴阳者三。阴右而阳左也，阳顺布而阴逆施也。以三阳言之，则太阳、少阳、阳明。阳既有太、少矣，而又有阳明者何？取两阳合明之义也。以三阴言之，则太阴、少阴、厥阴。阴既有太、少矣，而又有厥阴者何？取两阴交尽之义也。非徒经之有十二矣，而又有所谓系络者焉。系络之数三百六十有五，所以附经而行，周流而不息也。至若阴阳维跷、冲带六脉，固皆有所系属，而唯督、任二经，则苞乎腹背而有专穴。诸经满而溢者，此则受之初，不可谓非常经而忽略焉，法宜与诸经并论。通考其隧穴六百四十有七者而施治功，则医之神秘尽矣。盖古之圣人洁乎至灵，洞视无隐，故能审系脉之真，原虚实之变，建名立号，使人识而治之。虽后世屡至授膜导窍，验幽索隐，卒不能越其范围。圣功之不再，一至是矣？由此而观，学医道者不可不明乎经络。经络不明而欲致夫疗疾，犹习射而不操弓矢，其不能也决矣。

濂之友滑君深有所见于此，以《内经·骨空》诸论及《灵枢·本输》篇所述经脉，辞旨简严，读者未易即解，于是训其字义，释其名物，疏其本旨，正其句读，厘为三卷，名曰《十四经发挥》。复虑穴之名难于记忆，联成韵语，附于各经之后。其有助于斯世也，岂小补哉？世之著医书者日新月盛，非不繁且多也。汉之时仅七家尔，唐则增为六十四，至宋遂至一百九十又七。其发明方药，岂无其人？纯以《内经》为本而弗之杂者，抑何其鲜也！若金之张元素、刘完素、张从正、李杲四家，其立言垂范，殆或庶几者乎？今吾滑君起而继之，凡四家微辞秘旨，靡不贯通，《发挥》之作，必将与其书并传无疑也。呜呼！橐钥一身之气机，以补以泻，以成十全之功者，其唯针砭之法乎？若不察于诸经而误施之，则不假锋刃而戕贼人矣，可不惧哉？纵诿曰九针之法，传之者盖鲜。苟以汤液言之，亦必明于何经中邪，然后注何剂而治之，奈何粗工绝弗之讲也。滑君此书，岂非医涂之舆梁也欤？濂故特为序之以传，非深知滑君者，未必不以其言为过情也。

滑君名寿，字伯仁，许昌人，自号为撄宁生。博通经史诸家言，为文辞温雅有法，而于医尤深，江南诸医未能或之先也。所著又有《素问钞》《难经本义》行于世。《难经本义》，云林危先生素尝为之序云。

宋濂《宋文宪公全集》卷十，中华书局《四部备要》影印本

太医院判韩公达挽诗序

金幼孜

挽歌之始，盖自汉初，田横之门人以横死不敢发哀，乃为《薤露》《蒿里》之歌以悲之。而其后李延年遂分为二曲，《薤露》送王公贵人，《蒿里》以送庶人之葬，然大概为吊死侑葬而设也。魏晋隋唐以来，士大夫有悼其故旧亲友之逝，遂作为诗歌以哀挽之，于是挽诗往往有传于世。迨宋暨元以至于今日，远日盛者，盖有由然矣。大医院判韩君公达，故魏国忠献王之裔，其先次饶阳，转徙姑苏，

因占籍焉。公之尊人复阳先生，刚直廉介，侃侃之节可以慑强暴而服僭伪，迨今名闻于缙绅间。其后，公之兄公茂以精于医学，受知今上皇帝，为太医院使，温纯忠谨，有声于时。及其殁也，公复入太医院，擢任院判，夙夜劳勤，称于其职。居数载，公偶婴疾，竟弗起，以永乐丁酉冬十月卒于北京之官舍。皇上深用闵悼，特为文赐祭，超逾常品。朝之士大夫闻公之卒者，莫不为之悲伤，且相率作为诗歌以挽之。公之子某以所得挽诗若干篇，来征序于予。嗟夫！诗本性情，止乎礼义，故凡悲哀愁怨，欢娱离合，必于诗焉发之，盖人之情有不能自已者如此。惟公以诗书之胄，克承家学，遭值明时，为圣天子所知遇，一旦殁于官，特蒙恤典之加，而又能致人哀感，作为诗歌追挽之。此可见公之平生心术至诚忠厚，所以得于天者甚厚。而见慕于君子者，果何其至哉？予忝职侍从，与公兄弟交游几十五年，不谓公之兄溘先朝露，而公亦九原不可复作矣。感今思昔，为之慨然，遂略述其概以冠篇端，且以抒予之哀云。

金幼孜《金文靖集》卷七，清文渊阁四库全书本

书《卫生宝鉴》后

金幼孜

世传东垣李明之，从易上老人张元素得医术之妙。其用药至详实，而以固根本为重。其后明之之门人，惟罗谦甫得其传。谦甫尝著《卫生宝鉴》以传于世，学医之士莫不宗之。诚若布帛菽粟之适于用，可有而不可无者。吴郡韩公复阳力学好古，尤精于医家之说。间取明之与谦甫所著《脾胃论》《卫生宝鉴》诸书，参互考订，以正其讹。尝欲锓梓，嘉惠四方，竟赍志而殁。今公子太医院判公达，能继公之志。既尽取明之所著者刻而传之，复缮写《卫生宝鉴》，总二十四卷，次第而刻之。书成，来求予言以识其后。於乎！公达之用心，亦可谓勤矣。夫积善而行阴骘，莫大于医。有若公达之存心

济物，不择所施而惠及于人者，固博矣。乃又能表章二公之书，刻梓流传与众人共之，则其惠利及于天下后世者，其可涯涘哉？虽然，医非难得，其传为难。观于此者，尚求谦甫之所以为医，与公达之所以用心，而思以尽其术，则于是书庶其有得焉。

金幼孜《金文靖集》卷十，清文渊阁四库全书本

书御制祭韩公茂文手卷后

金幼孜

太医院使韩公茂，故魏国忠献王之裔。幼承家学，精通医理，为时所推重。受知今天子，遂为院使。为人温纯谨愿，不事表暴。居职尤小心寅畏，夙夜勤劳，罔有怠忽。公茂既殁，圣天子深用闵悼，特为文赐祭，超逾常品。其子太医院医传，感佩圣制，复命善书者，以泥金书之，装潢成卷，持以示臣幼孜，俾一言题识其后。於乎！世之负才艺者，常患不得其时，得其时，又患其道之不能行。若公茂之遭值明时，为圣天子所知遇，道行志遂，已极显荣。一旦殁于官，特申恤典，圣心拳切，复赐文以祭之。光华宠耀，岂特为一时之荣？诚足以昭示无穷，增重于先世矣。传尚珍袭之以为家宝，拜观之余，敬书此以归之。

金幼孜《金文靖集》卷十，清文渊阁四库全书本

书《刘氏族谱》后

胡　广

刘完素，字守真，河间人，自号通玄处士。初学医，遇异人，饮以酒，大醉。及寤，洞达医术，治疗通变。病者遇之，无不立起，人多师尊之。所撰著有《运气要旨论》《精要宣明论》《素问玄机原

病式》行于世。当时有名者，如考城张从正，皆宗其学。故今言医之善者，则必曰刘、张云。吾邑刘日升，其父子兄弟皆能医，一守河间之法。间出其谱系示予，谓为河间后，于今不知几世矣，尤不失其家传。河间之泽远乎哉！余观世之人，有高明祖父振耀于前，或未数世不能守其世业者有矣。日升之于河间，久而不失，其可羡也夫！其可感也夫！因书此，于后以归之，俾其后来者知所勉云。

程敏政《明文衡》卷四十七，四部丛刊景明本

跋钱宗嗣医者满腔生意画册

倪 谦

右画一册，乃金太守伯玉及善绘者为名医钱君宗嗣所作者也。其画有山水、花卉、禽鸟。总题其端曰“满腔生意”，来征余言。予以谓生者，天地之大德也。人得是理以生，所谓仁也。仁者以天地万物为一体，民胞物与，一视无间，恻怛慈爱，无不欲其同生并育于天地之间。然欲行吾之仁，惟医为然。故医之为术，济人利物，起死回生。施其药石之功，跻之寿康之域。其生意何如也？宗嗣于此观其山水，滃然而云霞舒，森然而林木茁，无非生意之流通。观于花卉、禽鸟，发荣之畅茂条达，飞翔之悠然自得，无非生意之动荡。即物理之生意，有感乎满腔之仁心。其生意之勃勃，果孰能御之哉？是则绘者以是画为宗嗣赠，乃所以为其仁心之助，不特资其玩好而已也。

倪谦《倪文僖集》卷二十五，清武林往哲遗注本

书《杂药方》后

叶　盛

《杂药方》一册，加减调中益气汤，已前录之他人。此以下，则曾有试。凡对病者，可服制。予未四十前，全无病，不喜服药。癸未岁，广东得剧疾，庐陵老医陈魁拳云："使公平时每日肯进一呷人参汤，疾不至此。"以是，心恒悔之。自是遇方即录，如此编是已。今年偶题宣府药局，帖子云："人未病时先服药。"此即陈医教我之说也。慎之哉！

叶盛《泾东小稿》卷九，明弘治刻本

书张至和恒斋卷后

叶　盛

张氏故汴人，宋南渡有和州防御使者，世武相继，至今御医。至和先生之五世祖端履，始自和州来苏，家焉。端履旁通医，为元氏漕医提领，自是以来，今七八世矣。中间若性之见周伯琦铭、希文见周尚书恂如铭，皆世医相继而德善不乏。张氏之世□□易恒久而未已之谓乎？恒其世，由恒有其人。恒其人，必恒有其德。德不恒，不可以为人，人不恒，不足以永世。至和先生之于斋居，以恒自名，有以哉！先生主近世李东垣，得家学之妙。以布衣赴召，勤事两朝，时被锡赉，一时公卿大夫皆重之。可谓无愧于恒，无忝于其世矣！虽然，大《易》圣人之待天下后世，未尝无规警之意以示夫人。若"九三"占辞之云"不恒其德，或承之羞"是已，请以殿之恒斋卷后，为先生之子若孙者告，使皆知所以恒其德、恒其世。求不辱于其世，无负于先生可也。张氏之子若孙，其尚求若先世之所以恒，岂徒曰医药之间而已？

叶盛《泾东小稿》卷九，明弘治刻本

重订《丹溪心法》序

程敏政

医之先，谓出于神农、黄帝。儒者多不以为然。余尝考医之与卜，并见《周礼》，曰：医师隶冢宰，筮人隶宗伯，并称于孔子，曰："人而无恒，不可以作巫医。"巫、筮字，盖古通也。然卜之先，实出于羲、文、周、孔，则医之先，谓出于神农、黄帝，亦必有所从来。大约羲、文、周、孔之书存，故卜之道尊；神农、黄帝之书亡，故医之道卑。然其书虽亡，而绪余之出于先秦者，殆亦有之。若今《本草》《素问》《难经》《脉经》，此四书者，其察草木、鸟兽、金石之性，论阴阳、风寒、暑湿、燥火之宜，标其穴以施针焫，诊其脉以究表里，测诸秋毫之末，而活之危亡之余，类非神人异士，不足以启其机缄，而发其肯綮。则此四书，诚有至理，不可谓非出于圣笔而遂少之也。然则医之与卜，皆圣人之一事，必儒者乃能知之，其不以为然者，不能通其说者也。医之方书，皆祖汉张仲景。仲景之言，与前四书相出入，亦百世不能易者。自汉而后，代不乏贤。中古以来，余所取五人，曰孙思邈氏，其言常见录于《程子》；曰张元素氏，曰刘守真氏，曰李杲氏，皆见称于鲁斋许文正公；曰朱震亨氏，实白云许文懿公高第弟子。斯五人，皆儒者也。而朱氏实渊源于张、刘、李三君子，尤号集其大成。朱氏每病世之医者专读宋之《局方》，执一定之法以应无穷之疾，譬之儒者专诵时文以幸一第，而于圣经贤传反不究心，乃作《局方发挥》《格致余论》等书，深有补于医道。而方书所传，则有《丹溪心法》若干卷。推脉以求病，因病而致药，皆已试之方也。朱氏没而其传泯焉，近世儒者始知好之，稍稍行世。然业医者乐检方之易，而惮读书之难，于

《素》《难》诸书，盖皆不能以句，而于五人者之著述，则亦视为迂阔之论。其茫然不知所用力，无足怪者，其以药试人之疾，间一获效，则亦如村甿牧竖，望正鹄而射之，偶尔中焉。或从其旁问之射法，瞠目相视，不知所对。彼老成者，日从事乎内志外体之间，虽或小有所失，而矢之所向，终无大远，此观射之法也。审医之能，何以异此？余宗人用光，世业儒而好医，其读《素》《难》之书甚稔，最喜朱氏之说。尝以《丹溪心法》有川、陕二本，妄为世医所增附，深惧上有累于朱氏，乃为之彪分胪列，厘其误而去其复，以还其旧。凡朱氏之方有别见者，则以类入之。书成，将刻梓以传，请余序。余故以多病好医而未能也，辄以医卜并言于编首，使业医者知其道本出于圣人，其书本足以比《易》，而非可以自卑，则日勉焉，以致力乎《本草》《素》《难》《脉经》之书以及五君子之说，而尤以朱氏为入道之门，则庶几乎上可以辅圣主拯世之心，下可以见儒者仁民之效，而医不失职矣！用光名充，休宁汉口人，与余同出梁将军忠壮公后。

程敏政《篁墩集》卷二十三，明正德二年刻本

古单方序

王　鏊

予读《大观本草》，见汉晋以来神医名方往往具在，间取试之，应手而验。乃知药忌群队，信单方之为神也，而世不及见。穷乡下邑，独以海上方为良，不知古方固犹在乎？而散见杂出，仓猝之际，未易讨寻。予在翰林，日多暇，手自抄写为一编，对病捡方，较若画一，不敢自秘，因梓刻以传。於乎！群队之忌，非独医药也，用人用兵，盖莫不然。有能得是方而治之，其可已少瘳乎！

王鏊《王文恪公集》卷十二，明三愧堂刻清印本

重刊《玉机微义》序

汪舜民

祖督福建市舶，中书曹郡刘公弘济，重刊刘宗厚所著《玉机微义》。书成，方伯古绛陶公廷信，嘉禾常公汝仁，实有以相之。谓舜民当纪其繇，惟医书以《内经》为至，嗣后名家著书不一。至国初徐彦纯《医学折衷》，而诊证方例始备，然门类尚有缺者，此是书所以作也。《内经》谓至数之要，迫近以微，著之玉版，藏之藏府，每旦读之，名曰玉机，此是书所以名也。刊本在陕右，传之四方，非仕路及通都大邑有力者不得。八闽又僻处东南，且滨炎海，人之气候不齐，诚得一览，或收起死之功，此是书所以重刊也。夫医，仁术。是书专主《内经》，所载尤切要明白。著于我太祖皇帝平定天下之后，刊于我英宗皇帝熙隆治道之余。今文重刊于我皇上居正改元之初，其所以裨圣化，而跻斯世于仁寿之域者，不为无小补矣。刘公文雅仁厚，入侍迨今四十余年。济人利物，恒汲汲如不及。即此一事，其用心可见。陶常二公俱人杰，穹阶殊绩，可数日而至。其可见者，又不在此也。学医君子，当自知之。正德丙寅上元日序。

汪舜民《静轩先生文集》卷八，明正德刻本

《吮疽诗》序

汪舜民

《吮疽诗》者，士大夫之所作，以称述鲍君时明之孝也。时明，歙之棠樾人。读书不仕，性至孝。其母畲尝病疽，医者治之弗效，几至危殆。时明不胜忧虑，乃焚香祝天，亲为吮之。居无何，遂愈。乡里嘉叹，以为孝感所致，故士大夫侈为诗歌以称之。总若干篇，其子祖衷为一卷。今年走京师持以诣余，乞序其端。余时适奉命出按西陲，脂牵[1]且行。于祖之请，未即答也。及来此，值边境多事，虽日仆仆乎案牍间，然而追念时明之孝，辄心赏不已。公余，命从者进楮笔，为之序以复焉。

夫孝者，百行之首。古之人若曾若闵，弗可尚矣。至于传记所载若卧冰、泣竹、扇枕、怀橘、割股、卖身之流，亡虑千伯。而吮疽之事，古人有行之者。远之在唐则有若定州之叔才，在周则有若河东之柳遐；近之在国朝则有若邳州之李英。当时事闻，皆蒙旌异，至今名照寰宇，旷数十百载而复于时明见焉。其视古人之孝，诚无愧矣！且其母之疽不愈于医者之手，而时明一吮之顷其效立见。若有相酬酢于其间者，是其孝亲之诚又足以格乎天，而天实有以昭其孝也，岂声音笑貌所能为哉?

虽然，大道之行，子孝于亲常事耳。自夫世变既下，德色谇语者接踵于世，于是凡以孝称者，或咏于诗，或传之史，或表其门闾，纷纷不一，而人始视以为异。世道隆杀，固可见矣。若夫大厦将倾，支以一木，颓波溃散，砥柱屹然。则时明之孝实足以励世敦俗，有关于风教不少，不可不表而彰之。此诗歌之作，所以不能不发于士大夫之口，而序之所以在余也。成化乙巳月日序。

汪舜民《静轩先生文集》卷五，明正德刻本

芝岩诗序

钱　福

予有诗癖不可疗，每登临泉石适意处，辄收拾归药笼中，以为奇方异材。遇骚人墨客与之语，津津然有喜色，又自以为得良医也。如是者数年，久而愈深，益不可治。遂以疾废憩锡山，闭口不出诗句，凡旧所嗜好，一切戒绝，不与文人通语言。以余力愿学乡先正

〔1〕脂牵疑为“趑趄”之误。

陆宣公集医方本草者，非以避祸，亦冀疗癖也。于是芝岩葛先生元兆，往来独密，养胃攻疡，用其术屡甚，欲为之报。扣之辄不应，久而出一编以视，乃《芝岩诗集》，其所自为者也。予骇却走，曰："予藉子以疗癖，子复助吾癖也，请从此谢。"芝岩诏曰："吾诗能愈疾，子姑读之。非子坛社中所嗜爽口物也。"信而阅之，无下千首。姜桂辛辣，参芪甘和，无所不有，戚戚然有动于初心，不可遏。技痒欲效作，几投笔止。芝岩笑曰："子之癖嗜，天所赋也，犹食饮。然惩羹炊荠，因噎废食，不已过乎？顺性投嗜，正所以养生者也。子之疾，别有所自来，吾能治，子姑医吾诗，勿多让。"予乃泠然而悟，不复追悔。且附言于其集端曰："诗，言志道性情者也。今之作者，往往欲歌颂唐虞，遵法风雅，然岂真出于其志与性情哉？第其音律之乖和，采取之邪正，美刺之当否，不于其所勉，而于其所忽。自有不觉真情之发见者，读是诗可以觇其真矣。惜予疾不能尽阅，然其业医而行儒，又以其暇汲汲务此，以致若是之富，殆有甚予癖者，予方愧之，而又何言之足重乎？后有阅而知之者，必能序而传之矣。"芝岩曰："斯言不可废。吾将传予癖，无庸药为。"侧有客大哂曰："芝岩以医为先生之诗，先生以诗为芝岩之医，皆不可谓无益于世，但恐反观二子之身，劳精疲神，以癖治癖，知不可以药矣。"因并书之。

钱福《钱太史鹤滩稿》卷三，明万历三十六年沈思梅居刻本

《外科理例》原序

汪　机

外科者，以其痈疽疮疡皆见于外，故以外科名之。然外科必本于内，知乎内以求乎外，其如视诸掌乎。《经》曰："膏粱之变，足生大疔。"由膏粱蕴毒于内而生也。又曰："荣气不从，逆于肉理，乃生痈肿。"是痈肿由荣气逆于肉理之内而生也。有诸中，然后形诸

外。治外遗内，所谓不揣其本而齐其末。殆必己误于人，己尚不知，人误于己，人亦不悟。呜呼！己虽不知，天必知之。人虽不悟，神必识之。异日明受天责，阴获神谴，不在于身，则在于子孙矣。予于是惧，因辑此书，名曰《外科理例》。盖其中古人所论治，无非理也。学者能仿其例而推广之，于焉而求古人不言之妙旨，庶几小不误己，大不误人，抑亦有补于将来矣。辑已成编，复得新甫薛先生《心法发挥》读之。观其论治，亦皆一本于理。而予窃喜暗与之合，于是复采其说参于其中，庶得以为全书，而学者无复有遗憾矣。是为序。

嘉靖辛卯冬十一月长至日祁门汪机识。

汪机《外科理例》卷首，清文渊阁四库全书本

《玉井诗》后序

方　凤

王君朝贵素业儒，学《易》数年，既而业医。自玉峰移家吴城，问疾者户屦恒满。颜其室曰“玉井”，取“橘井”之义，玉则自“玉峰”，而言不忘本也。郡之大夫士，雅其为人，赠以诗若文，汇成巨册，亦既多且富矣。君顾以其言似颂，退然不敢居，求所以规焉，征予序。予惟君学《易》者也，请规以《易》，可乎？

井，卦名也。有三义焉：泥而不食者，用因体塞也，自取之也；渫而不食者，命也；洌且食焉，则体立而用行矣。非理乎？君邃于医家书，且以儒经济之。其中之所蓄，渊求澄澈，深不可测，净不可挠。其起人之疾，若执衡以应物，高下在手，无不如意。泽之所及，随处沾足，所谓渫且洌焉。而绠汲于往来者，君盖有余地矣。若夫以德施自侈，以奇效自满，以贿利自小，漫然视人之命若秦越之肥瘠，自屯其膏，为时所舍，则岂诸大夫士所以赠言之先意乎哉？君诚以《易》之三义自勖，立乎体，毋塞其用。顺乎理，毋泥乎其

命。则尽乎井之道，庶几将为君子。儒何有于医之良？请以是规。

方凤《改亭存稿》卷一，明崇祯刻本

《黄帝内经注辩》序

黄省曾

尝谓医之道也，原详经髓，阴阳表里，以起百病也。尝味草木，水火致剂，以救夭伤也。非圣人者神而明之，其谁与此？故曰医者生生之具，圣人所以寿万民，而登之天年者也。农、黄以来，其法已久。考其嗣流，则周之矫、之俞、之卢秦，之和、之缓、之竘，宋之文挚，郑之扁鹊，汉之楼护、阳庆、仓公，皆以黄帝之书，相为述祖。其仓公诊切之验，独幸详于太史，而候名脉理，往往契符于《素问》，以是知《素问》之书，其文不必尽古，而其法则出于古也，信然矣。其言情状也有冯，其处刺疗也有响，得之者为上工、为国手，失之者为毒师、为庸姓，历百世而莫之或违者也。在姬之代，尚有岁终之稽，十而失一，即次其食，故其法得以不堕。今之医也，茫然于天地之纪，宪无所畏，师无所传，一惟肆炮纵合，以规偶中之利。故愈也剧之、生也死之者，殆相望也。

予素多病，不得乎医，而思精其法未暇也。山人蔡师勤氏有道而复志于医，乃块处于毛公之坛者二十年。先治其法，翻阅之久，遂不满于启玄之注。时有所得，因系之辩。若师勤者，可谓卓然斯流之上者矣。虽然，启玄亦非妄而作者。其师元珠先生，异人也，洞明《素问》之奥，乃密授秘旨。故启玄奉其师说太过，不为无疵，观其询谋得失之云，则斯辩也，亦启玄之所以望于后人者也。

黄省曾《五岳山人集》卷二十五，明嘉靖刻本

《摄生众妙方》序

张时彻

夫《内经》《灵枢》，言摄生之旨甚详。然编简断蚀，博闻莫正其讹。衍译精微，肤士徒剽其绪。流播益遐，谬本初矣。春秋以来，乃有越人、阳庆、淳于意之徒，潜授禁方。隐垣知物，施诸治疗，咸称神明。而术数奇咳，罔所传布。其后乃有华佗，益用刳腹洗肠之技而遭匪。其人殒身圜棘。狱吏却书引火就燎，迄无遗焉。又其后，乃有东垣、丹溪，未睹堂奥，颇沿流委，匪曰能神，亦称良师矣。今诸医家所循习，则多其铨综之方也。然变化无穷，裁成互异，因时治疗，则岂无引而伸之者乎？余少婴多疢，啖药饵如膏粱。或己已病，或见已人之病，辄以其方，录而藏之，久乃遂成简帙矣。夫物我一体，戚休同之，倘可以解患苦而养元和，将疾走告语孳孳，况敢以自私秘乎？爰分表门类，次第其事，书而付之梓人。

张时彻《芝园集》定集卷二十六，明嘉靖刻本

《急救良方》序

张时彻

古有疾医，掌养万民之疾病。凡民之有疾病者，分而治之，死终则各书其所以，而入于医师。于时民故得以寿终，而无短折札瘥之患。后世王政多缺，而医师之置徒备虚文，廛市之氓，富羡之室，犹能自以其资迎师，而荒村窭户否矣。扣首抑心，闵闵待毙，此一患也。草木禽鱼之物，五石之药，多聚于国都，而陬穷壤僻之所，即有高资，亦不能致锱铢，此又一患也。时师跖盭，恒以反剂杀人，而茹悲吞螯，不敢讼言其非，此又一患也。予盖恻然伤之。曩得

《急救方》一本，每携以自随，或以自治，或以治人，率多征应。间有新得，辄从其类附益之。其讹舛无验者，则删黜之，遂付梓人刻焉。夫人之情，一也。孰不爱其身，亦孰不爱其父母骨肉乎？而疾苦无所舒，往往束手以毙。不得已，或竭力于祷桧禨禳，至荡资破产而卒莫攸济也，此其于仁孝之心何如哉？是方而行，庶几济于黔细万分之一，要非所以荐于隆富者乎？

张时彻《芝园集》定集卷二十六，明嘉靖刻本

《古今医鉴》序

刘自强

余备员台省，历事三朝，佐理庶政。以天下之民不无病于饥寒困穷颠连而无告者，思所以生养安全之，广圣天子好生之德，跻之仁寿之域焉，盖尝殚厥心矣。顷以衰病，乞休林下，蒙诏赐归。佩恩隆渥，罔所事事，日惟掩扉检阅方书，以求所谓调摄之宜、戒忌之法，以延修龄，以永至眷。然篇章浩瀚，论议繁冗。欲文约而事详，辞简而义当者，艰弗能获。

一日，金溪世医龚生持《古今医鉴》谒余曰："是书乃家君暨廷贤所编辑，欲付诸梓，幸得名言于弁首。"余观之，见其说祖之岐、黄，宗诸仓、越，下及刘、张、李历代名家，凡论辨之精详，脉方之神妙者，悉采而集之。先之以脉息，次之以病证，终之以治方，立为纪纲，列为十六卷。且游两畿，历诸省，循许昌而抵于扶。凡缙绅家珍藏秘录，靡不搜萃其精，逾廿载而书始就。是诚远稽先圣之遗言以绍其正传，近取诸儒之确论以示之成法。余前所谓文约而事详，辞简而义当者，舍是书其奚以也？以《医鉴》名，信哉不诬。龚生不自私而与天下后世共之，则夫业医者得而宗之，将可以考古证今，察脉治病。如执鉴以照物，以起天下之昏札，天下之民皆为太平考终之人，功岂浅浅哉？抑尝闻诸古曰："上医医国，其次医

人。”又曰：“达则为良相，不达则为良医。”龚生以是道举而措之，天下咸跻于仁寿之域。圣天子好生之德广矣，又何间于穷与达、次与上哉？遂书之以著其用心之仁。龚生名廷贤，字子才，别号云林，江西金溪人氏。其父西园，讳信，字瑞之。父子并以医大行于世。

扶沟三川刘自强撰。

龚廷贤《古今医鉴》卷首，明万历五年丁丑金陵周四达刻本

《万病回春》序

茅　坤

古昔喆王御极，天下熙熙焉如登春台，此何由哉？太和融液沦肌理，渐肠肾，其时六气不侵，而灾眚不作，禀气含生之属，靡不百体坚强，而相愉佚于耄耋期颐。中世虐政日逞，上薄天和，而民乃有夭殇疵札，自非诊脉候、治方药，霜露之恙罔所底止矣！故扁鹊曰：“越人非能生死人也，此自当生者，越人能使之起耳！”

金溪云林龚君，用医术世其家，间行游大梁，值疫甚，合境诸医俯首而出，其下语具洪中丞序中。故尝著《古今医鉴》，其声在荐绅藉甚已。而阅历益久，术益神。盖几于见垣一方，而搦髓揲荒爪幕浣肠者已。乃纲提胪列，汇为奇方八卷，自题曰《万病回春》。夫春，为生物之府，举蚑行喙息，悉沐艳阳乎大造，而若其性。王者体天之元，布德广惠，以是天人合，而春意盎然，充溢六合。然非得贤相提衡而调剂之，其于幽崖穷谷亦不能毕达而无壅阏。士君子志蕲康济，显则贤相而调元，晦则良医而已疾。盖非敢必之遇，而能必之仁心之无不遍。故曰：“上医医国，其次及人。”兹按龚君所撰次，与其功施大梁，固国医也。今天子方垂悯黎元，而万方喜更生之会，益得龚君之术行，其于春台之化，不大有裨哉？

梓既竣，龚君之姻、对峰周君千里肃币，属序于余。余喜越人之再兴，而其名不可令芜没而零落也，遂为一言弁其首，以系他日

太史氏录方技者之采。万历戊子秋月，归安鹿门茅坤撰。

龚廷贤《万病回春》卷首，明万历十六年苏州叶龙溪刻本

《云林神彀》序

茅 坤

夫医者，意也。切脉察色，听声审形，要在推吾意与受病者两相印而无疑。而后其阴阳荣卫始克就吾之调剂而各当。譬则射者必有彀率，其中非尔力也，亦如医之以意中也。上世岐黄仓扁无论，其在中古所流传者，独丹溪、仲景得其解，而所著述迄今垂不朽。近代以来，质愚下士争冒医名以殚人财，而究则不殒人之命不止，其于彀之藩篱且大有径庭矣。太医云林龚君，少则精其业，居大梁之都，名烨烨在诸荐绅间，所撰有《古今医鉴》《万病回春》二书，已脍炙海内，而最后有《神彀》若干卷，远近竞慕而缮写之，至涌洛阳之价。其姻对峰周君图付剞劂，而丐叙于不佞。不佞家苕霅，去龚君逴远，即未亲沾药石，而往岁得二书，便取方之资，真昔人所称千里神交也者。兹览是书，方脉幼科，以至内府秘方，种种收录，而尤系之歌诀，能令诵习者愉心快目，尤远出前二书上。允矣龚君，讵非神于医彀，而不为大言无当哉。异时计君用是书取效当世，必且如由基之矫矢而猿号，蒲且之萦缴而凫下，寰宇贤愚咸受不报之赐，而其书世世不朽，又宁在丹溪、仲景下也？对峰君曰："然。"请书之用为左卷。时万历辛卯春月吉，归安鹿门山人茅坤撰。

龚廷贤《云林神彀》卷首，明万历十九年辛卯刻本

《古今医鉴》序

刘巡

夫鉴以照物，妍媸见焉，其形可执也。医，意也，宜不执于形，而谓之“医鉴”者何？以意为医，而以其精蕴形之记载，俾观者因形会意，诸所疾证脉方于焉悉达，亦如鉴之照物，妍媸毕见焉。古谓医为鉴也。鉴，一也。医犹夫鉴，亦一也。而谓之《古今医鉴》者何？鉴有古今，医仿诸家要诀，以为卷帙，亦有古今，故不徒曰“医鉴”而必以古今冠也。拟医于鉴，其察症照物，诚均毫发不爽也。而为之序者何？医鉴既成，将梓而行世，是不容无序也。其鉴此古今医者何？金溪云林龚子也。龚子少为儒，已以单孑弃去，惟雅好医病。世俗末学执偏见而源本昧也，乃祗其父西园君意，取黄帝《素问》《灵枢》读之，刻意研精，辄识真要。凡运气之标本，阴阳之升降变化，生死之由兆，既分焉晰矣。复发为论著，以释群疑，而医遂褎然名吴楚间。乃龚子以名吴楚为未足，由是游大梁，历许昌，遂北如燕而售其术于公卿之前。如大学士中玄高公、大司寇三川刘公，咸雅重龚子，授之衔以示褒嘉。而龚子之名，复盛称于燕于梁、许，无休已时。久之，并集周汉和、缓、淳于，下至金元刘、张，本朝朱、戴辈诸方奇验者，檃括成帙，名曰《古今医鉴》，以古今医术尽于此如悬鉴故也。先之论说以阐其理，既之门类以悉其端，终之旁行以广其见。厘为八卷，要诀悉备，按法取用，厥验如神，盖真不刊书云。凡医家者流，究论说则其理明，观门类则其端显，窥旁引则其见周，文简意博，一览无遗。譬如既型之鉴，粉之玄锡，摩之白旃，而其体明也，譬玉荣石精，尘垢莫蚀，而须眉鬓毛，可得而察也。故谓医为鉴，可也。谓古今之医为古今之鉴，亦可也。而岂形迹之足拘哉？嗟龚子之心之仁，成是书而公于天下，又有大过人者。昔者长桑君以禁方传越人，而戒以无泄，徒为越人传，不欲为天下公，狭小之见，是反鉴索照者类也，而非所以语龚子也。庄子曰："至人之用心也若镜，不将不迎，应而不藏。"殆龚子公是书之谓乎？其父西园君，负才玄览，为世儒医，嘉靖末受先少保公异知，尝欲修此书，而其子云林竟成之，盖世医云。余以知西园，故因知其子。于其请也，遂为之序。鄢陵水山刘巡书。

龚廷贤《古今医鉴》卷首，明万历五年丁丑金陵周四达刻本

叙《古今医鉴》弁首

龚廷贤

余幼业儒，读张子《西铭》："天下疲癃残疾，皆吾无告兄弟。"韩子《原道》："为之医药，以济其夭死。"深叹二公之言，民胞物与之心也。然膺厥任，惟宰相上佐天子，调燮阴阳，节宣元气，庶足起疲癃而寿国脉。余诵之，直欲于身亲见之。殊庸劣鲁钝，为其所阨。会家君起家医学，揭来燕豫，响应中原，医之正传，已有所得。余因省焉，遂弃儒就学，绍岐黄仓越之心传，阐刘张朱李之秘诀，于当时云游高士有裨医教者，尤竭诚晋谒，与之上下其议论。远宗先哲，近取名公，殚精竭神，磨光刮垢，与家君相为渊源，盖有年矣。每视疾，则先诊以脉息，次察其病原。而攻治之法，方药之制，又酌其脉病而投之。执是以往，影响不殊。既而以脉病治方，分门别类，以古今之确论为枢要，间亦窃附己意，参互考订，遗者补之，略者详之，纂辑成帙。医有十三科，此其粗备，厘为八卷，名以《古今医鉴》。夫医，意也。何取于鉴？鉴惟空而后无遗照；医必明而后无遗疾。是书上考诸古，古之明验者取之；下质诸今，今之明验者取之。隐伏沉痼，罔不洞察，与鉴之照物，妍媸不爽，有相类者，此之谓"医鉴"。此余命名意也。稿甫成，不敢自秘，爰付诸梓，以公诸天下后世，俾医有小补，病有救援。视医国良相，故小大不同，而疲癃可起，夭死可苏，亦宛乎张、韩二公之用心。余不

佞，言之无文，聊述成书之概于篇端，其订讹正误，尚有俟于后之君子。

时万历己丑仲冬之吉，金溪后学龚廷贤书于恒我斋。

龚廷贤《古今医鉴》卷首，明万历五年丁丑金陵周四达刻本

《种杏仙方》序

龚廷贤

医称王霸殊，溯古辨之，若鱼目夜光，碔砆连城，然不爽也。顾霸之效也，诡驳之宜。而王谓易简，曷以也，医恶是类乎？余自髫龀，席箕裘业，从家大人医寓中，家大人辄以霸禁。比长，客壶京肆，稍见俞诸大方，若蒋定西、高使相、刘秋堂诸老，佥以王道医，交口称矣。余窃自信，乃取家大人所传方书，而续其余，成《医鉴》一帙，锲之以便世用。第方多萃味，而窭人僻地，或购之难，诚杏林遗春也。乃复窃父志，括俚言，切病情，选方择味，类以一二易致者，动疗巨痾。见者奇之，命曰《种杏仙方》。俾家易办，人易晓，而遐陬胥靡，咸在杏荫中矣。第恐出奇吐秘，见者以霸术目，讵知王之易简，正坐此矣。譬之夜光之珠，奚必径寸？连城之璧，奚必拱把？鱼目碔砆，宁得而乱之乎？书成，辱名辈序诸首帙，余故吐取怀以自白云。

时万历九年岁次辛巳孟秋之吉，金溪云林山人龚廷贤书于有恒堂。

龚廷贤《种杏仙方》卷首，明万历金陵周庭槐刻本

《万病回春》序

龚廷贤

余弗类，龆龄博载籍，有志效古良相，佐天子调元化，登生民于春台和煦之境。寻以数奇谫劣弗售，遂卸仕晋，隐于春云林麓之滨。赖家大人以医学鸣世起家，乃世其传。思弗克为良相赞庙谟以寿国脉，则为良医诊民瘼以寿苍生。虽显晦不同，而此心之春生均之，有补于世道也。顾医之道大矣，医之书博矣。自轩岐出而《内经》作，世之谈医者宗焉。仓、越而下，如刘、张、朱、李，各擅专门，非不称上乘也，第其书浩瀚渊微，未易窥测，且执滞者不能迎刃以中其肯綮，往往投之非症反以重其膏肓。呜呼殆矣！欲其起死还生，使万病之回春，不可得也。可叹哉！丁丑岁，余惩其弊，集《古今医鉴》《种杏仙方》刊行于世，稍稍传播，卫生或有取焉。频年以来，经历愈多，施济愈验，凡疾者疗之，沉疴顿起，如草木之逢春，生意欣欣向荣，一得之愚，天牖其衷，更有发往昔之所未发者，非敢沾沾以术自玄。而一念与物同春之心，实有不容已也。于是从苦心十祀，祖轩、岐，宗仓、越，法刘、张、朱、李及历代名家，茹其英华，参以己意，详审精密，集成此书，名曰《万病回春》。真有以收天下春于肺腑矣。盖春乃造化生育之府，在天为元，在人为仁。天以元生万物，俾物之瘁者回春，而后品汇毓太和；君子以仁生万民，俾民之病者回春，而后群生跻寿域。故三皇之世如春，谓民物咸遂其生，此回春之义所由取也。然弗忍自秘，仍付诸梓，俾海内家传而户晓。凡病证之原，脉络之奥，方药之制，以至寒燥虚实补泻之得宜，缓急标本先后之异治，明白简要，一览无遗。万病得此，可以回生。由是颐养天和，乐享太平之春以永终。

圣天子仁寿天下之化，则举万国尽在春风和气中矣。三皇如春之盛世，不将复见于今日乎？是书之作，未必无万分之一助也。此固区区草茅芹曝之忠耳，敢曰医之良与良相并？万历丁亥春正月，金溪龚廷贤序。

龚廷贤《万病回春》卷首，明万历十六年苏州叶龙溪刻本

《寿世保元》自序

龚廷贤

余读父书，往往欲寿一世而未能也。间尝窃取岐、黄、仓、越、刘、张、朱、李诸家之秘旨，经验之良方，汇成五书，曰《古今医鉴》，曰《万病回春》，曰《种杏仙方》，曰《云林神彀》，曰《鲁府禁方》，业已灼灼于世。虽然，医妙无穷，其间标本异治，虚实瞬易，损增互换，歧中之歧，变外之变，胶古不得师，心又不得失，岂五书所能竟哉！近来倦游家居，睹闻觉日益多，谙练觉日益熟，乃采掇名藩之异授，内府之珍藏，宇内士夫之所家袭，方外异人之所秘传，间亦窃附已意，发诸前人之所未发，参互勘验，百投百效者，分门别类，汇次成编，命曰《寿世保元》，以示大全，于以补诸书之缺。

夫人之一身，有元神，有元气，神官于内，气充乎体，少有不保而百病生矣。余谬为《保元》云者，正欲保其元神，常为一身之主，保其元气，常为一身之辅，而后神固气完，百邪不能奸，百病无由作矣。如世道之在浇漓者，则用劝世歌砭而规之，使天下后世之人咸跻于仁寿之域，故曰《寿世保元》，即调元也。调元者，宰相之事，而窃取为名高哉。噫嘻！余放民也，遨游湖海，涉迹燕赵梁豫之间，辱王公缙绅，谬为恭敬，盖四十祀于兹。曩鲁藩君侯与余为淮南八公之交，却其千金之酬，又颜其匾而赠之，命曰“医林状元”。以余伎俩，子不获致青云，居尝空语奇字，扁以荣衔。若谓经术有元，业术亦有元，余幸窥杏林之一斑，或者亦夺方伎之一元乎？然非余意也。书成而付剞劂氏，要亦备养生之饾饤云尔，何敢与

《青囊》《肘后》争埒，而用文以自点也。

时万历四十三年岁次乙卯春王正月上浣之吉，太医院吏目金溪云林龚廷贤撰。

龚廷贤《寿世保元》卷首，明经纶堂刻本

《济世全书》自序

龚廷贤

不佞少年时，挥毫吊古，诵爱物济人之句，不胜神往，雅意学问，期徼一命之荣，无如非其分也，而意念则未已。夫昔人云：士苟挟一策，以推及物之仁，虽不仕于时，犹仕也。于是取父书读之，旦莫不辍。三年间尽得其要领。少试之乡邑，乡邑赖之，以为有父风，而予之意念犹未已也。乃著《医鉴》《仙方》《回春》《神彀》《禁方》五书，行于海内，风声日籍籍起。已而挟策北游燕、赵、梁、豫之间，有车辙马迹焉。行乐到处，王公大人倒屣投辖。今倦游矣，耄逊于家，而名藩省郡，聘召错道，然予之意念犹未矣也，复搜讨奇秘，总五书之大全，披寸灵之独得，汇成一书，命曰《寿世保元》。自谓生平精力殚于此矣，医家纲目簪于此矣，虽不获显诸事业，而家国天下，庶几或有补也。第其书不啻数万言，其值不下二三金，而四海争购，两京为之纸贵，则富者得遂其求，贫者苦于难获，则予之意念终不能人人惬也，其能自已乎？于是披历心神，昏夜不寐，将前所出六海遗珠，择其简切精当，凡人生之所未有，古来之所罕见，奇异古怪之疾，寒暑虚实之症，分门别类，种种备载，不拾人残唾，不抄人方书。悉不佞平生之履历，老父之商榷，每有所获则随录之，积数十年，然后神理凑合，随试辄效，不啻庖丁之牛，飞卫之虱矣。海内得是书而读之，细心披阅，以病之症印予之书，一一而投剂焉，譬之星火春冰，未有不焕然欲释者。倘可以济世，而医经奥诣赖是全备焉，因名之曰《济世全书》。昔青牛道士能延垂尽之命，白鹿真人顿生已枯之骨，予何人斯，敢以此自任哉？然二子以丹砂之神而展其济世之功，予将借医国之书而展其济世之心，故书成而世世共跻予之愿也。即书成而未必尽济，亦尽予之心也。予少年时，怕怀博济之转念也，纵有笑予之狂，讥予之任者，余何暇计焉？然而，予之意念终未已也。姑植数杏于庭，以俟予之后来者。

时万历丙辰夏，金溪龚廷贤自叙。

龚廷贤《济世全书》卷首，日本宽永十三年村上平乐寺重刻本

《云林医圣普渡慈航》自序

龚廷贤

予自幼习孔孟书，深嘉晦翁之善著述也。稍长，读古今史传，极羡范文正公之为人，私为少得展志，当必以公为程范也。乃试屡不偶，徒郁郁无所之，范公事业付之虚怀焉已耳。予父西园公授我岐黄业，因殚精敝神究极此道，誓不如卢扁诸名家不已也。于是挟父书，出己意，遵古法制，游齐、鲁、燕、赵、韩、魏之都，一以览古圣贤豪杰之遗，一以广吾寸心普济之术也，其道之所用，出人于颠连疵疠而置之生全安乐者，不下数千人，而囊中之积无问也，不敢谓辞鲁藩之千金，是其明证，得花满杏林，其所素愿矣。壮年归，著《医鉴》，书行于世，自以得附著述为幸。迨历年久，所见愈觉有未足，嗣是《回春》《仙方》《神彀》《保元》《禁方》《全书》《医宗》相继而付梓人矣。呜呼！予果能如晦翁之著儒者哉？不过以术自鸣耳，亦可愧也已。迩年日月愈迈，无复范文正公事业之妄想，与夫晦翁著述之妄事，惟与诸缙绅之旧知谈心讲学而已。乃缙绅诸公每笑予曰："先生之著业，有裨于世者，可谓宏且远矣。义兴丁公所谓尘埃宰相，陆地神仙，匪虚语也，宁范文正之事业已哉？晦翁之功德已哉？独有不慊者，数年来不出所见。公之后世，果以所著

书为无加也耶？庄氏之九年大妙，尼父之七十从心，坡仙之海外小品，皆以晚年之得为至，先生何靳焉？”予笑曰：“诸公之论，是欲予为冯妇而不止耶？虽然，见猎有喜，予不能无，但范文正之事业予未一见，而吾儿又时遁不获得志，无已，愿学其可行者焉。事业固眇不可几矣，如义田一节，千古美事，予感学焉。”诸缙绅以为美，爰出己资，付吾儿定国为义田之举，出己见，同吾儿定国为末年之书。帙成，请正之诸缙绅。诸公曰：“《医圣新编普渡慈航》，何以名之？”名“医圣”者，不忘吾幼习孔孟之义，名“慈航”者，志吾寸心普济之初也。珍之重之，是在后人矣。吾儿其藏之，终以付贾人，以谢诸缙绅先生可也。著是者何人？九十岁翁著《医鉴》诸书、金溪之云林老叟是也。时崇祯元年仲春月日，书于仁孝堂中。

龚廷贤《云林医圣普渡慈航》卷首，日本元禄九年刻本

《名医类案》跋

江应宿

先君子清修力学，不偶于时，抱疴攻医，数起人危疾，未尝以医名。家藏禁方及诸子列传，无虑百数十种，披阅适窾，手录以备遗忘，积二十年所遂成是书。分门析类，为卷十二，为条二百有奇。草创未就，剧尔见背。应宿不肖，髫龀多病，趋庭问难，颇契其旨。弱冠奉方伯叔父之滇南，寻游吴越齐楚燕赵间，博采往哲奇验之迹，载还山中。惧先集未梓，久而散佚，因取遗稿，编次补遗，亦越岁十九，凡五易钞，更与伯兄参互考订，勒成全书，传之通都下邑。俾肄业之士，如遇阴阳显晦未易辨之证，水火征兆疑似之难明者，试观前人已验之成法，准古酌今，一证一方，一案一论，吻合相孚，其应如响。

嗟乎！医贵权衡，譬之用兵。孙武论兵，无出虚实。兵识虚实，则无不胜矣。或者不师古人，亦自为法，唯司马穰苴能之。善之善

者也，抑或孳孳学古，虽中律度，如赵括徒能读父书，不知合变，卒归于败耳。是则存其人焉尔矣。医何以异此？先君子以缝掖称作者，托于医以隐。孤不敏，弗克继志，姑述手泽之遗，间附见闻，以广其传。虽于世未必有济，然承先君子及物之仁，则亦不敢私也。谨志。

时万历辛卯闰三月朔旦之吉，男应宿百拜撰述。

江瓘《名医类案》卷末，清乾隆庚寅新安鲍氏知不足斋刊本

《医方考》引

汪道昆

今人业医者，则吾郡良。吾郡贵医如贵儒，其良者率由儒徙业。吴山甫故儒生也，则亦降儒而就医。其言曰："儒生上治经术，下治百家，于是乎始有成业。医家上轩岐而下四氏，宜亦如之。业者纷如，率未及一吷而求六律，抑或操禁方为口实，无庸剽窃陈言，甚者托言师心，倍古昔而自用，悖之悖者也。与其自用，无宁有方。与其执方，无宁穷理。轩岐尚矣，四氏各名其家。始吾求之轩岐，什或得一。继求之四氏，什或得三。贸然心语曰："道在是矣，方何为者？"彼或以方为政，我不敢知，卒之要其指而揆其方，夫各有当。是故君臣佐使异用，寒热虚实异齐，多寡轻重迟速异宜，亢承异制。譬之经义，道在于经，方，其义也。譬之战阵，兵主于帅，方，其阵也。夫诵经义以为筌蹄，饰行阵以为缀兆，则其末节。顾论士者，非经义不章，即戍者，非行阵不能用众，皆是物也。昆既为《医方考》六卷，愿就有道而正焉。嗟乎，不佞故以儒发家，以武徇国，是两者皆弁髦也，吾无所用之。不佞方事大医王，有意乎西极，其言芥二仪而批千圣，大有径庭，要诸刹尘，则万方毕矣，沿则析不二为大千，沂则汇大千为不二，轩岐四氏，则不二之云，其方则大千也，即析为大千，居然不二，具在能者得之耳。昔人有

言曰："不为良相，则为良医。"又曰："用药如将。"吾观吾子之挟策，则两者能矣，进于是则医王，吾且日望吾子之大也，勉之哉。

万历乙酉浴佛日书于肇林精舍。

吴崑《医方考》卷首，万历十四年亮明斋黄基校本

《本草纲目》原序

王世贞

《纪》称："望龙光知古剑，觇宝气辩[1]明珠。"故萍实商羊，非天明莫洞。厥后博物称华，辩字称康，析宝玉称倚顿，亦仅仅晨星耳。

楚蕲阳李君东璧，一日过予弇山园谒予，留饮数日。予窥其人，睟然貌也，癯然身也，津津然谭议也，真北斗以南一人。解其装，无长物，有《本草纲目》数十卷。谓予曰："时珍，荆楚鄙人也。幼多羸疾，质成钝椎。长耽典籍，若啖蔗饴。遂渔猎群书，搜罗百氏，凡子、史、经、传、声韵、农圃、医卜、星相、乐府诸家，稍有得处，辄著数言。古有《本草》一书，自炎黄及汉、梁、唐、宋，下迨国朝，批注群氏旧矣。第其中舛缪差讹遗漏，不可枚数。乃敢奋编摩之志，僭纂述之权。岁历三十稔，书考八百余家，稿凡三易。复者芟之，阙者缉之，讹者绳之。旧本一千五百一十八种，今增药三百七十四种，分为一十六部，著成五十二卷。虽非集成，亦粗大备，僭名曰《本草纲目》。愿乞一言，以托不朽。"

予开卷细玩，每药标正名为纲，附释名为目，正始也；次以集解、辩疑、正误，详其土产形状也；次以气味、主治、附方，著其体用也。上自坟典，下及传奇，凡有相关，靡不备采。如入金谷之园，种色夺目；如登龙君之宫，宝藏悉陈；如对冰壶玉鉴，毛发可指数也。博而不繁，详而有要，综核究竟，直窥渊海。兹岂仅以医

〔1〕按："辩"当为"辨"之字误，下同。

书觏哉？实性理之精微，格物之《通典》，帝王之秘箓，臣民之重宝也。李君用心加惠何勤哉！噫，碱玉莫剖，朱紫相倾，弊也久矣。故辩专车之骨，必俟鲁儒；博支机之石，必访卖卜。予方著《弇州卮言》，恚博古如《丹铅卮言》后乏人也，何幸睹兹集哉？兹集也，藏之深山石室无当，盍锲之以共天下后世味《太玄》如子云者？

时万历岁庚寅春上元日，弇州山人凤洲王世贞拜撰。

李时珍《本草纲目》卷首，明万历刊本

重刻丹溪《金匮钩玄》序

王　圻

《金匮钩玄》者，世所传丹溪先生《原病论》及治疗诸方之粹者，言其秘也，若探囊发匮，其试而辄验。词理深且奥也，如索之混玄而难穷，此《金匮钩玄》所由名也。是编传而未广，梓而多讹。云门魏先生司理之暇，游心方外诸家，偶阅是帙，则曰曩轩皇、岐伯相与论说者，非即此耶？曷今之讹且罕睹也。遂命官校正，再锓诸木而属余序。余谓古今称神医者，必秦越人、太仓公已。乃秦越人之以医名也，长桑君授之禁方书也。太仓公之以医名也，阳庆授之《脉书》《药论》也。后二人复不私其有，授之子阳、子豹、宋邑、高期、王禹、杜信辈，然终不能有闻于时，与秦越人、太仓公并著。何者？彼以神解，此以方用也。然则方书可尽废哉？曰：传医以书，售医以方，犹致鸟以媒，致鱼以筌也。抱筌持媒将人人能矣。良工用之，十发十中，拙工百不获一，盖器用同，而神巧异耳。故得鱼鸟而释筌媒，则可。舍筌媒而窥鱼鸟，鲜克有济。是书也，何可废也？《志》有之：长桑君既与越人书，复饮以上池水，始视见垣一方人五脏症结，以此遂能死生人，要不专在切脉、望色、听声、察形间。今之执伎者，究此理于方书之内，悟此理于方书之外，然后可以已人疾，寄人死生。慎毋曰："吾能读方书。"遂尝试而漫用之！

王圻《王侍御类稿》卷五，明万历刻本

《鲁府禁方》序

朱三畏

余自袭封以来，恒念民间疾苦，每以济人利物为心，施药活民，盖亦久矣。第恨奇方未广，明医希觏，无能俾天下黎民无恙，此心恒歉歉然，愿为而未逮也。频年以来，博集奇方，殆今数载，续以成帙，什袭珍藏，茂不多有。癸巳秋，缘余妃张氏遘鼓胀之恙，即以吾藩医弗瘥，遂访海内明医，百药千家，曾无寸效，病势垂危，仓皇无措。有荐金溪明医龚子廷贤者，余特致书币，遣官抵大梁。询其所蕴，真儒医也。究其方脉，悉皆超迈群识。遂投一二剂，辄有奇效。以后药则时时进，而恙则时时愈。历冬迨春，恙已潜瘳矣。以吾藩医，余妃弗愈。俾海内诸医，余妃亦弗愈。而易龚子医，余妃辄愈之。龚子之医，岂非天下医之魁乎？余嘉之以衔，奖之以匾，题曰“医林状元”。举国欣羡，咸谓古之卢扁，不是过矣。余思穷帘蔀屋，设遘斯恙，遇有医若龚子者，则病无弗瘳，否则望其生者难矣。今将所治验方，推而广之，以济天下有是恙者。余闻龚子所著《医鉴》《回春》《仙方》《神彀》四书，盛行于世，推其心仁且厚矣。兹今所蓄秘方，并渠素蕴珍奇，厘为四卷，题曰《鲁府禁方》，是皆百发百中者。悉附诸梓，愿与斯世斯民共焉。盖以施药限于一方，传方布于天下，欲起天下疲癃之民，咸跻于仁寿之域，庶几少慰余之素志云。

时万历甲午岁仲春之吉，鲁王三畏书于存心殿。

龚廷贤《鲁府禁方》卷首，日本庆安元年小岛弥龙卫门仿金陵书林摹刊本

《寿世保元》序

张 位

余解绶归卧林麓间，于故箧中取《医鉴》《回春》《仙方》《神彀》《鲁府禁方》诸书，时披阅焉，惋然叹曰："奇哉！金溪龚子，术至此乎！其用意良博，其济世之念良殷且苦也。"余诚慨慕，冀昕夕遇之矣。乃一日飘然来谒，余辗然喜甚，徐揖而聆之。领略绪论，津津名理，悉皆凑底芝兰也。乃龚子复出秘书十卷以示余，其命曰《寿世保元》。余反复玩视，见其立论高，著方妙，其调治疗理，核实而有法，大都九折臂而成，真得医门家钵矣。嘻！亦大奇矣哉！曩者诸书业已传世，今兹之集，思且殚矣，苦尤剧矣。方之前刻，则昔固精而此尤精之精者也，昔固详而此尤详之详者也，所谓发诸名医之所未发，传诸名医之所未传者，端不在是也邪？

夫医，非仁爱不可托，非聪明理达不可任，非廉谨淳良不可信，是以古之用医，必选名世之后。知天地神祇之次，明性命吉凶之数，处虚实之分，定逆顺之理，原疾量药，贯微达幽，度节气而候温冷，参脉理而合轻重，必参知而檃括焉，斯善矣。云林龚子身儒行之粹美，跻医道之圣功，固回天国手，所藉以上培圣天子之元和，而下跻斯民于仁寿之天者也。顷闻鲁藩币聘，起其元妃于九死，彼且介然却其千金。鲁藩益高其谊，复宠以御医院荣衔，赐以鞶带华饰，赐以龙牌匾额，题以"医林状元"，龚子盖亦有荣遇哉！

夫儒林有玉，其独步者命之曰国士。医林亦有玉，其十全者命之曰国手。龚子者得不称为国手而当国士哉？得不称为国士而实国手哉？以国手汇成国医之集，以故分门别类，靡不具悉，溯流穷源，靡不究竟，起死回生，靡不效验。将前登岐黄，后咸刘李，自俞跗、涪翁而下，卓敻无与俪矣。集成以付剞劂氏，公诸宇内，则遵而守之，可以寿一人，亦可以寿千万人，推而广之，可以寿一世，亦可以寿千万世，其所裨益，宁以家计年算哉！余故善龚子，喜其集成而启后，洵有地也，特为之弁言简端。新建洪阳张位撰。

龚廷贤《寿世保元》卷首，明经纶堂刻本

刻《种杏仙方》引

何出图

方名种杏，志效也。效考如奏音，必八又谐，则古为难。若一音自终始，亦可发性灵，宣和气，功将与大成埒，何逸也？龚氏子才，操岐黄之秘而鸣诸豫，尝佐尔翁著《医鉴》，行于世矣。为浩博而旨奥，构材备难致也。乃更择易简，投单品辄效者为四帙。又不为艰深语，即穷陬啬人读易解，能卒然办。譬之阮瑟嵇琴，一脱囊自成韵调，又可以名家也。古有种杏识效者，莫此速，殆无几林矣，故名集而梓之。何子曰："医人等国，古记之矣。乃医国长策，若治安天人，亹亹常数千言，咸切中世疴，而竟莫实效，不谓用之者艰哉？或伺隙乘会，投片言悟主，乃能力转钧轴而措之安，又不比于好竽操瑟之诮，不逸日大耶？微键能制阖辟，寸机握弩千钧。是集也，功大成也。若夫备声振以考全效，则固有《医鉴》在矣。子才名廷贤，号云林，江西金溪人。

时万历辛巳岁孟秋谷日，大梁进士见寰何出图书。

龚廷贤《种杏仙方》卷首，明万历金陵周庭槐刻本

《万病回春》序

舒　化

医官龚生，江西金溪人，与余有乡国之雅。其父西园君，尤为医林所宗，而生承之，盖世传也。一日来谒，则出《古今医鉴》《种

杏仙方》二书示余，而又有《万病回春》集一帙，专缮写未刊。余披阅一过，则见探本推标，条分缕析，有一病则次一脉，断一脉则次一方，即病者千变万态，而治法尤层见迭出。盖不必远稽古籍，近搜旁门，唯按类随索，如持左券。信医学之渊薮，百家之囊橐。视前二书，尤为切要，不可不亟传也。生乃进而请曰："廷贤竭生平，卒父业著成此书，盖愚者一得，医人本分事耳！若欲广其传，非借金玉，何以垂不朽？"余颔之，喟然曰仁哉，孝哉，龚生之用心也！夫天之仁爱，物靡不欲其皆荣而无瘁，皆息而无消。顾阖辟相乘，时序固然，而恃有春之回焉，则瘁者荣，消者息，天心之仁爱始见。至若人之一身，安全生养者其常，而疾病痒疴亦势所不能必无。顾所恃者医药以救疗之，调摄之，而世多庸庸，非徒无益，反而害之。即有欲知医以事亲，研求以卫生者，犹然苦无捷径，往往不能窥堂奥于万一。坐是夭札罔济，而太和春温之风，不可复觏，良为仁人之所隐也。是书一传，则初学者得其指南，而入门有地。即素不谙医，时一展卷，治方犁然毕具。药无不投之剂，人无不医之疾。由是传一邑，则济一邑，煦然百里春也。传一郡，则济一郡，盎然千里春也。传之天下，则博施济众，熙熙然和气流行，四海皆春也。方今圣天子斡旋元气于上，贤公卿调和元气于下，而草野间又有阴翊元气，助成春蔼者，若斯集焉，诚哉跻斯民于仁寿，厝万方于春台，而三皇如春之盛世，在今日矣！

古谓良相良医同功，非欤？然则生虽不显遇，而博济仁泽，谅不在当事者下也。溯厥衣钵，盖成乃父之志，而广其仁。《诗》云："孝子不匮，永锡尔类。"其龚生之谓哉？余嘉生之用心，而乐与斯世共也，遂发其所欲言者如此。若夫生之游历，及父子名号，业已迣《医鉴》序，兹不赘。

时万历十五年岁次丁亥仲秋吉旦，赐进士第资政大夫刑部尚书临川继峰舒化撰。

龚廷贤《万病回春》卷首，明万历十六年苏州叶龙溪刻本

墨宝斋《集验方》序

焦 竑

陆宣公在忠州，日集古医方。或者谓为谪居避咎计，不知君子深仁隐厚，蓄积于中。譬之源泉，随地而出，期于利物而已。而人情薄恶，动以为有为而为，不亦陋乎？岁戊申，阳侯为灾，舟行于涂，蛙产乎灶，人不聊生甚矣。新安郑梦圃氏，侨居金陵，捐橐中装，振之已。疫疠流行，民益大困。为延良医数人，讯疾调药，置之通衢，赖以全活者不可指数。寻念穷乡僻坞，苦于无医者，往往有之。因出所藏《集验方》若干卷，梓之以行。余嘉其为仁人之用心也，辄取余所有者尽畀之，俾并以传焉。

夫善为医者，必识病情，识病既真，故药之所投，应手而差。后人不能识病，徒多其药物以求中，如猎不知兔，广络原野，以幸一获，鲜能济矣。其或形证了了，不必明者，乃能识之，则又不守古方，妄为增损。岂知古人制方，君臣佐使，致有精意，秋毫之谬，效悬霄壤，不可不慎也。得是方者，确与病合，当准而用之，毋以意更。昔李广自负其能，行兵无部伍行陈。程不识则不然，斤斤尺寸，亦以无害。苟微广之才，而惟意之循，其败必矣！故吾非为广言也，谓夫不能广而姑为程不识，犹可以自全焉耳。

焦竑《焦氏澹园续集》卷二，明万历三十九年朱汝鳌刻本

《医方考》序

方时化

方伯子以道鸣于丰蹊之右，吴山甫闻其风而悦之。吴山甫以医鸣丰蹊之左，方伯子闻其风而悦之。柔兆之岁，两人相与寓于溪之

上，居相比也。山甫则过伯子请道。伯子曰："善，道亦心而已矣，莫著乎时中。"山甫曰："境有理有欲，安得无择而概以时中？"伯子曰："非也，何理何欲？当其时，欲亦理也。非其时，理亦欲也。"山甫唯然："是固夫医所为当位无邪，非位无正者。"

明日，伯子则过山甫请医。山甫曰："嘻，谈医于有道者之前，辟犹一吷也。虽然，敢不尽愚？医在心。"伯子曰："道也，今然技矣，何谓心？"山甫曰："固也不然。心，主也，主不明则十二官危，主明则下安。此非卫生之径耶？"伯子唯然："是固夫道所为亟治心者。"

自是，两人相与契，莫逆于心，遂相善也，过从以为常。维山甫盖窃自幸伯子固事道者，然不啻深于医。伯子亦云山甫虽托业医，乃其人知道者也。于是薄岁除，伯子将迁舍馆，山甫则执伯子而遽言："昆不敏，尝考医方，幸得借司马为先谈。居常私计绍司马之业将非伯子不可，今又幸得以道亲伯子，愿以为伯累，可乎？"伯子曰："可，吾既读山甫所考矣，精矣，密矣，悉以详矣。考时变，上尽天之情。考事证，中尽人之情。考义类，下尽物之情。虽然，山甫弗恃也。山甫盖知道者，入方之内而游方之外。吾见族医背方矣，失者十七。吾见良医执方矣，失者十五，山甫幸不其然。山甫往自勉矣，入方之内而游方之外。《易》曰：'方以知。'又曰：'神无方。'果且为有方乎哉？果且为无方乎哉？无方而有方，有方而无方，其斯大医之门，蹈道之径也，山甫往自勉矣！"

万历丙戌二之日书于五如馆。

吴崑《医方考》卷首，万历十四年亮明斋黄基校本

《医方考》序

江东之

医，小道也，而可观夫人。身体百骸，强健聪明，岂非吉祥善

事？而安事医药，顾百年之期，何能旦夕无恙？则医之不可以已也。谭医家言者而不考禁方于古人，是犹渡江亡楫，鲜有济者，则方之不可以已也。吾乡多隐君子，而稍稍以土苴见长，类能变夭札为黄耇，总之不下数十余曹，今其人各有著述，若山甫是籍，考镜病源种种化境，世有知者，以有方入无方，神而明之，其济物也弘矣，其有功于后世也远矣。余于医无所知，而独喜方之能已人疾。夫医，难言哉，昔人三折肱而知医。余肝肠病，值今不幸病迷，业已聚族而谋，冀得请于朝，归而杜门集古方言，实余天幸。而会山甫先得之而余无所用之，余将游方之外，岩栖川观，梦想岐伯，时而采药西山，卖药东海，如山甫所谓山陬湖海之间，求良医不可即得，尝按方饵药，舍我其谁？则余亦未必无裨于山甫者。虽然，乌附黄芒，卒收奇效。参苓精术，岁月见功。世有讳疾忌医，粱肉治病，吾惧山甫之计过，而余之技穷矣。嗟乎，是道也，可与知者道，虽难与俗人观也。

万历丙戌上元日书于云门之瑶芝堂。

吴崑《医方考》卷首，万历十四年亮明斋黄基校本

《医方考》自序

吴　崑

上医治未病，方无尚也，垂经论焉。经论，医之奥也。中医治已病，于是乎始有方。方，医之粗也，非其得已，视斯民之疾苦，故因病以立方耳。季世人知医尚矣，习方其简也，穷经其烦也，乃率以方授受，而求经论者无之。舍斯道之奥，宝斯道之粗，安望其术之神良也？

余年十五志医学，逮今十有八稔，惧辱医名，蚤夜遑遑，惟经论是搜，不敢自是。游海内者数年，就有道者而贽谒之。见贱工什九，良工什一，不惟上古之经论昧焉，虽中古之方犹弗达也。弗明

方之旨与方之证，及诸药升降浮沉、寒热温平良毒之性，与夫宣通补泻、轻重滑涩燥湿、反正类从之理，而徒执方以疗病，恶能保其不殃人乎？乃为之愍恻，取古昔良医之方七百余首，揆之于经，酌以心见，订之于证，发其微义，编为六卷，题之端曰“医方考”。盖以考其方药，考其见证，考其名义，考其事迹，考其变通，考其得失，考其所以然之故，匪徒苟然志方而已。君子曰：“夫夫也。”弱龄谫陋，轻议古人，则崑有罪焉尔。世有觉者，触目而疵之，从而可否之，吾幸吾之得师也；游艺者，玩索而惜之，存而左右之，吾幸吾之明与也。如山野之陬，湖海之远，求良医而不速得，开卷检方，能究愚论，而斟酌自药焉，则吾济人之一念也。或者尚论千古，末张孙而本轩岐，劣群方而优经论，则孟轲氏所谓“游于圣人之门者，难为言矣”，安用夫斯籍之赘也？

皇明万历十二年岁次甲申孟冬月古歙吴崑序。

吴崑《医方考》卷首，万历十四年亮明斋黄基校本

《证治准绳》序

王肯堂

余发始燥，则闻长老道说范文正公未达时祷于神，以不得为良相，愿为良医，因叹古君子之存心济物如此其切也。当是时，颛蒙无所知，顾读岐黄家言，辄心开意解，若有夙契者。嘉靖丙寅，母病阽危，常润名医，延致殆遍，言人人殊，罕得要领，心甚陋之。于是锐意学医，既起亡妹于垂死，渐为人知。延诊求方，户屦恒满。先君以为妨废举业，常严戒之。遂不复穷究。无何，举于乡。又十年，成进士。选读中秘书，备员史馆。凡四年，请急归。旋被口语，终已不振。因伏自念受圣主作养厚恩，见谓储相材，虽万万不敢望文正公，然其志不敢不立，而其具不敢不勉，以庶几无负父之教，而今已矣。

定省之余，颇多暇日，乃复取岐黄家言而肆力焉。二亲笃老善病，即医非素习，固将学之，而况乎轻车熟路也？于是闻见日益广，而艺日益精，乡曲有抱沉屙，医技告穷者，叩阍求方，亡弗立应，未尝敢萌厌心，所全活者稍稍众矣。而又念所济仅止一方，孰若著为书，传之天下万世耶？偶嘉善高生隐从余游，因遂采取古今方论，参以鄙见，而命高生次第录之，遂先成杂病论与方，各八巨帙。高生请名，余命之曰《证治准绳》。高生曰："何谓也？"余曰："医有五科七事。曰脉，曰因，曰病，曰证，曰治，为五科。'因'复分为三，曰内，曰外，曰亦内亦外，并四科为七事。如阴阳俱紧而浮，脉也；伤寒，因也；太阳，病也；头痛发热、身痛恶寒无汗，证也；麻黄汤，治也。派析支分，毫不容滥，而时师皆失之，不死者幸而免耳。自陈无择始发明之，而其为《三因极一方》，复语焉不详。李仲南为《永类钤方》，支分派析详矣，而入理不精，比附未确。此书之所以作也。"曰："五科皆备焉，而独名证治，何也？"曰："以言证治独详故也。是书出，而不知医不能脉者，因证检书，而得治法故也。"

虽然，大匠之所取平与直者，准绳也。其能用准绳者，心目明也。倘守死句，而求活人，以准绳为心目，则是书之刻，且误天下万世，而余之罪大矣。家贫无资，假贷为之。不能就其半。会侍御周鹤阳公以按鹾行县至金坛，闻而助成之，遂行于世。

时万历三十年岁次壬寅夏五月朔旦。念西居士王肯堂宇泰识。

王肯堂《证治准绳》卷首，清文渊阁四库全书本

《外科正宗》自序

陈实功

历下李沧溟先生曾谓："医之别内外也，治外较难于治内。"何者？内之症或不及其外，外之症则必根于其内也。此而不得其方，

肤俞之疾，亦膏肓之莫救矣。乃今古治外者，岂少良法神术哉？或缘禁忌而秘于传，或又蹈袭久而传之讹。即无所讹，而其法术未该其全，百千万症，局于数方，以之疗常症，且不免束手，设以异症当之，则病者其何冀焉？余少日即研精此业，内主以活人心，而外悉诸刀圭之法，历四十余年，心习方，目习症，或常或异，辄应手而愈。虽微及岐黄之灵，肉骨而生死，不无小补于人间，自叩之灵台，则其思虑垂竭矣。既念余不过方技中一人耳，此业终吾之身，施亦有限。人之好善，谁不如我？可不一广其传，而仅韬之肘后乎？于是贾其余力，合外科诸症，分门逐类，统以论，系以歌，效以法，则微至疥癣，亦所不遗。而论之下，从以注，见阴阳虚实之元委也；方之下，括以四语，见君臣佐使之调停也；图形之后，又缀以疮名十律，见病不可猜、药石之不可乱投也。他若针灸，若炮炼，若五戒十要、造孽报病之说，不啻详哉，其言之也！余心其益熯矣。集既成，付之梓，名曰《外科正宗》。既而揽镜自照，须鬓已白。历下所云“治外较难于治内”，庶几识余之苦心哉！里中顾比部诸君，似亦嘉余之有裨于世，各褒以言，而弁其端。余则惶悚逊谢曰：“韩伯休名根未划耶？第诸君且褒余，余敢不益广诸君意？谨唯命，而以是公之养生家前。”

时万历丁巳之秋七月既望，东海陈实功谨识。

陈实功《外科正宗》卷首，清嘉庆十一年刻本

《云林医圣普渡慈航》序

叶向高

儒与医分歧乎？全生复性，其致一而已矣。自伏羲画八卦，而天心之学以开；神农尝百草，而汤液之论以著；黄帝察脉候息，而运气、经络之说以明。今谓伏羲为斯文鼻祖，而谓神农黄帝为医师，吾不信也。天生圣人，总以跻生民于仁寿之域而已。江右金溪巨镇

曰云林，层峦绝巘，秀插天表，盘亘数百里，扶舆磅礴之气钟灵孕秀，代产贤豪。而三陆夫子领袖群儒，象山先生首辩无极太极之谬，斯道根宗，如揭日月，而居家总药肆以治生，曰："无若此之仁术也。"嗣是以后，辅国翼运、勒名旗常者，接踵在庭，而韬光铲采、遁迹箕颍者，雁行继起。

龚君廷贤，丱角岐嶷已志圣贤之学问，一操觚为举子业，一再试于王司不捷，遂掷笔而起曰："吾岂濡首笔砚间，为造物小儿所播弄，使名不著于当时，泽不及于天下哉？古人有云：'不为良相，则为名医。'"遂殚精岐黄，其精以养亲，其真以治身，而其绪余以及天下。久之，豁然解悟，真若饮上池之水，洞然见垣一方也。投剂于人，沉疴锢癖无不雾释冻解者。薄游豫、赵、燕、鲁间，闻其名者，内而三事九列庶府，外而抚按藩臬守令，币帛交驰，莫不分庭而抗礼。尊而藩国圣裔，贵而元勋戚畹，征书沓至，莫不下堂而走迎，而君固诚心质行，悃默坦夷，无纤毫媕婀脂韦态，望之而亲，遇之而肃，久而不觉自失，于是相与荐于朝，授秩御医，而君固不色喜。又各为金章华扁，颜之以"医林状元""回天国手"，而君亦笑而受之。其最异者，起鲁藩国后之沉疴，酬以千金而不受，曰："无为吾累也。"

久之倦游，翻然曰："吾得无旷吾祖考之祠墓，其归而展我岁事之常也？"乃经纪其族政，蒸尝有期，赡族有田，皆捐私家之有。君产不及中人，而四方馈谢，皆以之赈荒济饥，掩骼埋胔，架梁修路，凡诸济人利物之事，殆不胜书也。凡若此者，其视世之假途道学，动称姚江法门，以乡愿之行饰以孔孟之说者，有一于是乎？而尤勤于著书，老而弥笃，曰："与其以吾操一人之术以授天下，孰若传之于书，如佛氏所谓灯灯相传，以救万劫之迷哉？"故初著《古今医鉴》，继著《万病回春》，以至于《云林神彀》《鲁府禁方》《寿世保元》等书，不啻八九种。人以为君得无赘乎？而君不为阻。然吾观朱晦庵《四书》《五经》皆有注，又有小注，有或问，以至于《通鉴纲目》《孝经》《楚辞》，下及于《参同契》，皆为之注，至老而易箦，尚改注诚意章。噫嘻！何其救世觉民之惓惓哉？而君得无同心乎？今君以九十之年而康强若是，其季嗣定国于门君者，又积学邃养深于理奥，尤为医学冠军。书中之润色，实赖其力居多也。而龚氏之父子允称岐黄继美者矣。是书之出，愈邃愈精，皆《内经》之秘密珍藏，而刘、张、朱、李之所未及发者，合前盖书十种矣。余不能领悉其妙义，因忆其婆心济世，总属慈航之念，因为序以弁其首。而颜之曰“云林医圣普渡慈航”云尔。

建极殿大学士少师兼太子太师吏部尚书福清台山叶向高撰。

龚廷贤《云林医圣普渡慈航》卷首，日本元禄九年刻本

《类经》序

张介宾

《内经》者，三坟之一。盖自轩辕帝同岐伯、鬼臾区等六臣互相讨论，发明至理，以遗教后世。其文义高古渊微，上极天文，下穷地纪，中悉人事。大而阴阳变化，小而草木昆虫、音律象数之肇端、脏府经络之曲折，靡不缕指而胪列焉。大哉至哉！垂不朽之仁慈，开生民之寿域。其为德也，与天地同，与日月并。岂直规规治疾方术已哉？

按晋皇甫士安《甲乙经》序曰：“《黄帝内经》十八卷。今《针经》九卷，《素问》九卷，即《内经》也。”而或者谓《素问》《针经》《明堂》三书，非黄帝书，似出于战国。夫战国之文能是乎？宋臣高保衡等叙，业已辟之。此其臆度无稽，固不足深辨。而又有目医为小道，并是书且弁髦置之者，是岂巨慧明眼人欤？观坡仙《<楞伽经>跋》云：“经之有《难经》，句句皆理，字字皆法。”亦岂知《难经》出自《内经》，而仅得其什一。《难经》而然，《内经》可知矣。夫《内经》之生全民命，岂杀于《十三经》之启植民心？故玄晏先生曰：“人受先人之体，有八尺之躯，而不知医事，此所谓游魂

耳！虽有忠孝之心，慈惠之性，君父危困，赤子涂地，无以济之。此圣贤所以精思极论尽其理也。”繇此言之，儒其可不尽心是书乎？奈何今之业医者，亦置《灵》《素》于罔闻，昧性命之玄要，盛盛虚虚，而遗人夭殃，致邪失正，而绝人长命。所谓业擅专门者，如是哉！此其故，正以经文奥衍，研阅诚难。其于至道未明，而欲冀夫通神运微，仰大圣上智于千古之邈，断乎不能矣。

自唐以来，虽赖有启玄子之注，其发明玄秘尽多，而遗漏亦复不少。盖有遇难而默者，有于义未始合者，有互见深藏而不便检阅者。凡其阐扬未尽，《灵枢》未注，皆不能无遗憾焉。及乎近代诸家，尤不过顺文敷演，而难者仍未能明，精处仍不能发，其何裨之与有？

余初究心是书，尝为摘要，将以自资。继而绎之久，久则言言金石，字字珠玑，竟不知孰可摘而孰可遗。因奋然鼓念，冀有以发隐就明，转难为易，尽启其秘而公之于人。务俾后学了然，见便得趣，由堂入室，具悉本原，斯不致误己误人，咸臻至善。于是乎详求其法，则唯有尽易旧制，颠倒一番，从类分门，然后附意阐发，庶晰其韫。然惧擅动圣经，犹未敢也。

粤稽往古，则周有扁鹊之摘《难》，晋有玄晏先生之类分，唐有王太仆之补削，元有滑撄宁之撮钞，鉴此四君子而后意决。且此非《十三经》之比，盖彼无须类，而此欲醒瞶指迷，则不容不类，以求便也。由是遍索两经，先求难易，反复更秋，稍得其绪，然后合两为一，命曰《类经》。“类”之者，以《灵枢》启《素问》之微，《素问》发《灵枢》之秘，相为表里，通其义也。

两经既合，乃分为十二类：夫人之大事，莫若死生，能葆其真，合乎天矣，故首曰摄生类；生成之道，两仪主之，阴阳既立，三才位矣，故二曰阴阳类；人之有生，藏气为本，五内洞然，三垣治矣，故三曰藏象类；欲知其内，须察其外，脉色通神，吉凶判矣，故四曰脉色类；脏府治内，经络治外，能明终始，四大安矣，故五曰经络类；万事万殊，必有本末，知所先后，握其要矣，故六曰标本类；

人之所赖，药食为天，气味得宜，五宫强矣，故七曰气味类；驹隙百年，谁保无恙？治之弗失，危者安矣，故八曰论治类；疾之中人，变态莫测，明能烛幽，二竖遁矣，故九曰疾病类；药饵不及，古有针砭，九法搜玄，道超凡矣，故十曰针刺类；至若天道茫茫，运行今古，苞无穷，协惟一，推之以理，指诸掌矣，故十一曰运气类；又若经文连属，难以强分，或附见于别门，欲求之而不得，分条索隐，血脉贯矣，故十二曰会通类。汇分为三十二卷。此外复附著《图翼》十五卷。盖以义有深邃，而言不能该者，不拾以图，其精莫聚；图像虽显，而意有未达者，不翼以说，其奥难窥。自是而条理分，纲目举，晦者明，隐者见，巨细通融，歧贰毕彻，一展卷而重门洞开，秋毫在目。不惟广裨乎来学，即凡志切尊生者，欲求兹妙，无不信手可拈矣。

是役也，余诚以前代诸贤注有未备，间多舛错，掩质埋光，俾至道不尽明于世者，迨四千余祀矣。因敢忘陋效颦，勉图蚊负，固非敢弄斧班门，然不屑沿街持钵。故凡遇驳正之处，每多不讳，诚知非雅。第以人心积习既久，讹以传讹，即决长波犹虞难涤，使辨之不力，将终无救正日矣。此余之所以载思而不敢避也。

吁！余何人斯，敢妄正先贤之训？言之未竟，知必有阚余之谬而随议其后者。其是其非，此不在余，而在乎后之明哲矣。虽然，他山之石，可以攻玉；断流之水，可以鉴形；即壁影荧光，能资志士；竹头木屑，曾利兵家。是编者倘亦有千虑之一得，将见择于圣人矣，何幸如之！独以应策多门，操觚只手，一言一字，偷隙毫端。凡历岁者三旬，易稿者数四，方就其业。所谓河海一流，泰山一壤，盖亦欲共掖其高深耳。后世有子云其悯余劳而赐之斤正焉，岂非幸中又幸？而相成之德，谓孰非后进之吾师云。

时大明天启四年，岁次甲子黄钟之吉，景岳子自序于通一斋。

张介宾《类经》卷首，明金阊童涌泉刊本

陈木叔《越吟草》序

张师绎

章安陈木叔之上公车也，海内识与不识，口诵其文而耳食其名者群然，皆以为取高第犹掇之也。然而木叔竟放落，骏骨未收，蛾眉诲妒，从古然耶。木叔自黄金台来，予叩之。木叔盖称病，云："病而伏邸舍可三旬，得国工朱君量药称水，霍然汗，病良已。始附舟南，病中无所事事，历历若见。所为病者，乃日哦一诗，数之正得三十首，名曰《越吟操》，土风也。"木叔故长于词赋，落笔如风雨，顷刻可数千万言。洏首事声律之学，击钵刻烛得数十韵，其俯而称诗。称诗而檃括之七言律，七言律而日课其一。盖病中借以自娱，且束其纷飞驰骤之想，与夫栗薪瓜苦之思，旅馆寒灯之感。以病哦诗，以诗发药，以药治病。浣濯性灵，节宣结涩。平亭音响，光华内辅。治天下不越斯路，而矧区区温热寒凉之传袭者乎？予行部章安，峰岭插天，谷王环绕。其士磊砢英多，敦本实，重节义。其居民性情纯笃，言不庞语，不杂外物，不见而迁，是为诗原。木叔朝夕浸灌滋培，见其端绪，故燕游而系之越吟焉。明[1]天子在上纠虔群工，大法小廉，以喜以起，荡涤数年来蒙雾晦暝之日月。有窍必鸣，无蛰不起，是为诗候。长安新贵人未免东涂西抹，擎拳伛偻，出没尘盎。木叔端居一榻，经卷药炉，鼠迹印床，蛛丝挂户，是为诗材。三资者具，而木叔之称诗，犹勺水于河，取火于燧也。彼谓"诗能穷人""诗必穷而后工"者，其可与言诗乎哉？

张师绎《月鹿堂文集》卷一，清道光六年蝶花楼刻本

〔1〕"明"字疑为舛人。

《伤寒指南》序

陈仁锡

顺湖叶长者，有恒德。上登极，诏书以贤太医官之，命服斯煌矣。子庠士，讳翘。宗泰用儒起家，世其孝谨。读《伤寒指南》一书，佩之服之。昔贤评人清而寒，其清足以贫，其寒足以死。予观名利之途，大都死热者多，死寒者少。噫！岂寒可疗，热不可疗耶？近中州刻伤热书，岂亦有所感耶？夫阴阳之患，熸于白发，予特为富贵人拈破。然以伤暑配伤寒，得无太奇？是谓五经之后，又有五经也；是谓张仲景之外，又有无数张仲景也。自古有小心之人，无放胆之人，放胆者，其人必粗；有小心之文，无放胆之文，放胆者，其文必俚。近世医家好用奇、好用偏，每欲驾出于古圣贤之上，其心已不平，安辨君臣佐使耶？顺湖，小心人也，惟先贤是述，而更广之。皆垂世之言也，书必传。

陈仁锡《无梦园初集》马集三，明崇祯六年刻本

岳心翼先生《医家正印》序

范景文

史载《阮氏七录》有《医经》九卷。郑渔仲《艺文志》载“医方”一家，凡二十六种，而马氏《经籍考》又以医家列于子类，与经史集四部并传，广成、河上于斯著矣。心翼先生渊源六籍，薮泽九流，于脞谈冗辑罔不澜翻咀茹，而时出之。著有《医家正印》，印诸医家之畔于正者也。先生少而善病，如李云翼遇安期生，遂以工医，医益精良，保身之心，心存保世，为著此。书中凡广嗣保赤、颐老尊生以至男女证治、家居读书、客旅仕宦、行师舆疾、济难扶

危，虽寸肤必护，小眚必刮，指脉理之委源，辨药石之损益，消息于五运六气，从寒热、温凉、散抑、燥急、坚脆、衰强，因时、因地、因人而施按治。以病制方，以方疗病，无有不尽其意者，吁！亦微矣。从来幸灵之神于术，长桑君之圣于医，陶弘景之精于养生服饵，大都以甘苦之味，手调盐梅以补泻之方，斟酌元化。故救时则藉名相，度世则仗良医，夫岂小道哉？先生三吴名儒，理学、经济无不精诣奥微而葆和式谷，有万石、朗陵家风。长君以画省望郎出守名郡，颍渤同称，翰中忌口不以同，明识卜其大器。昔游彦哲问政于宗端，论政曰："为政不难，治气养心而已。心正则不私，气平则不暴，仲舒养气之说亦然。"此政通于医，医可通于政也。今天下气且日病，民方劳恐悲思，思则气结，悲则气销，劳则气耗，恐则气下，多呻吟创痏以求更苏，尤所望于医国者。安得先生针石艾焫立起之。是编也，当与《艺文》《经籍》并载以传矣。

范景文《范文忠集》卷五，清畿辅丛书本

《医世杂方》序

卓发之

当今天下，珰竖嚼其肌骨，蟊贼啮其肠胃。四家六技方无处下手，而更有二竖子隐隐居于世间人心之中，蛊惑瞀乱，攻之不可达，针之不可及，令良医投砭而起者，此诸病之根蒂也。肌骨肠胃之疾，则当解胪破背，穿胸刳腹，抽裂积聚，湔洗疾秽，如文挚、陈珪之灌以麻沸，傅以神膏是也。若夫偕生之病，不自外干，则必探心而易置之。如鲁扈志强而气弱，故足于谋而寡于断。赵婴志弱而气强，故少于虑而伤于专。当若扁鹊之换心焉，则均善矣。比部黎尔瞻先生，为当世净名居士，以众生病故，方便示疾，将以鸿术为一世司命。因手录二十一史，并稗官中奇秘方药以疗人，不特望色听声、涤脏理脑而已，且将举世上人心而易置之。

尝观古之真人散圣，或隐于吏，或隐于医卜方伎间，必有一种不伦不脊、若灭若没之致，令人不可测识。不必正襟盛饰，闭目匡坐，为世指名也。即如词赋家，江潭之有三闾，昌谷之有锦囊，往往乱如复乱，若风吹云，观者但如穆王之挟飞仙而游于广寒之天，与之默存焉可耳。先生吏隐旧都，妙于词赋，故于药石之中而讽劝错陈，庄谐互用，其亦有风骚遗意耶。昔孙思邈入龙宫，得禁方三千有奇，而不肯尽泄。乃杂以他方千百，流通世间，明眼人当自向此中认取耳。

卓发之《漉篱集》卷十，明崇祯传经堂刻本

九　书信

与时川

方　凤

辱惠内养之术及药方一事，再三读之，大抵皆采阴补阳之说，而药品多辛热燥烈之味，仆为之笑而且骇。仆观服此药者，火动水枯，多发疡毒。古之豪杰，虽昌黎之明达，坐此而毙，而近年魏子才亦以此□□股肿，遂至不起。然原其情，皆迫于无后，甚不得已也。仆赖先人之灵，子孙四人在膝前。年已七十矣，于外事避之如蜂虿，惟恐其近我也，而敢以衰孱之躯犯之，自促其光景乎哉？又承谕，仆深藏寡出，无山水之兴，令人闷闷，诚达人之词也。但人之性气各有不同。仆少长村坞中，过于鄙朴，不识游观之乐，至三十外始从诸公游。将谓休谢，归以家事付之子，得以从容登涉以为平生之快。不意老年得幼子，别创田屋教之读书，日复一日，依然旧日气象，宜为执事之所摈诮也。执事轻舆画舫，纶巾野服，放浪于宽闲幽胜之地，一杯自持，万虑都遣，使人望之真如列仙。仆虽陋劣，亦垂涎久矣。但闻时挟可人，此恐非老年所宜，询之则即五年前所蓄者。仆亦尝有此，不久遣去，如释重负，然尤恨去之不早。仆素有用世之志，为当道所抑，郁不得施，故藉此以寄无聊之情，实非本心也。意执事之心不殊，此东坡云："不能游方之外而留意于物，未有不为所累者。"执事试一遣之，以观身心之损益，则恐内养之药，无有过于此者矣。恃爱冒渎，可否惟命。　　方凤《改亭续稿》卷一，明崇祯刻本

与张宪长

汪应轸

连日途行冒雨，疲甚，前病增剧。昨夜半，腹大痛，几决绝，得一泻略可。而脾胃益损，神思益困，不能前进，僻县又无良医可托，阮籍所谓“途穷”，不以此耶？专人回省请医，幸垂念，择一人来。生到广信，调理数日，方可过山。生此行亦只为病体，在客中无一骨肉相依，贻父母千里之忧。兴念及此，方寸即乱，以此不告而行，恐为执事辈所挽，非有他意也。盖抚按诸公所以待生者，未尝不厚。生所以为之者，未尝不坚。纵小有督责，自是常规。生之出处，宁独系此？烦多致意高吾先生勿以形迹重加疑怪，相见有日，愿得再承下风。如终废弃，亦宜幽伏遐思，别有著述，容奉请教，以图不朽。盖古之君子不能同行于时，亦当同光于后。进以天下，退以天下，大道之行也。生何敢不知量，而欲自绝于大贤君子哉！是以未出城之前惟恐行之不速，既出城之后则又怅然西顾，此情此意，人或不知，执事其察之哉！

汪应轸《青湖先生文集》卷七，清同治十一年广州刻本

与仲男肯堂书三十五则（节选）

王　樵

（一）

书来云：劳则呕，而怒则满。见呕何不节劳，觉满何不戒怒？必云劳非不欲节，有不得已者；怒非不欲戒，有不可堪者。此在他人则无可说，汝既通佛通医，到此全不得力，是止能医人而不能自

医，止能敬佛而不能即心。是佛即心，是佛者无他，炼心而已矣。所闻于达观大师者之谓何？所学于先圣先师者之谓何？吾昔初入仕途，一味任性，不善处人，又不善驭下，亦受过百般苦恼。里衣带断，皆是自缀。大同不离一，炕冻屡欲僵。至于寒凉世态，众侮群欺，尤莫甚于癸丑丁巳之年，未尝动心。今汝所居地位胜我多矣，随事可以磨炼，随地可以进德，千万努力，常以远者大者在念，则精神奋发，胸怀开展矣。凡事要精神对副，饮食劳健，风寒暑湿中皆有工夫，则病不能入。粗者尚然，况精者乎？何谓精者？事不累心，心不累事。此等境界虽难到，然小做小益，大做大益。

（二）

书来言：每饭不过一盂，又有痞痛便血之患。汝在家时饮食太少，又时时便红，吾素忧之。然谓汝能医，必能自愈。不谓客中仍复如此，切不可忽，须求其所以致之之根，治而绝之。吾少年时饮食亦少，后在宦途，有意自矫，乃习劳而强饭。至今步行乃可过十里，每日粥可三盂，饭可盂半。若能戒酒少痰，则啖饭当愈多。汝既不饮酒，又无声色货利之贪，所以有前患者，多是于七情上得之，此中须大作工夫也。

（三）

到任本已发阁部，以自陈已。近不曾致书，自陈本具稿，亦只在目今发矣，余则季子能道之。常服健脾丸，一料已尽，可再制一料。来京医虽按汝方，而效似不及，故不复托之。人参若少，当买寄归也。前日汝来，我之衷怀，十未吐一。虞蔚丈惓惓欲与汝一见，且定宇南皋，恐旦暮北转。二公之加情于吾，父子间者，至真至切。汝之再一来，决不可少也。一则送漪园之行谢姻事。十四日书，癸巳。

（四）

清明日陵上归，大泻，后服朱医生药稍宽，既而得汝寄来丸药服之，果元到。又得第二次煎药四帖，每日进二盏，胃气渐实，但此一脏受伤已甚，药虽对症而气不足以承受，而俾药力之行，以故腹中湿痰，不时隐隐作痛，时时肠鸣，大便仍溏，每日须二三去积滞方尽，腹中方觉宽快，而毕竟未能复常。脐之下，捺之不痛，弹之有声，此否塞在下部之证，而所谓否塞者，非有物，乃只是虚气而已。俟汝续寄到丸药以渐调理，难求速效也。吾说证已详而真，纵汝来诊脉亦不过如此，但胸怀所欲吐，非面语不了，终望汝一来耳。新报一本寄看，仍封还。初四日手书。

（五）

母亲之证固缘风热，亦气血俱虚之故，今将汝药表里扶持，有效即当报汝。昨得徐华老紫金锭，搽之颇觉有效，但不能除根。若望除根，须靠丸散之力耳。传太恒书即差人送讫，所抄书付来人持回，傅君过丹阳须再遣礼致意。于六房园地之事，既是元墄等，如此则如汝主张，必割彼地与戊六，使尖尾成方而后可许之。西侧房地，与戊六对换正好。若以系我旧地而不肯留，则大哥亦太拘矣。速决之，且了此一件。只恐此番吃尽，后又思卖及住宅，则明示买者卖者，以我决不容，以杜其念而已。按台刻书事，任之居士集须完，俟刻窗稿完后可分付刻者，不可再别揽矣。七月初一日书。

王樵《方麓集》卷九，清文渊阁四库全书本

与张云来

邹迪光

拜教之辱，知岵望病势甚厉，深以为虞。第闻吉人天相，张门遇丈，是天相之，何难？勿药。昔虢太子病甚，将死，扁鹊望而言曰："臣能生之。"中庶子以告虢太子，太子出见鹊，悲泣不止。扁鹊乃使弟子阳厉针砭石，以取外三阳五会，太子立苏。门下今之扁鹊也，但愿安意投药，无怀去志。假以旬日，则岵望如虢太子，当必无恙。渠家内外长幼，素敦厚德，岂靳重报哉？为此特遣苍头击颡代恳，如不佞自至。幸加留意，毋或却走。

邹迪光《始青阁稿》卷二十三，明天启刻本

与任九籥

邹迪光

敬以两生荐。一生名夏九围，澄江人，善为医。其为医也，不独察脉用剂，立见立效，而能起肉于骨，不责其报，可称良医。一生名刘亮载，上海人，善为师。其为师也，不独讲经评文，发蒙振聩，而能以孝弟忠信引掖人子弟，可称良师。夏曾一见台下，辱加礼遇者。刘曾为贵同年张爰平扬诩者。台下怜贫怜材，谅必非无意于两生，而不肖再为之曹丘，惟台下有以处之，良医良师，人所不涕唾者也，临楲主臣。

邹迪光《始青阁稿》卷二十四，明天启刻本

上赵师二

高攀龙

龙去年得胃膈之疾，殆矣，急勇猛摆脱一切世事，尽情弃舍，终日怡怡，观大化流行。久之，身心内外，莹然朗彻，病亦自愈。自喜因病得药，又因药得病，不免习成懒惰。令侄丈在此年余，于老师亦无一字报闻，秋来方始整顿，伏念老师当此秋爽，不知于何处行乐，以何事为乐？世局如此，总无开口处，总无著心处，落得做个闲人，自家性命自家受用而已。见老师种种制作，于海内知交如啮十指，十指应心。负老师一点痛心者，非人哉！龙滋惧矣。

高攀龙《高子遗书》卷八上，明崇祯刻本

与欧阳宜诸三

高攀龙

知老公祖所苦未得脱然，每念及之，中怀如系。仲淳医圣，前无古人，其处方剂药，皆世人所不晓。老公祖第留数日，令深察病本，然后立方久服，慎勿与庸医参酌。易其药品，违其轻重，即无疾不可愈也。此中同志如昨，近以章奏屡及东林，未免多事。弟辈但以空空游之，彩笔画空，空不染也。

高攀龙《高子遗书》卷八下，明崇祯刻本

家　书

卓发之

顷接父亲与大儿字，知有下血之症。前咳嗽是肺疾，今是肺与大肠相表里也。急须用脏连丸。其法如方书，中以川黄连制度，诸医所知也，但彼不知此病必以此方为宗耳。又煎剂断须以槐花、地榆、怀生、地归尾、黄芩为君。然此病既始于怒，则惩忿抑情又是治本之药。此一帖清凉散，胜于草木金石多多许。

世间如露如电，何足怒耶？倘一时不能平，但须熟看《云栖瓣香》一书。若未读时如此，读了仍复如此，便未得力。须重读一过，必以此书销归自性，方为无字真经耳。如法藏碎金，尽可供采择，但其中有净土为小乘一语，乃是讹误。云栖著述中辨之甚详，此外俱可信也。又闻十弟不得科举，知有司全不着力，真可痛恨。然世间事事如此，亦不足介意。此等事一切放下，不患此病不愈也。若男老年应举，尤是儿戏事，得失俱不足挂远念，幸勿以为意。

卓发之《漉篱集》卷二十三，明崇祯传经堂刻本

十　像赞

太医院判蒋用文画像赞

金幼孜

盎然而温者，春阳之舒；介然而清者，冰雪之敷。养之深而气益充，行之笃而守有为。匪曰究通乎经术之懿，实亦兼尽乎医师之良。斯所以遭遇于明时，而瞻乎日月之光！顾老而弥笃者，服勤报国之心；至久而弗衰者，济时泽物之志。於乎！此其为忠厚之士，而无愧于君子也。

金幼孜《金文靖集》卷十，清文渊阁四库全书本

邓医官迁像赞

余学夔

学师孔孟，业邃岐黄。涵天地之秀，为医官之长。貌古心淳，德富才良。橘井之清，杏林之芳。活人济世，与道翱翱。岂不追苏耽、董奉，上下云龙而颉颃耶？

余学夔《北轩集》卷四，清乾隆三十四年余沛章等刻本

徐医士季东先生像赞

倪 谦

长身而美髯，气充而神全。少适情于湖海，晚遁迹于林泉。非礼弗为而寡合者，人以道自乐而所契者。天心惟尚，千古之交。手不释百家之编，传世学于青囊，精药性于赭鞭。治病能生死而骨肉，察理则造微而入元。斯人也，虽其聊试工巧，而为当代之名医，实则不求闻达，而为在野之遗贤。百世之下，高风邈然。

倪谦《倪文僖集》卷十二，清武林往哲遗注本

锡世医施彦学小像赞 号守恒

王 僎

行纯而诚，名题月旦之评。貌古而清，年跻寿考之征。慕巢由之风而甘于隐沦，究轩岐之学而以其术鸣。好施予以赒人之急，工治疗以拯人之生。介洁持身，澹然无声色之奉。勤俭教子，泊乎忘货利之营。贯一节于华皓，侪三宾于老更。此其所以自号曰守恒，而为乡闾之典刑者也。

王僎《思轩文集》卷十二，明弘治刻本

方杏隐像赞

黄仲昭

此方君子建行乐像也。缙绅知君者，谓有用世才而竟隐于医，以杏隐号君。为之赞曰：

仪观修伟，风矩雅饬，在乡党则务存忠信之风，居家庭则恪守子弟之职，其学术绍橘泉之源委，其心地蔼杏林之春色。应人之求，不计其丰穷；赴人之急，无间于昕夕。先民有言：“不为良相，则为良医。”盖言其有及人之泽也。然则君虽以杏隐为号，其诸异乎常情之隐，所谓泉石膏肓，烟霞痼疾者欤？

黄仲昭《未轩文集》卷五，清文渊阁四库全书本

吴医顾翁遗像赞

程敏政

医本乎儒，轩辕授岐伯之书，而君诵之有余；医通于仙，轩辕得广成之传，而君求之甚坚。然则深衣大带，徒见其外，松神鹤容，孰测其中？葑溪溶溶，福山杳杳，安知非当夫九转之后而立于八极之表者欤？

程敏政《篁墩集》卷五十六，明正德二年刻本

润医喜君遗像赞

程敏政

玉鉴冰壶，其貌之清。古桧苍筠，其性之贞。刑于妻而以节显，迪其子而以医鸣。著述比阳秋之笔，姓名高月旦之评。抚遗容之尚在，俨没世而如生者也。

程敏政《篁墩集》卷五十六，明正德二年刻本

十一　笔记

禀受厚薄

叶　盛

军医范真言镇守太监蠡县柏玉、巡抚右副都御史祥符王宇，两人貌皆丰厚，而所禀实异。每治疾，欲宣泄，王服大黄三分，即一二，行不止。若柏，则须一两重才行也，不同如此。后柏之寿七十余，王仅及中寿。岂亦繇禀受有厚薄而然欤？

叶盛《水东日记》卷二十八，清康熙刻本

不罪戴元礼

姜　南

洪武三十一年夏五月，高皇帝疾，大渐。二十四日庚午，辇出御右顺门，召太医院诸臣，诘其治疾无状。敕付狱，正其罪。指御医戴元礼，谓侍臣曰："戴元礼，仁义人也。无与汝事，勿恐。"元礼顿首而退，帝即还内。后十有六日，遂崩。

姜南《蓉塘诗话》卷六，明嘉靖二十二年张国镇刻本

以医寓谏

姜　南

仁宗皇帝尝问太医院判蒋用文保称之要，对曰："在养正气。正气完，邪气无自而入。"又问："卿医效率缓，何也？"对曰："善治疾者，必固本。急之恐伤其本，圣人所以戒欲速也。"仁宗称善识者，以为用文以医谏。

姜南《蓉塘诗话》卷十五，明嘉靖二十二年张国镇刻本

菊（节选）

李时珍

菊春生夏茂，秋花冬实。备受四气，饱经露霜。叶枯不落，花槁不零。味兼甘苦，性禀平和。昔人谓其能除风热，益肝补阴，盖不知其得金、水之精英尤多，能益金、水二脏也。补水所以制火，益金所以平木。木平则风息，火降则热除。用治诸风头目，其旨深微。黄者，入金、水阴分；白者，入金、水阳分；红者，行妇人血分，皆可入药。神而明之，存乎其人。其苗可蔬，叶可啜，花可饵，根实可药，囊之可枕，酿之可饮，自本至末，罔不有功。宜乎前贤比之君子，神农列之上品，隐士采入酒斝，骚人餐其落英。费长房言："九日饮菊酒，可以辟不祥。"《神仙传》言："康风子、朱孺子皆以服菊花成仙。"《荆州记》言："胡广久病风羸，饮菊潭水多寿。"菊之贵重如此，是岂群芳可伍哉？

李时珍《本草纲目》卷十五，清文渊阁四库全书本

曼陀罗花（节选）

李时珍

时珍曰："曼陀罗生北土，人家亦栽之。春生夏长，独茎直上，高四五尺，生不旁引。绿茎碧叶，叶如茄叶。八月开白花，凡六瓣，状如牵牛花而大，攒花中折，骈叶外包，而朝开夜合。结实圆而有丁拐，中有小子。八月采花，九月采实。"

时珍曰："相传此花笑采酿酒饮，令人笑；舞采酿酒饮，令人舞。予常试之，饮须半酣，更令一人或笑或舞引之，乃验也。八月采此花，七月采火麻子花，阴干，等分为末，热酒调服三钱，少顷昏昏如醉。割疮灸火，宜先服此，则不觉苦也。"

李时珍《本草纲目》卷十七下，清文渊阁四库全书本

牵牛子（节选）

李时珍

牵牛治水气在脾，喘满肿胀，下焦郁遏，腰背胀重，及大肠风秘气秘，卓有殊功。但病在血分及脾胃虚弱而痞满者，则不可取快一时，及常服，暗伤元气也。一宗室大人，年几六十，平生苦肠结病，旬日一行，甚于生产。服养血润燥药，则泥膈不快；服消黄通利药，则若罔知。如此三十余年矣。时珍诊其人，体肥膏粱而多忧郁，日吐酸痰碗许乃宽，又多火病。此乃三焦之气壅滞，有升无降。津液皆化为痰饮，不能下滋肠腑，非血燥比也。润剂留滞，消黄徒入血分，不能通气，俱为痰阻，故无效也。乃用牵牛末、皂荚膏丸与服，即便通利。自是但觉肠结，一服就顺，亦不妨食，且复精爽。盖牵牛能走气分，通三焦，气顺则痰逐饮

消，上下通快矣。

李时珍《本草纲目》卷十八上，清文渊阁四库全书本

五倍子（节选）

李时珍

此木生丛林处者，五六月有小虫如蚁，食其汁，老则遗种，结小球于叶间，正如蛅蟖之作雀瓮、蜡虫之作蜡子也。初起甚小，渐渐长坚，其大如拳，或小如菱，形状圆长不等。初时青绿，久则细黄，缀于枝叶，宛若结成。其壳坚脆，其中空虚，有细虫如蠛蠓。山人霜降前采取，蒸杀货之，否则虫必穿坏，而壳薄且腐矣。皮工造为百药煎，以染皂色，大为时用。他树亦有此虫球，不入药用，木性殊也。

盐麸子及木叶，皆酸咸寒凉，能除痰饮咳嗽、生津止渴，解热毒、酒毒，治喉痹、下血、血痢诸病。五倍子乃虫食其津液结成者，故所主治与之同功。其味酸咸，能敛肺止血、化痰、止渴、收汗；其气寒，能散热毒、疮肿；其性收，能除泄痢、湿烂。

李时珍《本草纲目》卷三十九，清文渊阁四库全书本

白花蛇（节选）

李时珍

花蛇，湖、蜀皆有，今惟以蕲蛇擅名。然蕲地亦不多得，市肆所货、官司所取者，皆自江南兴国州诸山中来。其蛇龙头虎口，黑质白花，胁有二十四个方胜文，腹有念珠斑，口有四长牙，尾上有一佛指甲，长一二分，肠形如连珠。多在石南藤上食其花叶，人以此寻获。先撒沙土一把，则蟠而不动，以叉取之。用绳悬起，劙刀

破腹去肠物，则反尾洗涤其腹，盖护创尔。乃以竹支定，屈曲盘起，扎缚炕干。出蕲地者，虽干枯而眼光不陷，他处者则否矣。

李时珍《本草纲目》卷四十三，清文渊阁四库全书本

薰草（节选）

李时珍

古者烧香草以降神，故曰薰，曰蕙。薰者，熏也；蕙者，和也。《汉书》云："薰以香自烧是矣。"或云："古人祓除，以此草熏之，故谓之薰"。亦通。范成大《虞衡志》言："零陵，即今永州，不出此香。惟融、宜等州甚多。土人以编席荐，性暖宜人。"谨按：零陵旧治在今全州。全乃湘水之源，多生此香，今人呼为"广零陵香"者，乃真薰草也。若永州、道州、武岗州，皆零陵属地也。今镇江、丹阳皆莳而刈之，以酒洒制货之，芬香更烈，谓之"香草"，与兰草同称。《楚辞》云："既滋兰之九畹，又树蕙之百亩。"则古人皆栽之矣。张揖《广雅》云："卤，薰也。其叶谓之'蕙'。"而黄山谷言一干数花者为"蕙"，盖因不识兰草、蕙草，强以兰花为分别也。郑樵修《本草》，言兰即蕙，蕙即零陵香。亦是臆见，殊欠分明。但兰草、蕙草，乃一类二种耳。

李时珍《本草纲目》卷十四，清文渊阁四库全书本

刘寄奴草（节选）

李时珍

按李延寿《南史》云："宋高祖刘裕，小字寄奴。微时伐荻新州，遇一大蛇，射之。明日往，闻杵臼声。寻之，见童子数人，皆青衣，于榛林中捣药。问其故，答曰：'我主为刘寄奴所射，今合药

傅之’。裕曰：‘神何不杀之？’曰：‘寄奴，王者，不可杀也。’裕叱之，童子皆散，乃收药而反。每遇金疮，傅之即愈。”人因称此草为“刘寄奴草”。郑樵《通志》云：“江南人因汉时谓‘刘’为‘卯金刀’，乃呼‘刘’为‘金’。”是以又有“金寄奴”之名。江东人谓之“乌藤菜”云。

李时珍《本草纲目》卷十五，清文渊阁四库全书本

莲藕（节选）

李时珍

莲产于淤泥，而不为泥染；居于水中，而不为水没。根茎花实，凡品难同；清净济用，群美兼得。自蒻蔤而节节生茎，生叶，生花，生藕；由菡萏而生蕊，生莲，生菂，生薏。其莲菂则始而黄，黄而青，青而绿，绿而黑，中含白肉，内隐青心。石莲坚刚，可历永久。薏藏生意，藕复萌芽，展转生生，造化不息。故释氏用为引譬，妙理其存；医家取为服食，百病可却。盖莲之味甘、气温而性啬，禀清芳之气，得稼穑之味，乃脾之果也。脾者黄宫，所以交媾水火，会合木金者也。土为元气之母，母气既和，津液相成，神乃自生，久视耐老，此其权舆也。昔人治心肾不交，劳伤白浊，有清心莲子饮。补心肾，益精血，有瑞莲丸，皆得此理。

李时珍《本草纲目》卷三十三，清文渊阁四库全书本

屠苏酒

彭大翼

《岁时记》：“昔人居草庵中，每除夕，遗闾里药一帖，令囊浸井中。至元日，取水置于酒樽，名曰屠苏。合家饮之，不病瘟疫。”

《四时纂要》："屠苏，孙思邈庵名。屠，割也；苏，腐也。"宋洪景卢曰："元日饮屠苏酒，自小者饮起，固有来处。东汉李膺、杜密等，以党人同系狱。值元日饮酒，从小者起。或问董勋曰：'正旦饮酒先从小者，何也？'勋曰：'俗以小者得岁，故先饮酒贺之，老者失岁，故后饮酒。'"唐刘梦得、白乐天元日举酒赋诗，刘云："与君同甲子，岁酒让先杯。"白云："与君同甲子，岁酒合谁先？"又云："岁酒先拈辞不得，被君推作少年人。"东坡诗："但把穷愁博长健，不妨最后饮屠苏。"及观崔寔月令，过腊一日，谓之小岁。拜贺君亲，椒酒从小者起，又不止元日为然矣。

彭大翼《山堂肆考》卷八，清文渊阁四库全书本

下编　诗选

一　赠医类

赠云心医士

陈　谟

白云与君君莫违，不令尘土上君衣。晓随劚药霏霏出，暮逐悬壶冉冉归。勾漏岩前寻葛令，长沙道上识张机。蹇予独向青原下，七十卧云今是非。

陈谟《海桑集》卷二，清文渊阁四库全书本

送沈竹泉　并序

陶　安

［医称橘泉已疾、菊泉延龄，未闻以竹泉称也。论竹者，曰淇澳、曰渭川。唐六逸有竹溪，夫竹托于泉水之上，滋养发荣，翳为丛薄，荫乎流泉，而泉益清雅殊胜。幽人洁士，栖息览适，助成高致。医家济物，无恃乎此。按《瑞应图》曰："竹里有泉，色白自出，饮之令人上寿。"尝闻鄱人言："山中产异竹，高十余丈，其径盈尺，截而为筒，往往得泉，甚甘。山人亦多寿考。"余谓竹虽植物，操坚节实，贯四时而不改，历百岁而能存，有寿者之质焉。中虚而能容，蕴函真气，冲和融液，注为灵泉，盈溢渗漉，嘉惠及人，盖天地自然之神剂。故沾其味者，跻于眉寿，此固休祥而世不常有者。医之致用，神圣工巧，驱五脏之疴，调六气之疵，务纳人于康宁，以

全其寿而已。桐川沈景渊,儒者也。家以医传六世,聘至金陵,游于相府、诸大帅之门,疗治奇验。言论造理,洞究病源,自号“竹泉”。然则沈君不徒美其名,而具夫竹泉之实,其亦时之休祥而世不常有者欤?为赋竹泉之诗曰:]

吾闻鸿蒙之野元气厚,产出异质为苍筤。千竿活翠湿霄汉,百年老节凌风霜。腹中空洞含太和,酿成清泉深蕴藏。朝阳几度鸣凤凰,飞来梢头不得尝。忽然灵源难自秘,流膏洁白生馨香。吾意此竹上摩天乳之星芒,吸得甘露万斛凉。下通体冗钟阴阳,时时挹注琼瑶浆。帝令昭苏下土民,咽嗽一勺消百殃。赤龙运水一时下,玉婴仰视朱吻张。不待铅汞九转功,挽回夭阏成康强。涤肠洗髓清膏肓,暑不烦渴寒不僵。神全气爽欲轻举,三十六帝参翱翔。沈君何为独有慕于此?号为竹泉名姓芳。平生雅抱君子操,虚心直节成文章。活人阴功在天下,如水润物源流长。狄公笼中生意远,昆虫草木丹砂光。东山相望桐汭旁,清溪碧绕琅玕房。叩门急传使者至,聘书来自中书堂。纻袍飘飘佳丽地,戴笠出入兵戎行。相君英雄少许可,揖而进之坐客床。扫清内疴与外戕,俱入丹丘不死乡。辕门昼静尘不扬,相君留饮谈岐黄。挥笔大写竹泉字,龙凤飞舞势矫昂。持来宾幕作佳话,独我才拙惭诸郎。先生不登名利场,丹颜漆发双瞳方。赤日满路归计忙,慈亲应倚门间望。烦君更以竹泉施八荒,跻民寿域如虞唐。

陶安《陶学士集》卷二,清文渊阁四库全书本

赠医僧朗碧天为高子威指挥赋

凌云翰

师号胡为朗,碧天无点埃。宁知药草品,能济栋梁材。大道传龙树,芳名达风台。从兹开寿域,雨露日边来。

凌云翰《柘轩集》卷二,清武林往哲遗著本

赠潘茂华

凌云翰

杭郡名医说茂华，子孙方脉世其家。只疑庐阜千林杏，绝似河阳一县花。道比古人端可慕，功参良相不为夸。荣公作序能题品，愈觉芳声遍海涯。

凌云翰《柘轩集》卷三，清武林往哲遗著本

长歌为静山太医李君赠

林　弼

静山仙人李耳孙，济世善学李少君。神楼一教妙天下，千载道检流清芬。世间桐君与竹祖，谁与巅崖苏疾苦。我时分节向南来，相逢一笑漳江浒。万金良药双玉壶，刀圭取效疮痏除。生平心镜澹如水，照人热恼埃尘无。我欲赠君无长物，抚剑长歌对明月。东风珍重杏林春，吹作漳南瘴乡雪。

林弼《登州集》卷三，清文渊阁四库全书本

挽林医敬仲殁爪哇国

王　恭

君怀秦缓术，埋骨向扶桑。昔卖人间药，今修地下方。魂飞随汉使，客葬感夷王。此日龙门道，清猿益断肠。

王恭《白云樵唱集》卷三，清文渊阁四库全书本

赠医者

王　恭

仙医何处住，卖药到山城。岁月壶中度，人烟醉里行。杏林春树晓，橘井野泉清。已饮上池水，何论指下明。

王恭《草泽狂歌》卷三，清文渊阁四库全书本

与医者遇诗以赠之

王　恭

长桑亲受诀，复饮上池清。卖药宁论价，还山尚隐名。杏林春露积，橘井野泉平。见遇能医国，何辞缨冕荣。

王恭《草泽狂歌》卷三，清文渊阁四库全书本

赠惠山医僧东山

高　启

九峰聚锡麓，一水回梁溪。之子修事业，长年此幽栖。曲弹白雪妙，诗吟碧云低。况有医龙方，丹成重刀圭。采药夜归院，萝月照涧西。扁舟欲相访，愁作武陵迷。

高启《高太史大全集》卷四，四部丛刊景明景泰刊本

赠儿医吴氏昆季

高　启

洗菊夜潭月，劚苓秋坞云。偶因念殇者，来此市人群。问术或禽戏，观书皆鸟文。谁知仙籍里，元有两吴君。

高启《高太史大全集》卷五，四部丛刊景明景泰刊本

题医师王隐君墓表后

高启

孤舟别楚水，客鬓已苍苍。竟赋招魂些，虚传续命方。悲风柏陇小，积雨药园荒。生灭虽能悟，看碑亦感伤。

高启《高太史大全集》卷十二，四部丛刊景明景泰刊本

送医士宋君之江上

高　启

诗瓢与药囊，此去即行装。迹隐名犹在，交亲意未忘。剔芸翻旧帙，尝草识新方。春水孤舟起，还来问竹房。

高启《高太史大全集》卷十二，四部丛刊景明景泰刊本

赋得铜人赠医士

高　启

旧铸明堂像，新图太史书。体成金治内，穴试石砭余。摩狄年空老，求仙事亦虚。君怀济人意，为此竟何如？

高启《高太史大全集》卷十二，四部丛刊景明景泰刊本

赠吕医

高　启

药院闭闲朝，烟生积券烧。求真游岳遍，访病出城遥。收谷宁烦仆，寻苓或遇樵。世方多内热，一匕倘能消。

高启《高太史大全集》卷十三，四部丛刊景明景泰刊本

赠刘医师

高　启

君有抱朴意，高斋长宴如。壶中仙姥酒，案上神农书。蒸术晓烟里，劚苓春雨余。起疾多传妙，惭予才自疏。

高启《高太史大全集》卷十三，四部丛刊景明景泰刊本

赠医师王立方

高 启

医得河间第五传，寻师曾上海门船。龙方试后应多验，鹤骨癯来已欲仙。渡涧劚苓朝带雪，隔林蒸术午生烟。诗人亦有相如渴，愿乞丹砂旧井泉。

高启《高太史大全集》卷十五，四部丛刊景明景泰刊本

吴县庠训导徐君善医常起人疾求诗赠之

高 启

解榻高斋昼日迟，坐谈周孔杂轩岐。仙人方在应藏枕，博士经横每下帷。池上采芹风起处，阶前晒药雨收时。病痊不使人栽杏，只要新题满卷诗。

高启《高太史大全集》卷十五，四部丛刊景明景泰刊本

赠医师徐亨甫

高 启

录得龙君旧献方，杏花春雨闭山房。病家几度来相觅，林下遥闻煮术香。

高启《高太史大全集》卷十八，四部丛刊景明景泰刊本

杏园图为沈日新先生题

高　启

绛雪纷纷满翠条，叩门都是病家邀。如今不用施方药，闻得花香疾自消。

高启《高太史大全集》卷十八，四部丛刊景明景泰刊本

赠医士习以质

练子宁

药炉丹火映晴霞，见说桐林是习家。衣拂松云窥石髓，瓢分崖瀑饭胡麻。岂无董奉林中杏，亦有安期海上瓜。待我蟾宫通桂籍，从君金液炼金花。

练子宁《金川玉屑集》卷二，明刻本

赠陈御医

李　昱

幽筑似柴桑，溪声带雨凉。高歌翻白雪，春色满青囊。眼自嵇中散，壶仍费长房。风云来北极，池草梦西堂。爽挹金茎露，寒生宝剑霜。芙蓉持赠客，荷芰集为裳。沙上凫鸥狎，尊前薜荔长。悠然栖卧处，应自谓羲皇。

李昱《草阁诗集》卷五，清文渊阁四库全书本

赠眼科俺都刺

程本立

人生妙处惟青卢，光明不息照八区。胡为虾蟆蚀白月，欲以象罔求玄珠。青囊系肘甚奇秘，金篦刮膜只斯须。吁嗟世俗盲五色，俺师俺师绝代无。

程本立《巽隐集》卷一，清文渊阁四库全书本

赠良医杨士达

程本立

其一

南京旧识杨医师，北来中都重见之。亲王纪善为作传，护卫将军能赠诗。石田芝草白云里，丹屋杏花春雨时。刀圭乞我脱凡骨，身到玉堂应未迟。

其二

医药济夭死，肇自圣神作。大哉炎农德，天地同广博。寿域无札瘥，风气固冲漠。风气一以开，寿域日以索。僵尸或京观，饿殍多沟壑。虽有卢扁徒，莫补混沌凿。天地今再初，万物方振跃。恭惟吾皇心，夕惕忧民瘼。五福用敷锡，四海翕清廓。矧子医师良，仁术在所扩。短章匪为赠，于子意不薄。

程本立《巽隐集》卷一，清文渊阁四库全书本

赠夏医士

王　绅

灌阳有佳士，迥与凡俗异。择术非自谋，存心在济利。袖携长生诀，日启轩岐秘。表里察阴阳，刀圭起痼滞。采苓岷山颠，洗术灌水澨。生理不妄营，存耕有余地。橘井秋香清，杏林春色媚。往轨倘可逐，高风愿君继。

王绅《继志斋集》卷二，清文渊阁四库全书本

题画赠李医士士文

王　绂

养疴坐虚馆，何繇制颓龄。药物固所赖，奈此白发生。据梧聊自适，褰幔当前楹。凉风飒已至，庭柯落秋声。天空暮云远，日落遥山横。摅怀托豪素，悠悠尘外情。卷之聊遗君，非敢侔报琼。

王绂《友石先生诗集》卷一，明弘治元年刻本

送医士张孟经归华亭

王　绂

张君深得活人理，白发萧骚垂两耳。颜面如童步若飞，自说平生能服饵。京都卖药三载余，帘垂一榻廛中居。荣名利禄不挂口，向人只讲岐黄书。曾闻旧业松陵曲，井旧依然邻二陆。鲈肥秋浦莼正香，虎卧芳林杏初熟。今年忽复思东归，海门一叶春帆飞。到家尊酒作良会，当时耆旧今应稀。都门柳花飞白雪，欲折长条赠君别。

不知此去几时来，我欲相从问丹诀。

王绂《友石先生诗集》卷二，明弘治元年刻本

赠医士李士文

王 绂

李君业医兼业儒，闭户著方仍著书。济生利物不求报，人多感德交称誉。尝年卖药吴门市，相去吾家无百里。得兴尤能日往还，一幅风帆度烟水。惭予薄宦久辞家，君亦移居住京华。春风二月城南陌，尚得相寻看杏花。

王绂《友石先生诗集》卷二，明弘治元年刻本

赠医士郑德中

王 绂

郑君襟抱如阳春，一廛卖药京华尘。家无所蓄惟善药，六陈之外余皆新。制成丸散及㕮咀，按方如法皆精真。见人抱病不得瘥，痛苦有如同其身。老人之老幼人幼，切近不异骨肉亲。不肯屑屑趋势利，不肯蔑蔑轻孤贫。一心治疗忘劳辛，直待病已情方伸。人多感德申谢忱，郑君笑受尤欣欣。人多感德未及报，再干再渎良不嗔。吾知郑君非常伦，高谊直欲干青旻。宜乎姓名传缙绅，谁言宋清之后无其人？於戏！谁言之后无其人？

王绂《友石先生诗集》卷二，明弘治元年刻本

赠蒋御医用文 名武生，谥恭靖

王　绂

医名追扁鹊，传派自长桑。屡见回生效，多藏经进方。竹深通药径，花外掩丹房。修合常供御，衣衫袭异香。

王绂《友石先生诗集》卷三，明弘治元年刻本

寄刘士俊

王　绂

刘郎医术好，夙契已逢仙。制药少人见，秘方多祖传。家贫虽寂寞，客至即留连。廿载不相见，令人思惘然。

王绂《友石先生诗集》卷三，明弘治元年刻本

送台州医官裘训科南归

王　绂

学业究岐黄，新除拜宠光。济人唯用药，从宦不离乡。选胜登霞峤，寻真访石梁。因知归思趣，不敢问奇方。

王绂《友石先生诗集》卷三，明弘治元年刻本

题医训张良用全安堂卷 有藩府书扁

王　绂

医名犹得动侯王，为写全安墨有光。种德岂惟烧药券，传家都是活人方。阶庭雨后添生意，篋笼风前散异香。共喜拜官沾宠渥，圣心端欲万民康。

王绂《友石先生诗集》卷四，明弘治元年刻本

题医士朱士良紫阳读书卷

唐文凤

结屋紫阳山下村，承家今喜见文孙。方抄已积三千卷，书读须穷十万言。缃帙芸香蒸雨润，石炉药气散烟昏。杏林手种阴功茂，云谷心传道脉存。龙虎炼成能自卫，虫鱼注就许重论。莫辞此日辛勤力，要使他年学术尊。

又

流水淙淙撼石梁，紫阳当户挹岚光。何殊讲习居长白，自说流传属太仓。药品君臣储满笼，书签今古积连床。萤囊照眼能供读，龙化为人欲问方。坐爱茅檐随月色，病思橘井涌泉香。良医良相真何异，好拯生民济世康。

程敏政编《唐氏三先生集》梧冈诗稿卷二十三，明正德十三年张芹刻本

挽御医贺从善姻兄

陈　诚

忆别金台日，相期傲白头。三秋无旅信，一夕遽仙游。落月空华屋，悲风惨故丘。佳城兆先垄，桑梓伴松楸。

陈诚《陈竹山先生文集》内篇卷二，清雍正七年刻本

送徐孟彬医士

王　褒

京师万方会，妙术如云委。徐生医国人，卖药都城里。上探轩岐心，下究素难旨。亲见长桑公，饮以上池水。了疾却众方，回生但一匕。门外长者车，奔驰日复尔。嗟□抱沉疴，疏懒笑莫比，愿祈肘后余，优游养暮齿。

王褒《王养静先生集》卷二，明成化谢光刻本

题医士杨则刚杏林图

王　褒

董公昔住庐山岑，医术通仙人共寻。回生起死不受报，种杏数载成芳林。杏树成林花结子，山中种者日复尔。老翁稚子负谷来，猛虎卖杏长林里。卖杏收谷知何为？谷多还赈时人饥。吁嗟董公乃如此，神仙之术无所私。杨君卖药长安市，医国谁识千金枝？何用庐山种杏多？一片丹心古人是。始知种德同古人，柴门石室生阳春。董公千载不可见，见此异术非常伦。

王褒《王养静先生集》卷三，明成化谢光刻本

赠医师长乐刘宗贵

王　褒

尔家鸿儒几世余，逢掖奕叶联簪裾。千章乔木式乡闾，蚤岁剩读岐黄书。蓄工敷巧意所储，沉疴痼疾顷刻除。儿童遥识华佗车，宾客盛集苏耽庐。肘方细论实起予，扶贫拯弱播佳誉。心田方寸日夜锄，笑尔高谊世不如。

王褒《王养静先生集》卷三，明成化谢光刻本

题清江医士杨景南治安堂

王　褒

华构巍峨带夕阴，清江碧嶂更幽深。苏耽门外橘联井，董奉宅前杏作林。已见秘方传去世，还闻清誉播如今。贾生独献治安策，相业由来共此心。

王褒《王养静先生集》卷五，明成化谢光刻本

赠婴医何彦文

王　褒

越人旧作小儿医，几日曾教饮上池。视病指间人莫及，裁方心外世相宜。声名独许京畿最，冠盖争为市肆期。久抱沉疴闻有药，愿因肘后去愚痴。

王褒《王养静先生集》卷五，明成化谢光刻本

题永嘉医士青山白云卷

王　褒

天台雁岩青天外，白云来往应无碍。阳崖阴壑鸟道斜，寸心笑与白云会。白云深处杏林青，岚光晓湿肘后经。世人变幻何足问？好种心田在冥冥。

王褒《王养静先生集》卷五，明成化谢光刻本

送医士使海上还闽

王　褒

沧海何年见异人，一瓢曾饮上池春。诸番左语通三译，绝域神方重自珍。凤阁晓班沾雨露，鲸波夜梦接星辰。沉疴头施千金剂，知尔毋嫌北郭贫。

王褒《王养静先生集》卷五，明成化谢光刻本

赠萧医士

金幼孜

萧子擅医名，不假药石功。以心运元气，斡旋掌握中。娄生婴热疾，萧子抚其躬。默运极冥搜，顷刻皆流通。化热为清凉，去烦息呻恫。勿药收奇效，名声播西东。报谢却金帛，高谊邈难同。一朝持大轴，来语玉堂翁。为之发佳咏，浩思意无穷。

金幼孜《金文靖集》卷一，清文渊阁四库全书本

蒋御医静学斋

金幼孜

伊人抱冲素，而有冰雪姿。斋居谢尘垢，恒以静自怡。图书盈几案，涵泳窥圣涯。幽观契玄妙，昕夕忘渴饥。寒暑更代谢，人事有盛衰。万变恣纷扰，操存谅不移。于焉企遐轨，俛与先哲期。匪图富经术，复此专国医。金门振高步，永怀扩所施。勖哉励初志，作诗效箴规。

金幼孜《金文靖集》卷一，清文渊阁四库全书本

思全室为李士文赋

金幼孜

人生天地间，禀受良有偏。七情失其正，六脉为之愆。因兹致疾疢，危弊纷相联。所以古先圣，医药使其全。姑苏有佳士，仙李毓庆源。上窥黄农秘，术业尤精专。兢兢念疲癃，恻恻闵危颠。神楼有奇效，一匕生气旋。杏林蔼春意，橘井流香泉。苏耽不可见，董奉亦可仙。超焉继高躅，宁为利禄牵。朝夕心匪懈，活人泽永延。勖哉慎终始，令名千载传。

金幼孜《金文靖集》卷一，清文渊阁四库全书本

大若灵根为医者顾东启作

金幼孜

吾闻永嘉朱孺子，幼慕玄真王道士。炼药冥栖大若岩，日服丹

砂学冲举。时从绝岭斸黄精，饵之十年道不成。偶来溪边见二犬，奇形异状忽心惊。追踪逐影何恍惚，枸杞根深下盘屈。乃知此物鲜通灵，采食应能致仙术。斩根净洗清溪流，宝鼎温温瑞气浮。煮来三夕火不绝，味若崖蜜倾金瓯。孺子饮之惊且悟，便觉胸怀洒甘露。清风两腋肌骨轻，白日飞腾入云去。玄真引领慕升仙，西陶山中自长年。山人往往寻踪迹，出没隐显随风烟。君家业医今几世，活人功多人感惠。何用当年枸杞根，满林红杏皆春意。

金幼孜《金文靖集》卷二，清文渊阁四库全书本

赠太医院判韩公达

金幼孜

昆弟俱荣遇，相承领国医。济人惟药物，种德在书诗。姓字公卿重，勤劳圣主知。杏林千树好，雨露日蕃滋。

金幼孜《金文靖集》卷三，清文渊阁四库全书本

题文江李允诚杏林精舍

金幼孜

传家久得轩岐秘，嗣世仍存济物心。门对好山啼鸟静，树藏红雨落花深。清朝洗药过松涧，落日鸣琴坐竹林。我忆沧洲成久别，濯缨何日共幽寻。

金幼孜《金文靖集》卷四，清文渊阁四库全书本

为杨谕德题赠蒋御医

金幼孜

承家旧得轩岐学，绝艺于今独罕俦。待漏每蒙天语召，校方不厌世人求。杏林花重红云晓，橘井泉香玉露秋。惭愧微生无恙久，独怀高谊未能酬。

金幼孜《金文靖集》卷四，清文渊阁四库全书本

题医师卷

王 偁

相业久寂寞，济世谁称贤？赖有肘后书，可拯斯民颠。亲逢长桑君，饮以上池泉。置之百一方，洞见五脏偏。群生欲为阏，夭札相沿旋。七粒或见遗，沉疴顿而蠲。至哉神圣功，可以侔化玄。中和远莫跻，独与岐黄专。奈何媢疾者，尚忌良工先。腠理忽不治，膏肓竟胡痊。因君感吾衷，示此元命篇。

王偁《虚舟集》卷二，清文渊阁四库全书本

赠御医蒋彦文

王 偁

昔年游海上，晚岁住京华。肘秘盘囊诀，炉存伏火砂。进方亲御扆，种药借邻家。欲问庐山杏，年来几度花？

王偁《虚舟集》卷四，清文渊阁四库全书本

赋得龙藏诗赠姑苏医士李敏十四韵

余学夔

思邈紫霞人，神游亘八表。嵩华峿嵝高，沧溟半杯小。存心本济物，至人播毫杪。何人击青蛇？垂死弃丛筱。活之即更生，蜿蜒逝滃滃。谁知苍龙精，幻化多夭跷。昔为愚聩伤，今来神矫矫。感兹再造仁，报德心不少。潜引历波涛，贝阙深且杳。珍味异尘世，谈论非茫渺。及兹杀生意，言发心已悄。授以禁宫方，神圣功了了。千载医家师，蒙昧忽明了。轩岐启前途，后贤光更皎。

余学夔《北轩集》卷十二，清乾隆三十四年余沛章等刻本

赠医士吕思明

余学夔

能医久继旧家声，奕叶芳名满帝京。仙圃无尘丹杏长，药炉有火绛云生。洛中世敬苏耽学，关外先传扁鹊名。寂寞文园多病后，携琴何日访都城？

余学夔《北轩集》卷十五，清乾隆三十四年余沛章等刻本

酬蒋御医见寄

王　洪

策马上西山，望彼千里道。洪河亘淮汜，江流复浩浩。伐木无遗音，郁哉兴怀抱。啁啁慕黄鹄，蛩蛩恋芳草。各勉日新志，慰此平生好。

王洪《毅斋集》卷三，清文渊阁四库全书本

全冲斋为孙医士赋

王　洪

吾闻秦越人，昔遇长桑君。饮此上池水，刀圭遂通神。寂寞千载后，君复扬清芬。宝鼎飞神丹，泥丸养天真。香生橘井泉，花开杏林春。韩康守药价，宋清焚券文。愿从乞灵诀，永以和天钧。

王洪《毅斋集》卷三，清文渊阁四库全书本

哀医士林叔旻

王　洪

初从海上见三山，虚得仙经论大还。天上鹤书真有召，枕中鸿宝竟谁看？风吹丹旆秋云杳，草宿荒坟暮雨寒。遥想襄阳老耆旧，怀君终夜泪潸潸。

王洪《毅斋集》卷四，清文渊阁四库全书本

赠医士吕思明

金　实

至人启玄秘，诘难藏幽微。保摄全天和，消息随化机。以兹忘枉札，斯民乐期颐。功成辅理协，行积仙班几。播芳耀柬棖，世泽流声辉。若人企前修，世业擅轩岐。沉疴投匕剂，奏功比刀圭。活人忘市交，种德培仁基。矧兹际昌运，扈从乐雍熙。他年采方技，名与古人齐。

金实《觉非斋文集》卷三，明成化元年唐瑜刻本

送徐处义归省诗 有序

金　实

[古番徐先生处义，以名医居太医院，扈从行在有年矣。而母氏年高，久旷定省。夏六月，陛陈归宁，别予旅寓。念自宦游京师，赖先生以安居者，盖将十载。德之虽深而无以为报也，兹当别去，若失所凭依焉。情之所至而发于声，自不容于已也。]

我昔徇微禄，室无甑石储。每念婴疾患，药物何由须。名都多国手，广肆列亨衢。百钱酬一匕，视之等锱铢。喜君儒者流，一艺乃其余。但知救人急，宁恤报有无。家人三五辈，抱疴即来趋。汤液未入口，病魔先已祛。所以十载间，宴处忘忧虞。三时恣啜啖，百忌无牵拘。若非有所倚，孰不爱微躯？今晨忽来过，执手陈区区。高堂有慈母，暮景薄桑榆。昨日家信至，望切正倚闾。飞云挟归梦，夜渡彭蠡湖。天心闵孝道，此愿已得如。鸡鸣秣吾马，日出膏吾车。长揖别先生，策马即登途。而我闻其言，怅然心烦纡。君去不可留，且复立须臾。白酒酿初熟，对君倾一壶。西山积雨霁，翠色生衣裾。滔滔路河水，稳驾双飞凫。半月下吕梁，度淮仍旦晡。顺风出杨子，乘月望匡庐。崭岩揖五老，浩荡凌二姑。乡山桑与梓，葱蒨环郭郛。登堂拜慈颜，彩服生欢娱。天伦有至乐，孝为百行初。浮荣身外物，未足深究图。况君负奇能，受知总钧枢。贤劳终致用，自不烦吹嘘。爱深离别难，路遥音问疏。春来湖水阔，先用致双鱼。

金实《觉非斋文集》卷四，明成化元年唐瑜刻本

鹤飞丹鼎 为陈良医题

金 实

抟乾埴坤埏作炉，龙腾虎跃争欢呼。丁癸抽添火候殊，泥丸宫中三华敷。铅汞团作摩尼珠，十月咻咻养彀雏。食以丹砂漱云腴，缟衣玄裳火齐颀。驭之可以朝玄都，龙逐狸奴不知处。一飞直上华表柱，先生大笑拂衣去。

金实《觉非斋文集》卷五，明成化元年唐瑜刻本

杏林图 为郑医士赋

金 实

彤霞漫空不堪剪，东风吹来香满满。短垣昨夜不关春，暖红散作千支云。眼前春意无人识，尽是活人功行积。董家仙去郑家来，春到人间花又开。

金实《觉非斋文集》卷六，明成化元年唐瑜刻本

题蔡良医春山图

金 实

松花不扫径苔深，四面看山总绿荫。载酒无人来问字，抱琴有客就知音。峰危瀑布皆奔壑，谷转招提半隐林。老去沧洲频入梦，将因多病解朝簪。

金实《觉非斋文集》卷九，明成化元年唐瑜刻本

挽施中立医士

金　实

壮游京国老归田，喜向林间乐暮年。酒解陶情常有客，药能医病不论钱。七旬向上人皆羡，一旦全归众所怜。我亦素闻高义在，临风惆怅寄诗篇。

金实《觉非斋文集》卷九，明成化元年唐瑜刻本

刘仲和橘井歌

陈　循

我思昔人有苏耽，少年尝与神人参。变化隐见在倏忽，仙家秘诀皆饱谙。一朝乘云忽轻举，白日松稍度飞羽。飙车笙鹤不可攀，惟有橘泉留下土。桂阳域中疵疠丰，此物济人多神功。遽令阴德遍城府，坐看生意回疲癃。姑苏有客声籍籍，业擅轩岐人不及。早年应诏来两京，□客金台承乡邑。大市东头第几家？庭前橘井春无涯。银瓶剩贮悬泉水，药圃争开红杏花。昔人已矣不可作，幸子能医效如昨。更应推广济物心，尽使疲癃遂康乐。

陈循《芳洲诗集》卷三，明万历二十一年刻后印本

送医官陶华之任余杭

陈　循

青年已邃轩岐秘，持献明时早拜官。槐简绿袍辞上国，秋风细雨送征鞍。悬泉水活银瓶润，伏火丹成石鼎寒。此去余杭多种德，

成功须向杏林看。

陈循《芳洲诗集》卷三，明万历二十一年刻后印本

题采药图送医士

陈　循

碧桃红杏满天台，曾是先人手种来。几度看花春欲暮，落英如锦扫成堆。

攀缘不惮入山深，劚得灵根抵万金。归去悬壶都市里，时时曲尽济人心。

陈循《芳洲诗集》卷四，明万历二十一年刻后印本

锦杏轩为金彦端赋

蒋主忠

吾闻董仙昔隐匡庐山，施药愈疾，令人种杏，岁久盈山间。年年二月花乱吐，千树万树但见碎锦红斓斑。功成仙驾杳莫攀，芳名千古垂不刊。钱唐金氏擅医术，活幼专科推第一。家传三世职御医，藉藉声华播京国。卜居远在城之东，窗前杏树多成丛。枝头乱蕊堆晴雪，叶底飞花趁暖风。生香冉冉飘书几，活色纷纷散如绮。晋公漫说午桥庄，相业阴功还可拟。君家种德谁能如，高风应不让匡庐。年来见说功尤盛，添得春风又几株。

蒋主忠《慎斋集》卷二，清嘉庆宛委别藏本

谢张御医至和

叶　盛

医恒斋张先生，在天顺中效劳最多，人所知也。兹因晨子疾已，诗以谢之。

名门兄弟擅吴中，医国于今见此翁。三接频繁劳圣主，一时声价动诸公。携来药裹香连屋，著就方书气吐虹。最是吾家偏感德，残躯才愈又童蒙。

叶盛《泾东小稿》卷一，明弘治刻本

题画送张御医

叶　盛

恒斋张先生致仕南还，作小诗五章，自题画素赠之，兼致意养正老先生云。

吴郡医师尔最良，弟兄三四尽名扬。可怜邻里稀相见，只识元方与季方。

季方行色喜津津，御药房前得旨新。此去特为乡国贺，暂停医国要医民。

元方白发旧交知，前日缄书恨别离。迂癖到今医不得，参苓莫遣寄来迟。

燕然越绝又京都，贫病相兼奈老夫。怪得南宫无一物，赠行惟有杏林图。

西风黄叶下庭柯，眼底交游苦未多。况复故人归故里，满怀离思不成歌。

叶盛《泾东小稿》卷一，明弘治刻本

刘济通政挽诗

叶 盛

鄱阳前辈久无闻，近日才名独数君。金匮十全偏善药，锦囊千首更能文。清华尚忆从前宠，生死那知别后分。惆怅尧山山下路，草头零露泣秋云。

叶盛《泾东小稿》卷二，明弘治刻本

徐医野云诗

叶 盛

世重青云士，我嗟白云翁。青云出霄汉，白云翳蒿蓬。托迹虽有异，济物心恒通。彼美延陵彦，浩气形神充。轩岐有恒业，刘李亦研攻。悬壶都市间，劚苓林野中。朝行云蔼蔼，莫宿云溶溶。尔云作霖雨，枯槁皆芃芃。吾药起沉疴，惧愉变疲癃。乃知尽吾心，物理将无同。吾心敢不尽，伤哉彼瘝恫。我歌野云诗，相从愿为龙。青云或有愧，为尔心郁忡。

叶盛《菉竹堂稿》卷一，清初钞本

送小儿医王谏还松江

叶 盛

医学传家几世过，年来赖尔起沉疴。君臣药好方仍好，父子情多感亦多。微雨浥青江上草，暖风吹绿渡头波。临歧欲别增惆怅，民瘼难瘳奈我何？

叶盛《菉竹堂稿》卷三，清初钞本

送医生刘谦还江西

叶　盛

之子娟娟玉雪姿，江湖声誉早能驰。自言南浦为吾里，识得东垣是我师。暮雨孤舟浮海近，西风匹马度关迟。殷勤来往多缘我，我欲从容问上池。

叶盛《菉竹堂稿》卷三，清初钞本

谢陈翁

叶　盛

庐陵陈翁六十余，眼明爱读岐黄书。平生不识都下路，南逾五岭今何如？嗟予久抱维摩病，到处迎医医不得。今年瘴毒病非常，升斗量来血便赤。群医惊走愁何奈，剂出寒凉徒尔多。陈翁一来满屋喜，谓有奇枝斸沉疴。开口从头问元气，更生东垣论脾胃。先教乌附敛虚寒，仍取参苓葆荣卫。且言治寇须治身，信义不藉兵戈频。吾医有道未殊此，笑杀区区攻击人。六载深惭我巡抚，任重兵民无寸补。吏才儒术总迂疏，只有忧时心独苦。陈翁陈翁真国医，养生之说有余师。从今民疾不难纾，欲与海宇同熙熙。

叶盛《菉竹堂稿》卷四，清初钞本

滇医士万子明

林文俊

跕跕鸢飞去，吟吟越作声。天涯吾与汝，把臂学长生。

林文俊《方斋存稿》卷十，清文渊阁四库全书本

题冯医士药园幽趣卷和陆修撰鼎仪先生韵

黄仲昭

数亩幽居深复深，逶迤一径入云林。开园特傍青山麓，引水遥从碧涧浔。市远不闻来俗驾，心闲宁复梦朝簪。篱边带雨朝移菊，垄上锄云晚种苓。旧植杏林多结子，新培橘树渐成阴。清香绕舍微风动，翠影翻阶霁月临。功效似能回造化，刀圭亦足已呻吟。但令枯槁阳春转，肯受寻常世利侵。医国不殊秦缓手，济时还契葛洪心。笑予俗病几成癖，欲借仙源一洗襟。

黄仲昭《未轩文集》卷九，清文渊阁四库全书本

赠陈御医公尚　陈之术传自孟氏

王　鏊

暑雨祁寒过我频，感君父子有深仁。外家秘诀多传孟，今日卢医不在秦。树近庐山唯种德，人来燕谷亦生春。吴人自昔夸钱乙，岂谓文中本性陈。

王鏊《王文恪公集》卷四，明三槐堂刻清印本

赠何医士

王　鏊

中年多病稍相侵，委巷冲寒屡见寻。愧我且非当路客，因君真见古人心。玉池洗药流香远，金匮储书烛理深。自笑贫家无以报，

只将诗句当南金。

王鏊《王文恪公集》卷二，明三愧堂刻清印本

寄崇府韩良医

张　泰

上元之节后六日，此夜收君忆我书。妻殡东堂三月整，子埋南垄四旬初。满京乐地一夫病，万事伤心半世虚。千里通家数字去，定劳挥涕一吟余。

张泰《沧洲诗集》续集卷上，明弘治三年刻嘉靖十三年增修本

赠王医士惟颙

汪舜民

人生血气躯，失养疾始作。三皇穷病源，百草制医药。《素问》比六经，至理此关钥。厥后门户多，所得每糟粕。外感仲景详，内伤东垣约。温暑河间明，杂证丹溪博。四子犹四书，经旨赖以扩。惟神圣工巧，立名既各各。曰望闻问切，取验亦凿凿。近有王聘□，胸次独恢廓。《素问》亟钻研，四子互斟酌。谓医意而已，心法妙裁度。死生骨而肉，求者车联络。杏且不索种，况问谢厚薄。曾赴圣主召，乃志在丘壑。飘然复乞归，林下无束缚。传方亦济人，辟彼阳春脚。我昔道姑苏，舟傍胥门泊。从君访摄生，宾主两不恶。我质弱过蒲，君形炼比鹤。分携索拙笔，别久言如昨。君术非待颂，君情讵容却？再拜投长篇，涂抹不知怍。

汪舜民《静轩先生文集》卷二，明正德刻本

赠医师王秉常

王九思

王子栖舟洞，翛然野鹤姿。逢春偏爱月，坐石细吟诗。酒熟欣吾至，花飞恨赏迟。醉留东市榻，别饮内园池。药石功难忘，芝兰气自宜。何时山阁外，共倚老松枝。

王九思《渼陂集》卷四，明嘉靖刻崇祯补修本

谢王正之

王九思

我病三旬久，君来十日过。留心投药物，应乎起沉疴。卢扁流风远，门庭阴德多。苍天宁尔负，雏满凤凰窠。

王九思《渼陂集》续集卷上，明嘉靖刻崇祯补修本

送王正之二首

王九思

其一

正之医国手，眼见药通神。惯醉王孙酒，长霑丽藻春。叶巡秋入鄠，菊放雨留人。共对寒芳坐，清谈意转亲。

其二

□父西林叟，曾烦药起予。百年朋友意，两世往来书。丹圃犹

存杏，王门旧曳裾。平生钦令德，表墓定何如。

王九思《渼陂集》续集卷上，明嘉靖刻崇祯补修本

送段子馨省乃伯柳溪翁受职还乡　乃伯时为京学博

王　臬

朝游扶桑涯，手折拂日枝。暮蹑昆仑顶，足抵排云巇。男儿堕地四方志，几人不到都门死。井天瓮海自称雄，浪说人间只如此。子馨年少多才猷，远出讵为干禄谋。伯父频年宦京国，手足乖违恒叹息。严君池草积忧思，省觐从教来得得。伯父爱侄逾爱儿，依栖归旆宁迟迟。君家医学传古先，活人仁术留遗编。君其一阐试京国。何必科第方称贤。古称良医能寿民，民寿国寿赖以绵。此丹须自《六经》得，君毋但看《青囊》篇。

王臬《迟庵先生集》诗集卷二，明刻本

赠河南王医士　董尹之外舅

王　臬

昔人乘鹤去，遗庆满人间。夜月青溪谷，春风缑氏山。三涂龙气在，千载凤笙闲。归到如相问，长淮水正宽。

王臬《迟庵先生集》卷三，明刻本

谢韩太医

王尚絅

春色年年上杏林，林间药草自成荫。愿君长取青囊录，眼底苍

生系此心。

王尚絅《苍谷全集》卷六，清乾隆纯密止堂刻本

送花隆恩归江阴 并序

孙承恩

［江阴花隆恩妙于医，顷来都下。适子病，隆恩治疗良愈，予德之。其归也，赋此以赠。］

细云斜日澹秋姿，路出都城策马迟。久客任教尘染袂，到家犹见菊盈枝。青囊子有全婴术，白首吾深舐犊私。见说重来犹未卜，不堪回首共凄其。

孙承恩《文简集》卷二十三，清文渊阁四库全书本

寿钱春林

方　凤

医师多寿考，种德本吾心。香满杏花屋，云连椿树林。炉分青篆细，杯泛紫霞深。我忝通家后，殷勤赋短吟。

方凤《改亭续稿》卷四，明崇祯刻本

怀仁为胡医作

方　凤

先生自是医中贤，遨游海上通真诠。一腔生意融心田，活人功多遐迩传。尫羸携凭户屦填，刀圭倏忽令安全。欢声满路呼为仙，

恩施不报肯计钱。吁嗟民瘼何时痊，借君一脉呈当权。高舒大手扶颠连，康衢鼓腹歌尧天。

方凤《改亭存稿》卷七，明崇祯刻本

春崖赠陆医士和西岩韵

方　凤

方寸留春意，生生本自然。紫阳疑授术，青帝或分权。暖蓄还丹火，温添煮石泉。活人歌颂起，到处可磨镌。

方凤《改亭存稿》卷八，明崇祯刻本

送王玉井

方　凤

有客来何处，翩翩弄海槎。行囊偏贮药，醉眼欲生花。画箫摇青嶂，琼缸泻紫霞。前村多杏树，疑是近君家。

方凤《改亭存稿》卷八，明崇祯刻本

赠瓯宁彭云凤上舍　上舍兼通医治乾儿伤寒甚效

汪应轸

先生家住武夷麓，曲曲溪流面面山。座上云烟如羽化，枕边鸡犬觉人间。春风未探桃源信，秋水先澄橘井丹。何日濯缨携手去，棹歌声里伴鸥闲。

汪应轸《青湖先生文集》卷十二，清同治十一年广州刻本

寿钱御医六十

尹 台

黄扉通籍自何年，圣济宫中鹤发仙。簪绂行藏逢六十，刀圭功力过三千。山中橘树侵云长，海上桃花炫日鲜。知望燕山思彩服，莫停吴泽滞牙船。

尹台《洞麓堂集》卷八，清文渊阁四库全书本

寿顾御医五十

尹 台

比邻未厌过从烦，禁柳荫垂况接门。伯玉行年当艾日，越人论术见方垣。仙官霞色摇窗细，御苑莺声入座繁。更羡彩娱饶胜事，碧桃慈竹映华尊。

尹台《洞麓堂集》卷九，清文渊阁四库全书本

赠章心壶名医

王慎中

年来多病交游简，半是名僧半是医。本访缁流参佛乘，忽逢国士话黄岐。隔肤见胆神观异，刳腹浣肠法术奇。独赖值予未反走，此身料得尚堪为。

王慎中《遵岩集》卷六，清文渊阁四库全书本

柯医士年五十索赠为赋十二韵

李万实

君今称艾者，闻昔是孤儿。冰雪名家有，芸编手泽贻。风搏虚壮志，壶隐度明时。俗薄儒难用，才兼国可医。仁心蕲济物，妙智欲过师。掩耳喧嚣族，虚怀澹荡诗。天全由守朴，真葆得年耆。命既惟人造，非缘此日知。乐山长岁月，学易寡瑕疵。臃肿诚樗质，秾华岂杏枝。自他俱可寿，理数本无私。白首相庄侣，从今祝介眉。

李万实《崇质堂集》卷四，清康熙四十年李长祚刻本

芳洲为蔡长卿题　世医家

王立道

传闻蔡经宅，一径入烟霞。地古藤萝合，溪回城市赊。药畦连别坞，棋局上浮槎。肯念文园客，相从老岁华。

王立道《具茨集》诗集卷二，清文渊阁四库全书本

芳洲赠袁太医

王立道

明时容吏隐，犹自慕沧洲。绝艺成三折，新诗寄四愁。为园谢机械，行世任虚舟。乡梦依然在，清溪双白鸥。

王立道《具茨集》诗集卷二，清文渊阁四库全书本

芳洲为袁御医题和唐荆川韵二首

王立道

其一

白鹤山头绿树村，只余猿鸟应柴门。安期卖药人常见，舍长传书世所尊。早向帝前辞赤绂，欲从方外学玄言。平生自是无机械，野水春添助灌园。

其二

红尘满陌非故村，清禁梦回犹鹿门。蚤慕名山厌昏嫁，时逢好客命琴尊。逃名卖药不二价，寄兴含毫多五言。长此陆沉堪自老，藏身何必于陵园。

王立道《具茨集》诗集卷四，清文渊阁四库全书本

张太医六十寿诗

王立道

曳组聊随青琐班，未须岣嵝访名山。市朝自昔容真隐，服食于今得大还。手煮神丹供帝所，家传仙杏乞人间。莫嫌叔夜无仙分，试觅刀圭学驻颜。

王立道《具茨集》诗集卷四，清文渊阁四库全书本

送蒋医归江阴

王立道

远向金门欲献方，暂因采药去江乡。开径我须从蒋诩，避名君莫似韩康。

王立道《具茨集》诗集卷五，清文渊阁四库全书本

赠渔川医师

靳学颜

旧国逢秦蜡，危疴想越人。刀圭看累月，骨肉别经旬。数过怜吾子，微言入妙因。论交方恨晚，不独技通神。

靳学颜《靳两城先生集》卷八，明万历十七年刻本

赠林医二首

靳学颜

其一

家住大川上，洗药大川侧。泉流丹砂红，石作空青色。

其二

绛叶凌虚吐，银丸驻景斜。握中玉海草，不向世人夸。

靳学颜《靳两城先生集》卷十二，明万历十七年刻本

赠王生往云中

方逢时

生，衡阳人也，星、数、医、卜皆极其精，尤深于内典。

衡阳山人多道术，乘云远下祝融峰。元潭神液收金虎，赤谷灵砂豢玉龙。已有真机契佺偓，漫将方伎动王公。云中拾得金光草，为奇三关白发翁。

方逢时《大隐楼集》卷六，清乾隆四十二年滋元堂刻本

送傅道人还武夷 道人眼科甚精

方逢时

其一

卖药何年下武夷，布袍藜杖自相随。凭君一洗风尘障，看破人间杜德机。

其二

虹桥一断隔仙踪，飞舄何缘此地逢。却笑世人青白甚，金丹一点换双瞳。

方逢时《大隐楼集》卷九，清乾隆四十二年滋元堂刻本

杏林诗为医士张宗正赋

梁　兰

瞻彼杏树林，婀娜荫西园。活人固不少，种者亦何繁？东风吐高花，绚若彤霞鲜。丹房林下构，药壶市中悬。晨兴阅芳景，畅情澹忘还。素心寡外慕，所以常悠然，君子乐闻善，赋颂累百篇。三世谅所重，五株奚足言。杏林有荣谢，令德无时愆。

梁兰《畦乐诗集》不分卷，清文渊阁四库全书本

赠医者王玉泉

李　贽

玉帝山前图画如，杖藜归来春雨余。延年岂无赤松术？济世况有《神农书》。丹砂夜煅光射室，药苗晓移香染锄。青云故人满江海，莫怪门多驷马车。

李贽《续焚书》卷五，明刻本

医者刘生

王世懋

刘生本通儒，中岁学肘后。岂无君卿唇，自信伯休口。不受女子知，宁为五侯有。秋风吹燕台，苍然万杨柳。药饵随所之，江湖落君手。

王世懋《王奉常集》卷二，明万历刻本

姚生行赠医者

王世懋

姚生学儒不成羞学贾，去事长桑心独苦。日提药囊请斗粟，十年一官不得补。有儿不令读父书，试补诸生文颇奇。去年京兆不放榜，老大欲娶归无资。长安富儿门巷热，相逢尽笑姚生拙。古来豪杰未遇时，牛衣对泣瓶粟竭。如生父子岂长贫，不似君卿但唇舌。

王世懋《王奉常集》卷四，明万历刻本

为盛医索赠李邑丞李先为吴江簿以察廉擢昆山

王世懋

李侯明经衫尚绿，马骨崚嶒鬓毛秃。清过宝带桥边水，洁比马鞍山顶玉。传舍三年少突烟，藻苹两地空尸祝。人言李侯有清癖，侯好盛老能医俗。药囊宦橐相对垂，竟日斋头饭脱粟。

王世懋《王奉常集》卷四，明万历刻本

赠盛二国医

王世懋

君家橘井已十世，好种风流垂后贤。掩关终岁如禅室，放棹经时似酒船。征歌小妓偏愁顾，倒意新知不问年。却笑君卿负游侠，但将唇舌五侯前。

王世懋《王奉常集》卷九，明万历刻本

遗朱汝修

王世懋

太医令属寿春朱汝修，予祠部时所取士也，雅以好客工诗闻。丁丑岁余来京师，生执门人礼甚恭，加有投赠诗，亦翩翩奇。进为诗遗之用，广其志云。

本自朱家侠客姿，青春折节去为医。殿头供奉频辞直，囊底行藏半说诗。君调几人堪入和，吾书何字可当奇？国香一瓣应谁是，好折淮南桂树枝。

王世懋《王奉常集》卷十，明万历刻本

赠陈春斋国医

王世懋

吾难元方弟，侠气如君卿。囊草万言述，谭锋四坐倾。殿头未供奉，市上已知名。虽客中郎馆，时来五侯鲭。春生长安陌，花满凤凰城。玉斝金吾赐，雕鞍中贵迎。膏肓卧计吏，匕勺回余生。感激吴钩赠，犹闻中夜鸣。

王世懋《王奉常集》卷十三，明万历刻本

赠医士沈士贞

刘伯燮

庖丁能治牛，师旷能治音。畴知扁鹊术，异迹同其心。五行播四序，偏胜恒为淫。奈何蕞尔躯，御此寒暑侵。岐黄世云远，奥义难重寻。长沙继扁鹊，论议横古今。不有刘张从，奚辨石与琳。钱唐医之薮，名士朋盍簪。惟兹隐侯裔，声价兼南金。厚施远食报，券积高于岑。朅来金闺彦，有疾虞将深。神丹进刀圭，捷若磁引针。功成不受馈，拂衣归茂林。我夙慕其人，与语开尘襟。安得双鲤鱼，为之溉釜鬵。尽询养生秘，启我聋且瘖。会面谅可期，因风寄长吟。

刘伯燮《鹤鸣集》卷四，明万历十四年郑懋洵刻本

罗震谷七十赠二绝句

焦 竑

其一

方平龙驾自蓬莱，子晋吹笙鹤背回。谁谓海东桃未熟，恰当七十度花开。

其二

隐之卖药华阴道，鲁望为园顾渚中。城市林泉无约束，了知身世亦墙东。

焦竑《焦氏澹园集》卷四十五，明万历三十四年刻本

赠夏津王医士

李言恭

种杏橘泉边，成林不记年。声名动齐鲁，踪迹半区寰。春意壶中满，方书肘后悬。长安多旧识，赠别有新篇。

李言恭《青莲阁集》卷七，明万历十八年刻本

送从侄国仁行医岭南

林　章

竹林风日不同游，又向江头问去舟。天地百年皆逆旅，风烟五岭亦中州。树深云锁千岩暝，水阔天连一雁秋。闻说随身多药饵，用时须向古方求。

林章《林初文诗文全集》不分卷，明天启四年刻崇祯印本

病对医者兼闻得女口占

林　章

已怜司马病，又感梦蛇歌。天运长如此，人情可奈何。苦吟声哽咽，强舞影婆娑。君有通灵药，能医客恨多。

林章《林初文诗文全集》不分卷，明天启四年刻崇祯印本

赠覃维明

林　章

何必东门隐，风流自一家。诗囊贮山水，药圃种烟霞。客到频沽酒，春来只买花。少年场里看，不作五陵夸。

林章《林初文诗文全集》不分卷，明天启四年刻崇祯印本

挽李太医

林　章

龙虎丹成岁月深，白云飞旆去沉沉。剩教秋雨寒芝圃，赢得春风满桂林。只为千金思国手，不堪一绋送君心。秣陵城外人看葬，道有衡山二鹤临。

林章《林初文诗文全集》不分卷，明天启四年刻崇祯印本

杏林篇赠余医士

林　章

君术轻扁鹊，我病多司马。相逢淮水滨，宛在衡山下。论交固有缘，济世岂无诠。甚为小儿苦，幸得丈人怜。念我命不偶，遭此阳之九。谤誉总由箕，死生那在斗。曾读止桑诗，宁歌种豆词。涸鱼未足叹，穷鸟乃何悲。朝饮芙蓉露，夕宿蘼芜圃。七情既中摧，六脉因外骛。岂无火枣丹，与彼冰桃丸。不奈心长热，况兹胆尚寒。感君九折臂，为我一挥泪。授以隐景方，投之降气饵。一针穷鬼号，再砭愁魔逃，三汤已易髓，四火将伐毛。拍拍楚魂起，恬恬越吟止。那知盆下人，忽见壶中子。吁嗟夫道不孤，君能疗国终须试。我欲杀身何所图，愿借赤霞鼎，为开白虹影。先刳共工肠，后断单于颈。真人本自识英雄，烈士安能受困穷。但使姓名麟阁上，敢忘功果杏林中。

林章《林初文诗文全集》不分卷，明天启四年刻崇祯印本

寿吴医士父

陈继儒

君自延陵季子俦，黄花酒熟正当秋。闲来共客扶鸠杖，醉后凭人整鹿裘。茶碾就烹蕉叶下，药瓢斜挂杏枝头。仙郎更有长生诀，海屋新添七十筹。

陈继儒《陈眉公集》卷三，明万历四十三年刻本

赠李山人医隐

黄汝亨

李耳观至道，玄牝为其根。太上澹无得，其次生为尊。众庶贱元命，方士营精魂。何如韩康伯，卖药隐市门。避世世亦济，逃名名长存。所宝非方书，静居智不昏。

黄汝亨《寓林集》诗集卷一，明天启四年刻本

寿戈存橘八十

范允临

古有书颠，则张旭、米襄阳矣。有诗颠、酒颠，则李青莲、汝阳王矣。有画颠，则唐僧繇、明沱江矣。而独无医颠，医之有颠，盖自我戈存橘始。存橘之为医也，游神于望、闻、问、切之天，而脱迹于针、石、砭、灸之表。按膝把臂，便有神解。谑浪啸傲，病已霍然。腕指有神，膏肓无鬼，可称神圣矣。盖不颠不圣，惟圣乃颠耳！今夏，跻八十，弥老弥健，弥健弥颠，弥颠弥圣。既以寿国，

复以寿身。矍铄哉，是翁乎？任诞哉，是翁乎？诗以寿之，喜其诞且寿也。

不理青囊不饮池，不宗卢扁不宗岐。翛然土木形骸外，幻此烟霞骨相奇。独解天弢人罕识，但拘世法我难知。青莲一朵神丹就，笑指沧溟某在斯。

范允临《输寥馆集》卷一，清初刻本

别医者陈生

张瑞图

畏途兼毒暑，采药伴南征。遗矢惭吾老，察眉见尔情。秋风苏病骨，旅客散同行。尚有烟霞痼，支离任此生。

张瑞图《白毫庵》杂篇卷二，明崇祯刻本

送张太素翁游黄山

余绍祉

太素名明征，字定甫，同邑甲道人。父宗温，号恒庵，以医名。太素能承父学，存心仁爱，官太医院使。先生内祖潘少参为作《张太素传》。少参，恒庵女夫也。

遥望黄山散碧氛，浑如函谷结氤氲。穷探让客为孙子，高卧惭予作少文。绝壑松毵横远色，危崖瀑籁落余曛。忙开竹户摇元麈，分得寒香数段云。

按：潘少参所作传、太素游黄山在万历壬子以前，先生此诗应舞勺时作。

余绍祉《晚闻堂集》卷八，清道光十七年单士修刻本

赠医士

刘　城

不合多情似宋郎，长将愁病度年光。问君那有青鸾血，可与离人续断肠。

刘城《峄桐诗集》卷十，清光绪十九年养云山庄刻本

四休居士诗

叶廷秀

山谷叙《四休居士诗》曰：太医孙君昉，字景初。为士大夫发药，多不受谢，自号四休居士。山谷问其说，四休笑曰："粗茶淡饭，饱即休；补破遮寒，暖即休；三平二满，过即休；不贪不妒，老即休。"山谷曰："此安乐法也！夫少欲者，不伐之家也；知足者，极乐之国也。"四休家有三亩园，花木郁郁。客来煮茗传酒，谈人间可喜事，或茗寒酒冷，宾主俱忘。其居与予相望，暇则步草径相寻。故作小诗，遗家僮歌之，以侑酒茗。

富贵何时润髑髅？守钱奴与抱官囚。太医诊得人间病，安乐延年万事休。无求不著看人面，有酒可以留人嬉。欲知四休安乐法，听取山谷老人诗。一病能恼安乐性，四病尝作一生愁。借问四休何所好？不令一点上眉头。

叶廷秀《诗谭》卷八，明崇祯胡正言十竹斋刻本

二　述病类

驱　疟

高　启

我生东海壖，气湿素善支。方暑忽遘痁，未旬愧消羸。俄顷水火争，寒冰继炎曦。楚纩甫谢挟，齐纨遽寻持。战如恐坠陷，况若当遭炊。向夕势渐消，临风与清池。既去谓遂息，明午复如期。俯仰天地宽，无地窜眇躯。思我到贫病，由是生笑嗤。岂伊水帝子，遗威肆相欺。会当濯滞昏，灵药杂进施。里闾习巫风，磔鼠劝禳驱。韩子盖有托，惟能辨其诗。

高启《高太史大全集》卷五，四部丛刊景明景泰刊本

病目不饮

高　启

患目未全明，医教谢曲生。暂从彭泽止，恐学左丘盲。壁下兰尊掩，林间药臼鸣。坐听连日雨，何物慰闲情。

高启《高太史大全集》卷十二，四部丛刊景明景泰刊本

煮　药

高　启

叶燥井泉清，山窗药在铛。灯前看火候，枕上听潮声。味熟吟方就，香来病已轻。何时采芝术，养得羽翰成。

高启《高太史大全集》卷十二，四部丛刊景明景泰刊本

微恙江馆夜作

高　启

寒灯坐江馆，愁逼岁阑珊。苦恨应催老，微疴似忌闲。鸡前星列屋，雁外月临湾。明日将求药，身犹懒入关。

高启《高太史大全集》卷十二，四部丛刊景明景泰刊本

次韵杨礼曹雨中卧疾二首

高　启

阶前曝药雨来收，寒似人情恋故裘。壮岁间关元属命，荒城萧索不因秋。忆君我最相怜病，问客谁能独免愁。清坐自能消郁结，古方休向箧中求。

又

门前问疾几人车，曲巷深深树影斜。每爱积书缘有子，不愁听雨为无花。乱来官俸犹支粟，睡起僧书忽寄茶。何事一春频谒告，只应来辨酒中蛇。

高启《高太史大全集》卷十五，四部丛刊景明景泰刊本

甲申冬右手足忽废弥月始复书怀

林　俊

柴瘠筋骸已自知，却分右半与偷儿。恐书绝笔获麟会，尚想张罝猎兔时。人面每怜夔一足，山堂空忆树连枝。适来药物功寻奏，约伴云庄重有期。

林俊《见素续集》卷四，清文渊阁四库全书本

病　叹

林　俊

药力何神造化争，雨深足重转难行。老于忘事宋华子，壮不如人郑烛生。逭责乾坤良自信，息缘昼夜本无情。云庄一席栖玄地，风起涛来蜕亦惊。

林俊《见素续集》卷五，清文渊阁四库全书本

病中用前韵自解

林　俊

异方谁与授神楼，坐久翻疑膝过头。三尺腰围惊太瘦，百心药裹动深忧。悔孤云寄登山屐，幸理风回到岸舟。最是渊冰余日在，手编曾记了残不。

林俊《见素续集》卷五，清文渊阁四库全书本

疟

王　宠

病怯齐侯疟，秋生宋玉悲。药囊淹甲子，酒盏负花枝。江碧鸟频浴，天青云对垂。登高还几日？摇荡北山期。

王宠《雅宜山人集》卷五，明嘉靖十六年刻本

夏日病居杂兴十首

王慎中

其一

我病如草木，夏日益以长。不向本根诛，何由柯叶穰？

其二

空室寂无人，幽襟坐自整。吾心已不疑，何用论弓影。

其三

四体不可风，多汗常如沐。却妒西园里，凉飙振佳木。

其四

寥寥谁与论，悄悄自怀恐。他日理韦带，知当移几孔。

其五

双眼如深谷，颧峰为高岸。抚镜不欲窥，自怪非吾面。

其六

种药元因疾，疾如药草骄。坏栏除药本，与疾两逍遥。

其七

家人迎医至，与语岐黄事。答言君已知，挥手请相避。

其八

十旬九不餐，气息微微续。岂必觅仙方，即此堪避谷。

其九

一卷黄庭经，藏在枕头里。因病少静清，聊得刊数字。

其十

素约山中僧，来期不烦订。今来问法门，果识余非病。

王慎中《遵岩集》卷五，清文渊阁四库全书本

九日逢病过理安禅院五首

黄汝亨

其一

政好登高日，潇疏病里躯。松门窥岫岭，蓬鬓插茱萸。酒伴停山屐，僧寮引佛庐。不烦烧药鼎，白水胜醍醐。

理安泉色白，不受茶变，在虎跑上。

其二

日日羡清闲，方知病是缘。闭门看量药，逗石指疏泉。不禁林

猿逸，时来溪雀喧。夜禅山寂甚，松际一行烟。

黄汝亨《寓林集》诗集卷四，明天启四年刻本

庄八梅兄以诗讯余病起次韵酬答

张瑞图

（庄原诗）绅笏功高日，龙飞政纪元。序成疏宠利，初遂贲丘园。黄屋殷忧数，苍生属望烦。沉疴愁共讯，勿药喜相喧。尚友春秋老，武公齿德完。黄庭供吐编，自空诎谈言。有约东山乐，还思北海尊。茯苓脂可茹，远志味称温。补浴乾坤事，千年不朽存。

明时问覆悚，纳履下含元。客散平津阁，人归竹素园。国恩逸老厚，肺疾得疴烦。屡试方书误，难禁药杵喧。衰年拚委运，朽质偶重完。未了江湖债，更亲稼圃言。句传梅谷妙，（梅谷先生为词。林先进，庄之伯兄也。）道想漆圃尊。洗热冰俱冷，吹寒黍可温。方知世态外，别有古风存。

张瑞图《白毫庵》杂篇卷二，明崇祯刻本

较　药

陈函辉

天公困七尺，愁与病常半。下血动经旬，挑灯简丹案。医云子中虚，所须补剂干。穷途抱贵疴，称药私发叹。参乎久矣珍，况值辽阳畔。煮字不救饥，而日吞白粲。长贫人所吁，短衣适至骭。此中桂为薪，煎芦费红炭。寸地多暗苦，何由瘦骨换。每歌饭牛篇，凄然忘夜旦。

陈函辉《小寒山子集》不分卷，明崇祯刻本

薄寒小恙偶简药经自贻

陈函辉

其一

家从海上问延年，病骨支离亦偶然。鹤故欲飞惊近玩，龙原难驯忆先贤。药笼且蓄三秋艾，爨火犹炊七日烟。最是案尘书上积，怪他唤起到窗前。

其二

挑灯医案细搜评，可是膏肓二竖成。子产辞真称博物，孔璋檄乃冒虚名。五噫未必因长贱，七发由来得坐轻。每怪昔人多笑事，床前蚁斗有何声。

陈函辉《小寒山子集》不分卷，明崇祯刻本

病　中

刘　城

中散学养生，神仙期可致。著论服食功，痛为桓侯喟。云何乖俗心，遭戮如屠彘。典午弑械成，士季凶机恣。剑簇气弥空，鸾铩终垂翅。吐纳既不皇，蒸染亦未企。病死何可得，药饵真当弃。上品《养命书》，吾疑神农伪。

陶公不得意，云进杯中物。我笑乞食人，瓶罍亦易毕。虽贫而非病，得酒终如蜜。嗟我独何辜，失意得婴疾。连雨湿气蒸，两目如芒蒺。欲读《山海经》，字眯六与七。欲见田子春，觌面或恐失。新醅虽可倾，攒眉俟异日。

杜甫始五十，耳聋齿亦落。臂枯及眼昏，又复几时作？哲人养神明，举体何遽恶。安史播□□，人群醉酥酪。家国荡析时，窜走贩蔬屩。焦灼及肺腑，形神应错莫。斯时何等人，肥泽而安乐？

子瞻喜合药，药以济病者。及在忧患中，《养生论》屡写。比痔为嘉宾，譬身以馆假。主人既枯槁，客自翩然舍。此意真可师，味淡嗜宜寡。我有大医王，薄粥畜盈把。有又不须藏，筒无余钱泻。

刘城《峄桐诗集》卷三，清光绪十九年养云山庄刻本

三　闲居类

次俞子中病起韵

凌云翰

桐江清隐客，头白太平时。每唱紫芝曲，闲临碧落碑。无愁何用解，示病不须医。恐有登高兴，先期报我知。

凌云翰《柘轩集》卷二，清武林往哲遗著本

送叶山人

高　启

岁晚麻衣冒雪寒，高歌欲去醉长安。山瓢行负知何有，半是诗丸半药丸。

高启《高太史大全集》卷十八，四部丛刊景明景泰刊本

和陈仲明游茅山诗韵　陈善医

王　绂

希夷生爱觅仙踪，采药华阳洞口风。幽径草香曾宿麝，古潭云暖旧藏龙。丹成宝鼎铅花碧，箓秘琅函印篆红。归到人间施妙术，

每令昏瞀豁双瞳。

王绂《友石先生诗集》卷四，明弘治元年刻本

题杏林精舍图

解　缙

岐黄去我久，世情恒忌医。所以卢扁俦，韫光隐蓬茨。我爱东垣公，著述无瑕疵。逝将有知己，千载能求师。庐陵市阛阓，同姓业在兹。翩翩去炎热，寂寞山水涯。再传志隐逸，湖海自游嬉。环州结精舍，种杏成荫翳。开花二三月，绕天红雨垂。勃如赪霞烂，郁若云离披。朱实破绿叶，金丸坠春泥。未有驯虎异，林密众鸟栖。鸟喧景益静，坐起无愁思。疾有不讳者，问药施与之。岁久功益茂，孚信理不疑。悠然顺造物，自咏精舍诗。采椽无梦寐，藻棁非所宜。户牖洞虚敞，轩楹直无欹。此居成豁达，足与明轩岐。我家文水上，爽垲颇自怡。倦游二十载，会有归来时。医书亦通晓，杏树荫成帷。斯民跻仁寿，皞皞同雍熙。环州许来往，共享黄发期。

解缙《文毅集》卷三，清文渊阁四库全书本

曝　背

王九思

曝背茅檐下，游心药裹余。问医除老病，昏目弃残书。孙爱餐留客，僮欢市得鱼。年丰时更泰，潇洒在林居。

王九思《渼陂集》续集卷上，明嘉靖刻崇祯补修本

医官家兄同太学舍侄携酒过浒西山房

康　海

医官提举新乘暇，太学诸生偶在乡。共辔到来俱送酒，通宵欢饮又何妨？沿溪旋捉鱼偏好，就砌新挑蕨正香。醉卧茅阶醒复醉，汉陵隋阙总茫茫。

康海《对山集》卷十五，明万历十年潘允哲刻本

林西谷颐晚亭有作次韵四首

林大辂

青鬓东山留野情，白云西省谢浮名。濯缨池上鸥初下，拄杖林中鹤共行。近榻峰峦争隐映，撩人松菊自生成。知君兴似南华叟，方外逍遥学养生。

朱绂华簪不系情，偶逢林叟亦逃名。他年壶峤空中啸，几日陈岩顶上行。问字乍惊花径改，栖真初喜草堂成。后塘家近频还往，懒慢吾应愧邴生。

万事浑忘涉世情，眼中耆旧识君名。歌听渔父扁舟乐，游伴奚童采药行。灯火野厨今雨到，薜萝山服暮春成。却怜谢傅冥栖久，青镜相看白发生。

招携长识野翁情，潦倒看花不记名。丘壑频年悬榻在，风尘何处拂衣行？梦中旧事尊前尽，霞上新诗竹里成。浪迹鸡峰闲岁月，浮萍天地一吾生。

林大辂《愧瘖集》卷十三，明嘉靖林敦履刻本

登何山采药一首

黄省曾

漾舟清川西，江气已寒栗。四时不迟徐，碧汉挂短日。烟岭盘玉空，霞文秘紫室。手掇薜荔葩，筐贮枸杞实。随云转高虚，攀萝折丛密。幼希初平踪，早得羡门术。却鄙人间荣，转觉方外逸。

黄省曾《五岳山人集》卷六，明嘉靖刻本

与朱孝廉乞秘药一首

黄省曾

朱仲有仙骨，心希五云车。身披赤虎符，笑窥骊龙珠。深藏炼金室，小隐餐霞居。青鸟丹山来，授子以宝书。我悲在红尘，昔剖齐涓鱼。皓发飒然生，镜里秋霜如。闻君有灵药，服之容颜舒。刀圭愿相假，衰年将永除。

黄省曾《五岳山人集》卷六，明嘉靖刻本

采药山溪归泛江浒一首

黄省曾

采药花源入，天风拂荔袍。步含溪日迥，歌逼岛云高。海上吹芳鬓，山中贯玉醪。坐看山月起，长笑倚江舠。

黄省曾《五岳山人集》卷十一，明嘉靖刻本

赋得仙山采药一首

黄省曾

秘经图上品，五穴讨三花。洞乳将兼露，峦芝采杂霞。紫丸随宝镜，黄散挟鸾车。更得逢西母，银台路不遐。

黄省曾《五岳山人集》卷十四，明嘉靖刻本

与陈郡推乞丹砂床子一首

黄省曾

桃花空望列仙家，芳草难回两鬓华。云里未逢青鸟使，山中长想白牛车。居林膳薄惟餐蕨，买药囊空只饵霞。不老近看刘向录，从君写咏乞丹砂。

黄省曾《五岳山人集》卷十六，明嘉靖刻本

赋茗溪草堂和孙太初韵一首

黄省曾

翠竹婵娟傍野潭，秋山日映草堂寒。云枝桂树临虚榻，翡翠山鸡照碧湍。漫学赤鬓求茂苑，久携青剑隔长安。时时野服乘高兴，采药吞芝歌远峦。

黄省曾《五岳山人集》卷十六，明嘉靖刻本

制药一首

黄省曾

□囊探旧术，雕畹掇新兰。气弱先神草，忧多辅合欢。

黄省曾《五岳山人集》卷十七，明嘉靖刻本

春兴和邓沃泉韵

黄　佐

春回盘谷瘴烟消，干吕青云近斗杓。丹凤有书传此日，白驹何事永今朝。粤山采药穿云倦，珠海寻僧泛月遥。招得草堂猿鹤伴，碧桃花里醉仙瓢。

黄佐《泰泉集》卷八，清文渊阁四库全书本

寄钱太守索竹

黄　佐

采药归来即掩关，故人相馈一开颜。已调瀹髓供皤发，更觅琅玕护碧山。

黄佐《泰泉集》卷九，清文渊阁四库全书本

卢山人雨中卧病诗以嘲之

张时彻

抱疴元不适，听雨益凄其。技以医身拙（山人善药），神因觅句疲。阶前虫作篆，枕畔墨为池。茶灶烟应断，谁为烧扊扅（山人无妻）？

张时彻《芝园集》定集卷十二，明嘉靖刻本

讯省庵庄居避客二首

张时彻

其一

抛却香山社，江堧独灌园。披云朝采药，钓月夜闻猿。自有烟霞癖，真嫌城市喧。他年逢令尹，一为授玄言。

其二

欲驭云中鹤，因观濠上鱼。溪裳饶薜荔，池锦簇芙蕖。肺病初辞酒，穷愁只著书。虽然耽阒寂，忍使故交疏。

张时彻《芝园集》定集卷十二，明嘉靖刻本

咏玉乳泉

张时彻

甘泉何潏潏，日夜出山根。绀若寒浮玉，轻清自有源。偃松长作盖，甃石稍为垣。何用寻丹药，能令肺病谊。

张时彻《芝园集》定集卷十二，明嘉靖刻本

送药与青门二首

王慎中

其一

灵草孤生万仞山，辛勤采掇出云烟。为怜词客经时病，倒与囊空不用钱。

其二

长卧绳床托满宫，病里风流亦不同。双双药杵月中落，并入经声绕碧空。

王慎中《遵岩集》卷七，清文渊阁四库全书本

丁未岁病起入都有怀里中诸友作药名诗贻之

王立道

微尚甘草莱，桂枝自淹留。爰附子年情，谬寄生人忧。半夏涉长道，天门足荫休。迢迢望南星，远志成倦游。藤萝蔓荆扉，杞菊荒深秋。防己挂尘网，遄当归旧丘。

王立道《具茨集》诗集卷一，清文渊阁四库全书本

秋日再过顾氏清溪别业因和洞阳韵

王立道

秋水蒹葭思不禁，扁舟重系此溪阴。犊眠疏草犹迷径，鹤哺新松欲满林。采药常嫌惊鹿迹，山中初服野人心。旧来渔父多相笑，一别江湖霜鬓侵。

王立道《具茨集》诗集卷四，清文渊阁四库全书本

和与新见赠韵一首

王立道

高阁层轩野水西，白云长此护幽栖。买田只为开三径，莳药还须满百畦。春去林中花自发，客来竹下鸟先啼。夜游何事频携烛，明月纷纷随杖藜。

王立道《具茨集》诗集卷四，清文渊阁四库全书本

壬子长至

梁有誉

曾侍朱衣献履辰，惊看此日物华新。中原天地犹寒色，南国山川自战尘。鸿雁塞遥恒避腊，柳梅谷暖暗生春。劚苓采药原吾分，一醉江楼笑此身。

梁有誉《兰汀存稿》卷五，清康熙二十四年刻本

代子玄

焦　竑

一从勾漏觅丹砂，小筑林塘阅岁华。问字时看人载酒，游田翻避客鸣笳。园多碧草皆为药，手种青松半已花。最是龙门深接纳，孔融原目属通家。

焦竑《焦氏澹园集》卷四十一，明万历三十四年刻本

寒　食

焦　竑

一百五日春已饶，闭门檐溜日飘萧。樽无绿蚁从欢减，枝有红英带雨消。韶景未堪欺蒜发，峭寒浑欲妒花朝。病余只觉襟期在，昨夜空山长药苗。

焦竑《焦氏澹园集》卷四十一，明万历三十四年刻本

畲山即事二首

陈继儒

其一

种花先种药，买山先买泉。泉流茶灶下，药绕竹溪间。高斋列图史，宾主各颓然。相看不忍别，松月共床眠。

其二

幽花开径后，卷石化名山。岩户转如画，云溪不□湾。帘疏花窈窕，松冷鹤高闲。只是诗僧至，先生一启关。

陈继儒《陈眉公集》卷三，明万历四十三年刻本

访殷方叔隐士 有序

黄汝亨

［鸳湖之西，有隐士焉，曰殷方叔。风雨一椽，蓬蒿四壁，作《葆楮赋》，寂同杨子之玄；续《酒德颂》，醉解伯伦之妙。埋姓名于药草，代耕耘以砚田。门人戴生、项生向余称其为人，余获启扉见之，窃窃然不能去也。眷焉解维，用述怀企。］

烟水停孤棹，荒途得隐沦。蓬蒿没玄草，风雨长青苹。卖药还藏姓，荷条不避人。一丘宜置汝，吾欲老为邻。

黄汝亨《寓林诗集》卷三，明天启四年刻本

题沈九灵郊居集句

黄汝亨

野水荒郊高士居，药栏无事得三余。避人不似韩康伯，吟就新编独晏如。

黄汝亨《寓林诗集》卷六，明天启四年刻本

药

黄毓祺

采药何尝走百城，一茎拈起可怜生。有无甲乙更相代，杀活同时却两行。

黄毓祺《大愚老人遗集》卷二，清钞本

茶排冲

刘　城

爱此一径入，投身两壁间。清泉漱石出，白日照溪闲。行尽无人路，惟余太古山。相携采药去，何事更言还。

寒流真化我，举体得冲融。静极人闲世，喧除雀噪风。羊眠徒有石，茶好亦无丛。小筑空诸累，心期谁与同。

刘城《峄桐诗集》卷七，清光绪十九年养云山庄刻本

药　碓

刘　城

储药因多病，寻方学养生。石砭真乐受，玉杵诞多情。黄帝师难作，王骀疾已成。牛衣儿孰是？吾欲与交盟。

刘城《峄桐诗集》卷七，清光绪十九年养云山庄刻本

和东阿旧县题壁诗

刘　城

其二十七

蔬畦未足饕餮，沆瀣何尝痛酣。国士汉庭寡二，刑人关约惟三。山禽灿烂抒绶，水蛭寻常化蓝。偶拾毛诗断简，王风自北而南。

耘者为水蛭所啮，以蓝溥之而愈。

其二十八

儒门淡薄甚恋，收拾菜根可酣。万舞日看佾六，百钱月息收三。徒行未敢衣白，好睡那从服蓝。谁尚头风不愈，须寻虎掌天南。

蓝治多睡者，虎掌、天南星，皆药名。

刘城《峄桐诗集》卷十，清光绪十九年养云山庄刻本

药名体拟艳诗

刘　城

尝记车前子细声，为防风露嘱卿卿。瓢犀角枕缠绵语，笑指天南星已倾。

轻轻粉泽略成妆，杏子衫裙拂地黄。闲步郁金堂下去，倩人和叶摘丁香。

额黄连晕颊生潮，手捻金樱作意娇。微醉玉蟾酥困甚，锦茵陈处帐垂绡。

一帘香泽泻深房，兰桂心情烟雾妆。天姥秘图稿本在，芙蓉开半夏微凉。

金屋沉沉香篆微，红儿荼罢整襳袆。掌中肌肉从容舞，坐见天花粉乱飞。

雪乳香肌可奈何，肯容轻薄荷情多。吹灯也自输郎腕，月黑牵牛也渡河。

流苏合处两心知，香比都梁花桂枝。他日寄奴勤预嘱，小红豆里号相思。

梦回香里带微醒，挽臂双吟续断声。誓到乌头白后悔，莫当归日便忘情。

刘城《峄桐诗集》卷十，清光绪十九年养云山庄刻本

山居二十首（其七）

林 埊

抛书起去即园丁，短柄镵锄劚茯苓。种药数畦依本草，开函半卷是黄庭。坚留小病消清福，拜取高松学典刑。披得道衣临水看，天然一个野人形。

林埊《居易堂诗集》不分卷，明崇祯十七年刻本

新浴用东坡浴罢韵

姜 埰

野马飞篷块，晞发理栉沐。本为怯浊泥，敢言白鹄浴。消长效天行，庶几取象复。冀得慎疾体，且作破疮腹。沸汤准嘉量，枣豆百不足。恍然见清漪，顾影犹在目。维彼露井桃，枝枝缀红玉。此心同春生，光辉似膏沃。霡霂一已敷，辰日须种竹。山园百草荒，未可药畦熟。投闲事编削，聊学燃柴读。嗟彼皮传者，犹如面墙瞩。缅思游夏贤，向应威仪卜。愿守斋戒理，何必庄生督。

姜埰《敬亭集》卷一，清康熙刻本

鸡冠华和钱饮光二首

姜埰

鸡冠名百草，艳绝是秋畦。却为高奇服，宁知委浊泥。威仪犹见汉，风俗似闻齐。一物关兴象，诗人独品题。

裛露空庭下，寒光送夕曛。不同花鸭比，肯向楚猴闻。怜我惟晞发，输君有切云。山翁耽药物，踏遍众芳群。

姜埰《敬亭集》卷三，清康熙刻本

石斋先生筑讲坛于大涤山即玄盖洞天也予从先生留连累日（其四）

陈子龙

龙卧非闲日，鸿飞亦有年。盖棕临碧涧，种药引红泉。猿虎窗前度，星辰谷口悬。翻愁山鬼意，寂寞对婵娟。

陈子龙《湘真阁稿》卷四，明末刻本

参考文献

贝琼.清江文集[M].四部丛刊景清赵氏亦有生斋本.
陈邦俊.广谐史[M].明万历四十三年沈应魁刻本.
陈诚.陈竹山先生文集[M].清雍正七年刻本.
陈函辉.小寒山子集[M].明崇祯刻本.
陈继儒.陈眉公集[M].明万历四十三年刻本.
陈谟.海桑集[M].清文渊阁四库全书本.
陈仁锡.无梦园初集[M].明崇祯六年刻本.
陈仁锡.无梦园遗集[M].明崇祯八年刻本.
陈实功.外科正宗[M].清嘉庆十一年刻本.
陈循.芳洲诗集[M].明万历二十一年刻后印本.
陈循.芳洲文集[M].明万历二十一年刻后印本.
陈懿典.陈学士先生初集[M].明万历刻本.
陈子龙.安雅堂稿[M].明末刻本.
陈子龙.湘真阁稿[M].明末刻本.
程本立.巽隐集[M].清文渊阁四库全书本.
程敏政.篁墩集[M].明正德二年刻本.
程敏政.明文衡[M].四部丛刊景明本.
程敏政编.唐氏三先生集[M].明正德十三年张芹刻本.
范景文.范文忠集[M].清畿辅丛书本.
范允临.输寥馆集[M].清初刻本.
方逢时.大隐楼集[M].清乾隆四十二年滋元堂刻本.
方凤.改亭存稿[M].明崇祯刻本.

方凤.改亭续稿[M].明崇祯刻本.

方孝孺.逊志斋集[M].四部丛刊景明本.

费宏.费文宪公摘稿[M].明嘉靖刻本.

高攀龙.高子遗书[M].明崇祯刻本.

高启.凫藻集[M].四部丛刊景明正统刊本.

高启.高太史大全集[M].四部丛刊景明景泰刊本.

龚廷贤.古今医鉴[M].明万历五年丁丑金陵周四达刻本.

龚廷贤.济世全书[M].日本宽永十三年村上平乐寺重刻本.

龚廷贤.鲁府禁方[M].日本庆安元年小岛弥龙卫门仿金陵书林摹刊本.

龚廷贤.寿世保元[M].明经纶堂刻本.

龚廷贤.万病回春[M].清道光二十五年乙已扫叶山房木刻本.

龚廷贤.云林神彀[M].明万历十九年辛卯刻本.

龚廷贤.云林医圣普渡慈航[M].日本元禄九年刻本.

龚廷贤.种杏仙方[M].明万历金陵周庭槐刻本.

贺复征.文章辨体汇选[M].清文渊阁四库全书本.

胡翰.胡仲子集[M].清文渊阁四库全书本.

胡居仁.胡敬斋先生文集[M].清正谊堂全书本.

黄汝亨.寓林集[M].明天启四年刻本.

黄省曾.五岳山人集[M].明嘉靖刻本.

黄毓祺.大愚老人遗集[M].清钞本.

黄仲昭.未轩文集[M].清文渊阁四库全书本.

黄宗羲.南雷文定前集[M].清康熙刊本.

黄佐.泰泉集[M].清文渊阁四库全书本.

江瓘.名医类案[M].清乾隆庚寅新安鲍氏知不足斋刊本.

姜埰.敬亭集[M].清康熙刻本.

姜南.蓉塘诗话[M].明嘉靖二十二年张国镇刻本.

蒋主忠.慎斋集[M].清嘉庆宛委别藏本.

焦竑.焦氏澹园集[M].明万历三十四年刻本.

焦竑.焦氏澹园续集[M].明万历三十九年朱汝鳌刻本.
揭重熙.揭蒿庵先生集[M].清乾隆刻本.
解缙.文毅集[M].清文渊阁四库全书本.
金实.觉非斋文集[M].明成化元年唐瑜刻本.
金瑶.金栗斋文集[M].明万历刻本.
金幼孜.金文靖集[M].清文渊阁四库全书本.
靳学颜.靳两城先生集[M].明万历十七年刻本.
康海.对山集[M].明万历十年潘允哲刻本.
李开先.李中麓闲居集[M].明刻本.
李濂.嵩渚文集[M].明嘉靖刻本.
李濂.医史[M].明刻本.
李时珍.本草纲目[M].清文渊阁四库全书本.
李梴.医学入门[M].明万历三年乙亥刻本.
李万实.崇质堂集[M].清康熙四十年李长祚刻本.
李贤.古穰集[M].清文渊阁四库全书本.
李言恭.青莲阁集[M].明万历十八年刻本.
李昱.草阁诗集[M].清文渊阁四库全书本.
李贽.续焚书[M].明刻本.
李中梓.医宗必读[M].明崇祯十年刻本.
练子宁.练中丞集[M].明刻本.
梁兰.畦乐诗集[M].清文渊阁四库全书本.
梁潜.泊庵集[M].清文渊阁四库全书本.
梁有誉.兰汀存稿[M].清康熙二十四年刻本.
林弼.登州集[M].清文渊阁四库全书本.
林垐.居易堂诗集[M].明崇祯十七年刻本.
林大辂.愧瘖集[M].明嘉靖林敦履刻本.
林俊.见素集[M].清文渊阁四库全书本.
林文俊.方斋存稿[M].清文渊阁四库全书本.
林章.林初文诗文全集[M].明天启四年刻崇祯印本.

凌云翰.柘轩集[M].清武林往哲遗著本.

刘伯燮.鹤鸣集[M].明万历十四年郑懋洵刻本.

刘城.峄桐诗集[M].清光绪十九年养云山庄刻本.

刘城.峄桐文集[M].清光绪十九年养云山庄刻本.

刘基.诚意伯文集[M].四部丛刊景明本.

莫如忠.崇兰馆集[M].明万历十三年刻本.

倪谦.倪文僖集[M].清武林往哲遗著本.

倪岳.青溪漫稿[M].清武林往哲遗著本.

倪宗正.倪小野先生全集[M].清康熙四十九年倪继宗清晖楼刻本.

潘季驯.潘司空奏疏[M].清文渊阁四库全书本.

潘希曾.竹涧集[M].清文渊阁四库全书本.

彭大翼.山堂肆考[M].清文渊阁四库全书本.

祁彪佳.远山堂文稿[M].清初祁氏起元社钞本.

钱福.钱太史鹤滩稿[M].明万历三十六年沈思梅居刻本.

秦夔.五峰遗稿[M].明嘉靖元年刻本.

瞿景淳.瞿文懿公集[M].明万历瞿汝稷刻本.

邵经济.泉厓文集[M].明嘉靖张景贤王诇等刻本.

申时行.赐闲堂集[M].明万历刻本.

史鉴.西村集[M].清文渊阁四库全书本.

宋濂.宋文宪公全集.[M].民国上海中华书局四部备要影印本.

宋濂.宋学士文集[M].四部丛刊景明正德本.

宋濂.元史[M].清乾隆武英殿刻本.

孙志宏.简明医彀[M].明崇祯庚午年刊本.

孙承恩.文简集[M].清文渊阁四库全书本.

孙一奎.医旨绪余[M].明万历刻本.

陶安.陶学士集[M].清文渊阁四库全书本.

汪道昆.太函集[M].明万历刻本.

汪机.外科理例[M].清文渊阁四库全书本.

汪可进.公余草就[M].明万历二十四年淑艾堂刻本.
汪舜民.静轩先生文集[M].明正德刻本.
汪应轸.青湖先生文集[M].清同治十一年广州刻本.
王鏊.王文恪公集[M].明三愧堂刻清印本.
王褒.王养静先生集[M].明成化谢光刻本.
王偁.虚舟集[M].清文渊阁四库全书本.
王宠.雅宜山人集[M].明嘉靖十六年刻本.
王绂.友石先生诗集[M].明弘治元年刻本.
王恭.白云樵唱集[M].清文渊阁四库全书本.
王恭.草泽狂歌[M].清文渊阁四库全书本.
王行.半轩集[M].清文渊阁四库全书本.
王洪.毅斋集[M].清文渊阁四库全书本.
王九思.渼陂集[M].明嘉靖刻崇祯补修本.
王肯堂.证治准绳[M].清文渊阁四库全书本.
王立道.具茨集[M].清文渊阁四库全书本.
王臬.迟庵先生集[M].明刻本.
王圻.王侍御类稿[M].明万历刻本.
王樵.方麓集[M].清文渊阁四库全书本.
王尚䌹.苍谷全集[M].清乾隆纯密止堂刻本.
王绅.继志斋集[M].清文渊阁四库全书本.
王慎中.遵岩集[M].清文渊阁四库全书本.
王世懋.王奉常集[M].明万历刻本.
王祎.王忠文公集[M].嘉靖元年张齐刻本.
王偀.思轩文集[M].明弘治刻本.
吴宽.家藏集[M].四部丛刊景明正德本.
吴崑.医方考[M].万历十四年亮明斋黄基校本.
萧京.轩岐救正论[M].清初刊本.
谢肃.密庵诗文稿[M].四部丛刊三编景明洪武本.
杨士奇.东里文集[M].明万历刻本.

叶盛.泾东小稿[M].明弘治刻本.

叶盛.菉竹堂稿[M].清初钞本.

叶盛.水东日记[M].清康熙刻本.

叶廷秀.诗谭[M].明崇祯胡正言十竹斋刻本.

叶向高.续纶扉奏草[M].明末刻本.

殷奎.强斋集[M].清文渊阁四库全书本.

尹台.洞麓堂集[M].清文渊阁四库全书本.

于谦.忠肃集[M].清文渊阁四库全书本.

于慎行.谷城山馆文集[M].明万历于纬刻本.

余绍祉.晚闻堂集[M].清道光十七年单士修刻本.

余学夔.北轩集[M].清乾隆三十四年余沛章等刻本.

张凤翼.句注山房集[M].明刻本.

张介宾.景岳全书[M].清文渊阁四库全书本.

张介宾.类经[M].明金阊童涌泉刊本.

张介宾.类经附翼[M].明天德堂刻本.

张瑞图.白毫庵[M].明崇祯刻本.

张师绎.月鹿堂文集[M].清道光六年蝶花楼刻本.

张时彻.芝园集[M].明嘉靖刻本.

张泰.沧洲诗集[M].明弘治三年刻嘉靖十三年增修本.

祝允明.怀星堂集[M].清文渊阁四库全书本.

卓发之.漉篱集[M].明崇祯传经堂刻本.

宗臣.宗子相先生集[M].明天华阁刻本.

邹迪光.始青阁稿[M].明天启刻本.

邹元标.邹忠介公奏疏[M].明崇祯十四年林铨刻本.